孔 阳◎著

烟雨黄梅

时代出版传媒股份有限公司
安徽文艺出版社

图书在版编目(CIP)数据

烟雨黄梅/孔阳著.—合肥:安徽文艺出版社,2015.11
ISBN 978-7-5396-5438-6

Ⅰ.①烟… Ⅱ.①孔… Ⅲ.①长篇小说-中国-当代 Ⅳ.①I247.5

中国版本图书馆 CIP 数据核字(2015)第 139555 号

出 版 人:朱寒冬
责任编辑:岑 杰 姜婧婧　　　　装帧设计:徐 睿

出版发行:时代出版传媒股份有限公司　www.press-mart.com
　　　　　安徽文艺出版社　www.awpub.com
地　　址:合肥市翡翠路 1118 号　邮政编码:230071
营 销 部:(0551)63533889
印　　制:合肥创新印务有限公司　(0551)64456946

开本:700×1000　1/16　印张:18.25　字数:290 千字
版次:2015 年 11 月第 1 版　2015 年 11 月第 1 次印刷
定价:35.00 元

(如发现印装质量问题,影响阅读,请与出版社联系调换)
版权所有,侵权必究

目录

第一卷
1.柳暗花明 / 001
2.四水归堂 / 005
3.宜园邂逅 / 008
4.硝烟安庆 / 012
5.家塾 / 021
6.《江城子·淫》/ 025

第二卷
1.春香进府 / 028
2.寿诞 / 032
3.戏里戏外 / 039
4.岁末来兵 / 045
5.石牌城 / 049
6.私情记 / 053
7.佳期如梦 / 055
8.优伶出族 / 064

第三卷
1.青春归省 / 077
2.小吏港 / 080
3.风流偶觉 / 083
4.过年 / 087
5.亲迎 / 096

第四卷
1.华阳镇 / 099
2.小辞店 / 105
3.蔡家班 / 108
4.太平军 / 112
5.太平寨 / 117

001

第五卷

1. 猫馋鲶鱼 / 122
2. 山重水复 / 129
3. 红杏出墙 / 134
4. 监军善人 / 139
5. 苛捐杂税 / 144
6. 楠木棺材 / 148
7. 六部掌书 / 153
8. 同春班 / 159

第六卷

1. 毁石牌城 / 165
2. 南京孤影 / 172
3. 纳妾 / 177
4. 黄州散泪 / 183
5. 廪生 / 185
6. 丧葬 / 190
7. 笑婴宁 / 195
8. 望鬼火 / 202
9. 淫佚出妻 / 207
10. 桐城县 / 210

第七卷

1. 流亡 / 214
2. 千里寻梅 / 218
3. 子肖前夫 / 224
4. 女童入伶 / 232
5. 《打猪草》 / 238
6. 金鸡社 / 244

第八卷

1. 寂寞 / 249
2. 不期而遇 / 258
3. 《七姐下凡》 / 264
4. 红尘 / 271
5. 佛界 / 277
6. 归途 / 281

第一卷

1. 柳暗花明

谷雨时节，花香鸟鸣，张达开日日在家与社学间往返。村落里炊烟袅袅，鸡犬相戏。路途上，采茶的姑娘、放牛的孩童，常以黄梅山歌赞美这位秀才。物香人醉，张达开心里美得不可言说。那个时候战争还没有来临。

打开康熙年间绘制的安庆地图，那图上左边有标志：西至太湖松林坊一百五十里。道光三年，张达开出生于松林坊。二十四岁，张达开行走一百五十里，到省城安庆应童试取廪生。本以为这是功名的起点，张达开一边在社学教书，一边苦读"四书五经"，备战他年秋闱。可是一个子年过去了，又一个卯年过去了，张达开却迟迟不能赴南京乡试。那个时候，南京不再是清朝文人的寻梦之地，南京已经被太平天国军占领了。

太平天国军自西天压江而下，旌旗蔽日，帆樯于江上绵延十里。又有陆地军，千乘万骑，席卷江北。癸丑年，元宵佳节，江北丘陵，宁静富庶的乡村岁月，瞬时硝烟弥漫。绅衿富贾，闻长毛要来，早携财物逃往潜山山区避难。村落间青壮男丁差不多都被清军招募，至太平军到又有失业无耕田者，一呼百应，从了太平军。太平军过境，烧毁了孔庙，撤了社学，抢先锋，掠财物，村镇七零八落、一片狼藉。

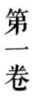

于是，那社学瓦砾散落的回廊下，常见张达开独自一人，一手捧书，一手持折扇，悠闲踱步，嘴里还念念有词。咸丰四年，炎热而漫长的夏天，男人们几乎都逃光了。张达开怎么不逃？他身着青布长衫，手摇折扇，从社学逛到镇上，四处闲逛。他不怕长毛、不怕死？知底的人清楚，张达开不愿携家小逃亡，是恋着官府每年的四两廪生饩银。有了这点钱，足够养家糊口。张达开却说，自古官逼民反，反叛者只搜刮钱财，不滥杀无辜。真是秀才不出门，能知天下事。果然有事实为证，长毛过街，人人喊打。但长毛却笑嘻嘻地说，兄弟姐妹们，我们是太平天国军，只杀清妖，不杀平民，你们不要害怕，只要把家中钱粮献出，奉交圣库，就是对太平军的支持，将来杀完清妖，建立了小天堂，我们就是一家人，男女平等，天下田天下人同耕。

闲暇的日子，张达开反是忧虑重重，既不能考科举，必得找一个稳定活计，方可安后半生。况且膝下有三个女儿，如春笋日日见长，正值发育之时，不可苛其米粮。社学停薪半年，四两饩银，难为五口之炊，为找事做，张达开很是苦恼了一番。十里扬名的秀才，诸事当顾及颜面。他原本替伶人写折子戏词能赚些小钱，可如今那些草台班都散了。开商埠当老板又没本钱。且万万不能在田野做耕夫，那就是辱没了十年寒窗和圣贤书。先圣三千弟子，混得最差的当是颜回，颜回也是贫且益坚，不坠青云之志。张达开找了一千个理由，不让自己做小事、粗事、丢脸的事。

夜里，妻子把灯盏里的油添得满满的，预备丈夫夜读。但如今乱世，天下未定，科举无门，张达开越来越没心思读书了。他把灯芯草压得低低的，火苗缩成黄豆那么小点儿。他这样节省，不禁让妻子长叹一声，二人相顾无言，愁眉苦脸。微光下，却见竹床上卧睡的小女儿，梦里露着笑靥。

张达开突然灵光一闪，想起一件事，对妻道，记得那年，安庆绅士在省里宴请六邑（旧时安庆府所辖六县，即怀宁、桐城、潜山、太湖、宿松、望江）考生，怀宁县石牌富绅姜宗仁曾有意邀我去其府上写戏本。他府上老少迷戏，聘了家班，设了戏园。我因心系科考，不曾领情。现在想来，可以一试。那姜宗仁官宦世家，家大业大，若在姜府混饭，一年收银一二十两不在话下。

这样一说，妻子也心动了，说，就去石牌拜见姜老爷如何？那你快快写一出好看折子戏，送与姜府，岂不是我全家的出路？张达开闷声点点头，连夜拍掌哈拳，披衣挑灯，磨墨铺纸，构思故事。他想起前些年在望江香茗山听到的一出奇闻，遂挑灯三夜至五更，写成二角小戏《卖饭女》（后改名《牌刀记》《蔡鸣凤辞店》《小辞店》。故事发生在道光年间的安庆沿江小镇，戏本及黄梅调表演始于咸丰年间，盛行于清末民初，为旦角必演之戏、女伶成名之戏，严凤英演此剧遂改与女角同名"凤英"）。此戏描写男女淫情，生死恩爱，凄婉缠绵，富家婆媳小姐最是喜爱。

几日后，张达开梳洗干净，换了一身新衣新鞋，又看看这沓昼夜熬出来的《卖饭女》，重叹一声，事已至此，只得去石牌碰碰运气了。但愿此去，柳暗花明。

石牌古镇，水网纵横，西面有浩瀚的麻塘湖，东濒皖河，渡口帆船日泊千艘，商贾云集。皖河汇大别山自鄂至皖三条六百里水流，逶迤而下。至石牌境内水面变宽，三条支流形成的浩然之水于鲶鱼头岛屿分为两支，皖河主流往东浩浩荡荡而去，大水经江镇、皖口至安庆入大江；另一支往南走新坝、经望江县入大江。千百年来，石牌因大河码头帆船云集、贸易发达而成为江北最富饶的古镇。这石牌的富家多得数不清，豪宅商埠延布数里。石牌古镇以中州水道建街叫上石牌，以渡家州陆地建街叫下石牌，上下石牌有二十四条街，驻省内外会馆六家，有南北商贾上百家。人口稠密，繁盛至极。

如今闹太平军，下石牌街上的店铺若无其事，照例是一派忙碌的景象。药铺、豆腐坊、肉铺、铁匠店、粮油店等等，各色门市顾客盈门，没有受到战争的影响。同在一片天下，真搞不懂这街上的人为什么就胆子大一些。旁边茶馆里座无虚席，小方桌一张挨一张，说客谈资丰富，乡村奇闻、朝野大事，无所不论。张达开在茶馆里泡了一壶茶，想探探姜家的情况。竟然得知，这一回闹"发匪"，石牌逃亡的都是富家，穷人平安无事。富家不仅逃了，而且很多还被抢了先锋，银两家财，全部被搜刮光了。下石牌正街上，原是富人

区,翘角飞檐马头墙的豪宅一家连一家,门前马轿川流不息。那些穿华贵衣帽、戴金光闪闪饰物的老爷太太,如今都不见了。家家关门闭户。

张达开便故意问,那姜府宗仁老爷可好?一个答,姜家老爷早携金银跑了,留下一宅子妻小。这些人,要钱不要命。

张达开不想空手回家,怕伤了妻子的心。他闷头兜了一圈,不甘心,还是来到位于正街的姜府。门两侧的石狮,岸然守立,张达开上去叩了几下门环,有老仆来开了门。

姜府的宅第很大,第一进,前厅,门楣嵌字"梅花厅",厅内供会客品茗,落地长窗,前后对着院子,可观景。老仆把达开带到厅上,说,贵客稍候,待我叫太太来,转身去中院。达开有点儿拘谨,伸头往中院望去,庭院深深,木柱穿枋,鸳鸯青瓦,回廊下挂有鸟笼,院内亦是鸟语花香。不一会,便有两个女子自中院廊下往这边花厅来,一路说些闲话入前厅。

两个女子,一个中年,穿深色短袄,盘发,系紫罗兰抹额;一个二十岁出头模样,穿绣裙,上套碎花马甲,神态俏皮活泼。

老仆介绍说,这是我家二婶,这是我家三姑。

张达开起身拱手作揖施礼,说,在下太湖松林坊姓张名达开,府学读书时有幸与姜宗仁兄一见如故,今日特来登门拜访叙旧。

老仆焚香沏茶。两个女子落座,打量客人。三姑说,长兄去了临淮关,是忙生意上的事,恐怕一两天不得回。先生若有事,可留下话,若叙旧就改日再来。

张达开听到这话放下心来,原来姜家老爷并未逃远,本想来碰碰运气,这下碰到了。他额头冒星汗,不知如何说出内心想法,便道,愚生有事,不知可否与太太小姐诉说?两个女人相互看一眼,也像是心里有准备,道,说吧。

张达开道,道光二十一年,愚生在安庆同乡酒宴幸会宗仁兄,宗仁兄看重愚生疏才,曾有意邀我到贵府写戏本,专供伶班演给老爷、太太、小姐们看。因当时愚生学业未完,未能受惠姜老爷好意,今日愚生赋闲在家,想起宗仁兄曾经嘱咐,特携来一本折子,不知太太小姐可喜欢。说罢,张达开摸出戏本呈上。

两个女人立即明白了这贫儒的来意。她们又互换眼神，三姑接过戏本。二婶说，现在兵荒马乱，哪有闲钱豢养窝班呀，只零散地在外面茶社看看，不过家塾倒是正缺人。张达开神态窘迫，内心忐忑，窃想家塾缺人岂不更好？三姑翻阅戏本，说这《卖饭女》辞藻清丽，就先留下吧，既是我长兄看中的人才，当不能怠慢，先请到厨房吃饭歇息，待长兄回来你与他细说吧。

张达开忙起身叩谢。两女子起身，欲退。二婶突然说，先生家不远，你今夜是留宿，还是改天再来？主人明显有催客的意思。张达开道，我下午先回，挨几日再来拜见姜老爷。

2. 四水归堂

且说这石牌姜府，老太爷姜令启，天水郡姜氏令字辈，谱载这支姜姓为周朝姜子牙后裔，明洪武年间从政令自江西鄱阳湖瓦屑坝移民而来。姜令启是嘉庆二十四年己卯恩科进士，第二甲，由翰林院编修官至知府。道光晚期告老还乡，于石牌正街老宅基重建这片宅院，棋盘式布局，三进四合，取"四水归堂"之意。宅院奢华气派，尽显富贵尊荣。令启原配已故，姨太健在。令启膝下皆为原配所生：长子宗仁，郡学庠生，成年经商，创姜氏绸布庄，经营二十多年，在安庆一带渐成霸业；次子宗德，早年中举，后三次赴京会试皆落选，遂抑郁积病，英年早逝，留遗孀及子女；三子幼丧；又生两胎是女儿，均于道光年间令启任江西官职时，嫁与江西人，一嫁婺源富绅，一嫁景德小吏；四子宗明，已婚育二子，上年与宗仁长子诗裕，携银两票据，逃往江南避乱；梅香最小，排行老七，按姜家三个女儿称，家里人叫她三姑。三姑嫁同邑产姓，产家在石牌是望族，可谓门当户对。可女婿产伯涛却是个极不安分的人，读书不成，遂从安徽布政司张熙宇招募练勇，办团练，抵御太平军。咸丰初，产伯涛带三百练勇驻集贤关防守安庆城。后在高河埠被太平军打败，活不见人，死不见尸，一说退隐庐州至寿春，一说从江忠源部去了楚地重

整兵马。总之，此后与家人失去联络，至今死活不明。梅香带儿子住在娘家。

　　姜家官商结合，先前的日子风生水起，自太平军攻进安庆，姜家便弄得四分五裂，一盘散沙。所幸姜宗仁有先见之明，分批分路，把安庆的布匹囤积或转运，奔杭州去占地盘，另起炉灶。头一年腊月，太平军攻打下江，已有风吹草动，姜家男女老少夜乘马车，逃往潜山龙潭避乱。一家十几口在异乡茅舍过年，心虽凄凉，却也欣慰，全家总算逃过一劫。

　　次年二月初回来，太平军早走了，却发现家里全被掏空了。据看家的仆役年伢夫妇说，大年初，太平军横穿石牌街，挨家挨户收钱粮。那日下午一伙牌兵带刀枪冲进姜府，要姜家把钱粮全部交出，上交圣库。所幸出逃前，家里几件值钱的东西被年伢藏到后院的墙缝草垛里。

　　逃匪回来，姜家人心有余悸。其时，太平军攻下安庆，又弃城去了南京。石牌稍有安宁，姜宗仁本打算带全家去江南，但老太爷上了年纪，特别恋故地，连躲避到潜山都甚感恼火，宁愿葬身石牌，也不愿在古稀之年还流亡他乡。姜宗仁又怕杭州局势严峻，便决定留下家小，让三姨太烟翠照顾，自己处理好家乡善后事宜，再去江南。

　　三天后，张达开再次来到下石牌姜府，真是赶得巧，姜宗仁于头天傍晚从皖北归来。

　　姜府门前与前次不一样，府门大开，门外停了马车和轿子，不时有客人出入。仆人认得张达开前日来过，便领他到东厢书房外廊亭喝茶。中院卵石铺路，廊前植株翠绿，一排石榴花开得正艳，还有紫薇、月季，摇曳怡人。中进西厢一间，廊下挂鸟笼，门前置盆景，想必住的是高贵妇人。

　　张达开到了廊亭，在木凳上拘谨坐下，斜面望去，东厢书房内，有书橱、字画，且香炉里清烟紫绕，好不雅致。只听里面说话声，都是为生意事。商埠囤货，有的转手，有的甩卖，有的想重新开业。他们与宗仁有业务往来，现在或是来催货款的，或是来借仓库的，或是来商议调运策略的。等了一顿饭的工夫，总算结束了。姜宗仁跨出门槛送客至廊下，主客又拱手作揖说了一会客气话才告辞。

姜宗仁身材高大,面目俊朗,身着蓝花长衫,腰系青丝带、挂玉佩,气度不凡。张达开上前向姜老爷鞠躬作揖,礼罢,二人入书房坐下。条几上的一座钟,正好敲了午时响。

姜宗仁到家后听妹妹梅香说了此人,便想起安庆的事。他对张达开印象极深,中等样貌,严肃拘谨。酒席众儒生即兴作诗,张达开最显锋芒,连连唱了几段自编的采茶调,词句押韵,音质圆熟,令四座骇然惊喜。

姜宗仁笑说,先生功名在望,若来府上,只怕屈才了。张达开答曰,羞谈功名,我纵是衣带渐宽终不悔,亦盼不来河山收复。江南贡院已无路了,贫儒只得来贵府以栖余生,不枉十年寒窗。

姜宗仁笑道,先生谦虚。又喊人泡茶来。不一会儿,端茶进来的是张达开前日来府中见到的三姑。宗仁介绍说,吾妹梅香。张达开急忙起身施礼。三姑对他轻轻一笑,把两只青花茶碗放在二人面前,又对达开说,先生慢用。说罢转身出屋去。三姑清秀白净,明眸细眉,身姿丰盈,三寸金莲隐隐露在长裙下,走起路来,像戏台上的角儿。这富家的小姐,风韵就是不一般啊。

张达开尝一口茶,只见姜宗仁已将那本《卖饭女》从书案上拿过来,边翻看边道,唱词平仄押韵,情意绵绵,此"露水"情长,民间真声也。又有先生一手好字,这本戏极美。达开谦卑笑道,过奖了,此二角儿适合排演黄梅调。姜宗仁忽又面色愀然道,遗憾家母已去,家母出身寒门,一生怜爱农叟渔夫,在世时极爱这类民俗小戏。达开连忙又深鞠一躬,卑生来之晚矣,罪过。

姜宗仁说,自家母去世,又加之近年烽烟岁荒,府中不再雇养伶人了,但偶逢节日,还会请班进府来唱一回。老太爷喜欢徽班老二簧,老二簧有固定的剧目。这黄梅调如今又有三姨太喜欢,三姑亦爱唱。我看就由她们选伶班来排演吧。(旧时安庆人称京戏为皮簧戏,源于二簧与西皮之合称。称黄梅戏为怀腔、采茶调或黄梅调。)

张达开忙说,亦可亦可。姜宗仁又翻翻纸页道,冒昧问一下,这戏中之事发生在哪个小镇? 达开说,前些年跟伶人演出,在望江香茗山听到这桩

事,说发生在望江华阳河。非我亲眼所见,又因写私情,故不敢表地名。早年想写,碍于望江伶人不敢接纳,说是偷情养汉之丑事。宗仁说,虽是偷情养汉,但这对男女冲破藩篱的恩爱真情却世间难寻,令人敬畏。达开说,唯有尊府学识之人,思想开明,最能体谅,我便专为贵府写了送来。

宗仁说,戏词曰卖饭女的客栈"到春来宿的是芜湖、南京、上海,到夏来宿的是宿松、望江、安庆,到秋来宿的是桐城、潜岳一带,到冬来宿的是徽州、屯溪、祁门"。既发生在华阳河,词中怎么偏偏没有石牌?又曰"家住三河十字街",石牌恰好落在三河汇口,若排戏公演,恐怕石牌人会有猜疑,说此偷情养汉的"刘凤英"是我石牌人。窃以为,不如把词改一下,安庆改石牌,祁门改石埭,既押词韵,又避了客栈落我石牌之嫌。达开忙笑道,姜老爷高见,我疏忽了,这就改。于是达开当即在宗仁的书桌上提笔染墨,把女角刘凤英介绍自家饭店的唱词改为"到春来宿的是芜湖、南京、上海,到夏来宿的是宿松、望江、石牌,到秋来宿的是桐城、潜岳一带,到冬来宿的是徽州、屯溪、石埭"。

戏本谈定,又谈学塾里的事。姜宗仁说,时下战局纷争,不便带家小去江南,各房的孩子都留在石牌,安庆府学、县学被太平军侵占。自开蒙至年少者,全留在学塾,现有十来个。原有桐城一先生,但他年高体弱已辞职归家。若先生能担下我塾中学务,不胜感激。张达开心花怒放,求之不得,连忙说,承蒙姜老爷抬爱,达开决不辜负重望。老爷尽管放宽心,以我社学执教多年经验,定会扶助少爷小姐们成人成才。

3. 宜园邂逅

张达开安排好太湖家中妻小诸事,不几日就背了包袱、提了书箱,来到姜家,开始了他的儒仆生涯。他的住宿被安排在后进罩房。府上共四个仆人,两个女佣在正房服侍老幼,府中杂务就由老仆年伢夫妇做。塾师初来,年伢介绍了府中规矩,又唤来妻子桃娥,帮张先生铺了床铺,挂好帐子,又搬来洗脸架,把脸盆等洗漱用品一一摆好。又说,塾师和仆人一日三餐在前院耳房,先生记得时间去吃便可。

次日,张达开正式到家塾上课。家塾也在倒座房这一排,靠东一间大屋。十来个孩子,齐眼看着张达开,充满新鲜感。年伢给孩子们介绍这是新来的张先生。一个女孩,红着脸磨磨蹭蹭走出来,鞠躬叩拜,道,先生好。年伢说,这是二房已故宗德老爷的闺女诗琪。接着过来一个高个男孩,生得浓眉清目,形态雅正谦恭,他压手叩首,道,先生好。年伢介绍,这是宗仁老爷的次子诗丰。诗丰十六岁,因省城迁庐州,安庆兵乱不便县试,诗丰即将跟父亲去江南。张达开点头笑赞,感慨姜家门庭风水好,子嗣旺盛。又有几个陆续上来拜。宗仁三子诗康,宗德子诗良。诗康、诗良都在十二三岁,后几个年龄较小,有四叔、三姑的孩子,亦有族内的子弟,都是刚入蒙。张达开眯着笑眼细细端详这群小孩,发现富家的孩子个个长得脸色红润,神情聪慧,又谦恭懂事,是那社学贫贱子弟不可比的。

张达开进府,却是以做塾师为主,姜家荒疏一年多未请班唱戏、编写戏本,毕竟不需要供养全职的人,姜家也会精打细算。张达开带来的那个《卖饭女》目前只在太太们手里传阅,尚未请班排演。当然这自不是张达开关心的问题,他只关心薪饷。据年伢说是三姨太做了主,每年的"束脩"就给他十二两银子。张达开心里一下子踏实下来。随即问年伢三姨太叫什么名字。年伢说,太湖赵氏女,叫烟翠,是宗仁老爷新娶进门的三房姨太,为人知书达理、贤惠善良。张达开听后,心涌一股暖意,感觉自己遇上了命中贵人。

不几日就是农历七月十五中元节。上午,姜家老少乘马轿去西面祖坟山祭祖烧香。中午,姜宗仁邀约塾师到一进西面的餐厅与全家共进午餐。

餐厅透明雅洁,适宜饮酒观景。桌上菜肴丰盛,排了满满几圈。看上去是一餐团圆饭,实际上这里只有姜家的一半人。如果没有逃亡在外的或经商、从军的,这一张桌子是坐不下的。

姜宗仁挨个给张达开介绍，张达开见一个鞠一躬。老太爷坐上席，身体虚弱，话不多，脸上一直挂着微笑。挨着是乔姨奶，潜山县人，老太爷的姨太，据说她一生未育，年逾知命。细看她容貌姣好，依稀可见当年姿色，不愧为乔氏后裔。潜山乔姓出美女，名不虚传。再有宗仁的续弦太太汪氏；再有妹妹梅香；再有四房宗明太太徐氏，孩子们叫她四婶；再有二房宗德遗孀邵氏，孩子们叫她二婶。张达开初来就见过二婶，这会子又客气鞠一躬。二婶说，诗良脾气不好，张先生要放严厉些，我不心疼。张达开笑答，诗良刚直不阿，有豪杰之气，将来必成将才。二婶说，将才？那是乱世才出，我指望他做道员。众人哄笑。张达开正要借机献媚夸奖诗良，诗良却捧着饭碗一转身出去吃了。众人又笑，说诗良性子犟，就不喜欢别人当面夸他。

酒过三巡，张达开才知道，酒桌上还有宗仁的三房姨太赵烟翠该来，但没有来。说是上午上坟，受了热，现在身体不适躺在房内，乔姨奶吩咐女佣桃娥一会熬碗绿豆汤给三姨娘送去。

饭罢，微醺的张达开回到自己屋里，跷腿躺在椅子上，哼起小调：

哪一个不想我除非是个痴呆，就是那正人君子奴心也不爱，就是那富豪客小女子也不贪财，也只有蔡客人怜人可爱。

张达开好像只是打了个盹，可一觉醒来，日头已偏西。他欠欠身子，感到头痛脑晕，是中午酒多了。又眯一会，隐约听瓦屋外有女子吟唱声。达开也想醒酒，就起身，抹了把热水脸，出屋，逛到后面去寻那声音。来姜府几天，还没到过后面的花园。这富家真是幽深啊，后面还有一个大花园，圆拱门上写着"宜园"。达开走到园内来，只见草木清爽，假山、石泉、花圃，让人目不暇接。绕过了石山，有一小湖，湖上架曲桥，荷花正艳，虫飞蝶舞。湖边亭台上，一女子正在翩翩弄舞，那吟声原来是姜家三姑在亭台练戏。她丰腴的臀部扭转自如，甚是迷人。张达开屏住气站在后面看。梅香意识到身后有人，立即歇下，回头对张达开笑笑，先生赏景啊！

张达开鼓掌三下,赞道,三姑台步走得丝丝入扣,音质又润又甜,真是孟姜女再世。梅香羞怯道,只是喜欢,练练罢了。达开说,若在台上扮旦,岂是伶人能比!

梅香收袖过来,先生那出刘凤英的戏,写活了。我想试着唱,又拿不准调。达开说,黄梅调九腔十韵,各有各的音,你就大胆唱吧。梅香又问,你看我这样子,适合演什么角?达开说,刘凤英的戏太苦了,我看三姑气质,最适合演《槐阴树》中的七姐,天仙下凡,婀娜多姿,正是三姑刚才模样。梅香知道这话是恭维自己,便道苦戏最能显演技功夫,我就便爱演别人没有演过的苦戏。达开笑道,此言极是,三姑身在闺中,若在伶班,定是一个绝艺优伶。梅香道,闺中亦能做优伶,我这不就做了么。达开笑笑,不语,心想你这只是个李清照,意淫。

知道姜家小姐爱在宜园练习,此后一连两日,张达开总在那黄昏时段,有意逛到宜园,想遇梅香。可是梅香这两日却没有来。达开心里有些落寞,一个人走走,听听蝉鸣声,也就回去了。听年伢说,姜家几代人都喜欢戏,梅香已故的母亲,年轻时美貌聪颖,时常扮戏装,碍于是女子,只在家中偷着唱唱。梅香受母亲影响,自小恋戏,三日不唱,茶饭不香。达开说,她投胎投错了,要是个男儿身,可得比高朗亭厉害。年伢说及梅香种种迷戏趣事,让达开越生慕情,想与她攀谈却找不到机会。这个傍晚达开再次垂头丧气,无功而返,没想到梅香正站在他的屋门口。达开恍若梦境,惊喜地问,三姑有事要吩咐?

梅香说,有事,进屋说吧。达开激动得双腿发颤。进屋,梅香屁股都没挨凳,站着就直接把事说了,达开非常失望,以为梅香是来与他谈情说爱,没想到梅香真是有事。

梅香说,我长兄说过,若家中舍不得花钱包戏,可请伶工上门教我们排演黄梅小调,在府内自娱自乐。我有一师兄,唱皮簧的,什么戏于他,扮了即活。若他在石牌,定能教我排出这《卖饭女》。原来她心里已经有"小生"了。达开心里抵触,嘴上却说,如此绝艺之师兄,怎离你而去?梅香说,弥散烽烟

把他卷到安庆去了。梅香眼睛闪了闪,道,张先生课余常逛街,能否拐道一回,帮我探探他的情况,看他可回了石牌?

张达开内心不情愿,但碍于姜家小姐初次求他,便问其师兄的姓名、地址。梅香拿出一封信,说他姓蓝名丙光,住鲶鱼头渡口的皖江馆。见人即交信,未见他人原信带回。张达开接过信,深沉道,甘愿为小姐效犬马之劳。梅香交代说,先生此行绝不可在府中透露风声。

4. 硝烟安庆

张达开次日午时散学,吃罢饭,便去了上石牌皖江馆。这上石牌位于皖河西滨,人流比下石牌更密集。沿河北街最热闹,茶馆、饭店、杂铺、卖字写信、刻字、肩挑买卖,应有尽有。中心街尽是老字号大商店,亦有戏社、商帮会馆。沿河东街多为妓院、旅店、客栈。鲶鱼头是地名,是大河渡口的一片岗,鲶鱼头客栈鳞次栉比,往来船只泊港,苏杭湖广客商多在此下榻。张达开进了皖江馆,询问蓝丙光其人。那人说,蓝师父在呀,指指楼上,住东头第三间。张达开抬眼望去,楼上窗户紧闭,到楼上轻叩这间屋门,没声音,再叩几下,似睡觉的闷罐声,哪一个?张达开说,是上石牌来的,找蓝丙光。就听里面吱吱啦啦,好一会,才抽闩开门。

一个男人,三十岁模样,脸色白里透青黄,身材瘦弱。二人互道姓名,互相施礼。张达开进屋,坐在板凳上,屋里凌乱不堪,怪气扑鼻而来。这蓝丙光与张达开没说几句话,两人几乎同时惊喜,原来是熟人。

那年太湖徐家桥一班社,聘请张达开给戏本编词润色,达开在徐家桥小住了数日,蓝丙光也在那搭班,他唱旦角有些名气。达开便对他印象深刻。

二人叙起徐家桥的事,倍感亲切。

蓝丙光蓬头垢面,边说话边忙端桶倒水、洗脸。嘴里说着,先生稍坐一会,我去烧水泡茶,又穿鞋下楼去。

达开眼扫屋内,全是戏装道具,地上、床上、桌上,乱堆散放。达开走到窗口，眺望远方，河对岸山峦绵延，有一片岗叫猫山，此时猫山旗帜飘扬，石木遍布，一派忙碌景象。据说那是太平军正在筑建石牌新城，隔了宽阔浩瀚的皖河水面，仍望得很清楚。达开心里一时有些不适应，觉得这商业繁华的石牌，其实离战火很近。

丙光进屋泡了茶，二人又叙些闲话。达开问，省府近来境况如何？丙光说，安庆城里疮痍满目，太平军新政苛捐厉害。丙光手指窗外猫山的筑城工地，说，那些筑建工程，都是从庶民头上苛来的役工粮钱。硝火难容歌榭，在安庆伶人只拿军饷，唱戏不是主业，还要日日操练战技，丙光因体质不佳，不适军规严纪，故回了石牌。

达开说，蓝师父天生金嗓，还是坚守技艺为好。丙光突然问，太湖唱戏生意如何？达开回曰，吾常住乡间，对集镇戏班不甚了解。石牌往来人烟甚密，当生意兴隆。丙光摇头浅笑，说，自四大徽班进京，皖河两岸杂艺四起，如今唱皮簧的伶人多得不可计数，几乎七成的伶人都靠跑码头营生，并且大部分伶人都像他自己这样，除了唱戏，还得有个手艺，他业余兼刻字为生，以保证戏荒时节不挨饿。伶人们都希望有一个长久的戏台，但除了富户望族年节包场，或唱堂会，没有不撤散的台子。

达开说，大户人家如今元气巨损，花费亦苛刻得很，那正街姜府一年多没有看戏了。丙光眼睛亮了一下，问，先生知道姜府？达开意识到露嘴了，便道，吾现屈身于姜府做塾师。至于为梅香送信之事，达开恐有失身份，搁在心里一直不好提。没想这丙光听到姜府，似乎明白他的来意，面露羞怯。达开见机便道，我本来上石牌购纸墨，不想姜家梅香小姐闻及，顺托小生来此拐道，问问蓝师父回来否。达开顺手掏出腰里一封信。

丙光接信，或是当人面羞于细看，粗览一下，扔到床上，说，朱门贵妇，只拿戏玩罢了，我现哪有闲空与她摩擦。达开问如何回信。丙光道，你且说我近来身体不佳，等好些了再去拜访她。

达开见丙光情绪低落，不便多言，说上石牌有一老乡约我品茶小叙，我先去了。丙光起身送客，说，多谢，慢走。

第一卷

送走客人，蓝丙光用开水冲泡半碗剩饭，扒了几口，拿起搭袱甩上肩膀，打算去东街摆摊刻字。出皖江馆大门，迎面遇皖江馆老板上街回来。老板见丙光衣着素净，看出他并未在安庆挣到钱，故急问道，蓝师父重操旧业了？在安庆该挣到大钱了吧？那半年房租何时结账？蓝丙光说，我们进城是为反清救国，不是赚钱。欠你的，我这个月就交清，你莫急。老板笑笑，丙光自知那笑里有讥讽，也不理他，径直往东街走去。

且说这蓝丙光，怀宁高河埠人氏，祖上是明末官吏阮大铖的伶工，后裔在安庆天台里阮家班唱戏。阮大铖依附奸臣权贵，索贿敛财，奢华一时，却哺育了戏曲的兴盛。至清初家道衰落，阮家班大批返乡伶工流落在皖河一带，如今唱昆腔的、唱四平调的、唱拨子的，唱西皮、二簧的，都有阮氏班后人。蓝丙光的父亲从小精于昆腔，常跟班出入鄂赣边界，便又学熟了西皮。蓝丙光自娘胎生下来，就受戏曲熏陶，七八岁开始跟父亲学唱戏，严寒酷暑练功夫，嗓子也好，越唱越亮，常跟班出入茶楼戏社、码头庙堂，走村串户。待到青春期嗓音"倒仓"，丙光演艺生涯卡在这一关口，和许多艺人一样，倒仓变嗓时期，倒不过来，一蹶不振。自那时起，他便改学雕刻技艺，刻字画及戏本样板。喉咙还有音，只是那几年他不敢真正登台亮相，怕坏了名声，往后不好发展。丙光暗地练嗓子，没想二十岁后，他的音质变得越来越圆熟，于是又返戏台，刻字便成了副业。丙光返台，先在怀宁一带草台班搭班，逢年过节，挨镇巡演，挣钱养家糊口。后渐渐稳定，成了庆丰班的台柱子。丙光生旦兼容，文武兼备，声腔优美，江湖伶工的招术，他样样拿手。

在庆丰班顺利唱到那年腊月，没想到，坏运气来了。那一天，下石牌的邱士良领了一帮人到皖江馆。邱士良本是做木匠的，前两三年与人筹资办起了戏班，专唱黄梅调。

同在石牌，捧同样的饭碗，平素不往来，这会子邱士良故作亲热，抱拳叫蓝师父好。丙光正在楼下升壶烧水，手里忙活，嘴里问，贵脚至寒舍，邱老板想必有大生意？丙光以为他是来请自己唱角的，丙光技艺名世，瞧不起邱士良这种半途出道的乡野曲士。

邱士良却引上来一位中年男子,说是湖北来的乔师父。然后他拿出自己的黄烟袋,说,新丝,来吸几口。众人坐在廊沿石阶下吸烟说话,就着柴堆拾火吸黄烟。两个不吸烟的小生,还拿斧头帮丙光劈柴。

乔师父名道良,不像农耕闲暇出来卖唱的,是久混江湖的模样,穿长袍,外罩马褂,头戴瓜皮小帽,见人一面笑。挨身坐着的是他女儿,叫乔玉秀。二人本在家乡唱汉调,如今加入了反清革妖的太平军。他们来之前已经在湖北投军。军中有一个司马,叫孟七,唱戏出身,独爱招募伶人入伍。先在湖北放了线,招湖北一对父女。这父女肩负重任来到石牌,是为了鼓动怀邑伶人及手工业者参加太平军,潜伏安庆,帮助攻城。

现在跟着乔氏父女来的人,有一半丙光能叫出名字:唱弹腔的陈训;唱二簧的潘政法;唱黄梅的张述东、李盛荣;常搭班的,一口好嗓音,以开榨坊为生的汪林海;下石牌的牛贩子严根发。

蓝丙光说,鄙人文弱小生一个,以唱戏谋生,不擅武艺,哪会提刀上阵?我还是罢了吧,你们去吧。那女子玉秀说,蓝师父此言差矣,清政府腐化堕落,苛政猛于虎,我汉人当不分高贵贫贱,不分技艺工种,有力出力,有智出智,共谋反清。师父既擅戏艺文,可以演技、谋略破城,助太平军一臂之力。那玉秀女,弱柳扶风,眉目含潭,又有貂蝉、西施除妖救国之志。丙光心有悸动,便道,容我考虑后再定,先喝茶吧。便起身去提壶倒茶。

这时候,庆丰班主王庆丰恰好从街上回来,听闻这帮人的来意,是要号召伶工去安庆。王庆丰不高兴,说,安徽省府多次颁令,城内严禁淫戏,扰乱纲常。且说我等伶人,只唱剧目,不代布告发声,更不介吴蜀魏纷争,哪管他清妖发匪的。

乔玉秀责备道,足下言不由衷,明明是恨这世道腐化堕落,却怪戏曲乱了纲常。华夏一片病夫状,这世道必将结束,太平军不来,必有洋人来。太平军是汉人的军,一二年光景,连连攻下南方几座城池,现已攻下武昌,安庆指日可待。人说太平军有大宋的情怀、大明的威风,我等伶者,不传华夏精

神,有辱先贤。此时正是效劳的良机,足下若随太平军去,大可不必为柴米生后顾之忧。

王庆丰对这女子眼露鄙视,坚持不应,说,我祖上有训,决不从军、不提刀、不沾血,为一个从未谋面的帝王,去杀同胞,去葬送自己,不可取。

乔父道,不是叫你杀人,我们一道进城,先占了茶馆戏楼,宣扬天朝亲民新政,鼓舞百姓弃暗投明,开城接应。戏以载道,救亡图存,乃我等伶人不可推卸的天职。

他父女俩一唱一和,乔玉秀道,你扮装唱秦皇汉武、唱关羽、唱武家坡,传英名颂正义,尽在此理矣。太平军一到,攻下安庆,扫平贪官污吏,我等伶人,他日既能唱戏,又可享受军饷,不提刀枪,只以思想教化百姓,共享太平。邱士良也在一旁鼓动说,做生意得有靠山,如今这上下石牌,都是兵荒马乱,人心惶惶,哪有心思听戏,靠那几个富家唱堂会,不足充饥。你等在这只能坐吃山空。你也晓得这时局,兵来了,富家也要垮。上下石牌,富家都已人去宅空了。

王庆丰乌下脸来,你怎么晓得我坐吃山空?邱士良嘿嘿一笑,都干这一行的,行道摸得清,遮也遮不住。

王庆丰道,邱兄良言,我领情了,不必再说,我是不会进城的,失陪了。说罢转身进屋去。

蓝丙光嘴上没有答应,心里却早有了准备。他见王老板气走了,自己也打了混场,说去上茅厕。蓝丙光站在茅厕一边小解,一边闭目思虑,权衡进城的得失。想到最后,他发现只有得,没有失:一则军饷诱人,二则与湖北乔玉秀共事,赏心悦目,能感受那些新风尚,总比闲在馆里好。

蓝丙光从茅厕回来,向众人表示,愿与诸兄弟进城献艺,为天国霸业效力。邱士良笑道,这尿撒得好,头脑清醒了,恭喜蓝兄。

乔父连忙说,今日我做东,恭迎诸位到宜春酒楼吃酒。

丙光来叫王庆丰一起吃酒,王庆丰房门紧闭,人在里说,我不吃,你去吧,我俩雇聘关系结束了。丙光知道既决定去安庆,解雇是肯定的事。他心里不怕,却站在外门装个苦腔说,大势所趋,我等必求生路,老板你不吃,那我去了,失礼了。说罢转身离去。

这一顿酒从中午吃到傍晚,伶人聚会,好不热闹,边吃边聊,间隔着还有即兴表演。那个乔玉秀,带着异地的芳香与韵味,唱了一曲又一曲的黄梅调,让怀宁县的男人们大饱淫意。一帮伶人疯到窗外日头偏西方散去。蓝丙光醉醺醺地回到客栈,倒在床上,迷糊睡去……他的梦乡里,尽是乔玉秀红彤彤的脸。

次日上午,蓝丙光又召集了两个小武生,三人备好衣物,到渡口等乔氏的船。乔道良的船来了,挤了三四十人,杂工、艺人、耕夫皆有,都是去安庆投军的。昨天酒桌上的一帮人也全在这条船上。据说皖河一带被伶人鼓动去投太平军的农夫、流民及手艺者逾百人,都在这前后几天,有的乘船,有的徒步,陆续奔向安庆。众夫图的是投军能吃饱肚子,还能拿军饷。

进了安庆城,众人住在怀宁县衙边的客栈。此后一段时光,石牌来的这帮伶人,挨个茶馆唱戏,开场念白都是"天下田天下人同耕,男女平等,无处不均匀,无人不温饱"。鼓励看戏的市民"抗税赋,杀清妖,反清条"。一时台下乱哄哄,人们说三道四。有人说太平军是威武之师,所过郡县,清军连连吃败仗。大家都深信,大凡造反的都不杀穷人。想那刘邦、朱元璋、李自成,历朝皆如此。这安庆城果然只是一些富家坐卧不安。腊月黄天,天气寒冷,背阴的墙角整日不化冻。过了几日,年关又近了,大街小巷开始响起爆竹声来,烟雾弥漫,可人们脸上却看不到过年的喜色,而是焦虑、惶恐与不安。随处可见,驾马车拉整车的包袱杂物往城外运,只有不怕死、不怕抢的穷人,坦然坐在茶馆里看戏……

以乔道良为首的这帮伶人,在安庆城演了十来天的戏,不仅改变了百姓对太平军将信将疑的态度,还摸清了守城兵的底细。城北总兵王鹏飞区区两千士卒,桐城方向有年过八旬的漕督周天爵,路远兵弱,安庆防守薄弱。安徽巡抚蒋文庆八十岁的母亲久病,蒋已送母登舟撤出安庆。王鹏飞粗通

兵法，自以为空城计能收覆水，兵不厌诈，命城门大开，想以此吓退敌军。夜阑月昏，乔道良悄悄差人送情报给宿松营垒的孟七，孟七便拿这信向上禀报，说安庆城空兵弱，不堪一击，指日可取。

元宵节这天，乔道良等伶人以为官府庆祝佳节为由，先后到城北总兵王鹏飞营、安庆知府傅继勋官邸、蒋文庆巡抚衙门等地，不收半文钱，专为大人们助兴元宵而唱戏。有蓝丙光等怀宁伶人撑台的皮簧戏，又有邱士良、乔玉秀唱的黄梅调。一出一出地演，官老爷们眉开眼笑，将士们拍手叫好，看上去一片醉太平，事实上每个人内心都有乐极生悲的预感。城里一片歌舞升平，万佛塔外的长江水面上，却弥漫着恐怖气氛。彼时太平军陆地先行部队已破清军太湖防线，朝安庆开来。

这乔玉秀不仅戏唱得好，还能饮酒。戏罢与总兵对饮，红唇利齿，使出美人攻心的小伎俩，把王鹏飞弄得色眼迷离。乔玉秀不仅探实军情，还说大话助太平军威风，说十几万湘人投了天朝军，气焰嚣张得很，兵来如山倒，所向披靡，吓得王鹏飞果然在太平军开进安庆城之前，不放一枪一炮，弃城而逃。王鹏飞想不到唱戏的伶人居然是太平军放来的探子。不过，这些对于他来说，已经没有意义了。安庆守军对太平军闻风丧胆，并非伶人放的谣言，而是清兵内虚，压根没做踞守的打算。

咸丰三年正月十七，午时，有人看到长江上游帆船绵延数里，浩浩荡荡，太平军气壮山河。一路顺利拿下九江、彭泽、小孤山，沿途清朝守军几乎未做任何抵抗，使太平军不费一枪一炮，直逼安庆。历来都知安庆人好戏，在此做官的最好这一口。那一天，江面上的船上堆柴草，内藏火药，炮弹飞向城头，城内戏楼上人散曲未终。

邱士良、蓝丙光各操一种戏腔，正在巡抚门外同台演出。一时间台下乱了，观众慌不择路，当官的老爷们早不见了。乔道良叫喊，诸位伶友，身上的戏装不要脱，以免被太平军误伤。又命蓝丙光找来长竹竿，挑上生角戏服，高高摇晃，向城外太平军示意。蓝丙光高举竹竿，挑了戏服、白旗，带领十几个人往城楼上跑，手挥竿子，拼命摇晃白旗，示意安庆投降。

伶人的号召鼓舞,让一些贫民也拿起渔叉、扁担、棒槌追杀清兵。城里城外颠倒混乱,炮弹轰鸣,烟雾弥漫,许多清兵自动丢枪脱衣,跑出城去。下午,太平军进城,清军兵溃,退往桐城方向。

据说这一日城中官宦近百人躲在衙署焦急地转圈。半日内,残余清官携带饷银陆续潜逃出城,独剩巡抚蒋文庆。蒋文庆算是儒家圣贤书熏陶出来的忠孝节义之士,送母上船后,他誓言与城共存亡。是夜,硝烟烧到南门,他决心自杀殉国,留遗书明志。可惜长年由幕僚代笔,八股文思堵塞,一两个时辰仍未写好一纸遗书,彼时太平军已杀到官邸。夜幕沉沉,蒋文庆仓促派下人将遗书送出城交予周天爵,然后吞金自杀,但金子没有致他死,最终他被太平军捕杀。可怜偌大的安徽省,只有一个蒋文庆上了忠烈榜。

太平军缴获的饷银、米粮、铜炮、火药炮子,无以计数。安庆大捷伶工功不可没,蓝丙光等人获赏银数十两,孟七连晋三级,乔道良入军任卒长。

攻下安庆第二日,太平军开始抓人充军,恨不得把全城老百姓都拉去当兵。孟七召集怀邑伶人,成立孟家班,并要求全班伶人从军,跟他去南京享军饷,待南京打下以后,保举军中官职。乔道良、乔玉秀等必定跟他走,蓝丙光犹豫不决。他暗中对邱士良使眼色,希望他帮忙说话,邱士良知道他的心事,不想离乡。蓝丙光向孟七道,我等上有老下有小,虽不能去,但留忠心守安庆可否?一则习武防妖,二则唱戏娱宾犒士,岂不两得!

孟七自己唱戏,也理解众友苦衷,便道,若留安庆,当以孝忠天国为天职,清妖来犯,尔等必与城共存亡,不得做苟活的两面派。蓝丙光说,留安庆,必得让我们继续唱戏,否则一是我们有断机杼之危,二则生计何来?孟七说,只要不扰乱军心,不在军队内唱邪音,就打孟家班旗号继续唱吧。伶人们喜不自胜,个个拱手谢孟七,并道,日后有用得着我等的地方,孟大哥只要捎个信来,我等甘效犬马之劳。

于是这一帮伶人在攻下安庆后,留了一半,走了一半。那走了的,自然都穿上了军服,入了牌馆,享了军饷。留下的这些贪生怕死的并不羡慕,总预感哪一天他们会丢了性命,因为自己目睹安庆昨日一片血海,虽是不攻自

破的城,但死亡的人却随处可见。这帮伶人在戏台上拿枪舞棍,真见了这景象无不毛骨悚然。

　　送军的时候,蓝丙光特意去见女馆的乔玉秀,破城后玉秀晋升为女馆首领。太平军男女平等,对于识字擅文的女子尤为器重。见玉秀一身军服打扮,蓝丙光心生敬慕,说,妹妹穿上这一套比穆桂英、花木兰更看好,英姿飒爽。玉秀说,蓝兄客气,女子从戎,是为杀妖救世,不显娇艳。以后我也将熟读兵法,以武为重,要把清妖杀个落花流水。蓝丙光说,妹妹胸怀大志,兄为须眉愧死矣。怎奈家中有年迈老母不便远行,他日孝尽,必将从军,随你南征北战,当为幸事。进了太平军,诸伶不再互称师父、老板,而是以兄妹互敬。蓝丙光在这寒风刮脸、黄水涛涛的长江边,与乔玉秀磨蹭多时,是想给乔女一些情意绵绵的留念。这乔女却不喜欢蓝丙光酸腐的味道,男人不身先士卒,却躲在女子背后煽情,最可恨。乔玉秀明白蓝丙光的淫荡意图,但她装着不知,一个劲说太平天国如何让女人翻身,如何重用女才,说自己遇到救星,改变了被压迫的命运。"天下妇女,姊妹一家",现在她要扛枪去帮千万受压迫、受欺凌的姐妹改变命运。乔玉秀走了,随太平军东下长江而去,此后蓝丙光再也没见到过她。

　　蓝丙光回到住所,感到索然无味,特别空虚。后来,蓝丙光又跟着邱士良在安庆城里混了一年多光景。城内遭太平军掠夺,街市凋零,老百姓食不果腹,唱戏的收入并不好。孟家班无主,人心涣散,一些人留在安庆,一些人回了石牌,一些人在乡村种田。有时想唱一台大戏,人却凑不齐。于是只得与邱士良的黄梅调合演,或者临时在城内招几个唱梆子的。演员良莠不齐还能凑合,就是这城里唱戏收入微薄,这帮伶人不算兵,太平军不给军饷,生计难以为继。是年春,太平军攻下南京,又有清军河州镇总兵抢占安庆。六月太平军胡以晃再克安庆。清军再陷安庆,按察使张印塘入城,复回驻集贤关。下游太平军继至安庆。秋天战局稍息,翼王石达开率部队来安庆,筑楼设防。在西门外大新桥设立关卡征税。太平军在安庆辖邑新克州县发良民牌、营业执照,征粮、征税,废除清里保制度,改府为郡。

可是蓝丙光不想再待在城里了。当初他是恋着乔玉秀,男女搭配唱戏,那才有情致和韵味呢。邱士良说,你一走,孟家班的戏就唱不起来了,没有乔玉秀,还有姜梅香呢!你回去把梅香叫来,如何?反正女子唱旦,也不止她一个,乔玉秀做了先锋,她的人气不逊男伶。这城里人思想新,见怪不怪,梅香一来,又抬了我们的人气。蓝丙光说,梅香是富家女,哪吃得我们这等苦,她是不会来的。我回石牌不光为她,也是舍不得石牌的人气,怕丢了石牌的主户。你可听说了?太平军在石牌猫山建了石牌城。若我们都回去唱戏,一则安全,二则保了老地方,比在这省里逛荡好多了。邱士良说,我们既加入了孟七戏班,就不能来去自由了,那孟七和乔道良时常盯着我们,我们等于是他在安庆设的卒子,我们是不能随意出城的。邱士良知道蓝丙光心不在,人难留,便又说,你回去管石牌的班吧,你去聘人,以邱家班的名义接邀帖演出。不过,那边的主户得抽我一点才合理呀。蓝丙光说,那是,毕竟都是邱老板的德行打下的基础。邱士良说,邱家班原来的主户,按二八分成,如何?我得二,你得八。丙光估摸着也差不多,便说,多谢!虽是我占了些便宜,日后你回去,我依旧把石牌的邱家班主户拱手让给你。

5.家塾

那日,张达开从鲶鱼头回来,把蓝丙光的话悄悄告之梅香。梅香一听,神色黯然,说他既回来了,怎么不来见我?我看他是浪野了心,寡恩薄义的东西。听此言,梅香和丙光似有不净。达开心生妒意,便道,戏子无情,三姑何苦一往情深于一个伶工?梅香瞪他一眼,什么一往情深?我才不会呢,我是看他可怜。此后二人碰面,不再提蓝丙光。姜府日朗风清,众人各忙各的。

张达开日日授课,课余只在廊下走走,不再去宜园遇梅香,不想自取其辱。吃饭在厨房与几位仆人共桌,他餐餐要饮几口酒,酒钱叫年伢记账,从

他薪水中扣除。

又一日，张达开吃罢小酒，春风满面地去塾里上课。只见孩子们堆作一团，叫声尖利。走近一看，才知他们在玩蛐蛐。张达开不由分说，抓起桌上镇尺，朝着其中一个孩子的屁股猛抽起来，这一抽惊起一片，各自抱头躲开，被抽的那个摸着屁股蹲在墙脚哇呀一阵惨叫。哭了一会，屋里静下来，接着就是琅琅的读书声。

此后两天，学塾很安静，没有闹事的。张达开坐在宽大的太师椅里，表情严肃地巡视那一张张小脸。孩子们看似诵读，眼睛却游离不定。

张达开在室内踱起方步来。不经意，却见年伢的身影，隐在窗外树荫下。达开心想，这是对我授课不放心，还来窥探。年伢却招手叫他出来。达开来到屋外，年伢说，诗良几日不上课你怎么没发现？达开这才巡视屋内，果然没有诗良，亦没有诗康。达开自责，只顾日日来上课，却疏忽了屋内一堆孩子的数目。年伢说，快快把他俩找回来，让宗仁老爷知道，可不得了。张达开深吸了一口气，立即安顿好课堂，和年伢去寻那两个孩子。

两人分头行动，据说诗康喜欢捕鸟、逮蛐蛐，张达开便往宜园跑。宜园峰回路转，风光无限，达开的情态与上次来大不相同，他无心欣赏，又怕碰到练戏的三姑，心里紧张急切，拐过一堆石头，突然，头顶滑过一只大鸟，吓得达开脚下绊石，扑腾一下，摔了一跤，十分狼狈。达开赶紧逃出宜园，躲到自己屋里一照洗脸镜，额青鼻肿，嘴角流血。

中午达开没去厨房吃饭，他遮掩着脸，穿廊走到年伢屋里，问孩子的事。全府都找了，没有。年伢知达开脸上挂彩是寻孩子摔的。达开请求年伢暂莫告之主人，自己决定出府外去街上找。年伢一连两天发现，他俩白天不在学塾，但晚上会自归餐厅吃饭。也就是说，老爷、太太都以为他俩白天在塾里。

达开说，既是这样，那可否等晚归时，再找他俩训斥？年伢说，不可当着老爷、二婶的面揭穿这事，得在白天找到，带回塾里训斥。于是达开就独自出府门，去街上找。

张达开在下石牌几条大街,弄头巷尾到处询问,没有发现姜府少爷。瞎转多时,肚子很饿,中餐没吃,又跑了不少路,他想买点吃的,身上却没带钱。后来在一巷口又碰到年伢,他也没有找到。达开感到两腿发软,人要垮下了。达开心想这朱门一口饭真难吃,哪有这样无家教的孩子?

这一天没有找到两个孩子,晚上张达开又没吃,躲在屋里不出来。后来年伢送来一碗饭,说,诗良少爷回来了,在餐厅吃饭,有说有笑,不好去拉他问究竟。达开很生气,觉得自己被愚弄了。

诗康和诗良,白天究竟去了哪?好几天后才水落石出。他们天天躲在姜府后院西巷子里的余篾匠店听故事。余篾匠五十多岁,带儿子和徒弟共五人,劈篾、抽丝、打筐、制板,忙得哗哗响。竹子是潜水上游天柱山贩运下来的,常有大户人家自制型号来定做篾器,亦做凉床、竹席、摇篮、竹椅零售。

手艺人走江湖,见识广,余篾匠装了一肚子奇闻逸事,还会讲鬼狐妖怪的故事。那声音苍劲、透明。徒弟们听着笑话,活干得更起劲。姜家两少爷更是苍蝇一般黏着余篾匠,催他讲鬼狐。余篾匠自不知他二人是逃课来的。诗康还告诉余篾匠,我家新来的先生写了个本子,叫《卖饭女》,读了一回,甚是感人。余篾匠听了内容,笑说,那刘凤英就是石牌上街刘姓姑娘,娘家也开饭店。湖北贩翠花的男人,顺长江下,常在江北这几个水镇屯货,认识刘凤英就偷了她。二人"猫饭"吃了好几年,后来刘凤英被家人赶出来了。诗良说,这样丢脸的女人若是我就要杀了她。诗康问,可真是上石牌的人?余篾匠说,刘凤英没有死,躲在望江一个小村,说她死了是后人瞎编的。我跟师傅在望江做手艺,还给那刘凤英做过针线笸。诗康问,模样怎样?余篾匠说,那会子她老了,皱纹堆脸,但身段仍是娇小玲珑,年轻时应是一枝花。众徒弟笑。余篾匠说,莫外传,上石牌刘姓人听了要气晕。徒弟们又哄笑,有人说,好事不出名,坏事传千里,尤其那些靠卖淫戏糊嘴的伶人,捕风捉影,又把这事撰了出来。哈哈,大家七嘴八舌,反正这里没姓刘的,一时又哄笑

得厉害。

恰这时，忽听二婶来了，大大咧咧的，人未到笑声先闻。诗良的耳朵对母亲声音最灵敏，拉了诗康立即藏身到篾器堆里。二婶来看给四房定制的摇篮，进来说笑着翻摇篮看，说，小了，从裁竹的那会子，我就讲过，孩子睡摇篮要睡到三岁，三岁才送走梦中的陪外婆。又说姜家人身材高，加上垫的盖的棉絮，再塞个孩子，孩子就只能弓手弓脚睡在里面了。二婶要求重做，这师徒知道二婶难缠，只得答应。

这师徒见孩子躲藏，只当他们调皮怕母亲责骂，也就帮着遮掩。恰这二婶也喜欢和余篾匠说笑，寻个矮凳，手摇蒲扇，一聊就是半个时辰。那两个孩子在竹筐堆中，憋得尿急，急得没办法，便就地解决。

动静终于被二婶发现。于是这二婶又骂人又踢竹货，一手揪着诗良耳朵，一手拿竹板打他屁股，弄得一屋沸腾。二婶连带那师徒五人一起骂。虽不指名道姓，却让余篾匠过意不去。余篾匠歇了手里的事，来给这娘俩拉架，又命徒弟去姜府叫人。徒弟也精明，跑到姜府没叫主人，偷偷从学塾叫来张达开。

张达开见这娘俩在打架，二婶又是哭又是骂，句句不离死去的丈夫，说，你老子早死，你还不争气，我要不为你这孽种，我早和短命鬼一起去了。你混不死呀，将来如何成人？如何对得起你短命鬼老子？宗德呀，你睡在山上享福，你也不睁眼看看，我这作孽的命，何时出头呀？呜呜，诗良在哭，诗康也在哭。

张达开上来夺二婶手中竹板，劝道，二婶别打了，孩子还小，不懂事。拉了几下，拉不开，张达开扑腾双膝跪在二婶面前。又道，愚生有罪，求二婶别打了。诗良逃课是愚生管教有失，我在这里赔礼了，求二婶宽恕，下不为例，下不为例。

二婶见张达开下跪，又见屋内师徒神色黯然，扔了手里竹板，说，嗟，张先生这是做么事？你这是折我娘俩的阳寿，受不起啊，快快起来。诗良还不快扶先生起来。诗良当着众人面，又给张达开跪下，说，诗良不敬，先生恕罪。都是我惹了母亲、先生生气,说罢啪啪给自己几个耳光。

余篾匠师徒又劝说了一会。一行人抹脸擦泪,回到府中。谁也没再提这件事。次日,两个孩子进学塾,规规矩矩,照常上课。从此,张达开自己也收敛了许多,不再乱打孩子,不再在塾里哼小调,也不再酗酒。他日日准时到堂,衣装整洁,脸挂笑容,只是心里越发重了一层。

6.《江城子·淫》

八月初,姜宗仁整理行装,携次子诗丰乘骑至望江县渡口,坐船到东至,然后再乘骑去了遥远的杭州。做生意、创事业乃男人立足之本,姜宗仁忍心撇下年轻昳丽的三姨太,也是万不得已而为之。三姨太名赵烟翠,太湖县赵家河人氏,祖上几代做高官,在安庆有豪宅。姜宗仁在安庆开绸布庄,精明能干,风流倜傥,在官僚及商贾界很有名气。这个背景使他结识了赵门女子烟翠。二人情投意合,两情相悦。姜宗仁耗毕生之力把赵烟翠娶进门。没想新欢不久,逢战乱,太平军攻安庆,赵氏举家迁回太湖,姜宗仁安庆绸布生意也撤往江南发展,姜宗仁便把赵烟翠接回石牌。那个时候,府后的园子只是水塘、藕花和一片杂乱的绿荫。为了讨烟翠开心,给她雅致环境,避硝烟之慌,姜宗仁聘工匠,花了几个月的时间,把园子翻新改造,建了亭台、曲桥、山石、流泉,置花木,养鱼虫,样样都是称着烟翠的心去修建的。后来给园子取名,宗仁说,待他年衣锦荣归,你我就在这里怡然自得,安享晚年,取"怡园"可否?烟翠说,闻石牌旧时又名叫宜塘,这园子就叫"宜园"吧。姜宗仁十分欣喜,宜塘建宜园,又是美人赋名,自己漂流到哪都会情有所依。即命人在园门上嵌"宜园"二字。

如今要别离,留下年轻的太太独守空房,幽闺翠鬓寒,宗仁亦有悠悠牵挂和道不尽的别离之痛。那一日,二人并肩在宜园里漫步。宗仁平时忙于生意,只在即将离别的一天,才静心地陪烟翠说说话。其时,宜园的海棠正艳,桂花飘香,鸟鸣水响。青砖曲径边,一丛红花,一丛绿叶。黄蝴蝶围绕二

人轻盈飞舞,若即若离。八月薰风,爽心怡神。若不是别离伤感,这该是情景交融的佳境。但烟翠语言极少,神色忧郁。宗仁说,杭州那边大事定了,再回来接你。烟翠说,老爷勿念我,只要你自己多保重,闻太平军攻江南大营,杭州生意能安否?宗仁说,杭州城现有清军镇守,不会有事。太平军主战场在江北,曾国藩已联楚军抵达鄂皖地区,我看剿灭太平军时日不会太长。烟翠又语,自古争天下,三五年不可定乾坤。老爷此去江南,不知几时能回?宗仁说,这不叫"争天下",叫"小人报复"。洪秀全一个落破的小秀才带着广西一群无知土匪,报复朝廷。他们毁孔庙、烧儒经,漠视伦理,无知至极,算什么救世济沧?宗仁又说,万一杭州生意三五年不得迁回,我便留诗裕和宗明在那里,我俩回石牌,读书作画,看看戏,共享天伦,岂不乐哉?烟翠说,但愿如老爷所言,只是,妾身还不知何时能去杭州,就说"我俩回来,共享天伦"?宗仁也意识到过早说这些只会让烟翠更伤心,时局动荡,到处硝烟弥漫,杭州的事,自己心里也没底,便又道,好了,不说这些。宗仁伸手抚了抚女人的髻发,明媚阳光洒在她秀丽的脸上,宗仁一阵揪心,说,托你照看好二位高堂。家小若太平,我便安心。烟翠点头,忽又明眸含水,羞怯地从衣袋抽出一纸信给宗仁。姜宗仁渡江南去,赵烟翠写一词相赠:

江城子·淫

江北黄梅烟雨淫。声声切,子规鸣。避火临安,一骑卷千土。劝君莫忘红颜远,万里江,水于情。

瑶草屋前阶落红。一夜雨,醒山虫。硝烟安庆,万事莫惜休。尘色留袖相思寄,流年里,守苍穹。

姜宗仁展纸读罢,也是眼溢水光。他感激道,刻骨深情,切不能忘,留词暖我朝朝暮暮。

次日,姜宗仁便起程了。烟翠陪同送至望江渡口,离别愁肠,是一曲

《别赋》表不尽的悲凉。二人执手相看,烟翠泪流满面。宗仁上船,烟翠站在风中挥手,江涛拍岸,帆船渐行渐远,烟翠禁不住用手帕捂脸,放声哭起来。

第二卷

1. 春香进府

有一段日子，姜府院内即使白天也没什么人行走，妇人们各自在屋里做针线，老太爷只躺在逍遥椅上看鸟，由乔姨奶陪着，他俩也习惯了安静。

张达开只要得空闲，就捧一本书，摇一把扇，来宜园走走。桂花还没谢尽，余香飘出院外，后街上的人只闻姜家园子桂花香气，却不知那园中的落寞。园内石桌石凳都落了灰尘，只剩一个外来塾师偶尔在黄昏吟诵。张达开一直没有遇到梅香，他心里有些空落。

秋末季假，张达开准备回家一趟，看妻小、换衣衫。他领了当月的薪饷，还有姜家以学生名义送给他的中秋礼，本该中秋节送的，但达开怕礼品发霉，就对年伢说，待季末一起再收。于是月饼、肉、糕点和菜油，都是年伢这一天从厨房拿的新鲜的。年伢说，若在往年这点东西不过是姜家箩筛缝里漏掉的几粒稗籽，现在不同了，这份礼是太太们经过商议，从上月全家伙食账上挤出来的。达开笑说，是姜府太太们看得起小生，多谢了。又说，我拎这一箩礼回家，我夫人就有好脸色给我看了。

太湖松林坊，一个张姓村庄，是张达开祖辈十几代耕作的地方。谱载世祖明初自桐城到此买地契而后迁徙安居，繁衍至今几十份烟，没有外姓。因这一脉与桐城张英、张廷玉共出一堂号,本堂旺官位、出人才,所以族中稍有读书读出眉目的,族人就鼓励这孩子好好读,将来中进士,做宰相。张达开中了秀才,也算农耕族中稀有的人才。张达开父辈省吃俭用,竭力供他读书,可惜宅基风水落得不好,年至而立,达开未有仕途动向,在太邑儒生子弟中算混得最差的。张达开却认为,是祖坟不管事,不孝有三,无后为大,不能达官显贵也罢,却迟迟不生儿子。

妻子是壶温开水,不急不躁、憨态本分,出自贫家,自不比姜府里那些女人灵气聪颖。这样的女人只要打发些银两,自会喜笑颜开。这日达开提礼箩到家,给了她二两银子。妻子笑哈哈地烧水,给他泡茶,倒了洗澡水,又忙着把带回来的肉红烧给他吃。忙乎了半个时辰,几碗菜捧到桌上,妻子往他饭碗里夹肉。达开说,我在姜府上天天吃肉,这肉给你和孩子们吃,我不吃。女人听了很是高兴,就把肉分别夹给三个孩子,自己只夹一小块,说,我尝过荤就够了,孩子们正发育,不能缺油水。

原来在社学教书,张达开带了大女儿春香读书,现在做姜府私塾便不好带了,只叫春香在家帮母亲做事,顺带教两个妹妹林花、春红读《三字经》。如今乡村没有地方可念书,秀才的女儿目不识丁,不合情理,将来出嫁能识几个字,也不受公婆鄙视。春香却噘着嘴,我不教。张达开拿她无策,只得将两个小女识字的事暂搁下。

次日吃过早饭,张达开要起程去石牌。妻子把丈夫的秋衣整理好了,装了两个包袱。张达开问,我哪一时有这么多秋衣?妻子说,这一包是春香的。达开惊奇,春香为何也要出门?妻子靠在门框边,开始说一长串的话了。春香下月满九岁,女孩子要富养,如今你攀上了姜家,你就把春香带进去,一来跟你念书;二来碰碰运气,看姜家公子少爷可能相中春香,早早做上他家的童养媳,岂不了了我夫妻一桩心事,之后两年,你中皇榜进京城当了陈世美,我也有个依靠。我绝不像那秦香莲,不识好歹,断了丈夫的头不说,也搬起石头砸了自己的脚。

张达开惊愕,憨妻笨嘴,竟一时变得如此犀利。半晌,他说,要去也待下

次，我得向姜家人请示过才行。妻子说，请示了，就去不成。先斩后奏，把生米煮成熟饭最好。到时候，姜家人不会拉下面子赶人走的。再说春香进府，也就添一双筷子，姜家不在乎这一口饭。达开一细想，妻子说得也在理。于是他除了拎些衣物小用，屁股后面还跟着个小巧玲珑的女孩。

傍晚达开和春香到了姜府。达开带春香到厨房吃饭，年伢夫妇说，你明早过去禀报三姨太烟翠。二太太带病，这府中的事现在都是三姨太做主。

张达开一听这话反而犹豫了。三姨太未曾交往过，不敢冒昧，又怕面子难堪。他只得把春香关在自己屋里。

恰遇这一天有个孩子过生日，中午，太太们邀私塾张先生到餐厅一起吃饭。

张达开兴奋地来到餐厅，想碰三姨太，可是这一餐酒席上，三姨太却没有到场。妇人和孩子，闹哄哄的，敬酒吃菜都显得有些乱。三姑梅香在场，达开等于也有收获，他借机与梅香拉话说，三姑近日戏练得如何？四房宗明妻子徐氏插上嘴，赶紧练，下一年唱堂会就不怕没台柱子了。梅香浅浅一笑，不练了，没心情，戏练得再好，不能上台演也无趣呀。达开道，莫废了好嗓音，我听你唱的戏，如临仙境。又说，我时常去园子寻你，却不曾见你练戏了，你怎无故如此沮丧呢？二婶脸色骇然，一瞥达开，又窥梅香。达开忙收了话，他最惧二婶，因诗良逃课那回，对她下了一跪，此后见面总觉得尴尬。梅香问，先生何时听我唱戏如临仙境？达开不语。徐氏笑说，莫不是梦里？众孩子们哄笑。张达开脸红起来，笑说，谢四婶点破迷津，小生是在梦里听过，然后埋头扒饭。梅香筷子一搁，扭着圆屁股走了。

过了好几天，张达开从学塾回来，对女儿说，春香，大大明天送你回家。春香睁大眼睛，说，姜家不要我做童养媳啦？达开摇头苦笑，哪来的话，你娘不懂大户人家的规矩，童养媳也得门当户对呀。

春香说，家里的饭菜没这府上的香。说罢蹲在门背后，嘤嘤哭起来。张达开摇摇手，睡觉吧，明早大大还会带饭给你吃。

张达开怕姜家人碰到，就一直把女儿关在房里，每餐从厨房提竹笼装饭菜带到自己屋里，成了金屋藏娇。

这事久日之后，传到乔姨奶的耳朵里，乔姨奶叫梅香去看看。梅香本来对张达开印象不坏，一听这事，她莫名得浑身不舒服。说这秀才，才来几天，居然藏妖女在我府上。梅香气呼呼地往张达开的屋里来。

正是傍晚，梅香灵机一动，不直接敲门，先在窗前听听，有点捉奸的意思。后院蛙声四起，野虫乱叫，耳房一排屋空荡荡无人气。梅香见窗内亮着灯火，没有动静。她再踮脚，眯眼，贴窗，从缝里望去，正是一个小女子趴在桌前，头发中分，梳俩辫子。梅香正瞅窗内，却听身后有人。是张达开站在石阶下。梅香吓了一跳，捉奸不成反被人捉。她顿了顿，道，你金屋藏娇？达开说，屋里是我女儿。梅香有些骑虎难下，所幸脸色隐在暗光里，对方看不清。梅香说，你藏女儿在屋里做么事？达开说，想带入学塾，教她识字，怕丢在家无人教养。

屋里春香听到说话声，开了门。灯光里，看清了，她的确是个孩子。春香说，大姑姑进来坐坐呀。

梅香没有进屋，她对秀才藏女也感到厌恶。你打算把你女儿藏多久？达开说，过几日送她回家。春香一听急了，大姑姑，我不回家，我大大说送我给你家做童养媳。梅香狡黠一笑，转脸对达开说，入学塾，明日可入。想做童养媳，可不能马虎，得请算命的掐掐八字，看你有没有那个福分。

梅香甩袖要走。张达开急忙上前牵住了梅香的衣边，但很快又松手，说，你不坐坐？梅香被他的举动弄得又气又脸红，说，你休要自作多情，以后众人面前与我说话规矩些。张达开说，我没有逾矩呀。梅香知道欠了达开人情，等于有把柄在他手里，又恐他将送信事抖搂出去，就平和了语气，说，明日带你女儿去见三姨娘吧，入学塾也得光明正大，藏着掖着不是事。说罢扬长而去。

第二天上午，达开带女儿到中进正清堂。三姨娘赵烟翠正等在这里。达开父女进来，心怀激动。春香看到中堂的书几上，一座洋钟，当当作响，甚是新奇。达开心里却暗惊，那赵烟翠肤如凝脂，体态修长，面相高贵。腹有诗

书气自华,这女人一笑一颦,尽显风雅。达开推女儿上前叩拜三姨娘。想必梅香已事先与她说过原委。这会子,三姨娘朱唇含笑,眼里是怜爱,问,你叫什么名字?春香大方答道,回太太,小女名春香,今年九岁,会背《三字经》,写五言诗,唱黄梅调,临赵孟頫小楷。烟翠笑笑。几乎没怎么费口舌,这三姨太就先说了,既来了,孩子又想念,就让她进塾里念吧。叫年伢爷有空收拾一间屋,给这孩子住。这父女立即一并拜谢了三姨娘。

春香坐在了学堂里,日日与姜家孩子一起读书,一起玩耍做游戏,又与父亲一起吃饭。富人伙食油水重,荤素搭配,加之避风吹日晒,不必打猪草、割野菜,不必熬夜纺织、纳脚底,故而不出半月,春香肌肤滋润,脸蛋着肉,身体越发丰盈了些,与原来面黄肌瘦、污垢满面相比,判若两人。达开看到女儿的变化,心里对三姨太感激不尽。他父女在屋内读诗,在窗户和廊沿赏菊,偶尔谈及恩人三姨太,女儿便把三姨太想象成如观音娘娘一样善解人意,七仙女一样摇曳多姿,昭君一样智慧果敢,孟姜女一样钟情专一。她年纪不大,却宽容温良,治家勤俭,御众慈祥,誉动乡邦。

张达开听女儿这样肉麻地描述,突然心涌酸楚,男子之别怎么就这么大?姜宗仁有钱财便可拥有美妻,通经贯艺的秀才何故只配糟糠?男人可不为五斗米折腰,但不可不为美女倾倒啊。

2. 寿诞

银杏谢艳,又见梅枝泛芽。姜府的日子,如那廊前灿黄树叶,虽萧条,却也生机摇曳。不觉寒露过了又霜降,到了冬天,墙角数枝梅,轻盈盈的,全开花了。这家迎来一桩喜事。

腊月初七,是老太爷姜令启的七十大寿。令启公一生衣禄丰厚,仕途通达,在外任官几十年,常为家乡捐资做建设,在怀邑享有声誉。姜家逢喜庆,乡帮、故交、府县官吏都要来庆贺。近年战乱,儿孙虽多在外地,但这七十寿宴必不能略,奇为男,双为女,寿辰庆奇数极好。宗仁走时,早有交代,宴席要办，且要办得周全得体又不可奢华。烟翠遵守丈夫叮嘱，拿出银子。妯娌们提前半月，就窝在太爷奶奶屋里商议宴请的事。粗略估计了一下，仅上下石牌的望族大户、家里的亲戚和族内叔伯，就有几十号人，再挤也得十来桌酒席。于是一家人开始忙碌起来。

鲜菜、干货在下石牌汀字街菜市能办齐；水产出自麻塘湖和皖河，黄鳝、甲鱼、鳜鱼，品种齐备；鸡是家养的，为了保持新鲜，头天晚上才捕杀。怀宁一带无鸡不成席，不论鸡的大小，按桌数每桌必有一只鸡。红喜宴席按九碗八碟配菜，亦是讲究奇数。

初七日，门外停了一溜车马和轿子，府上三进厅堂都坐满了人。

宴席上，桌桌都有姜家媳妇敬酒，本来女人不必上场，但现在姜家只剩女人了，这烟翠便是陪酒的主角。烟翠每至一桌，持盏蜻蜓点水，意思一下，也算情到礼周。于是人们又惊了一回，这就是姜宗仁的三房姨太，据说她出自太湖名门赵家，个个心生羡慕。这边几桌都是石牌大户：上石牌邵姓大户，开木料行兼营木匠店，邵家与姜家是姻亲，也就是二婶的娘家。又有四平街王家，王家包了大河十几个码头，财大气粗。据说祖上是怀宁县第一个武状元，子孙世代有孝忠道义和逞强好胜的霸气。还有潘姓大户，在下石牌汀字街经营药材，开药铺。在席的是潘家三少爷，体面英俊，一表人才，虽年轻但医术怀邑一带无人能及。据说，他刚从新安江学成回乡，因战乱而闲居于石牌从医。酒桌上个个叫他潘郎，一则为郎中，二则貌赛潘安，故有此名。那一堆男人，有说有笑，烟翠并不在意，却是这席上的潘郎让她害臊了，因那潘郎眼睛喷火，一直盯着烟翠看。烟翠也喝得胭脂绯红，有几分妩媚态。她人醉了，也让一些男人心醉了。那潘郎竟大胆站起来，引了一句"芙蓉不及美人妆，水殿风来珠翠香"，道，小生好不妒忌宗仁老爷艳福。深情一杯，诚邀太太共饮，以慰倾慕之心。烟翠被这潘郎酒疯弄得不知所措，碍于公众场面，不好多推，只得举杯喝尽了事。不想那潘郎直把醉眼往烟翠脸上看。烟翠一害怕，杯子掉落在地上。众人以为她喝多了、忙累了，就催她下桌歇息，不必再敬了。潘郎弯腰去帮她拾杯子，烟翠借着混乱抽身逃离了现场。

烟翠躲回自己的屋子,坐在梳妆台前,看镜中自己,骤然悲伤涌现,她不是怕那潘郎的眼睛,而是想起姜宗仁一去半年无音信,孤独和牵挂,不禁使她滚落两行泪水。寂寞中,泪水流了很久,她擦擦泪痕,身子疲软,渐昏沉睡去。

这日寿宴吃过了,姜家在永兴街的茶社包场点了戏。亲戚、街坊、妇人、孩子吵吵嚷嚷,把老太爷的轿围了一圈。大家都跟着老太爷的轿,往永兴街看戏去了。

不知是谁吩咐的,塾师张达开在梅花厅等三姨娘,待三姨娘休息好,再陪她到茶社。于是达开在前面梅花厅等候。半个时辰后,三姨娘烟翠终于休息好了,梳洗整妆自西厢出来。

张达开上前作揖,说,恭候三姨娘去看戏。烟翠说,谢了。眼肿了,能看出她哭过。张达开心里不解其意。

路上张达开找话与三姨娘说,在府上父女都得到照顾,三姨娘恩情海深,小生心存感激,怎奈身贫志薄,无以报答。烟翠看一眼这秀才,温文尔雅,谦逊庄重,确与混迹官场的男人大有不同,那种谦逊让她称心。烟翠笑说,何必谈恩,塾里多个孩子也多些念书的气氛,你家女伢聪明伶俐,不读些诗书,也是可惜了。张达开道,遗憾小女命薄,生在达开家,娇贵不奢望,只盼他年有个好归宿。这话烟翠一点也没在意,她年轻,不知为人父母的想法,说,年纪尚小,岂谈归宿,还是好好教养,将来自有她的前程。张达开见烟翠未领其意也不便多说,就又说些曲艺风俗之事,说,怀邑风貌比我们太湖繁盛多了,雅歌笙箫,遍地皆是,衣食足则礼仪兴,相比之下,我们太湖还是僻壤穷乡啊。烟翠突然想起自己竟与这秀才是同乡,"我们太湖"初听有些别扭,但稍过一会确实对这秀才有些亲切感觉。

永兴街的春江茶社,柴柱大厅,柱上嵌对联,顶空雕梁,分楼两层。楼下座无虚席,还在过道添了板凳。富家包戏场,都有街坊借机来观看。楼上屏风隔厢房,坐的是姜家人,桌上摆了瓜子、花生、麻糖,青花瓷壶泡茶。

烟翠和张达开到茶社,戏已经开演了一会。张达开坐侧面板凳,烟翠的椅子早空着候她。坐椅子或板凳,决定身份等级,这个细节已把张达开和烟翠拉开了。

台上是石牌有名的戏班尚如班,演的是老太爷亲点的《蟠桃会》。戏台两侧挂巨联:尚日开光,如意梨园。《蟠桃会》生旦净末丑诸角皆有,场面很大很热闹,高潮时有十来人同时登场,有一段武生翻跟斗,锣鼓喧天,观众掌声如潮。

观台席上,亦是拍手叫好声不断。众媳妇围拥在太爷奶奶身旁,一会吸几口竹筒烟,一会抿两口茶,好一个祥和又欢腾的景象。老太爷面带笑容,今日着装一副寿星样,袍褂与头上的瓜皮帽颜色纹饰搭配,帽上嵌一枚猫眼宝玉晶亮发光。乔姨奶健朗怡然,看上去要与老太爷年岁差几十岁。且说这姨奶叫乔冶施,也是潜山县贫民出身。十九岁遵父母之命嫁姜令启为妾。是时,令启年逾不惑,却正值官运亨通之时,能嫁他做小,亦是幸事。古皖国潜山出美女,乔姓在东汉就有大乔、小乔显赫了潜山的名气。乔姨太虽不及小乔那般幸运为乱世佳人,可她的相貌丝毫不逊小乔。她就是凭着清丽俊俏的姿色,惊了壮年的姜令启。姜令启娶她后,带在任上,常巡游四方,风光无限。她的姿色也助了令启的官运。令启原配去世后,乔姨太备受宠爱,直至与之偕老,归隐石牌。新建豪宅后,令启特在内堂镶一副巨联:姜氏启功名泽万代子孙,乔女施贤德润六邑亲朋。一则为讨乔姨太欢心,或对她相伴半生的补偿;二则为压石牌坊间闲言,因乔女跟随丈夫一生,竟没生下一男半女,没有子嗣。女人不生育,最遭鄙视。姜家人要面子,总想把这事压下去,可恰恰是这幅对联更让乔姨奶伤心和自卑,或许是为慰藉乔姨奶的孤寞,现在姜家孙子不叫她姨奶,而是直接尊她"奶奶"。

奶奶、太爷尽兴观戏,众媳妇亦看得忘情。这时候,戏进了下半场,梅香却起身换位,坐到老太爷身后的板凳上。烟翠察觉梅香神色异样、坐立不安。烟翠佯装观戏入迷,没有多看。果然不一会,梅香抽身溜出屏风,不知何往。烟翠用余光把一这细节收在眼角,可她却装着没看见。过一会,张达开提茶壶给列位添茶,这秀才先问,三姑呢,三姑哪去了?

于是众人才知道三姑不见了。二婶拉着脸道,意马心,坐不住。四婶

说，怕是到茅厕去了。老太爷静眼看戏台，乔姨奶也没说话。众媳妇没有多议论，继续看戏。

且说今天演《蟠桃会》，门外的布告上竟然有蓝丙光的名字。别人不多在意，梅香却魂魄欲飞。开演后，又见蓝丙光扮的是剧中旦角，梅香好不惊喜。蓝丙光台上粉面红装，音腔圆润流丽，那一声声仿佛丝绸抚在梅香的心坎上。梅香心潮荡漾，戏看到七成，见丙光有一段闲空歇在幕后，梅香按捺不住心中的激动，急忙下楼，拐屋边过道，找到后台来。

梅香看到丙光正坐在妆镜前，抽黄烟，她兴奋地叫，蓝师父。丙光也兴奋，姜小姐，快、快坐。二人亲热地说话，丙光说，接信后，常抱字至三更，夜不能寐，苦于不敢去找你。梅香问，你怎又搭进这个班，安庆你还去么？丙光说，先前的解雇了，这班一出戏给一两银子。安庆市口不太好，现在拿不定，看石牌生意如何再做决定。梅香说，安庆你就别去了，那省城刀光剑影的，就在石牌，我那个本子想请你教教，排演个黄梅调，是二角的，正好我俩可演。丙光说，二角戏，词短情长，最合适你初学。待过几日有空的会子，我教。正说着，那边人催要上场了。丙光深吸一口，搁下烟筒。梅香恋恋不舍，跟到幕后来，撩着幕痴痴地看。

戏快要结束时，仍不见梅香回到楼上包厢。烟翠知道梅香乐不思蜀，怕老太爷一会要发怒，暗暗为梅香担心。乔姨奶早惦着这事，这会她对女佣桃娥耳语一下，桃娥便下楼去了。桃娥到茅厕、弄口、场内找了一圈，没找到三姑，却不知梅香去幕后与蓝丙光黏糊了。桃娥额冒星汗，空手回来。乔姨奶只得捂着不说话。戏散场了，天也黑了。众人欣然出大门，见梅香站在茶社门前的暮色里，神色有些慌乱。大家以为老太爷要责问她，可是老太爷咳嗽两声，撩袍子上了轿。妯娌们悬着的心放了下来。老太爷似乎没有觉察到梅香单溜，他又老又迷戏，梅香竟在他眼皮底下侥幸逃过。

一群妇人小孩跟在轿后慢慢走，大家说笑着谈那戏的情节，又说哪个角演得最好。梅香也大大咧咧地说着，仿佛她也迷了一场。二婶追问，梅香，死女伢,你又跑哪去了？梅香说,我遇到熟姐妹,陪她买粉妆去了。二婶道,嗟,你又撒谎。你如今已是做母亲的人,出门做事得规矩检点,莫让外人说闲话。梅香叫起来,我哪不检点？我又没出去偷人。乔姨奶说,好了,好了,别说了。乔姨奶觉得这大街上说"偷人"很是不妥。

这晚上在餐厅吃晚饭,一家人又乱哄哄地说戏,意犹未尽,好长时间没看过戏了,今天过了大瘾。梅香亦是眉飞色舞。老太爷搁了筷子,累了要回屋歇休,乔姨奶递手帕给他擦了嘴。老太爷或是见此情景,乐极生悲,末了突然说,往年我家有固定家班,如今虽境况拮据,但亦可适度聘一二小伶来府中专唱,供孩子们遣兴,这样也不必你们往外跑。妯娌们互相看了一眼,都知这话是针对梅香。梅香没有作声。二婶连忙说,公公放心,我们会遵您的吩咐办。两位老人被年伢送往中进休息去了。

这桌子人又议论起来,四婶没理会太爷的意思,说二小戏三小戏,没得么看头。茶社酒馆也有散演的皮簧戏,只要不包场,仅扔些茶水钱,我看花销也不大。梅香嘴一撇,道,那多跌面子,我姜家人看戏,从来只坐正席。烟翠记得梅香是在茶社看散场,往戏台上的蓝丙光腿上砸铜钱,就那样认识蓝丙光的,现在却嫌丢钱跌面子。烟翠问,三姑有什么两全之策？梅香对烟翠会心一笑,既不让我们往外跑,又不想花银子,我有办法。梅香正言厉色,说长兄走时还交代过,有空请伶工上门,把那《卖饭女》排演,在府中自娱自乐,不胜惬意。我看今日《蟠桃会》那旦角蓝丙光,演技纯熟,声韵撩人,不如就请他来我府中演唱好了。张达开两眼冒惊骇。二婶不知梅香居心,道,那蓝丙光嗓音虽纯,但个子精瘦,石牌名伶甚多,未必不可再搜罗搜罗,物色个相貌出众的小生来。梅香脸色骤变,嫂嫂你嫌人家相貌不出众？人家可是名噪六邑的红角,尚如班请他,一出戏给一两银子,这身价你随便请得来啵？

二婶抹下眼皮,随你们吧,我只是建议罢了。突然转脸问梅香,一出戏给一两银子,你怎么这么清楚？莫不是你已摸清行情了？若我家请他,得花多少钱？梅香挑眉弄眼,笑道,那得看姜府的威信了,如果本小姐出面,可能不

要钱。二婶吐掉牙签,道,干脆,这事你在行,那就由你出面请吧。

烟翠和张达开相视一眼,烟翠没有表示反对。张达开忙道,恭喜三姑,我愿效劳跑腿。

第二天,梅香正大光明,派张先生去皖江馆请蓝丙光。这一回不是偷偷的私信,是红纸黑字的聘柬。

聘柬一去,梅香就在梅花厅静候佳音。半个时辰后,张达开回来。梅香迎上去,问,怎样?达开回曰,蓝师父很高兴,说他不仅亲自登门授艺,而且还要带琴师来。梅香说,太好了,张先生辛苦,他几时能来?张达开说,蓝师傅说愧于腊月演出邀柬太多,又是唱堂会,又是庆祠堂,怕是要等过一小旬才得闲。梅香眼里失望,嘴上却道,那是肯定的,名角难求,何况我家是不掏钱的。张达开一走,梅香气得把手帕往茶几上猛抽了几下,觉得蓝丙光拿她不吃紧,他说的"夜不能寐"是骗人的。

再后十来天,梅香没有往外跑,安分守己地在屋里做女人。桃娥说,三姑尽是一个人在屋里绣鞋,教孩子唱歌,早晚偶尔去园子里练戏。消息传到老太爷屋里,两个老人思忖,她练戏无非是自娱自乐罢了,没有放在心上。

老太爷如今有些耳聋,乔姨奶陪在他身边说闲话,要说很大的声音。平日他多是躺在椅子上抽黄烟,媳妇们怕他落寞,经常哄些族中老头来,陪太爷推推牌九。但太爷坐久了,身子骨又痛。大概半年前就开始了,老太爷的一日三餐都是将饭送到他屋里去,吃饭不碰面,众媳妇只是早晚去逛逛,太爷对屋外的事也就看不到了。只是想到什么就问什么,问到什么,她们就回答什么。

但媳妇们都知道,太爷对府中事基本不过问,只过问梅香。太爷天命之年得幼女,自对她百般宠爱。梅香虽已是出嫁的姑娘,至今仍大摇大摆住在娘家。年幼的儿子是产姓的人,却由姜家无偿抚养。虽然梅香丈夫投戎出去无音讯,但公婆仍在,产家在上石牌兄弟诸多,宅院连片,富庶得很,梅香为何要赖在姜府?殊不知,这令启公哺乳女儿及外孙在翅膀下,是为弥补一份感情债,梅香世事未谙母亲便去世,她是跟着父亲在官任上长大。至成人嫁夫，又是令启亲自相中的产家女婿，本想给女儿找个好归宿，没想却亲手把女儿送进火坑。令启十分懊悔，感到对不起女儿。自女婿产伯涛投戎失踪，令启誓愿不能让女儿孤苦受欺凌，要揽在怀下，嘘寒问暖。

这梅香住在姜府，一点不像"泼出去的水"，更没有寄人篱下的拘谨和怯懦。反倒是她最不规矩，她要做的事，没人敢拦，要说的话，没人敢顶嘴。除了对二婶略有畏惧，其他人拿她不下。烟翠是新来的姨太，自然事事迁就她，二婶虽然好咋呼，但没她机灵。那四房徐氏年岁小，还时常对她溜须拍马。只要不在老太爷眼皮底下，那就看梅香的。

3. 戏里戏外

大概挨到腊月中旬，那天早上，零星的小雪开始飞落，一顿饭工夫，屋脊上就铺了一层白。蓝丙光披着雪花，进了姜府，很沉得住气的样子，做事有条不紊，不仅带了两位伶友，还背了锣鼓家什。众媳妇闻讯赶来，见那蓝丙光卸装模样亦是可人，袍褂洁净，瘦削清爽，言行亦如戏台上一般，慢条斯理，和蔼可亲。一家妇人见到名角，个个夸赞他戏演得好，这一回可得在我家好好演一角，让我们大饱眼福。蓝丙光一一谦恭施礼，说多谢诸位姐姐抬爱。

二婶招呼蓝丙光到正清堂喝茶。蓝丙光初次来姜府，走在游廊中，不免环视一番，虽是跑过江湖的人，却也为姜府的阔气暗自惊叹。府中三重屋宇，巨砖起墙，檐廊错落，窗棂门槛均是细木透雕。中进为正堂，楣有牌匾"正清堂"，为府内议事聚会的正厅。两侧过道穿后进，各进两侧是厢房，游廊串联。丙光在廊下碰到赶来的张达开，他脸上镇定，内心却有隐隐不安，恐他鄙视自己接了梅香的私信。《卖饭女》戏词是达开写的，排戏他自然兴奋。二人见面一番客气，达开也跟到正清堂。

众人吃茶，磋商排戏，这才发现梅香没来。于是二婶骂骂咧咧遣孩子去叫三姑快来。好一会，梅香慢腾腾地来了。二婶数落道，蓝师父都等半天

了,这若是入科坐班拜师,先得挨几十板子。梅香眼瞥丙光,浅笑道,抱歉,有失远迎。梅香姗姗来迟,或是想摆些谱给蓝丙光看,可她的欣喜与急切,一会子就原形毕露了。

丙光接过本子,看了戏词。梅香说,快快定调,如何拿准腔?丙光说,莫急,小戏从来跟角儿量身定做,我得看你擅长的音调。丙光熟悉梅香音质,却有一年不曾听到,这会就叫梅香再唱一段。梅香喜滋滋的,唱了一段怀腔。众人鼓掌,说音似鸟儿亮。梅香兴味盎然,又唱一段采茶调。众人又是一番赞赏。

丙光吸了一捏黄叶,搁了烟筒,拿过来把式锣鼓,自己先来了开场一段的板式,然后站在屋中,清嗓子着了调,悠扬声腔唱起"花开花放花花世界/艳阳天春光好百鸟飞来",众人听罢说好听,极好,就是这个味儿。

丙光定了调,然后与二伶友说,按怀腔二角小戏固定板式,配锣鼓过场,按自己和姜小姐的音质,调整腔与调,配胡琴伴奏。程式和音律简单明了,就是唱与演的功夫,得姜小姐展才艺。

《卖饭女》先是旦的十几句调,后是生的十几句调,再是生旦对唱的十几句调。因故事情境凄婉,唱腔和伴奏亦是贴着忧伤的表现。

梅香先前很紧张,怕自己学不好,说,你先教唱一两遍给我学学。丙光就将旦的腔调唱了两遍:

蔡郎哥哥他要走/绝了妹妹的路/忍住了伤心泪/来把我的哥哥求/要骂就开口/要打就伸手/哥哥你不能走/撇下妹妹没有活头/实指望我们配夫妻天长地久,夫喂——/未想到狠心人要将我抛丢。

这旦角唱段,梅香跟着复一遍,又复一遍。

丙光又复生角的音腔。梅香也跟着复一遍,生旦互复。如此这番,练了一两个时辰,梅香就把那十几句腔唱得纯熟自然。

后来,丙光与梅香对唱起来,一生一旦,带着轻雅的手势和动作,温婉柔顺，反复循环，情境交融，梅香自醉，演到深情处，就是真唱真落泪。

这边看排戏的人，有二婶、徐氏、烟翠、达开，还有塾里的孩子和女佣，一屋子人，先是乱哄哄地说笑，陪着看热闹似的，慢慢地看到梅香与蓝师父的表演，越唱越完整，渐渐演成一出悲欢离合的黄梅调，甚是神怡。看到后来，那二人声情并茂的表演把大家也带入戏的情境，烟翠竟然滴下泪珠，二婶也眼泪汪汪的，众女人都感动了。

那一天，屋外飘着鹅毛大雪，这正清堂却炭火烘托，气氛祥和。

众人的感动是二人演得栩栩如生，更是这故事催人泪下。且说这个《卖饭女》说的是某个三河十街，有一叫刘凤英的女子开饭店。有一天来了个湖北商人叫蔡鸣凤。二人一见钟情，恰都是感情落寞。刘凤英虽有丈夫，却不恩爱。蔡鸣凤独自漂泊在江湖。二人颠鸾倒凤，相爱三年光景。有一天蔡鸣凤被湖北家中催信，叫他回家，妻子岳父都找他。于是蔡鸣凤说了实情，家有妻室。刘凤英万箭穿心，爱恨不能。于是一段露水夫妻走到了头。苦命鸳鸯要分手。天下没有不散的筵席，戏的精彩之处，在于别离。

烟翠看着梅香的表演，泪越泼越凶。那妯娌都哭红了眼睛。

唱到黄昏，练戏收工。姜家在餐厅薄酒款待三位师傅。桌上，二婶用手帕捏尽鼻涕说，这《卖饭女》可比《蓝桥汲水》好看一千倍。又说戏中刘凤英苦命，多情痴女。又问张达开，这刘凤英现在何处？二婶恨不得去找她。达开说，在望江，望江有人演过她的故事，词是即唱即编。后来望江人不敢演，说丢丑。徐氏说，真情真爱，千古可颂，何为丢丑？二婶说，康乾年间，皖河沿途洪涝频繁，清河乡的女人打连厢唱怀腔讨饭，唱出《逃水荒》，现在人见人迷。讨饭腔都不丢丑，还嫌女儿真情丢丑？烟翠说，坊间爱听又遮羞，说那《逃水荒》是湖北佬讨饭带来的，明明《县志》载了，清河逃水荒，拖儿带女，到处卖唱要饭。徐氏说，就这叫自欺欺人。按这理，那《菩萨调》是孙悟空从西天取经带回来的了。嘻嘻哈哈，众媳妇一阵哄笑。梅香因自己演戏唱哭了大家，感觉有些羞怯，只把眼睛瞄着丙光。她又是个性情中人，听大家议论，这会忍不住也插上话来，说，我们女人就这么命苦，难怪太平军要为女人

放脚、翻身,说男女平等。于是又挑起妯娌们一阵喧哗、一番发泄。

酒过兴尽,妯娌们问,蓝师父什么时候来府里正式演一回?演给太爷奶奶看?蓝师父毕竟是戏中人,深入浅出,习惯了,他唱戏不落泪,这酒桌上也是正经内敛得很。蓝师父回曰,只要太爷奶奶喜欢,小生年里就来府上演。二婶说,好,那就定在廿四,过小年这一天吧。

余下的一段日子,梅香性格大有变化,整日在房里忙些衣布针线,剪鞋样、缝袄底,把儿子过年的布鞋新帽备好。昭乾四岁了,父亲投戎,他尚在襁褓,自不记得父亲模样。在外祖父家倒也不缺爱,平日由女佣照看,学塾新来了张先生,他也跟着到学塾读些开蒙诗。闲时梅香又教他唱些曲调。梅香陪在儿子身边,手里做针线,嘴里哼黄梅,满屋子温馨。现在她几乎把那鬼打的丈夫忘得一干二净,心里只恋着蓝丙光。年关逼近,她也不打算带孩子去产家看看公婆,她是发誓要断了与产家的路了。

自丙光来府授戏,梅香便夜不能寐,夜里她靠在床头,细想与丙光的点滴,怅惘又怨恨。因丙光有妻子孩子,纵使梅香飞蛾扑火,丙光也未必领情。他比蔡鸣凤更怯懦。有道是戏子无情,丙光游走江湖到处拈花惹草,未必身洁守规,却偏对她若即若离,他到底是碍于身份,还是另有居心?情思起伏,颠来倒去,梅香瞎想,却揣摩不透丙光的心事。倏忽,梅香又仿佛听到丙光清脆圆润的嗓音萦绕耳际:"妹妹待我情义厚/知心话儿听从头/月亮有圆也有缺/露水夫妻怎到头?妹妹是个聪明人/一时聪明一时糊涂/舌头底下压死人/走遍天下难出头"。一时帐里梅香泪似珠涟涟,闪闪映在灯火幽暗处。

梅香思念之切,不觉熬到了腊月廿四。

虽然战荒岁寒,过年照例热闹。如今闹发匪,吃喝清淡一些,但狂欢的劲头仍不减。刚进腊月,街上商铺、肩挑小贩,卖的全是年货,灯笼、门神、吊符、挂炮,叫卖声此起彼伏。又有人在忙扎龙灯、舞狮子、扎船、打五昌,是备着正月出灯赚钱。富家年前年后都要请班子唱戏。姜府的戏,因约丙光唱黄梅调,就没另订戏班。年关唱戏生意火爆,其实丙光廿四日本有戏的邀束,怎奈与姜家有约,就辞了那边,抽了个夜场来到姜府。

雪后放晴,又一连晴了十来天,天干风冷,廿四夜竟是星斗满天。姜府中进院,彩灯高挂,桌椅摆齐,戏就在院子里演。丙光带两伶友,携戏装,化装粉饰,锣鼓胡琴,还有刀枪道具。丙光说难得为姜老太爷唱一回,今日不仅要演《卖饭女》,还要先赠一段他拿手的《水淹七军》中关羽一段皮簧戏,为太爷新岁贺福。

于是,梅香先试戏服化装去了。这边,丙光穿上关公的戏装,脸上画眉染色。

闻姜府小年夜有演戏,街坊邻里都来凑热闹。一时嘈杂,人气极旺。姜府老太爷的紫檀太师椅摆在观众席正中央,前面置方桌,摆小年夜饭,边吃酒菜边看戏。

唱关羽是大戏,若在台上,人物多,装备齐。因是选段,这就丙光一个,锣鼓响起,丙光身势一展,大刀一提,气势逼人。老太爷脸上挂笑容,不时高嗓门喊道,好。众人喝彩,丙光精神抖擞,那边锣鼓敲得更有劲。

过年,媳妇们都穿上了好衣裳,个个涂胭抹脂,打扮得花枝招展。马灯通亮,映在媳妇们脸上,更显妩媚。邻里好羡慕,看那三姨娘又嫩又齐整,笑得非常好看。二婶嗑瓜子的样子,一点不像寡妇,却像马皇后。这家人还有塾师侍奉讲解,塾师一会帮她们添茶,一会帮拿火炉。

关羽的戏唱到高潮就结束了。众人拍掌欲醉。丙光拱手谦恭道谢,说了串祝福诸位新岁吉祥的话。

其间丙光戏装在身,脸上涂着油彩未净,先来给太爷奶奶敬酒,新岁添福,寿比南山。老太爷哈哈大笑,拉着"关羽"的手道,壮士胯下有一条华荣道,放了一个曹操开了一片天下,那天下实乃壮士胯下的清风明月。丙光恭敬赔笑,端盏喝干。太爷本喝不得酒,但这会高兴,也喝了一盏。

接下来开场黄梅调《卖饭女》,是丙光和梅香合演,一生一旦,二角戏。丙光扮谁像谁,换了圆领青衫,细辫甩下来,一改关羽的雄浑,就是一个愁肠百结的多情小生。

梅香嗓音脆亮,纯熟滑润,声声撩人,饰那刘凤英有喜有悲,有怨有恨,好个逼真动人。怀腔老韵,原汁原味,加之《卖饭女》是头一回看,亦是头一回看梅香扮装,街坊邻里,兴味盎然。二角唱到伤情处,观者又在抹泪水。

这后一场姜老太爷却情绪低落。早有诗康在他耳边大声说,刘凤英是上石牌人。太爷眉头紧锁,一直没有笑。他见女儿梅香如此深情投入,与那蓝丙光简直活脱脱一对撕扯野鸳鸯。老太爷心里不是滋味,浑身不适。

戏唱完了,众人都在鼓掌,却见老太爷脸呈腊色,人似僵了。梅香正沉浸于与蓝丙光的互勾销魂的眼神,突然听二婶叫,老太爷,快,快,老太爷怎么了?!众人这才一阵慌乱,忙把老太爷抬起来,往他屋中送去。院中乱成一团,伶工神色慌张,不知所措。

姜令启自失二子宗德,伤痛积郁,告老之后,身体每况愈下,常有伤寒、哮喘、头晕、耳鸣,近年又患了中风病。今天看女儿演刘凤英,情绪抵触,一腔悲感上来,使他头晕,中风的毛病又犯了。

太爷屋里忙开了,又有人往他嘴里送了水,有人拿热毛巾给他敷脸、敷腿脚,有人喊年伢去叫郎中,各按各的方式忙成一团。梅香戏衣未脱,脸上油彩未净,跪在父亲床前,吓得嘤嘤直哭。

一顿饭工夫,下石牌的老郎中来了,号了脉,又翻翻老人的眼睛,确定是屏气用力、寒凉刺激,致神昏、言謇、偏瘫、中风了。以前老太爷也犯过,但没这回这么吓人。郎中命人配合,给老太爷做推拿、拔罐、熏药,弄得一屋烟雾弥漫。

搞了半个时辰,老太爷气息恢复,但人还是昏迷的。郎中又开了滋阴健脾、活血化瘀的汤药方子,遵方法服用。

且说蓝丙光等三位伶人,站在廊下,不敢进屋,也不好撤走。静候好久,见屋内有些宽松。蓝丙光蹑手蹑脚,走到床上,低声下气对乔姨奶赔礼道歉。乔姨奶客气,说不碍事,他是老毛病。丙光瞟眼看梅香,梅香没有抬脸,情形委屈,又有自责,又有无奈。碍于身边有目光,丙光不敢与梅香说话,对太爷深鞠一躬,小心退去。走到院内,烟翠叫过蓝丙光,给了他三位伶人各一枚咸丰元宝当五十的。蓝丙光推了两下不收,烟翠说,大过年的,有劳诸位师父,这只是略表心意,不见外就收了吧。蓝丙光哈腰收了,又说了一堆抱歉话。大家不欢而散。

到次日中午,老太爷病情略有好转,但神色萎靡,他嘴里叫梅香。梅香守了一夜直到现在,寸步未离。但早在屋里洗了油彩脸,加了厚棉袄。听父亲叫她,连忙到床前,叫两声大大,梅香在这。老太爷眼角扬了扬,吃力地说话,但言语不清楚。他说,我是喝了那盏酒,脾胃不适,心里难受,老毛病就又犯了。过年唱戏是喜事,莫哭,你的戏唱得好,大大很喜欢,但你以后不要演刘凤英了,要演就演穆桂英。梅香点点头,哇哇大哭起来,大大,我不演了,不演刘凤英。大大,我扶你出去晒晒日头。

媳妇们听着也哭了,烟翠心里感到非常自责。

4. 岁末来兵

岁末的太阳,暖融融的,天气晴朗,这年也过得干净,各房的媳妇,收洗晒刷,做起来样样顺手。张达开带着春香回太湖松林坊过年去了。诗康、诗良早早地争着把府内大小十几副对联写好。过年各房也添衣加被了,采购了砂糖、贡糕、桂圆等礼品,打发正月初的亲戚人情,礼尚往来。厨房里油盐柴米要比往年稀薄许多,加之上旬刚办过老太爷的寿宴,过年不打算再杀整头的猪,只叫年伢在街铺订了些新鲜肉。

媳妇们欣慰地说,无论如何,要比前年躲匪逃到潜山荒村过年好上百倍。乔姨奶因见烟翠是新来的媳妇,过年怠慢了她,心里过意不去,就挤出自己房里的两盒红参给烟翠。烟翠哪会接,推着说奶奶莫生心,只要太爷奶奶过得好,她就高兴了。说着烟翠泪水就溢在眼眶。大家知道,烟翠是恋着杭州的人。乔姨奶叹息一声,责备宗仁,说一去半年,居然没有一纸信回来。

烟翠泪流得很凶,四婶也哭了。四叔宗明前年就去了杭州,两个孩子尚小,这四婶平时玩得开心,到年节边免不了要哭哭。

于是这年三十下午,前后门都贴了红对子,灯笼也挂到廊檐下,正是喜气洋洋,一家人又喜中生悲,不晓得杭州的事态如何。妯娌们坐在两位老人屋里,分析杭州的战事。烟翠说,杭州有清军江南大营防御,该不碍事,信件不通外域,或许是暂时的。烟翠实际并不清楚江南情况,她只能这样安慰两个老人。二婶说,太平军基本统辖了安庆各县,现在不烧不抢了,只是苛捐杂税厉害得很,上石牌她娘家商埠营业额,差不多要收一半去。太平军在猫山建石牌城,四处贴布告,抽丁摊役,乡间耕夫罗尽,镇上街坊也是役工挨户摊派,男人都走光了。四婶咬牙切齿地骂道,简直是一群强盗土匪。

正说着,年伢慌里慌张跑来,站在门口招手,示意叫妯娌们出来。年伢怕影响太爷病情,不敢去里屋说。等妯娌到外面廊下,年伢低声说,府门外来了几个太平军。

大家一听都吓慌了。还是烟翠比较冷静,安排四婶招呼孩子们躲藏到外院耳房去,二婶负责照看太爷奶奶,进屋将门反闩起来。烟翠跟着年伢往前门来。到了大门前,正要开府门,后面梅香追了上来。梅香说,嫂嫂,你回后屋去,我来对付。梅香认为烟翠长得漂亮,怕惹事,说,你若有闪失,我如何向哥哥交代。你俩都回去,我来。于是,烟翠和年伢退旁边倒座房,守着看前院的动静。

梅香整整衣服,抚抚发髻,拉闩开了府门。只见外面站了六七个人,他们穿军褂、披长发、头扎红巾、腰挂大刀,还带了马车,笑眯眯地站在门口。梅香开了门,他们也不进来,只是为首的一个上来施礼,其人帽上绣鹤符,便知是个小官儿。那人道,妹妹好,我乃太平军卑职两司马李某,到贵府门下,多有打扰。梅香见他和颜悦色,悬着的心也放下了,说,过年的门联都贴上了,还有来要债的?那司马笑了,公务急迫,无奈只得破俗规。梅香笑说,你们怎么不进来?李司马说,必得妹妹请进。我军令,若有士兵扰民,左脚先进你家门槛,砍其左脚,右脚先进门槛,砍其右脚。梅香笑了,我同意,你请进吧。李司马便吩咐随从在门外等候,他一个人跟梅香到了前厅落座,梅香给他沏了茶。

且说这太平军,自咸丰三年春西进江北,所过郡县财物掠空。军队初进石牌镇时,石牌富户仓皇逃光,留着一些小商贩和街坊穷人,或者胆大的,或者还没来得及逃的,就被第二天上街巡逻的太平军官给哄住了。那骑高头大马的军官高声道,我们不杀不抢,是来为百姓除暴安良的,望众父兄协助我太平军反清杀妖,共建天朝大业。众街坊从门缝听此言,不出半时辰,家家户户门窗大敞,还上街敲锣打鼓放爆竹,欢迎青天太平军。

可是没几日大家就看出,这太平军虽不扰民,却是来者不善,先是打先锋,找借口查探富家财物,说是上交圣库,又说是杀富济贫。把富家搜罗精光,所收财物全部运到军营,银子全部上缴圣库。接着就是软硬兼施,号召百姓投军。男子进男牌馆,女子进女牌馆。只要孝忠天朝,老少皆宜,全部纳收,按身份住进各馆。街坊们被吓得再一次把大门关得死死的,久日不敢上街。

那些长毛牌兵,去攻克了安庆,又去攻下游的南京,总算走远了。可不出半年,长毛牌兵又回来了。且这一回是大张旗鼓,大刀阔斧,要在石牌建城永久安家了。先有一队骑马的沿着大河东岸转了几圈,圈了相连数里路的几个山丘,撒石灰、放线、画圈,选定城址。号令周边百姓出财出力,打基垒石,筑墙架木,几千人夜以继日,轰轰烈烈,建起一座城来。望着大河对岸旌旗猎猎的新城,百姓们心里落差很大,一会兴奋,一会胆怯,不晓得这城建了之后是福还是祸。

李司马喝了口茶,拿出腋下一个布包,摊开是一个账本。他说在姜氏宗祠已查到姜府人数和男丁的数目,现要按男丁收筑城的工役钱粮。梅香说,我家钱粮去年已被长官搜刮干净,就连女人的粉脂钱也全为圣库做了贡献,现在徒有一具空壳。李说,石牌城仍是南线重镇、防御要塞,筑建耗资大,驻军所需物资亦吃紧。且交钱粮,是按年按事,前不可抵。已经查到贵府仍有良田耕地、佃户契约,在新仓腊树一带有上百亩。

第二卷

梅香一听家底都被查了,心里紧张,说,我家虽有田产,但现乡间男丁服役,没有劳力,又加之洪涝旱年,田亩基本荒废,佃户几年都没有交粮食了。梅香转念又问,我家要摊多少粮钱?李说,按田产及男丁均算,贵府再少也需交六百斤稻谷。梅香一听,吓得脸色煞白,六百斤稻谷?纵我全家喝米汤也贡献不上。李说,敬请妹妹谅解,国事大业,有钱粮出钱粮,无钱粮出劳力,众人拾柴,功业在望。梅香说,我家现只剩几个女人,哪有力出?李说,天朝男女平等,女子亦可服役,男馆做重活,女馆做后理,共济天下。

梅香笑了,说,我只会唱戏,你们要啵?那李司马突然上下打量梅香,笑说,早看出妹妹气质不凡,知你定识字、通音律。你等人才,我天朝求之不得。若妹妹代役,李某即可免你一份粮谷。

梅香随口说,好,我去给你们唱戏,可抵多少粮谷?李说,正月初十,天国诸王爷会聚石牌新城,一则庆新年,二则观新城。早颁布四乡,命伶工会演,唯缺女伶,妹妹此去将是增光添色,可免贵府稻谷二百斤。梅香一听太平军可让女人唱戏,心里窃喜,又可免稻谷,权衡一下觉得是权宜之策。梅香就说,我女伶上台,必遭乡人唾弃,代价极重,你们稻谷可否多免一些?李说,太平天军唯女才是举,岂有乡人敢贬?妹妹放心就是。又说,妹妹才女难求,李某冒死再免贵府稻谷一百斤。梅香深知事至此再无他法,就说,望李长官日后多体谅卑舍,一家老小已是稀粥填腹了。李说,本域乃李某管辖,李某不令,无他人来犯。

于是,梅香就去倒座房喊出年伢,在仓库装出三百斤稻子。年伢眼含泪光,说,仓库刮得见底了,只剩一层地皮,年后就没得吃了。梅香说,年后再想办法。门外两兵进来帮忙抬。不一会,那几袋稻谷被送到门前马车上。李司马拱手作揖,说了不少客气话,临上马,又将梅香打量一番,眼睛露出敬慕,说,妹妹,就这样定了,李某初十日睹你音色风姿,今日得识幸矣。说罢一伙兵驾车而去。

5. 石牌城

　　整个春节,姜府过得很安宁,媳妇们没提交了稻谷的事,老太爷亦不知。老太爷病体渐愈,常躺在廊下的椅子上晒太阳,亲戚来拜年,太爷也能与客人聊些闲话。梅香没有说自己初十要去石牌城唱戏的事。这个秘密她装在心里,连烟翠她也没告诉。梅香起早摸黑,日日躲到宜园去练戏,练皮簧也练黄梅,把那以往熟悉的名段磨得滚瓜烂熟。她心里一直在兴奋,也有紧张。她想,如果去唱戏,肯定也能遇到蓝丙光,或者还可以与蓝丙光合演一剧。梅香是这样想的,只要不扮演刘凤英,就不会惹父亲生气。况且唱戏是太平天国的军官邀请的,既可抵工役又能让自己借机圆一回真正的戏台梦,两全齐美。梅香越想越觉得良机千载难逢。她知此事尚不能在府中泄露,否则定然去不成,她便巧计出门。正月初九,她对照看孩子的女佣交代了一番,又去了老太爷屋。当着两个老人的面,梅香说,桐城罗岭外婆家表兄捎口信来,叫她有空去罗岭小住几日。母亲过世多年,外婆家舅舅一辈也已过世,但仍有表兄一辈在罗岭,这些年也没走动过,兵荒马乱的,不知那家人过得可好,梅香决定明日去罗岭。老太爷、乔姨奶一听,非常感动,就叫梅香去。乔姨奶还要去拣些礼物。梅香说,路途远,不便多带,只要她人去了,表兄表嫂一定欢喜。

　　乔姨奶问,如何去?几日回来?梅香说,雇一顶小轿,两三天能回程。

　　就这样,初十一早,梅香梳理整衣,胳膊上挎了个绸布包,出了姜府大门。梅香也舍不得花钱雇轿,决定步行到猫山。街上家家门上挂笼灯,新年的气氛还很浓。天气晴朗,东方冒出晕红的太阳,但到了镇外,冷风扑面,寒气袭人。房舍、石桥、光秃秃的树枝,全笼在一层寒冷的薄薄雾气中。下了皖河的渡船,就到了猫山石牌新城。

　　且说这石牌城竣工后,天朝重兵驻守,又常有王爷来督军。天朝日历和大清的不一样,每年元旦都比大清日历要延迟七八天。时至天朝年节,诸王

及官吏会聚石牌，共庆新年。遵令怀邑各路戏曲班社几十家，携各路伶人三百多，于近日蜂拥往猫山新城内。城内布告，三天里要演出大小戏目上百台。戏台搭了一人高，各城门都搭了，各路班社轮番上台表演。皮簧戏有尚如班、龙山班、家友班、翠林班；黄梅调有福香班、成义班、永田班、尚乾班，等等。还有许多挑花蓝、唱采茶歌之类的杂腔花艺。这个年节上下石牌及周边的百姓也来凑个大热闹，战前没有逃跑的，尤其是不怕死的贫苦农人，又无苛捐杂税可收的农家，自然坦然来看戏。一时间，城内人声鼎沸，好不热闹。

这太平军初起时，是不允许军士观看淫戏的。可是经湖北沿江而下后，发现这湖北、安庆一带到处飘歌，又加上军中不断招募伶人，伶人均以其唱戏方式效力天朝，故对戏曲演出的管束有所松动。又传东王杨秀清不经意间欣赏到这些曲调之美，遂在池州收缴大量伶官戏服及道具带到南京，城中高筑戏台，鼓励军中伶人献艺表演。一时间，诸王都喜爱上看戏了。

那来安庆易制抚民的翼王石达开，最爱黄梅调，说黄梅非但不淫，还清纯亮心。那些耕田放牛出身的王爷们，先前哪经受过这等雅歌正声的熏陶？就像放火烧孔庙一样，只凭着性子来，经过一段时间的接触，就发现先前的政令有许多是武断和偏激的，需要修改。还是那个驻安庆的石达开慧眼明德，发了不再烧孔庙的令，还广纳贤才，开科取士，重用儒生。受了翼王的影响，诸王爷侯爵渐渐都爱上了祖宗的东西。又听说石牌这水乡小镇，前朝居然有几个班子入了京城，唱红了紫禁城，这石牌街上的小戏就越发热闹了。据说，乾隆帝最是喜欢听这石牌街上的皮簧戏，此后大清几代皇帝都喜欢，还把京城里的皮簧班子带到热河侍候他们避暑。于是那些太平军官们，遇到伶人，就连人带道具押进城，一个不杀，还好茶好酒款待他们。伶人就日日给王爷和天朝牌刀兵唱戏，鼓舞了将士的斗志、士气。于是，这猫山城的守将在年庆献礼时，自然拿得天独厚的石牌皮簧戏与黄梅调来锦上添花了。

梅香到城内，见各处戏台已经开演，心里兴奋又紧张。她先找到那收稻谷的李司马。李司马见她来到非常高兴，问她搭哪个班。梅香说，搭尚如班。李司马便带梅香来找尚如班场地。尚如班班主及诸伶见梅香来到,先惊后喜。唯蓝丙光十分胆怯,说,你哪能来唱戏?李司马说,有何不可?遂要蓝丙光安排梅香上装扮一角。梅香说,你们不敢带我唱,我就自己扮皮簧戏穆桂英,独角登台。尚如班主认为很妥,就催人帮梅香化妆,定了穆桂英"辕门"一段唱,试着让梅香先上。

这边,尚如班的戏台上临时换了布告牌,下场是武旦演《穆桂英挂帅》。蓝丙光在后台帮梅香上粉、描眉、画眼、勾脸,又交代哪些音腔高,哪些平,如何把握。丙光现教了一遍,梅香试着练了几遍,班主说不错。因梅香以前常唱这一段,自己也有信心。

不出二刻时间,梅香粉墨登场。锣鼓伴奏,梅香稳步,只见台上穆桂英披云肩、着彩裤、背插四杆旗,两侧飞凤流散,头戴帅盔,手拿一杆令旗。

台下一时掌声响起。随锣声节奏,梅香手里令旗一挥,唱:辕门外三声炮如同雷震。此时台下有人喊,是真个女儿穆桂英,这武旦是女子扮的!于是掌声雷动。台上梅香动作轻巧灵活,腿脚矫健,疾走如风,婀娜多姿。又唱:天波府里走出来我保国臣/头戴金冠压双鬓/当年的铁甲又披上了身/帅子旗飘如云/斗大的穆字震乾坤……

广西来的长毛军见过女子唱花曲,却没见过女子演台上的角儿。一时间,在军中传开,哗然一片。可惜精彩只在半炷香时间就过了。台下观众意犹未尽,高喊"妹妹再来一段,穆桂英再上……"乱哄哄的。但上午梅香只唱了一段,下午接着又唱了一回。人气火爆得不得了。

于是梅香就搭在尚如班临时扮了个旦角。第二日是蓝丙光的搭档。丙光唱生,她唱旦,一男一女,竟演得珠联璧合。怀邑一带,咸丰年间虽有大小皮簧戏班几十家,后来叫徽班,唱到紫禁城里去了!可像梅香这样,女子粉墨登场唱旦角,却是以前未见过。于是这尚如班演的戏,最是惹人。台下围拥得人头翻浪。

就因为尚如班有一个女子,其他班里也临时拉上了女旦,甚至那以往只在街边乞讨打连厢卖唱的女孩,这会子也被应急拉上台,串个小角,总算这

台戏上有女旦了。开了太平军善人们的眼，自然能得到好评，就是不给赏钱。

　　这一回石牌城年庆会演，有的班社连演的尽是些脍炙人口的文戏，或是一些悲情鸳鸯，或是一些苦媳妇自叹，激发了观众反清厌世的情绪，应了"天下人人平等"的愿望。有的班社演行头大的武戏，就把会演推向高潮了。武戏有《将相和》《八达岭》《七擒孟获》《八阵图》和《英雄义》，尽是合乎太平军反清杀妖的大主题。这些戏行头大、阵容大，需要"三十六顶网巾、会面，十蟒十靠八大红袍"，故而几个班子联演，演员们一起上台，就展示了怀邑戏曲演员的强大势力。让南面来的军士们看到石牌的地域宝典，于是一些无知的士兵也开始知道，早在上几辈的石牌人，就把这戏唱到北京去了，迷了好几代清廷的皇帝。还有说台上不仅戏好看，人也好看，就是那个女旦姜梅香，人又长得窈窕，嗓音又清亮如凤鸣。人们猎奇迷恋的更是她纤巧利落的手脚。梅香不仅唱青衣，还唱花旦，天生就是唱戏的，身材好，嗓音好，眉眼又是那么开阔、清朗，就是不上妆，那脸面也是戏里的扮相。梅香一上场，台下就人声鼎沸，开了锅似的，掌声潮水一样此起彼伏，绵延不绝。一时有人唱：皮簧黄梅调，男女齐登台，猫山鲶鱼岛，军民乐开怀。

　　这一天，最后一场下了戏，人们都蜂拥到后台，想看梅香。一见洗了油彩卸了戏装的她，就更喜欢了。梅香清爽素面，却不失娇贵，身着文采挽袖马褂，花边镶饰；发梳平髻，上插绢制的花朵，玲珑动人。有一个年轻胆大的检点居然对着梅香编了两句诗：太平须眉摧敌胆，怀邑女杰出关山。身边人鼓掌笑起来，那李司马上前来，妹妹，我们检点大人非常赏识你。梅香连忙弯腰压手施礼，多谢检点大人垂爱。那检点大人恭敬笑道，姐姐才貌双全，当才尽其用，何不从我太平军，杀妖除害，将来创下小天堂，共享戏艺声名，岂不更好！梅香说，生来惧怕刀光剑影，且我一介草民，隐在陋巷寒舍，奉老侍小，享箪瓢之欢，更是自在些。检点笑道，妙龄青春，竟如此淡薄，可见姐姐见识不俗啊。冒昧问一句，姐姐可曾出阁？梅香嘻嘻笑起来。检点一脸尴尬，道，冒昧了，失礼了。梅香收了笑，道，我不但出了阁，还有儿子，可入童子军了。检点黯然道，是这样啊，姐姐想必是早熟的，亦是有福之人。

蓝丙光在一旁收拾道具，暗听了这二人的对答，心里不快活，暗道，罢了够了，你该走了吧。可是，那个检点还没死心，他居然从怀里掏出一个荷包，送给梅香。检点面带羞涩，谦逊笑道，姐姐天色绝韵，足让末将铭心。这荷包随我多年，如今送你作为信物。将来等我们杀完清妖，建立了太平天下，我还会来听你纯音！梅香感激地笑笑，收了。检点拱手行礼，又说，后会有期，便带人离去。蓝丙光立即上来，抢过荷包看看。荷包用上品绸面，锦鸡鸟纹刺绣，还带着男人的气味。蓝丙光摸着包内有硬的东西，打开一抖，里面抖出一根银条。梅香惊呆了，急忙抢过来，双手紧握在胸膛，心里感动，血腥的战士也有这般温情。那检点是真心喜欢她的！这会子梅香才想起，自己没问他姓名。

6. 私情记

在石牌城唱了三天戏，三个晚上梅香住宿在军中女牌馆，白天与蓝丙光一起唱戏。这三天像在天堂里过日子，快乐又兴奋，梅香一点不觉累。三天结束，尚如班伶人拾捡锣鼓道具，要回上石牌，梅香也该回家了。这时候，梅香非常沮丧，唱戏正在上瘾期，像抽了大烟一样。蓝丙光知道梅香的心事，说，既然是太平军招你出来唱戏，你不如就继续唱两天，正值元宵节，尚如班演出的邀柬甚多，这元宵前后是唱戏挣钱的高峰旺季。且尚如班主，昨日已在丙光面前透露了这意思，让梅香接唱几台，收入分红她也占一份。

梅香嘴上说，不可，不可。觉得自己应该回家了，可是腿脚却不听使唤。这一日傍晚，一伙伶人坐船渡过皖河，到了鲶鱼头上岸，梅香却没往下石牌走，而是直接跟着蓝丙光来到了皖江馆。

晚上，丙光在皖江馆饭店点了酒菜，款待梅香。酒菜送到房间，一张方桌，两把椅子。梅香与丙光对饮起来。屋子虽乱，情境却温馨别致。梅香请教丙光各种旦角的演技，丙光扮旦十几年了，台上经验丰富，这里他毫无保

留,把身怀的绝技要统统传给梅香。蓝丙光说到即兴处,就搁下筷子,起身拉过梅香,手把手教起来,一个动作,一个节奏,一个眼神,一个台步,一挑眼,一挥袖,唱念做打,样样教到。

说说这个蓝丙光吧。他家里还有父母和妻小七口人,指望他唱戏挣钱填充辘辘饥肠。一般逢年过节,他会往家里送钱物和米粮。剩下的钱,回来还想去逛妓院。戏班也分旺季和淡季,逢年过节,唱堂会,唱庙会,东村请,西庄接,尤其是腊月到正月,邀束多,生意火红得不得了。过了正二三月,就挣不到钱了。五荒六月无人看、无人请,只得在大河边跑码头。偶尔在茶馆茶社义演,不收费,帮茶社招揽客人,顺带打彩,挣点油彩钱。上下石牌二十多条街,几十家茶馆,上百家商埠,都邀蓝丙光去唱过戏。蓝丙光戏唱出了名,人又生得俊秀,尤其惹媳妇和姑娘们喜爱。或许梅香喜欢他只是后来的事,据说蓝丙光早几年前就有姑娘因迷他而誓言不嫁。这戏子给人有想头的是,他至今孤身出来卖艺,不带家小在身边。知根知底的人都说,他怕养不活,就把妻子搁在村庄种植纺织。他孤身一人在江湖漂泊,逍遥、自在,嫖女人没碍手碍脚的。据说他素来不愿缠闺阁民女,只喜欢到上石牌后街的妓院去混,与妓女交往,省了不少麻烦。

梅香认识他也有几年了,可惜梅香一朱门闺秀,也是平常女儿心。自从看了他的戏,渐渐地就迷上了他。那时候,听闻街上哪家茶社的布告有蓝丙光的戏,梅香必去看。有时哄着烟翠一道去看,有时带着女佣两人出门。丙光在茶社演出,多是不包场的,只待观者给赏钱。梅香为了惹丙光的注意,装成阔妇,往台上扔钱,故意砸到丙光身上。如此挑逗,那丙光早窥出这小姐的心思。戏罢,丙光上前来给小姐鞠躬敬茶,借机向她眉目传情,这足以让梅香心旌神摇。

梅香自小就对戏有偏好,逢年过节,家班来演,她就跟后面学。念学塾时,她就能唱各种怀宁花腔小调。遇到丙光,梅香是油脂充足,一点就亮。梅香观看丙光的戏,回来就模仿,常在宜园舞枪弄棍,又练又唱,有生,有旦,有花腔,有念板,把丙光那些角儿学得像模像样。

碍着女人身份,梅香之前没与丙光单独厮混过。只在茶社歇戏时,坐到一起吃茶,聊些话。梅香爱唱,丙光便常常教她一两段。旁人只当姜小姐性格开朗,爱玩罢了,不太在意。知道梅香的背景,丙光就装得特别拘谨礼貌,文质彬彬。后来梅香开始以诗词相赠,丙光也回一纸情意绵绵,都在茶社演完戏后,互相递送。现在梅香那个孽障丈夫,杳无音讯,弄得梅香不上不下,闺女不像,寡妇又不是。这更让梅香一个念头系在丙光身上,心驰神往,越陷越深。

今夜梅香如坠云堆,不仅学到了演技的深奥妙处,还满足了多年情欲相思,自把那下石牌府中的父亲及儿子抛到九霄云外。二人手脚相缠,肌肤相亲,搂搂抱抱,戏练了个把时辰,又饮了酒,酒未饮尽,情已醉倒。丙光唱:妹妹待我情义厚/哥哥永世记心头/我俩好似劳燕鸟/今夜同林前世休。梅香唱:手拉哥哥手/哥哥你听从头/妹妹不怕名声臭/老小亲骨也能丢/要走我俩一起走/跟我哥哥到床头。二人互扯衣衫,倒在床上。一夜颠鸾倒凤,翻云覆雨。不在话下。

7. 佳期如梦

这年正月十五元宵节,石牌上下两镇全沸腾了。民间杂艺聚集,又有大户、宗族包场唱戏。有一路演出是由商界的帮会出资,邀请本地几大戏班在上石牌大王庙广场和下石牌城隍庙门前,连演四天四夜,日夜各两场,四四一十六场。上江帮是江西与湖北商人在此成立的帮会,湖北人尤爱戏曲,文戏、武戏、大戏、小戏,无论是江南来的昆曲,还是他们本土的西皮,均不禁忌,甚至石牌女人打连厢的小唱,他们也喜欢。这四天办得格外隆重。上江帮早几天就组织劳力,把几处大戏台披红挂彩,装饰一新。又在戏台外高高挑起了十几只菱角形香油灯。蓝丙光所在尚如班也在邀演之列,他们摊到了六出戏:四出皮簧大戏,两出黄梅小戏。梅香和诸伶一样,皮簧、黄梅皆兼,她多扮旦角,六出戏巡回演四天,也够累的。

正月十五日,城隍庙戏台前,彩灯悬浮,飘红挂绿,人声鼎沸。前一场是程姓的家族班,招牌上写了演出的戏是《杨家将》。程家班人多,拉得开场面,也是为了抢风头,特意先上了一出武戏,台上打打杀杀,人吼马嘶,好不热闹。台下聚集数百观众,扎起的白布围子都挤垮了,掌声一波又一波。

逢演大本戏,戏班子常常需要一个人变换上演多个角色,歇了戏里的角,还要跑龙套,还要协助后台敲锣打鼓,都是没得闲的。于是,尚如班就临时招了一批跑龙套,演小卒、站台子、拱气氛的村落玩杂耍的艺人,又请了拉琴的,敲锣鼓乐器的。唱戏都是男人们的事,梅香在太平军中演过一回,让伶友们刮目相看,梅香上台肯定增人气,这是没得说的。但是石牌自古以来还无女伶上台的先例。尚如班班主也慎重,怕出资的商帮有异议,开演之前一天,专程去江西会馆,找了主事的朋友,探了口气。那边一听,女儿身演旦角,大笑,说,江西人出来闯天下,何以让一个女"穆桂英"碍了眼目,我们倒想看这太平军的女儿角唱技如何。班主鞠躬叩谢,道,天生一副嗓,能赛百灵鸟,只求人间慧眼识,不怕埋没随百草。

元宵节,尚如班在城隍庙第一天上午演的是皮簧《穆桂英》,蓝丙光演杨宗保,梅香演穆桂英。武旦穆桂英正是梅香在太平军一炮打响的好戏,这回在城隍庙梅香又为尚如班打了个开门红。整场戏戏台下掌声、喝彩声似春江潮水连海平。人们在众星灿烂的伶班中,盯上了尚如班的"穆桂英"。

下午演文戏《山伯访友》,蓝丙光演梁山伯,梅香演祝英台。二人上台的时候,仍没有人认出演那英台角的是女子。只觉得那角演活了,引得观众掌声雷动,迷了不少乡绅。许多人跟场,在下石牌看完,又赶到上石牌大王庙广场看第二场。戏里有一段唱词,"英台喜盈盈,低头进房门,原来胭脂和水粉,对镜理云鬓"。终于有人看出,原来那演英台和穆桂英的是女裙钗。这下就更惹人,更有看头了。尚如班比其他班抢风头。后两天,看戏的多跟着梅香的戏走。接着,又演了《文昭关》《打金枝》。梅香那嗓音,那身段,一个挑指,一个抛媚,一个回眸,一个动容,细枝末节都让人心醉。她与蓝丙光配戏,又是貌似神合,天衣无缝。那戏台下,人们往台前挤,更有人趴到台边来看,把戏台堵得水泄不通。

梅香脸涂彩妆,戏装艳丽,越演越有劲,越唱越流利。台上演戏的激情高涨,下面喊声如潮,人们似乎要把戏台子抬起来。梅香高兴,却在临末时受了惊,戏台边突然有喊出她的名字,姜梅香、姜梅香。梅香脸红透了,汗也冒出来了。一直担心被人认出来,这一回果然有人认出了她。

这么一来,梅香瞬间就成了石牌坊间的红人。姜家三姑上台唱戏了,天生就是演英台的,恰好那戏里也有叫梅香的。有人说,由古至今,还未见过女人上台扭胳膊扭腿地唱戏,这老爹(爷们)干的事,也有奶奶(女人)做了,且是姜家的姑娘先做了。有人说是跟太平天国长毛学的,长毛的女子唱戏,长毛的女子也不裹脚,真是无法无天。

十六下午,姜府的老太爷房间,媳妇们正陪太爷、奶奶推牌九。桌上哗哗搓牌声,温暖快乐。她们头一天去城隍庙看了戏,富家女人又怕挤,站着看了两场,就不再凑热闹了。今天只有孩子们去看了。二婶带诗良回了娘家。太爷这两天身体气色尚好,能坐起来,烟翠和四婶就陪两位老人玩牌。突然,年伢带了一个族内人来见老太爷。那人中年深沉,不太面熟,但太爷认识,他在县衙当差,因宗祠轮班值年,今年轮到他家一房,年事由他一房人主管,族下叫"为年头"。因辈分小太爷一辈,他直唤太爷"伯伯"。他深鞠一躬,说有话要与伯伯说。大家便歇下牌来。

四婶沏茶。那为年头也不喝,站着就说了,令爱梅香,于初十在猫山新城粉墨登场,妖冶弄姿,为太平军唱戏,整三日夜。无知长毛围观梅香似江浪翻潮。十五日始梅香又在大王庙、城隍庙,扮装演旦,光天化日,疯癫丢人。伯伯知否?

一家人神色大变。乔姨奶说,梅香不是去了罗岭吗?没有认错吧?老太爷手抚额头有些晕了,烟翠忙扶他躺到椅子上。太爷说,这等大事,你怎么才来告我?为年头愁眉闷色,又向太爷姨奶鞠躬道,伯伯嬷嬷恕罪,我悉此事也才今日。怕事有不实,上午特去台前看了确实是梅香,又去猫山城找

了长毛核实。长毛小贼说,梅香唱戏只为抵三百斤粮谷,因为府上不能如数交齐六百。还有一事令小侄羞得难以启齿。那贼窝有一首长,于戏台下淫词秽语夸赞梅香,又赠红包信物。如此男女授受不亲,且肆无忌惮于大庭广众,真丢尽姜氏几十代祖宗的脸。

这边老太爷已气得嘴唇发青,手脚颤抖。乔姨奶不住地给他按抚胸口,嘴里叨唠着骂梅香,死撒谎,我们还真以为她去罗岭了。她怎么变成这样厚脸皮了。老太爷苍音悲鸣,荒唐,荒唐,区区三百斤稻,老朽就是将这幢宅院卖掉也不至于让你去卖唱啊!天哪,要活活气死我了!快,快找壮丁,去将梅香拉回来。烟翠忙答,公公莫生气,莫生气,我这就叫人去。太爷话还未说完,他喘息着说,带上绳索,将她绑回来,禁在磨坊屋里,让族人来打,打死她!我的天哪,这个不孝的东西,打死我也不心疼,啊啊呜呜。老太爷一口气接不上了。几个人同时上来帮他按胸脯,说,好,好,我们这就去,公公莫生气。烟翠让四婶和奶奶照顾好老太爷,她转身对年管说,你放心,我叫仆役去找。那年管也觉刺激了老头子,又鞠躬抱歉,伯伯莫气,小侄会处理好。说罢和烟翠出屋去。

烟翠把年管送到大门口,问,房兄可知梅香现在哪处戏台?年管说,流动演出,先找到尚如班今晚的场子,就能找到梅香。烟翠说,谢谢,我知道了。

烟翠站在前院,一时烦乱无主张,不知道该派谁去找梅香,老仆年伢年纪大了,跑不动,诗康因母亲汪氏有病,在照料母亲,且诗康年龄小,办事不放心。烟翠只得让张达开临危受命,去上石牌找。

烟翠一直候在前厅。时近黄昏,二婶、诗良回来了,说在上石牌娘家听说了,姜家三姑在演戏。二婶唾沫横飞,骂了梅香一大堆不是。又骂蓝丙光,狐狸总要露尾巴,毒蛇总要吐舌头,现在终于被他咬了,这一口不轻。到了天煞黑,张达开气喘吁吁、头冒热气从外面回来,说他上下石牌跑了三四里询了十几处,探实今晚三姑在中洲大王庙演戏。

众人当即决定晚上行动,直接在戏台上把梅香拽下,绑架回来。烟翠派人到街坊篾匠店,把余篾匠儿子叫来,远亲不如近邻。小余知道姜家平时吃饭一大桌,摊到这种事却没人。小余够义气,甘愿效力找三姑,还去后街唤来四个兄弟。众兄弟皆知为姜家效力有铜钱。

烟翠交代,大庭广众,见到三姑,稍掩粗暴,只叫三姑跟你回来就是。二婶考虑周到,怕尚如班人多势众,又恐观众起哄,叫小余带上绳索和棍棒。烟翠见之,面上难掩惊恐之色。

张达开带着姜家雇丁来抓梅香的时候,是戌时夜场戏。梅香正与蓝丙光唱黄梅调《蓝桥汲水》。朦胧月色下,大王庙前的广场上人山人海。原先扎的白布围子被踩成垫脚的草皮,观众站得无秩序,都成了堆,有站在板凳上,有站在人肩上,重峦叠嶂一般。更有那高呼声、尖叫声,一浪一浪的,似洪水猛兽一般。这情景把小余吓着了,哪敢上台拉三姑,只怕上去了,下不来,要被戏迷们打死。

一伙壮丁只得扎在台边人堆里,等戏演完。梅香多精明,演戏这两天里,她就预感到家里要闹翻了。一歇了她的词,她就躲在帘幕后,挑着帘缝往台下瞅,看看有没有姜家的人或亲戚。她在人堆里常搜到熟面孔,但那几个熟人无关痛痒,她不怕。今夜梅香发现小余出现在台下,演了一会,又看到达开隐在人群中。梅香心里还能挺住,也有了准备。索性她来个尽心竭力,把玉莲女的娇媚、活泼,对婚外情的大胆追求,表现得酣畅淋漓,还抛了几个勾魂眼,清亮嗓音拉得温软绵长。引起台下又是一阵掀风鼓浪。

《蓝桥汲水》结束了,前台观众没散,又等着看下场。小余带壮丁躲到后台的梯子下,守株待兔。四周都是乱哄哄的人。后面又抬了箱子,搬了锣鼓来,是另一个班子准备开演下一场。零散的人从梯子爬上爬下。过了许久,仍不见尚如班的梅香下来,亦未见到蓝丙光。小余急忙上梯进戏台,帘幕后面一帮人正忙活,问,蓝师父和梅香可在?回答说,早回了。回了?回哪?个中有人伸头过来看看,见小余仆丁打扮,猜了八九分,顺嘴撒了谎,回姜府

了啊。小余一听梅香回姜府了,喜不自胜,哆嗦着下来,对张达开说,三姑回家了,走,我们几个也回家去。

张达开、小余领着壮丁往回赶,一路上小余兴冲冲地说,三姑从来自己能担事,她那个性子绝不做偷鸡摸狗的事。这样也好,让三姑自己回家解释。小余一时被高兴冲晕了头脑,却是身后张达开精明,他疑惑梅香多日不回,这几日戏正演在兴头上,她怎么自己会回家呢?她不怕家里关住她?小余说,她几日不回今夜回才合情理呀。壮丁说,三姑没那么孬,我看这事有诈。经壮丁一提点,大家都有疑,但一行人的脚步已跟跄到了姜府门口。

看府门紧闭,院内静悄悄的。张达开越发清醒了,一挥手,走。一伙人又折回去,再往大王庙来。又一场戏上演了,声势浩大。小余转到后台,独自上梯子,钻进台后,猫身附耳,向锣鼓手打听尚如班的蓝师父这会子在哪唱戏。那人大声说,听不见。小余又提高嗓门说了一遍。那人总算听清了,回说,蓝老板住在皖江馆,这会子是我们班的戏。

小余折身下了台,要带人往皖江馆去。张达开不愿意去了,说我们已被梅香耍了,如此兜圈捉猫,令人可恶,我回了。张达开一转身,气愤地回了姜府。

张达开回到府内,烟翠、二婶还候在前面梅花厅。烟翠迎上前,见达开一脸疲乏和愤怒。烟翠说,她是放出的野马,这么晚了,今夜估计找不到了。达开瘫在椅子上,喝了一口茶,累得唉声叹气。二婶坐在那板着脸,说,宗仁回来,我们拿什么交代?梅香丢丑,老太爷瘫在病榻,奶奶年纪大了,侍候太爷就够她受了,还给她添烦加刺。

后来这三人又叹气,又发愣,候在厅内。过道窜来寒风,厅中央一盆炭火燃尽了,几个人缩头缩颈,感到很冷。一个时辰后,终于等到门外小余带壮丁回来了。

果不出所料,小余等人跑到皖江馆,没找到人,蓝丙光也不在。于是四人又分头行动,一处往上石牌中洲各戏楼茶园,一处再往下石牌庙堂楼台,还留一个守在皖江馆门外。小余叮嘱他守候到天亮,见三姑身影别轻举妄动,立即回来报信。

张达开说,卑见亡羊补牢,适得其反。况女子唱戏,古来有之。秦淮桑女,天下绝伦。今日梅香唱个戏,不至于阴霾当空,鸡犬不宁,就让她自己处理吧。

二婶惊愕,张先生你幸灾乐祸,怎拿"秦淮桑女"比梅香?我姜家在石牌名节风清,何人不敬?你拿"秦淮桑女"贴我姜门标签,这等淫荡浅薄,何能教出姜家子孙?张达开说,出言不逊,抱歉,当为"骊山贵妃"。卑人所见,三姑确实才艺过人,关在深闺,埋没造化。烟翠连忙调和,梅香天赋,实乃一奇,但女子名节不能漠视,尤是在我等深门。我看今日夜已深不便挨门逐户去打搅客栈,明天她肯定还有戏,明天再找,一定要把三姑带回家,什么事关起府门自家说。烟翠低头沉语,补充道,只怕她在石牌风头出久了,那产姓人不饶她,一旦产姓抓她回去,那事可就大了。

众人一听,腿脚发软。二婶说,产姓人若是抓她回去了,那我们就见不到她整尸了,肯定要被活活打死。明天一早,赶紧再找。

次日,上下石牌又是好戏连台,人山人海。加之元宵佳节,商贩云集,遍街市声。姜家雇丁摸清梅香的戏,又是夜场。二婶说,背水一战,今夜若逃了,明天撤台了就难找。要在她未谢幕时就上台抓,不顾面子了。

因今夜路近,就在下石牌城隍庙,姜家妯娌便亲自带队,酉时尽尾,一干人到了城隍庙广场。戏台前人浪沸腾,竹竿挑起油灯,十几盏往外排,一直排到了几十丈远的大树上。梅香正与蓝丙光演《山伯访友》,戏台上挠着火红的帘布,火红的灯笼,锣鼓脆响,喜气洋溢。姜家壮丁听二婶指挥,网布戏台四周扎下。

烟翠插入人群,慢慢挤到台前,近看梅香。只见梅香粉面桃红,绫罗闪闪。伴着悠扬琴声,梅香唱:往日梁兄偷挑水/我随哥哥河边玩/今日身单心思中/春风吹不干我笑颜……梅香扮那英台女,眉翠含颦,靥红展笑,舞姿姣好。更有甜美嗓音,吐字行腔运气均致纯熟。烟翠不觉看得入神。又见丙

光扮生角,嗓音宽厚洪亮,与梅香一唱一对,天配一双。又见二人牵手弄舞,凝目含情。烟翠看得泪珠闪闪,她感动梅香的戏艺禀赋,梅香平时只在宜园偷着唱唱,一登台竟演得如此神采入木,摄人魂魄。梅香那声声腔韵直逼烟翠的心坎,烟翠鼻子一酸,竟抑不住嘤嘤哭出声来。

身后的张达开见状,说,三姨娘,我俩还是到外面等吧,这里熟脸太多,也怕三姑在台上觉察。烟翠便跟达开挤出人堆,来到偏远暗处一房檐下。达开体谅地递给烟翠一方手帕。烟翠推开,拿出自己手帕擦擦眼睛。烟翠说,梅香戏唱得真好。达开说,小余一伙人已在台下,我叫他们不要拿棍棒,恐人笑话,只上去叫下三姑,不必兴师动众,干戈造势。其时,恰有一队龙灯从屋旁大路上插出来,一排灯照到烟翠和达开的脸上。达开借机搂烟翠到他怀里掩藏。龙灯队十几人哗然过了。烟翠推开男人挣脱出来,说,我俩还是去台前吧,一会梅香戏就结束了,接她回来。达开说,那边灯火太亮。他手又摸住烟翠的手,说这里背风,我已冻得手脚结冰了。烟翠说,张先生冷就待着吧,我过去。恰时屋后又一队龙灯队哗然走来。烟翠手挡亮光,急忙闪到墙角。其后又是龙灯队,锣鼓喧天,三条、四条,浩浩荡荡,几十人、上百人,自南面而来。高高举起的彩灯,沿城隍庙广场排开,扭秧歌、跑狮子、踩高跷、划旱船,陆续进入广场中间,看戏人流散开。

忽一阵呼风唤雨,五条龙戏珠,在广场上横越飞舞起来。

烟翠突然见戏台上如狼烟四起。有人喊,打架了,快撤,快散。烟翠和达开急忙往戏台跑去。见龙灯队里七八个扮五昌的人,打了花脸,拿着棍子,冲上戏台猛烈打砸,大喊,打死这对狗男女。彼时姜家壮丁还未行动,见台上乱了遂冲上台抢梅香。

尚如班伶人拿刀棍反击一群五昌。台幕彩灯被搅得一片狼藉。蓝丙光被五昌们拽着辫子又踢又打。姜家壮丁人少,斗不过一群五昌,最终梅香被五昌拽到台下。蓝丙光被班友乘乱掳走。烟翠听到杂声,霎时明白,是产姓人。产姓人借舞龙灯来挑事,打砸尚如班伶人。

把不要脸的淫妇吊起来!那伙人将梅香双臂反绑,正系绳要往台柱上吊。烟翠跑上来阻拦,不要,不要。梅香头发披散,彩装邋遢,嘴角流血。烟翠不忍看她,也恐她不好意思。梅香却说,让我死,我宁愿死也不回产家。烟翠肝胆俱裂,凶道,诸位兄弟,何必这样?那伙人破口道,少管闲事,打死她都不解恨。

突然二婶跑上来疯一般拽拉绳索,哭喊道,求求你们别这样,快放了她。那五昌猛一推,将二婶推倒。小余棍子砸上去,两边人又打起来。

二婶一骨碌爬起,跪到那五昌面前,兄弟求求你别打,老妇给你跪下了,求求你们。

烟翠上去揪小余,说,别打了。那边见二婶下跪,也歇了手。烟翠对那五昌气愤道,谁管闲事?梅香是我家人,我家自有家法,不必尔等猖獗撒野。快放了她!

突然一个灯笼高高举过众人头顶,灯笼上有一大"产"字。灯笼照到烟翠脸上,又照照她旁边的张达开,张达开立即闪离烟翠。这人没扮五昌脸,是净面男子,问烟翠,你是哪个?

烟翠道,我乃姜府宗仁房内人。你们如此骚乱公众,欺凌姜门,还有王法么?那人说,嗟,姜家养出这种不要脸的淫女,还谈王法?得先问问你家有家法么?姜家不要脸,我产姓人还要脸哪。拉回祠堂,在祖宗面前处死她。

烟翠一把抢过那人手里的灯笼,将灯笼高举反照那人的脸。那男子手遮脸,问道,你想怎样?

烟翠说,我要看看产姓人教养出些什么东西。那人却站着直面灯笼,说,不打娘家人就算客气了。再拦,我们就要动手了。

烟翠一听,挥灯笼朝地唰唰猛砸了几下,"产"字灯笼燃起来。众人面色惊慌,烟翠举着柄把,残火摇在那男子脸前,说,这纸糊的东西,还到我下石牌来撒野,你就不怕丢产姓人的脸?要动手,得找个宽广的场地,用枪炮药弹打。产姓人见姜家这媳妇蛮横气足,又说要枪弹交战,恐给族人惹事,就上来劝这男子,算了,教训一顿就罢了。二婶又上来赔礼,道,不要在这闹了,两家名声都不好听。两边人扯扯拉拉,又有看戏的、看灯的、年长者上来劝架,男子自找台阶下,说,若再见梅香唱戏,非沉潭处死。二婶说,我发誓,若有下次,你割我舌头。事态稍弱,两边各散。因砸戏台遭下石牌人围攻反对,产姓龙灯队陆续往前走,等在西面田野上。还剩一条龙,在广场盘了几圈,见这边五昌队开始撤,龙队也跟着五昌往西面太湖方向去,继续出灯去了。

彼时姜家雇丁脸肿鼻青,个个破衣烂袄,但没有重伤,无大碍。一家人押着梅香,往正街走,一路都熄灭了灯笼,尽量避开街坊眼目。

梅香回家,直接被关进了磨坊屋。

8. 优伶出族

梅香被从戏台上揪下捆押回家,丢尽颜面,让石牌街坊邻居捕风捉影,说了一堆笑话。但那些都不要紧,只要太爷不生气,就万事大吉。

梅香在磨坊屋卧坐一个通宵,也哭了一个通宵。女佣给她送来被褥和取暖炭炉,年伢给她送饭,屋门上锁,没有老太爷的话,不得让她出来。太爷说,禁闭三年不解恨。

过了好几天,烟翠觉得梅香情绪该平静了些,想去看看她。

烟翠夹了一包果仁瓜子,又拣了头巾、发簪、粉盒几样饰物。到磨坊,年伢只把锁空挂在门上,烟翠能直接进来。梅香正躺在板铺上晕沉,见烟翠忙起来叫了一声嫂嫂。二人在临时搭起的矮床铺沿坐下说话。烟翠见梅香颜容萎黄,眼窝深陷,十分憔悴,不禁一阵心酸。烟翠说,过去的事就别再想了,好好梳理心情。梅香说,我不想,我现在彻底死心了。梅香把玩着烟翠送的发簪,说,我还装饰这些有何意义。烟翠说,你这么俊秀哪能不梳理?你要打扮,要打扮给儿子看,你还有个聪慧的儿子。梅香不禁涌下泪水,说,从此死了上台的心了,也断了那个冤家的路。烟翠说,慢慢淡忘就好了,缘深缘浅,亦算爱过一回,不枉前世期约,也足矣。梅香点点头,突然又抱着烟翠哇哇哭出声来,说,我一辈子忘不了,得几生几世才能忘。烟翠拍着她的背,道,我晓得你心里的苦,但身为女人,都不得求,必割心舍爱。说罢,烟翠也嘤嘤哭,二人抱头痛哭。

论年龄,烟翠大一岁,她俩都生长在深宅,性情又相近,将心比心,互怜互爱,思前想后,各有不幸,故而两人都哭得很凶。

哭了一时,两人擦擦泪水。烟翠见磨坊屋潮湿秽气重,就说,老太爷现在态度稍有好转,日日追问年伢,梅香胃口如何,叮嘱年伢重油多荤,生怕苦了你的身子。你久日没去探望大大,不如过去坐坐,顺便探探,看能否让你搬回房里去住。梅香说,在哪住无所谓,只是一旬不见父亲,心里也很挂念。正说着,年伢又送饭来。搁下饭笼,摆了菜碗,年伢说,太爷问磨坊可冷,又说天气晴朗,吩咐开锁让你出屋晒晒太阳,也好清醒头脑,反思过去。奶奶说,久日不见,很想你。三姑你吃罢饭,梳洗好,去见见太爷,我把你这些东西都搬回你屋里去,你就不必在这住了。

烟翠说,这样极好,等于老太爷已经默许让你回自己屋住了。我看这个形式再延续也没有意义,何况屋里还有孩子需要你照顾。梅香便点头答应了。

后来的日子,梅香回到自己屋里住,看孩子,做针线活。梅香也不再哼戏,不再去宜园练戏。一家人不再提城隍庙唱戏的事,一切只当没有发生过。

且说上石牌产姓,也是怀宁望族。产族的土豪劣绅闻产伯涛媳妇梅香唱戏,便在宗祠聚会,议论起这事,个个气得捶胸顿足、口欲喷血,认为姜梅香丢尽了他们家族的脸。产伯涛在外征战平乱、击杀叛贼,为朝廷效力,他人还没死,梅香就偷"猫饭"吃,与优伶私通,作为人妻儿母,不守节操,还这样风头出尽,淫戏忘返,娼荡不归。更让族人愤懑羞耻的是,姜宗仁堂客烟翠烧了产姓舞龙的灯笼。

一宅子蛮媳淫女,横行霸道,亏他姜令启还做过知府,连家中媳女都教

养不好。产姓人越想越咽不下这口气，此患不除，人心不服，一定要索回梅香，按族规处死，以此树立产姓在石牌的威信。否则，以后产姓在石牌怎么混？更有产家公婆、妯娌一哭二闹三上吊。于是，产族族长找到姜族族长，理论这件事。

姜族长惧怕产族在石牌的势力，也只能拿自己人开刀。他们承诺，一定要严惩梅香，打她个皮开肉绽，打断她的腿，让她不再跑出去丢脸，以洗净两姓脸面，挽回声威。

姜族人知道姜令启病体缠身，神志不清，这件事又何必向耆宿残年诉说，怕惹他胸闷气短，一命呜呼。于是，姜族人决定去令启府中处置梅香，暂不面见令启，限于时间紧迫，只待先将事情处置完成，再函告杭州的姜宗仁。

姜族人在祠堂议论这事，不想走露风声，当日下午一族兄悄悄跑到姜府，告诉了妯娌主仆，族人估计要来处置梅香了。妯娌们一时心悸，又似乎在意料之中。几个人在前厅叽叽呱呱，愁眉苦脸，却又想不出应对的好方法。

张达开为讨好梅香，又偷偷来透露信息，提前告诉了梅香这件事。本以为城隍庙唱戏的事已了，不想族人这么不肯饶恕，居然隔了好几天还要来治罪。梅香听罢顿了顿，没有掉泪，也没有发脾气，她心平气和地对张达开说，谢了，张先生，我如今已无所谓，随他们怎么摆布。若我拿血肉去祭奠他祖宗，他产姓声名就能干净，我也愿意。

张达开深吸了一口气，说上海、扬州都有女子唱戏，这石牌人如此顽固，可恶。梅香说，那不能比，太平军觉得女人缠足是丑事，对于我等宅门，女人大脚是耻辱，不是一个天地，不可相提并论。

达开点点头，又道，若三姑当初跟太平军去了天京，也不会遇今日劫难。可惜那蓝丙光，懦夫一个，只会留情，不能救身。

梅香早有觉察，张达开的殷勤有点乘人之危。梅香把梳子往台上一扔，说，张先生还有事吗？张达开知失言了，道，没有事，只想和你聊聊，或许明日族人就要到。

梅香没有说话。其时,梅香正坐在梳妆台前,背对着张达开。她刚盘好发髻,准备去屏风后取线叵,做针线活。张达开却走上前来,站在梅香镜框内来。梅香低下眼来,没有对接张达开镜内的目光。

张达开从背后打量着梅香的每一个细微处,琵琶襟的褂子蓝底印白花,衣上镶花边绲牙子。这小花褂裹着她娇柔丰腴的身子,妖冶迷人,圆髻插银簪,更显清爽利落。

张达开突然说,三姑你并非绝无他路,你可以去告官,官府会给你做主的。我代你写诉状,就说丈夫失踪,公婆欺侮,那桩婚姻名存实亡。因生在戏曲之乡,元宵佳节,戏娱一回,不伤风俗。而且现在太平天国统辖安庆,推崇男女平等。产姓棍棒敲打,是对女子的压迫。只要你愿意报官,或直接去石牌城内投诉太平军,他们定来为你拿下产姓流氓。

梅香静了一会,似有所思,突然又说,那怎么行?那岂不更惹我父亲生气,更惹两姓生仇?我草命一条,活着也无意义,我又何必给父亲添加罪名,遗臭万年。

张达开说,那就随三姑定夺,再说姜族来治罪,也未说要你性命,不要把事态想得太悲观。再说世事多有常律,每逢绝路,必有天机。我看三姑气色不错,眉睫露阳气,眸子透光,相信必有贵人在此运中。

这话她爱听。梅香笑了,说,谢张先生,托你的福,我会好自为之的。

跑得了和尚逃不了庙,梅香躲过了正月十五,躲不过二月初一。这天上午,怀宁姜氏族长领了几个主事的房头,一道来到姜府。一行人带了绳索棍杖,分两边坐在正清堂,直接开口,把梅香叫出来。

姜家妯娌毕竟是女人,没张达开想得深刻。这一夜一天,还没想好对策,仍是措手不及。

妯娌们给族人先沏茶,然后笑着陪座,也是皮笑肉不笑,说梅香被打得遍体鳞伤,调养小旬稍有恢复。久不见人,这会子怕是在梳洗,一会即来。

族长五十多岁,但他辈分比老太爷长两辈,老太爷是他的孙辈。他来姜府,那架势和口气就显得居高临下了。族内辈大年小,一般跟着孩子叫。族长说,爹爹病老年高,不忍去打搅他,已和族人交换了意思,梅香的事不请示爹爹,直接办了。又叹,爹爹老了,管不住了。这一宅女人,在家里唱靡靡之音,淫词秽曲,龌龊关在门内也罢,还到大王庙台上去搔首弄姿,怕石牌人看不到?

烟翠低眉静坐,默不作声。

二婶知道,姜姓族人历来喜欢拿整顿家风来为虎添翼,敦人伦、正闺门,显现威势。这时候,二婶低声下气,说家里如何禁闭了梅香,如何棍杖了一顿,梅香常自悔得捶胸捣枕,一夜哭到大天亮。二婶又破口大骂,骂梅香不要脸、妖冶、作贱,坏话吐了一箩筐。

伸手不打笑脸人。族长见二婶把话说在前,他脸色稍缓。这时候,又有塾里诗良、诗康来了。二人受张达开暗示,来助威势。府中无男丁,两个男孩十三四岁,但有权参与家事。二人很礼貌上前作揖,按辈分叫了上座的几位,然后也有模有样地坐在堂边官帽椅上。

诗良坐下就说话,问公公伯叔们来我家,带了这些绳索、棍杖,到底想把我三姑怎么样?

族长怔了一下,说按族类规,削姓赎罪,杖鞭体罚一顿,惩一儆百。然后绑押送到产家去,算我姜姓教女无方,以示赔礼。诗良说,三姑已挨打了。族人说,那叫她出来,跟我们走。诗良说,产伯涛都死不见尸了,送我三姑去,等于做活寡妇。族人说,寡妇也是产家人,不能关在姜府。活是产家人,死是产家鬼,这点道理不懂?我看你还回塾里好好读书去,不要逃课。

诗良说,我三姑唱戏丢了谁的脸?我三姑爱唱戏,乡人爱听戏,有听戏的便有唱戏的。二婶在暗处猛拽一下诗良的衣边,诗良却佯装不知,继续道,再说那戏文里尽是穆桂英、王三姐、刺精忠报国的岳母,都是代代相传的英模,现世没有,我三姑演一回,就是以一气敌七气,如何伤了风气?

几个房长早把脸拉下来了,这小儿如此嚣张,也是平时家风不厚,没教好。族长掏出一刻本,叫诗康站出来,念给在场所有人听。在场的,除了族长等七八个人,其余是姜府妯娌及孩子。

诗康毕竟不经世,不知念书本何意,他拿过纸,抖了抖便亮嗓念起来,凡我族,如有不孝子孙玷辱祖宗,必须公告出族,以全清白家风。大不孝者,出。大不悌者,出。为盗贼者,出。为奴仆者,出。为优伶者,出。为皂隶者,出。妻女淫乱不制者,出。等等十条。以上十有犯者,族长传单通知合族会集,告于祖庙,吊齐支谱,削去名字,祠墓不得与祭。

念完了,诗康看看族长,假装不懂。族长用手指点,下面二"禁"者,再念。

诗康又念道,禁出家、释老之宗,流传虽久,而为僧、为道,则已弃父母,何论祖宗。族中子孙,不得甘于削发、易服。违者,屏勿齿,谱削其名。禁自贱,优伶等诸乐户生、旦、净、末、丑均系下流,而娼妓更无论矣。族中子孙,宜世保清白,不得自甘下贱。违者,屏勿齿,谱削其名。

烟翠等人早已明白,族长让孩子念族规的用意。诗良、诗康正愣着,烟翠说话了,三姑虽是姜姓,但她是女孩。家谱只载媳妇不载女儿,即有女孩上谱,亦在父兄名下,不占谱头。这削谱名,如何削?烟翠担心要削姜家男子的名字。

族长说,是不好削,自江西迁来,十几代了,未曾出现过这等丢脸事,想我祖人南宋姜夔一生孤贫至老未仕,他也傲骨清风,不犯族规条禁,还传诗明志,光照后世。

诗良说,扯远了。再说,姜夔孤贫举目无亲,族下不理,遭受欺凌,谱上可载有?

族长顿了顿,不睬诗良,而接烟翠的话,说,就在爹爹名字下画红圈勾削梅香的名字,附记"自贱,为优伶,出"。

烟翠心里咯噔一下,凉了。二婶、四婶亦脸色沮丧。

族长叹道,爹爹名下这红圈也昭告后人了,让后人知道姜令启官至知府竟生了个娼优女儿。

诗康说，削就削吧。后人见之，会知我家那一代出的定是一才女，不会鄙视。

诗良却冷笑几声，说，这个削与不削，有何意义？老子李耳生不知何地，死不知何方，照样智慧哺育后人。多少惊世绝艺，乃不知创者为何人。滚滚长江，浪花淘尽，浩瀚乾坤。一本薄谱，只是死人记死人，我等平常人，只要生得有意义，死亦魂魄安宁。上不上家谱，无所谓。

二婶骂道，良呀，你多嘴，你哪能这样说话？

族长面露耻笑，那几个也笑了，说真是不见不知道，启公一房尽出些奇人。一位说，你不上家谱，不知生卒年，不知埋葬地，祠墓不祭，岂不是孤魂野鬼？

族长打趣说，诗良你说得好，英雄不留名，你若中了进士，做了高官，你不上谱，谱要上你，这叫光宗耀祖。你回塾里好好念书去吧，待中了进士，族下为你大摆宴席。

诗良不走。二婶催他走，孩子不懂事，少在这里搅和。诗良无奈，一甩袖气呼呼出去了。

旁边一位不耐烦，开口催道，去把梅香叫来，怎么还不来呀？说话间，还将手中棍子捣了两下，似乎等着要打梅香。

烟翠转脸对诗康说，诗康你去叫。与此同时，烟翠向诗康递了个眼色。诗康会意，说，好吧，我去叫我三姑来。诗康去了。

这堂屋里，一屋人又在边等边说话。

族长继续说，国有国法，族有族规，但凡族内子孙，妄作非为，不待告族鸣官，府内先行整治。又说，产族与姜姓历来和睦，商贸合作亦多，这一回可闹僵了。梅香丢丑，烟翠不敬，让我们十分尴尬。烟翠烧了产姓人的灯笼，无故挑起事端，伤了和气不说，以后石牌人会以为我姜姓女子蛮横泼辣，还有谁敢娶姜姓女儿，谁敢与姜姓结亲？

烟翠说，公公此言不妥，不是无故挑起事端。他们野蛮哄砸戏台，暴打梅香，我感到是对姜门污辱。卑媳一时气愤不过，才冲动烧了他的灯笼。

也知道污辱姜门？族长乌脸斥道,这是自招自受,自作贱。这回产族本要直接上门来索人,被我们挡住了,怕气死爹爹。否则内忧外患,更是闹得一锅汤。

旁边一个又在催,梅香做么事？怎还不来？

二婶对四婶一提下巴,快去叫呀。四婶连忙起身,也出屋去。

族长又在说话,妇孺皆知,削其姓名,侮蔑的不是女孩而是其父兄。这是族规,令启也曾参与修订,如今却轮到他自己先犯。孽种惹灾,家门不幸啊。真担心他知道了,如何受得住。

突然有一个人站起身,紧张道,梅香不会溜吧？族长神色顿悟,惊愕道,是啊？怎么还不来？你去看看。那几个连忙出门,往后进房跑去。族长也坐不住了,跟着出了堂屋。

一行人到三进院,正碰到诗康走来。诗康直接回复,我三姑不在房里,我到处找,都不见人。那一位怒目圆睁,捣竹杖道,混账,我就晓得她要溜。族长怒火中烧,快快,还不快找。于是一行人分头往府内各院、各房间跑。又去老太爷窗前探了,里面不见梅香。姜家妯娌也跟着四处寻。妯娌及诗良暗中生喜,知道是三姑机灵,乘乱逃跑了。

那行人慌张又恼火,把姜府三进屋及两侧厢房搜罗一遍,又往宜园、水池、甬道、树背花丛,到处捣造一遍,真不见梅香。姜府建筑外围实壁,窗户朝院内,府门上锁。不知她那么一堆身子,是行了猫狗的洞出了屋,还是乘了天上老鹰飞走的。

知道梅香出了府就是脱了缰绳的野马,更难找。这下族里七八个人先是站在院里一阵顿脚捣棍,裂眦嚼齿,野女、骚货、无知无耻、无法无天,把梅香烂骂一通。又想到梅香可能跑到石牌城去了,那就更没办法套住她。于是骂声慢慢歇下来,回到正清堂,消消气,喝了口水。族长仰叹一声,现在怎么搞？我们拿什么向产姓族人交代？这以后姜姓臭名远扬,姜姓在石牌开埠、筹资、生意买卖、控价垄业,诸事必不顺利,必惹产姓挑拨,这如何是好？

一帮人又哀号一回。

姜家妯娌已是胆战心惊,脸色惶惶,二婶唾骂梅香,那帮人根本不听。只道咄咄怪事,如何平息?二婶说,真是对不住各位,这鬼打的,明明在房里卧着,腿还没好,哪能跑远。我看她跑出去,也是死。她身上伤口烂了一身。烦各位,你们就对产姓族长说,梅香已被我姜家活活给打死了。人死祸消,保证再不惹事。族长说,你以为产姓人是孬子,听你瞎糊弄?

烟翠说,她既然跑了以后亦不敢再在石牌浮头,劳驾公公去和产族长好言疏通。她还有儿子在我家,我们会竭力扶养成人。骨肉相连,冤家亦是缘,来日方长,又何必老是纠结这一件事?

族长说,好言疏通,那得有中间人出面。我石牌各族矛盾,从来互相口舌,缠不清。得请省外驻石牌的会馆,有威信、能拍板说话的商帮,差不多可帮化解僵局。可是这些商帮也不是你一两句话就能帮你擦屁股的。

烟翠心里一亮,明白族长话里有让步,言外有弦音,忙说,公公你说,需要我们做什么?只要能和解,不给我族诸长辈为难,我家当竭尽全力,哪怕是丢了这幢宅也在所不惜。

旁边一个插上话来,摆一桌酒要不了多少钱,但那些人胃口大,光吃酒怕是不行。妯娌们互相看了一眼。二婶说,那就既吃酒又塞银子,两样都搞吧,劳驾诸位出面。我等这些妇人,无法上场。

族长说,事已至此,就只能这样了,拿三十两银子吧。待我等贿赂商帮出面,约产族主事的吃酒,把这事调和,两家族长都得担下压力。

咸丰年间,岁荒战乱,太平军铜钱与咸丰铜钱在市面上混用,因而铜钱贬值,白银飞涨。三十两白银,可使姜府全家吃一年。这族人的勒索,比太平军更甚。妯娌们非常心疼,却不能还价。烟翠知道公家账户白银不够,又去各房收集。把妯娌的钱凑来,还是不够,又问族长,咸丰钱可代?族长点头。烟翠又凑上当十当百的几块咸丰铜板,七凑八凑还略有欠缺,但族长也没嫌弃,收了钱。说,就算拿钱消灾吧,你们也莫心疼。又一番无奈苦叹,便带人出门去。

妯娌们将族人送到大门口。族长回头看看烟翠,似乎察出烟翠的心事。族长笑着斥道,鬼精的媳妇,你以后可给我少惹事。烟翠说,卑媳谨记,公公慢走。一干人扬长而去。

妯娌们赶紧回来,咔吱吱把大门关上,忙互问梅香的事,梅香怎么逃的?往哪逃去了?

诗康说,是他催三姑逃的,从宜园搭梯子翻墙跑的。逃时,她匆忙拣了随身的衣物、几块咸丰元宝、金银首饰,用蓝花布包裹,挎在胳膊肘上,搭梯越墙而逃。诗康趴在墙头目送一会。见三姑拐出巷子,穿过镇后的河坝,往西面山坳去了。

烟翠说,她许是去猫山石牌城找太平军了。二婶说,等于她死了,不管了。她下辈子不敢在石牌浮头,只能偷偷摸摸地生活。诗良、四婶一想去了石牌城就安全了,好歹留了一条命。

过了数月,到了五月端午节。烟翠吩咐诗良和张达开去猫山,接三姑来家吃餐团圆饭。最重要的是要她来家探望老太爷。老太爷一直不知梅香出逃,妯娌们合伙编了个谎言,说那一日族长来治罪,把梅香带到猫山充役,让她做苦力,改造悔过。老太爷听罢老泪纵横,苦叹,既是族人处置,那该屈从,就让她受受苦吧。编这个谎言,只因妯娌们都以为梅香在猫山。

没想到诗良二人到猫山石牌城转了半天,找了去年三十日收稻谷的李司马一问,竟没有梅香,李司马也查了全城役工和女馆,没有梅香。

一家人又慌乱起来,食不香,寝不宁。又有梅香儿子天天站在老太爷床前哭闹,要妈妈,要妈妈,知道妈妈跑远了。

老太爷又气又怨,情绪一波动,又引发晕厥气短,救了好几次。郎中天天往姜府跑。老太爷在郎中的汤药安抚下慢慢回过神来,此后长吁短叹,思念至深。日日念叨梅香的名字,骂她是个不争气的东西。

彼时姜家亦雇壮丁,兵分多路外出寻找。一路逆皖水而上往梅城天柱

山；一路顺河而下经皖口往桐城罗岭枞阳镇；一路过长江经东流再往九江鄱阳湖，再去婺源、景德梅香的两个姐姐家，均无梅香踪迹。两个姐姐闻之嘤嘤悲泣，也遣人在江西境内寻找，寻了个把月，没有找到梅香。人财两空。之后，老太爷、乔姨奶整日以泪洗面，又提议去宿松、太湖一带去寻，因那一片民间戏班多。梅香肯定还是恋着唱戏的氛气。于是又遣人寻到宿松、太湖，茶馆、酒店、戏社，能让人落脚的地方都盘查过，花了不少银钱，人还是没有找到。蓝丙光的皖江馆，姜家人搜了好几遍，蓝丙光在元宵节戏台上已被产姓人暴打致卧床月余，又被姜家雇丁来寻梅香时猛打一顿。蓝丙光手握血脸，赌咒求饶，他确实自城隍庙砸台那夜就没和梅香联系过，更不知其下落，加之有伶友出面解围，姜家便没再追究蓝丙光。

整个夏天，蝉声叫得人心慌，妯娌们闷在宅内，心力交瘁。她们又后悔，又气愤，又担心梅香在外漂流受苦。入秋以后，泪水流干了，心也死了。二婶说，死掉算了，她本来就是个讨债鬼，为她这个家伤痕累累，钱财耗尽，我们以后还要过日子，不能为这个冤家就不活了。老太爷情绪稍有稳定了，大家知道那心底的隐痛会伴他至终。一家人坚信，梅香以后还会回来的，她不可能不想念儿子。

白驹过隙，又是一年过了。到了次年白露时节，彻底没有人再提梅香和寻梅香的事了。妯娌们纺线织布、纳鞋底、绣枕头，诸房手工活都不闲着。秋风瑟缩，院里的树叶泛黄了，东厢房的屋顶上，飘落几片红枫叶，又美又凄凉。在几枚红枫叶的跳跃中，姜宗仁的续弦汪氏去世了。

她是姜诗康的母亲。这女人一生本分，相夫教子，可怜病魔缠身，三十过半就走了。她在本故事中不是主角，甚至连名字都没有，故不详表，一笔带过，只是为她的儿子姜诗康的故事铺垫一个线索。

媳妇去世，祛了邪气，老太爷令启的身体反倒好了一些。他也悲痛啊，白发人送黑发人，哪能不伤心？但终归汪氏命薄，无可奈何。于是，家中按丧俗操办,厚葬,汪氏名正言顺睡在姜家祖坟山上。她的儿子姜诗康悲痛守孝,三年不考。这就不必说了。

且说烟翠把姐姐送了葬,倍觉深宅的寂寥与凋零。二老催促她给江南去信,报之家中这两三年发生的事。许是因战乱省亲路不通,杭州居然也一直没人回来,只有宗仁来过两回信函,第一回是别后次年三月,信中嘘寒问暖,还附了一首诗:

念娇娥
疲马关山心依旧,娇娥勿泣春阳柳。
穷通临安皆有讯,乾坤事了期聚首。

第二回是次年九月,寥寥数语,报平安。叮嘱爱妹烟翠代劳照顾高堂二老,夫颠沛流离不能亲侍茶饭。亏妹朱颜空守,他日战息,待回乡恩谢。

烟翠常读这墨迹,并未找到宗仁有接她去杭州的意思,知杭州定亦是水生火热。她不免一阵心凉,又一阵悲怆。时常靠在床头,孤灯思念,又有委屈,又有气愤。仿佛那枕头还留着丈夫的气味。

可此后却隔了一年多没有音讯,他漂泊在江南,是不是把她给忘了?还是"浮云蔽白日,游子不顾返"?烟翠预感不祥,思念至极,铺纸抖笔,给丈夫写了一封信:敬礼称谓夫君,此去江南,府中老少亦安。无奈三姑任性,于去年春唱戏遭族人遣责而离家至今不返。又述了姐姐病痛难愈,于上月归天西去。一页纸未尽,烟翠已泣不成声,中途搁笔伏案号啕。又想到自己惊鸿一瞥的情爱时光之后,便是漫长的鸳鸯瓦冷,不觉过了人生风华,怀中尚未育子女。身为女人,何不委屈?又疑丈夫在外结有新欢,但烟翠虽是泪泼纸签,言辞却表现得冷静坚强,不想撒娇取宠,只把家中诸事说尽,又叮嘱夫君"努力加餐饭",身在他乡当以身体为重,云天在望,心切依驰,卑妾不能尽职,温水加衫,夫君当好自为之。

其时,姜宗仁在杭州和如皋辗转。杭州为太平军重要袭击目标,而苏皖一带大商又避战迁于如皋。如皋偏海,物资丰富,太平军还未侵袭,时局尚安。两年不函江北,一则邮驿不便;二则恐太平军截信,富家信函和地址多成为"抢先锋"杀富济贫的目标。这一次石牌来信至杭州,老四宗明遣人转途多日,才送到如皋姜宗仁馆内。姜宗仁接到信,以为太平军又袭扰石牌,看到心爱女人的手迹,顿生烽火连三月的悲喜交集。恍惚想起离开石牌三年了,家中竟发生了这么多事。梅香淫乐出走,让宗仁恼火一阵,又有无奈和心凉。闻续弦去世,更是悲伤,虽然早有预知,但听到这个消息,还是泪水盈眶。毕竟每一段姻缘,都是浸心透骨的。姜宗仁顿时感觉,自己应当回江北,舍不得那一家子孤儿寡母,更有烟翠的思念让他放心不下。

然而,其时恰有与长子诗裕早年有媒约的怀宁小吏港刘家催婚。如皋生意刚开拉局面,不能脱人,次子诗丰初出茅庐,不能独掌店面。姜宗仁又改变注意,留下自己守如皋,派诗裕省亲归娶:一则回家娶妻生子,二则孝奉祖父祖姨母。于是,姜诗裕于咸丰六年腊月回到安庆石牌。

第三卷

1. 青春归省

姜诗裕出生那年，正值英舰载洋枪和鸦片强入虎门，中国军猛炮攻击，取得攻打洋人的首次告捷。姜家这个长房长孙，原名乃虎，"乃"是辈分，虎则有纪念虎门胜利的意思。可孩子自出生至两岁多，常枕透虚汗，夜啼不安，急得家人四处寻医拜神。有擅五行命理的说，这孩子犯关煞，是乃虎踞，名字过硬压了孩子的火焰。于是祖父给他改名诗裕，取《国语》"布施优裕"之意，施与诗同音，此后乃字辈都以"诗"字取名。改名后，姜诗裕果然睡梦香甜，体质渐佳。五岁开蒙，读经临帖，聪明伶俐，颇得祖父欢心。可是到了年少时，他却不喜欢读书。大凡读书者，至取生员，就到了一个点了，再想往上就难了，举人再往进士，难于登太行。诗裕不怕吃苦，就怕那落第归乡的滋味。不说二叔，房族还有一位叔父三次应举不成，精神失常，后来一直关在家中厢房里，时常的号叫警示了姜家后世子弟，诵读经史，梦寐追求科举功名，是一条不归路，血泪淋淋。有些钱财还是捐纳一个监生什么的，弄个半官半商、蓝衣换紫袍，便回家取妻纳妾，尽享风花雪月和人间天伦吧。

诗裕为自己不想读书找到了心理支撑。平日他只爱玩鸟、钓鱼，广交朋友。太平军起义，他正好被父亲遣到杭州，跟四叔经商。

姜诗裕回到石牌那天,他骑着枣红大马,腰间别了洋枪,带四个仆人、两辆马车。他们自如皋出发,经过南通到无锡,绕太湖之滨,躲过太平军江南要塞,穿郎溪山区,然后从芜湖上游过江。一路行程四五天,才平安到达石牌。

街坊邻里看到诗裕那架势,都认定这些年姜家在外面挣了大钱。这大少爷几年不见,也长得越发英俊明朗,浓眉大眼,更显成熟男子气质。不说街坊及家中仆役多么羡慕,就连身为长辈的三姨娘烟翠也惊讶不小……

诗裕到家,乐坏了婶娘及弟妹们,也忙坏了仆人,大家跑进跑出,张罗着为少爷收拾房屋,安顿床铺。厨房忙着配菜谱,派人去肉铺和豆腐坊,又派一个到麻塘湖集贸去购新鲜水货。

诗裕下马进府,先奔祖父的屋里。诗裕见到仰在躺椅里的祖父,脸上暗斑点点,骨瘦如柴,多年不见,爹爹竟老成这副模样!诗裕叫声爹爹,跪拜请安,心中酸楚,不禁流下泪来。姜令启一生没受过什么磨难,却在晚年连遭不幸:二子英年早逝;太平军过石牌刮了他家不少钱财,此后这个家就萧条了许多。这两年接连发生的事在他弱不禁风的残岁里,雪上加霜。尤其是梅香出走,对于姜令启来说,肯定比死了媳妇更伤心,所以现在诗裕见到的祖父,就是一副老态龙钟的样子。乔姨奶在旁边看出了诗裕眼睛里的泪水,就说,人老了,幸好现在还能见到孙子,这也是你爹爹的福分哪!伢啦,莫伤心。

令启公中风偏瘫后,虽说话不利索,但神志尚清楚,他久久地拉着诗裕的手,脸上堆满笑颜。其间仆人托了茶水及热毛巾来,诗裕稍作整理就坐下来,祖孙二人亲切叙话,老太爷歪着嘴巴,哼哼嗷嗷,却是样样问到。

老太爷问,宗仁身体可好?江南的生意如何?战事可有影响?赚钱不急,创业为大,事业是人生之根本,谋利是世俗之短见,凡事以长远为大计。诗裕说,蒙爹爹教诲,江南一切安好。父亲体质很好,前年发过一回胃病,就彻底戒酒了。现在只喜欢饮茶、听书、看戏,无不良嗜好。杭州的绸布庄规模渐大,近年南京沦陷,大批商埠拥向东部,父亲和四叔高瞻远瞩,乘势也在如皋租赁商铺、开设机房织绸缎做分店,佣聘员工二十人。如皋地处沿海,远离天京,太平军未入境内,犹如世外桃源,现有镇江、扬州、婺源等地大批官绅富商迁徙至如皋经商开厂,人气很旺。去年又在如东县置地一百亩,在兴化县置地三百亩。沿海诸县地肥价廉,潜力巨大,购置正是时候。

当然,诗裕除了如数家珍汇报事业如何壮大,也不忘在祖父面前显示他们的慈善。他说,除了购置店铺田产,每年姜氏绸布庄要向江浙官署及地方组织募捐供给,仅白银每年要捐百两以上。令启公笑着摸摸孙子的手,说,好,好哇。达则兼济天下,不进仕途亦可以经营之才济世,子孙如此出息,我心足矣。将来都要回到石牌添房置地,养育人丁,光宗耀祖,富裕乡亲。

诗裕说,爹爹放心,若不是考虑战争局势,我们早回怀宁置地了,但现在还需观望。另外诗裕又说了自己这次回来要办的事,那就是他的婚姻。说到这个话题,他又说父亲姜宗仁在杭州已纳了一房妾,身边有人照顾,他开心,自己也放心了。

令启公心里有数,诗裕汇报父亲纳妾虽有炫耀之意,可这话却伤害了旁边一个人,烟翠。老太爷捏捏诗裕的手,示意诗裕不要细说了,诗裕连忙转了话题。可是后来说什么都是假笑假哄,大家的心依然停留在宗仁纳妾的问题上。诗裕知道父亲在家有第三房太太,是道光末年父亲在安庆经营时迎娶的。可是阴错阳差,当父亲带三房太太自安庆撤回石牌,姜诗裕就去了杭州,故这第三房姨太,诗裕从未见过。后来,在杭州父亲偶尔的只言片语中,诗裕得知,那位新太太叫赵烟翠,她的名字一下子就能让人记住,是因了范仲淹的词《苏幕遮》:"秋色连波,波上寒烟翠。"叫这个名字的女人一定很美,历来美名塑淑女。美到什么样子,诗裕没有深想。估摸年纪也轻,轻到什么岁数,诗裕也不确定。

现在于祖父屋内,没有任何人介绍,诗裕一眼就认出哪一位是烟翠了。那种难堪、委屈、悲愤都表露在女人的脸上。她一开始是喜笑颜开,客气地陪站着。闻父亲纳妾,她就不吱声了,别人依然说笑,她泪水盈盈。诗裕在祖父暗示之后,下意识回头瞥身后女人,那一瞬,他的心被揪了一下,他看到

那女人端庄娴雅,她的年轻出乎他的想象。诗裕后来与祖父谈话就有些心不在焉了。

2. 小吏港

姜诗裕的婚配对象,是他十一岁那年父亲选定的,女方是西北七十里外的小吏港镇刘姓人家。刘家田产丰盛,一片田畈,隔了一条河,半爿松树坡,都是刘家的。父兄做生意,潜山进竹席,望江贩鱼虾,怀宁运贡糕,太湖采茶叶,小吏港渡口边刘家兄弟商铺连片。刘女名孟姣,在塾里念了几年书后,就在家刺绣,绣品在小吏港一带很有名气。富家女终归是这样来的,又是这样去的,嫁一个门当户对的石牌富绅。别人看着顺当,她自己也逆来顺受。但是谁也没想到,这婚姻订了之后,却是长到二十岁,仍不能出嫁。这就让小吏港街上的人说闲话了。

传说当年姜宗仁因生意往来刘家,偶然看到刘家中堂悬挂的一块绣品是宋徽宗的《芙蓉锦鸡图》,姜宗仁惊叹这绣艺之余,得知是刘家长女手艺,又得知刘家长女年龄与诗裕同庚,惊讶中生了心事。于是人还未见到,姜宗仁情急之下,就与刘外员定了儿女亲。

后来姜诗裕随父在外漂泊,刘家一直把女儿养在深闺,随着孟姣一年年长大,她的嫁妆也一件件备齐。但直至二女也到婚嫁年龄仍不见姜家来订婚期。刘外员心里有些慌乱,眼看孟姣渐成寂寞黄花,刘家难免猜疑诗裕在江南已有正房,若让爱女孟姣做偏房,真丢不起这个脸。不得已,老外员半掩颜面,主动写信给姜宗仁提儿女婚姻。姜宗仁深感歉意,后悔没在咸丰三年太平军进攻安庆之前,把孩子婚事办了。这一拖下去,也是没有止境的,总不能因为洪秀全想当皇帝,就让姜诗裕不结婚吧。姜宗仁当即做了个冒险的决定,让诗裕携家奴及财物回江北完婚,据说太平军不杀儒生和商人,万一有失,只丢些钱财罢了。江北的局势比想象的要好得多,诗裕平安到家,不日,请人占卜了日子,十一月初八到小吏港"请期"。

"请期"的礼都是按乡俗办的,讲究好事成双,吉祥如意。姜家的长房长孙,礼当然要比一般人家贵重些。金银饰物、绸缎、绣品,都是在如皋就备好了;猪肉、糖面、粉粑,虽是冬月急备的,但有钱再急都能买到。就说"请期"这一天吧,成双的礼箩挂在马背上,主仆都骑马,箩担上均盖了红绸布,一望就知是办喜事。少爷的枣红大马走在前面,几匹马从石牌走到小吏港,一路上引来村庄、田埂、河堤上无数羡慕的目光驻留观看。

　　且说怀宁村落,这几年变得十分萧瑟,太平天国军对统辖的县乡加大税赋,又招募兵役,乡村男丁稀少,剩下老弱病残、孤儿寡母,耕种荒疏。姜诗裕喜装上阵,一路看到的全是战争的痕迹。于是那礼箩上盖着的红绸布,仿佛是天边的云彩,让荒村的百姓看到了人世间的生机。

　　到了刘家,鞭炮挂在门前光秃秃的槐树上,响声惊飞了一群麻雀,引得四周邻里老小都往刘外员家门口跑来跑去抢喜糖,好不热闹。

　　刘家开了六桌酒席,三代以内的亲戚、族人、乡邻等都参加了。只见新女婿高个白净,身袭蓝底紫红花袍,戴红绸帽子,帽檐镶皓玉。一看就知是富家子弟。按前朝的规矩,男女入洞房挑了盖头才能互见,可是这规矩近年在怀宁一带也改换了。刘家开饭前就叫了孟姣出来给婆家人敬酒。

　　这是姜诗裕第一次见到他的原配夫人。一群女子过来给姑爷敬酒,花枝招展中,有人介绍这是大小姐孟姣。孟姣随即报以一个掩面的羞笑,但诗裕还是看清了她全部的真面目。遵父之命、听媒妁之言,前朝多少名流雅士都是这么过来的,你姜诗裕还能翻过天?

　　是的。他第一眼看到他的未来妻子,内心落了一个大空。真没想到,在江南多年千百次想象过孔雀开屏下的美女孟姣,是这个模样。都说小吏港的女孩子美丽,因了《孔雀东南飞》的爱情和悠久民歌的滋养。小时候常听父亲说她伶俐聪慧,面貌有旺夫相,难道女大十八变,竟变得这么离谱?她的身材胖矮,额宽脸大,鼻子还行,但是嘴巴瘪,眼睛冒着像青蛙。且不说身材,连气色也不是烟翠那般光润,诗裕不懂,同是年轻女子,姑娘反比媳妇差那么远?

诗裕一餐酒席有些走神、沮丧，又有内疚。他怎能初次见面就把她比作青蛙？她等了他那么多年，青春和红颜都消耗在暗阁里了，也许她年轻时肤色好些，以前肯定没有雀斑。这样乱七八糟地想着，诗裕举杯来到孟姣的桌子，深深一个鞠躬。孟姣那边已经站坐不是了，酒未喝，人已醉，脸红得不知如何形容。她脸略带酒色，就好看了些。诗裕笑说，这一盅敬孟小姐，感谢你多年殷勤守候，方有愚生诗裕今日采得这满园春色。然后把盅饮尽。旁边掌声和赞美声不断，大家看这一对新人，是比新人更高兴。

回石牌的路上，仆人驾马挂着回箩礼，诗裕的马在前面走得慢悠悠。冬天的景象在江北显得特别萧瑟，映出了《诗经·蒹葭》里的景象，凄美，却没有伊人。诗裕没有吟诵的激情，他看到的是灰蒙蒙的迷离，空气里布满惆怅。

无论如何，婚事还要按既定的程序进行。"亲迎"定在次年正月初八。到了腊月，全家主仆都在忙这一件事，也请了同族有经验的老人来帮忙。下请柬是头等事。姜家四代以上的亲戚，有些多年不通往来，仍是血缘关系，都要请到。或因老太爷归隐断了往来的，都得发帖子，借机把情感关系修整一下。

婚宴采购也是一件大事。水产货到望江、宿松去买，干山货到潜山去买。还有六畜，猪、鸡、鸭和鲜蛋类在石牌本地怕是难备齐，得派人往西南去太湖一带繁华集镇采购。熬糖、打豆腐、做糕点、炒货，主仆们一连忙了十来天，请了街上手艺最好的师傅来坐镇指挥，家里几个妇人也分头管理。洞房里床上用品，有一些是诗裕从杭州带回来的，绸缎、绣品、丝料。房间家具却是恼人的事，临时请木匠打家具来不及，冬季气温低，油漆也难干。于是就在石牌街木制货商店选了檀木桌椅，又把老太爷房里一张黄花梨紫檀拔步花庭床，转给诗裕结婚。这张床是太爷在任上时置的，木料贵，款式新，雕圈草浮螭龙纹，呈双龙戏珠，大床落地马蹄足浮雕兽头，厚实气派。这传代的婚床，是姜家续香火的，一般人不允许上这床。这回诗裕结婚，老太爷特意把床让出来。

还有媳妇梳妆台上的胭脂、香粉等物,簪子、耳坠、珠玉,还有玩赏饰物、荷包等都派人去集市上新购。裁缝师徒上门做了六七天,新婚夫妇的衣裳及床上用品,都做齐了。

还有一件事就是购买烟花鞭炮。怀邑一带最时兴这个,逢年过节、婚丧嫁娶、升官升学、祭祀、庆典,无论民间、官府或佛教界,都以鞭炮响得越多越长越热闹越隆重为上。只是诗裕婚娶时间匆促,临近年关,这石牌街上的鞭炮庄号,货已销售得差不多了。尤其是烟花鞭炮,这种易燃易爆的东西不会屯货。于是,姜家人商议一番,决定雇人驾马车,去湖南省大瑶埠购置。可是又考虑严冬腊月,雨雪不定,湖南的路途遥远,遇上雨雪,怕鞭炮赶不上婚期。最后由两房兄带上雇工及马车沿太湖、桐城各商埠鞭炮庄作坊收购了一半,又支付定金,年外再来拉另一半。

3. 风流倜傥

家里人都在忙诗裕的婚礼,这个腊月诗裕却整天忙着会朋友。这年头兵荒马乱,留守石牌的年轻人不多,大部分都离乡做生意或投军去了。但就是那么几个年轻人,反而往来更密,吃酒、谈诗的气氛更浓。那几个年轻人常聚到姜府梅花厅品茶聊天,谈国事、生意事、诗书事、男女事。厅中间一盆火炉,映得室内气氛热烈。临近春节,又忙写春联,街坊近舍闻姜府少爷富贵归乡,即当新郎,都图吉利来讨要春联。

诗裕自己写一些,诸友也写一些,都是当场挥墨。有的显字迹,有的显文才。一边作,一边写。这场合,不是科场考试,大家闹着玩,不拘谨、不压抑,才华、灵感竟出奇地好。写了对联,又起兴致作诗赋。然后把纸张挂于厅壁上,互相欣赏、推敲,儒商气氛渐浓。众少爷均来自怀宁的富家,有的中举人,有的当老板,都有一定业绩。那几个都有妻室,独一个与诗裕相似,尚未娶亲。这一个叫潘传朗,能诗擅言,风流倜傥。潘传朗系本邑人,祖辈在

安庆开药铺,世代行医,几年前太平军攻克安庆,潘家就把店铺撤到老家石牌来。

医术世家,医者仁心,其后人自然也走预设的人生轨道,子孙都行医。这潘传朗五岁开蒙,除了读"四书五经",还读医书,比如《黄帝内经》,那《本草纲目》也倒背如流。十二岁学医,不仅跟自家父兄学,还被送到新安江拜名师学习多年。

潘传朗也邀诗裕到他家吃酒、推牌九、打麻将、下棋。他家在汀字街有店面,在正街有宅院,在上石牌有分店及屯库,走到哪都是潘氏的天下。而朋友常聚的是他自己在镇后染指河临水而建的一幢红木楼。染指河因旧时后街妓院女子们在此洗手、染指而得名。有诗曰:"红尘指染相思醉,世俗无缘怎奈河。"坐在这楼上饮茶,无端就有情多累美人之感。

楼前有草木,楼后有流水,冬天采阳,夏日招凉,是养老防病的好地方。年轻帅气的潘传朗择此栖身,只因他是从医者,懂得受阴阳之自然灵气,醒神强体。

与这潘传朗交往,能长见识,知道那些杂树皮脂、虫翅兽角、蛇皮、蚂蟥皆可入药,是防病养生的方子;哪些干花茎片,有健脾、保胃、补肾之功效。他还深谙房中秘籍,还知道如何检测女孩的处女身,说备一盆干细灰,置于女孩下身,上面在她鼻孔塞两棉球,然后叫她用力打喷嚏,若破身的,上气泄下气亦泄,盆中灰动的不是处女,相反则反之,皇家选妃多用此法。哈哈——那几个已婚的,毫不忌讳,巴不得多讲些。唯姜诗裕听了难堪,脸上羞红。大家都晓得他未婚,不敢直谈。潘传朗也未婚,但他是医者,人体奥妙,无处不知,包罗万象。

有一天,潘传朗与诗裕进姜府门,恰在院中碰见烟翠和塾师张达开。诗裕把朋友给三姨娘做了介绍,诗裕以潘传朗这样多才多艺的朋友为荣,一定要邀塾师和姨娘中午一起吃酒。饭局依然在姜府的餐厅进行。

烟翠遇见年轻帅气的贵客,见他客气又拘谨,语话不多,一双眼睛却是格外灵动。潘传朗少了平日的碎言秽语。姜诗裕便说,潘兄莫客气,你犀利多才,今日如此缄口,岂不淡了气氛?你说些笑话,让我姨娘也开心见识一回。烟翠脸红了,低眉不语,十分羞涩。那潘传朗也奇怪,神态紧张得很。张达开觉察这二人有默契,便道,一曲新词酒一杯,似曾相识燕归来?潘传朗突然站起身,举杯道,您说对了,潘某几年前在老太爷寿宴上,有幸与三姨娘喝过酒,不知三姨娘记得否?烟翠知道躲不过,也举杯,佯装想起了,说,怪不得像在哪见过,原是享誉怀邑貌赛潘安的潘郎。

三姨娘别来无恙。潘传朗仰头把酒饮干。烟翠也把酒饮了,眼睛躲闪着,说,不知潘先生又来府中,怠慢了。

这会子轮到姜诗裕不适了。他问潘传朗,你认得我姨娘?怎么以前没听你说过?潘传朗说,恕我无礼,因彼时不知座上美女就是贵府三姨娘烟翠。

接下来的酒桌上,话多了,不再拘束,气氛热腾多了。

认识了烟翠之后,潘郎来姜府吃酒、喝茶,更为频繁,明的是找姜诗裕,实则每次都想见三姨娘。他们在一起玩耍,其实就是取宠、显才华,谈诗论画,吟诵作赋。张达开年龄大一层,略显稳重。诗裕、潘郎和烟翠年龄相近,可诗裕与烟翠又有辈分障碍,说笑话还是要顾及身份的。所以这中间,唯潘郎最自由,开头几回吃茶,他擅以吟诵表述春花秋月男女事。后来与烟翠接触深了,他就与烟翠谈食疗养生、养颜术,并且给烟翠开养颜方,玫瑰花、黑芝麻、核桃仁、山药、黄芪炖鸡。可祛斑、补肝肾、活血,增加女性姿色。

在一个落雪的傍晚,四人又在餐厅喝酒,屋外积厚雪,屋内的酒却喝得特别温暖。四人以"雪"为题各作一诗。烟翠咏梅花品质;达开写钓雪情怀;诗裕赞风雪兼程;潘郎微醉状态下,写了一段往事,诗曰:

十八行医新安里,孤途巧遇庶佳容。
袅袅婷婷寒风泣,冷山白雪一点红。

烟翠说好个"一点红",想必出处有艳事,说来听听。潘郎要的就是烟翠

这一句,潘郎说这"一点红",是他第一次见到女人的"红"。众人来了兴头,又害臊又想听。

　　潘郎说,十八岁那年在新安江学医,有一回跟师傅到附近一户人家看媳妇不孕。那媳妇也奇怪,气色红润,体健臀肥,能做各种家务,就是不怀孕。师傅给她号了脉,看了舌苔,无一处有疑,但还是给她开了药吃。过了俩月,那家又来找他师傅,说媳妇肚子还是不见动静。师傅就叫潘郎再熬些药给那人家送去。那是雪花飘舞的午时,人迹罕见,潘郎冒雪去送药。刚翻上岭,见那家屋后的坡上,那家媳妇正站在雪地里等潘郎。她问,郎中你是给我送药的吗?潘郎说,是的。女子接过药罐,猛地把药汤泼洒在雪地里。潘郎惊了,问,为何要泼掉?女子泪如雨下,啜泣着说她不是不能怀孕,是她男人"见花谢",她其实还是个处子身呢。

　　潘郎可怜她,就站在雪里安慰,劝她别伤心。那女子如遇亲人一般,把苦怨全诉给了这个小郎中,越诉越多,越哭越伤心,不觉就抱着小郎中哭。这女子扑在他怀里,又想到她说的处子身,十八岁的小郎中身体就热了,下身挺翘起来。他动手解她的裤子,她无丝毫反抗,似乎她讨的就是这个。两人就在雪里开始了第一次。他感触到她体内的一股热,他用力插了几回,浑身酸软。可惜天太冷,凉风嗖嗖刮着他的屁股,他又仓促了几下,突然他在雪地看到那女子下身滴落的血,冷中带艳,和医书说的一模一样。他仓促行事并未感到交媾的乐趣,也许是太紧张。但这第一次却让他永不能忘,日久弥香。

　　大家一听这故事的确感人,小郎中无功受禄,还反复嫌第一次没乐趣。张达开说,虽然无乐趣,也是医生必修课。姜诗裕道,想必潘兄还有第二、第三次。潘郎醉眼蒙眬,说男人还是烟花巷里最能得温馨。达开说,英雄所见略同。诗裕笑道,张先生最有心得?达开道,大少爷这话我代你说了,我一介贫儒,只在书中进过烟花巷。书中纵有颜如玉,也不比西子湖畔,浓妆艳抹。凡在杭州混过的男子都放浪形骸,就不信你不懂这等事。潘郎说,诗裕,招了吧,我有一点"红",你有几顶"绿"(绿帽子)?诗裕脸颊泛红,似乎也想炫耀,正要开口,烟翠拦截了,诗裕马上要做新郎官,你们哄他说这些做什么?三个男人这才意识到,烟翠貌似不高兴,话题就收敛了些。

事实上,烟翠也不是不高兴,她是害臊,她辈分长于诗裕,一起吃酒也罢了,哪能混笑说男女事,成何体统。装也得装作正经。潘郎道,让三姨娘屈尊了,我们失礼了。说着站起来敬酒赔礼,一手抓着了烟翠握杯的手,眼神却是含着挑逗。烟翠挣脱他的手,自顾把酒喝了。这细节达开很敏感地看在眼里。

烟翠先前对潘郎印象很好,他肩宽臀厚,面如朗月,风趣,睿智。他有一种无声的侵略和扩张力,让烟翠心潮泛起,思绪万千。可是今晚他却有些肆无忌惮,言语和眼神都有些过分。烟翠心里不厌,脸上却装着很讨厌,这脸上一装,心里果真厌了他。

散席后,仆役送走了潘郎。大家各自回屋,烟翠对诗裕道,下次来,别给他灌多,省得他借酒装疯。诗裕道,晓得,三姨娘多包涵,潘兄就是个性情中人,品质不坏。

4. 过年

这一年过年,必须详表一回,因为姜家有钱了,诗裕带了不少银子回来。家中诸事添新,气氛就不一样。安庆一带过年,民俗淳厚,言表不尽。且说过小年,俗语有"长工短工腊月廿四满工"。张达开要携女儿春香回家过年了。他提前几日在账房领了薪饷。临行的头一天,姜府又特意置了一桌谢师酒。孩子们挨个给先生行礼、敬酒、送礼品。

吃罢酒,达开又带春香到老太爷屋里,给老太爷、奶奶拜早年。老太爷仰卧在躺椅上,说话不清楚,但气色较好,他见达开来便欠身笑笑,用一只手比画着。这屋里站了几个小孩子,原来孩子们都在把自己在学塾里写的诗文拿来给老太爷、太奶奶看。太爷看了满意会给他们加赏压岁钱。

老太爷哼哼唔唔问张先生,这半年两个大孩子学了些什么,进步如何?

达开说,诗良进步大。因诗良、诗康不在场,达开就转身急忙去了学塾,拿来一摞诗良、诗康写满字的宣纸。在诗裕的协助下,达开把这些纸一幅幅摊开,展在老太爷面前。这卷纸是姜诗良临的赵孟頫小楷《道德经》,字迹工整秀丽,笔法稳健。老太爷面带微笑,十分满意。达开又把诗康写的诗词摊开给老太爷看,七律五言皆有,多是悼念母亲,借山水咏叹。乔姨奶说,看诗康进步很大,不仅在诗文,还有他的孝敬仁慈之心,将来定成大器。这几个讨压岁钱的小孩子,字和诗文也不错。其中梅香儿子昭乾写了一副对联,他要求贴在母亲屋门上。这副对联也是孩子思母之作,是照俗语改写而来的:

上联:怀宁(槐林)猛虎,桐城不入潜山去
下联:宿松白鹤,太湖无鱼望江飞
横批:梅香六邑同安庆

孩子说,在屋门上贴了这联,母亲就在这范围内不会走远。如同民间耕牛失踪了,家里寻不到,就在灶门口挂一个竹网筛,把牛给圈定了。

孩子天真的想法又让老太爷涕泪俱下,这岁末,一家人又想起梅香来。

张达开不忍让孩子再给二老添悲伤,便哄了他们一齐拜过太爷、太奶奶,而后都出屋来。

此后,达开又去烟翠屋里,向三姨太辞行。烟翠知道达开的年终没有领到多少薪饷,他提前几个月就支些回家了。烟翠除了按公家的份额给了十个咸丰重宝做红包,又给春香三尺蓝花布、一件花袄,这花袄是腊月裁缝上门给全家做衣服时一起做的。烟翠细心体贴,记得当初春香进府,想做童养媳,这年终给她做件袄,也是对她幻想的一种安慰。

这春香在姜府,过得细皮嫩肉,大眼睛水灵灵、亮晶晶。正值发育期的女孩,稍加油水,营养就充足了。又加之念些诗书,懂些文采,思想、心智都开窍了,自然有一种由里及表的气质。这春香就越发可人了。

有一回在餐厅吃饭,诗裕偶见她,以为是哪一房的女仆,说了些话,才知是塾师的女儿。诗裕忍不住与她搭讪,小妹妹爱读什么书?隔了达开,诗裕一边往春香碗里夹菜,一边与她说话,又说诗书,又问她喜欢什么胭脂粉饰,春香笑着样样都接腔,口齿伶俐。诗裕的殷勤和嘘寒问暖,让烟翠感到不合时宜,有失身份。烟翠感到心里极不舒畅。

现在又看这春香,她确实招人爱了,一脸甜笑,见谁都亲热。她说,三姨娘诗书满怀香,沉鱼落雁貌,你最配做姜府的太太了。我不知要修炼多少年,才能修成你这个样子呢。你好漂亮,我好羡慕你。烟翠笑笑说,你现在就这么迷人,以后也会变得更漂亮,我才羡慕你呢。春香说,那得靠三姨娘栽培。

那春香句句都有弦外之音。达开忙催她先到前厅候着,他要与三姨娘说些话。烟翠不是很在意,她转身又提来些糕点、花生糖之类,放到达开桌前,说,这些你都带回去,你家孩子多,过年吃最好。

张达开眼里充满感激,他看着烟翠说,我不是为了这些来看你,是来与你辞别的。只是想和你说一句话,过年的时候少酗酒。烟翠笑道,心领了,好一个"酗"字,你当我与酒过不去,还当我与自己过不去?达开道,我当你与潘少爷过不去。烟翠一脸惊愕,这是什么话?达开道,旁观者清,那潘郎常到姜府,是奔着你来的。我劝你及早收敛,你和他玩,你是输定了,像他那种浪荡公子,不知负了多少女人心。烟翠凶道,无耻,你把我当什么人了?再说你一个塾师,管的也太多了吧?

张达开看烟翠真的生气了,忠言逆耳,也许自己说话方式不对,让她难堪了。达开忙歇了口,作揖说祝语,道别而去。

腊月廿四,打发走了仆役,姜家人下午又开始忙着备祭品接祖宗。不仅是姜姓,怀宁太湖一带,许多大姓都对这接祖宗的事很慎重。据说,安庆曾因战乱人烟稀少,安庆许多姓氏都是明朝从江西移民来的。史载洪武廿二年移江西饶州、九江二府廿七万人到安庆府,其中二十万人来自鄱阳湖瓦屑坝。江北方圆百里的许多姓氏的祖先,当年沿水行船,在石牌西行约十五里处,太湖县一个叫姜家大屋的地方登陆,此后繁衍百里,按姓氏建村落,村村

有祖堂。安庆人俗称江西人为"老表",由此也留下了腊月廿四过小年接祖宗的习俗(应当接的是江西祖宗)。望族接送祖宗还有许多讲究,要锣鼓喧天,抬祭品,捧灵牌,男女老少不畏路途遥遥,迎至太湖姜家大屋的河流渡口。过罢年,至正月初二下午,又以更加隆重的仪式把祖宗送走,要抬纸船和菩萨,甚至备针线、布块、茶叶、黄烟,一并在姜家大屋渡口烧完,让祖宗带回故乡。

姜姓亦算石牌望族,尤其是在这种事情上的比拼,决不甘落后。这个腊月廿四,姜家男丁携孩子,跟着族人浩浩荡荡去了西面的姜家大屋渡口,把祖宗接来,放爆竹迎入了姜氏祠堂。晚上又在祠堂内摆酒席吃小年饭,弄得热火朝天。像烟翠这样的媳妇,一般不参加宗族活动,这小年,烟翠、二婶就带梅香的孩子,在府内陪两位老人简单地吃了小年饭。至男人们回来,又在府门外连连放了一阵爆竹,这年的气氛就来了。

到了年关,积雪不化,又飘落了一层,冰条在屋檐挂了一尺多长,出门办年货总是僵手僵脚的。可街上飘红挂彩,年的气氛热闹无比,丝毫不受天寒地冻的影响。屋子里也是暖洋洋的。瓦炉炭火,映得人红光满面。炭火上坐着铜壶,是红参茶。年三十,姜府大门两侧贴了门神和巨副春联,门前挂双排大红灯笼。府内三进厅堂,门上一律贴红联。游廊下挂一溜的方形、圆形各式红灯,有蜡烛灯,也有菜油灯。天没黑透就统统点火亮灯了。孩子们欢呼雀跃,跑里跑外,踢毽子、跳绳、跳冈、躲猫猫,这个空旷的深宅大院一下变得拥挤和热闹非凡了。

过年小孩们一律穿上了新衣服,即便贫寒人家也要给孩子身上添点新,富人家就从头到脚都穿新的。姜家大人小孩各添一套。姜家的女人十分注重正式场合的穿戴,一般都备有质地、款式、颜色、做工俱佳的衣服作为礼服。如遇喜庆宴典、看戏赴会,则着礼服。礼服为短褂长裙,裙长至脚背或拖地。

年三十日夜,吃大年夜饭前,女仆桃娥卷了把稻草,给每个孩子的嘴巴擦了一把,边擦边说,童言不禁,万事如意。大孩子有经验,记得这是每年必过的关,擦了嘴之后,乱讲的话就不犯忌。小孩子不懂,擦了嘴反而哭得厉害,一连说了好多"死"字,痛死了,痛死了。其实过年不能说"死"字,不能有秽语和不吉利的话,稻草擦嘴,就是提前抹消。

当然这过年的规矩很多,细致周密,都是老祖宗传下来的,过年仿佛成了守规行法的时节。自腊月廿四至正月上元节,每一天都有讲究。过年一般是男人最忙,妇人有许多场合不宜露面,而只待在闺阁中吃茶、聊天。男子要聚集在祠堂,摆祭品,点红烛,祭拜列祖列宗,到街口放烟花爆竹。

这一年,姜家的年夜饭,老太爷图吉利,被搀扶来到前院的餐厅,坐在首席。他身下有大圆火桶,靠背垫了棉絮垫,腿上又盖了挡风防冷棉絮垫,他穿着富贵,孙子外孙们轮番给他敬酒祝福,像供菩萨似的。这老年人过年,过一年少一年,所以大家尽量让他高兴,不敢乱说话,却又要多说吉利话,一桌饭吃得人好累,最累的是烟翠。

吃罢年夜饭,就是守岁。守岁的夜里,府内十几间房屋都要亮灯,即使柴房、磨坊也要点一盏小油鳖,直至天明不能灭。年伢把各房暖火桶里的瓦钵扎满栗炭,可以供一夜至天明的烘烤。一群孩子开始提着灯笼在院里游弋,嬉闹。婆媳们到老太爷屋里一起吃茶,陪他守岁。这年里特别重要的幸福时刻,老太爷眼眶盛了几点泪,都晓得他是想到梅香了。二婶不想在守岁的时光陪着两个老人抹泪,怕晦气!她就提起话头,说到年初八诗裕的婚宴,又说到小吏港刘家,据说那姑娘一手好绣艺,绣衣绣鞋帽,绣花鸟鱼虫,还绣宋元工笔画。这话头一挑开,就说了个把时辰。乔姨奶说,姜家媳妇一代胜一代了。二婶说,对于她娘家,叫青出于蓝而胜于蓝,据说她娘及姐妹都擅长这手艺且精湛得出了名,成了小吏港一个招牌。

乔姨奶说,那以后她进门了,就给她建一个楠木楼做绣阁。你们也跟她学一学,岂不给姜家撑了脸面?二婶说,我这粗枝大叶,手脚笨又坐不住,怕学不好,烟翠心慧手巧,最合适。烟翠浅笑笑,也没说话。

夜深了,屋外雪后又下了冷霜,冷气逼人。那些提灯笼、放爆竹的孩子们都缩回屋里。屋里有火桶瓦钵,桌上摆瓜子、花生米、糖等糕点。一具油

灯,放在桌中央,玻璃罩通亮,案几两头点红烛,红烛换了一支又一支。这屋里很温暖,富家不愁油米,只求妯娌儿孙和睦孝顺。媳妇们陪老太爷守岁,到子时交更,全家人又到院内放烟花爆竹、接新岁。又闹了一阵,才各自回自己屋里休息。

一夜连双岁,五更分二年。又是一年了,烟翠回到自己的西厢,灯火下,空荡,凄凉,屋外是零星的爆竹声。她有淡淡的失落,梳妆台前照镜子,一身新袍绸袄很光艳,淡淡胭脂却掩饰不了倦怠容貌。她本来想卸了妆,洗把热水脸再上床歇息,但在她取下簪子,头发披散下来的时候,她突然有一种虚脱的感觉,如同坠落到深谷,没有一丝力量。在这万家灯火的夜里,她没有呵护,没有体贴,"翡翠衾寒谁与共",丈夫在江南有了新欢,她却要强装欢颜去关爱别人。她不仅是一尊牌位,姜宗仁还需要她照料家小,需要她为他守节,添光加彩。该责怪谁?听姜诗裕说,他父亲在杭州给她写过信的,烽火连三月,定是邮路遇了阻滞,断了他的思念。这一回,他托儿子捎来一封信给她,她孤独时又翻开他的墨迹,仿佛想从那只言片语找到些另外的东西。但她找不到,宗仁的信,语言庄重、朴素极了,叮嘱爱妹静逸自重勿念,又说时机有转定归省亲抚。这些字,冷漠,又让烟翠有悬念。但烟翠最终明白了,他还是把她当孩子哄。她知道,他身边有了另一个女人。再说,不见真颜,一个女人何以靠字迹驱散孤寂,烟翠在心里叹息一声,卧在床上,思绪乱飞。有时候,她无法克制地又想到那个潘家少爷,他的模样、眼神,反复呈现在她的脑海。她并不觉得这男人有什么好,可她就是脑子里不能清净,无法克制。

年夜守岁,男人们都要正经地守到天明,又聊天,又喝浓茶,也无睡意。寒气袭人,又温馨,姜诗裕心波起浮,吃罢年饭陪老太爷聊了一会,又被族内堂兄叔伯邀着去打牌,他的牌技差输了一些钱,但心里很快乐。到亥时,诗裕回府,却在院中遇到诗康、诗良。那二人说,好些年没与哥哥一起守岁,今夜无眠。又拉着诗裕到诗良书房吃茶,翻弄琴棋书画、笔墨纸砚。诗良正逢应试年龄,总把话题往经书上扯,恰恰这些诗康无兴趣,诗康喜欢戏,又说他近来学了弦乐。诗裕为长兄,平日说话总是迁就,可这会子他很果断,说琴乐之事宜女子,哪是男子沉湎的?弄得诗康一肚子不快活。诗良爱慕功名,反复提科考之事,有其父遗风,却也遭诗裕讥笑,说读书乃修身成仁,凡功利之心,贪图荣华富贵,都是有了俗欲,不可取;借说光宗耀祖,亦不可取。天下文章事,当以"上善若水"为佳境。这话让诗良生气了,不但讥讽了他,也讥讽了他曾热衷功名而早去的父亲。诗康碰一下诗良的胳膊肘,示意他别往心里去。诗康说,大哥今夜多喝了几盅,口无遮拦。恰有酒劲,我们还是借机请教他的笔墨吧。诗康说罢,在书桌上铺开宣纸。他们晓得诗裕喜欢到处留墨,虽字迹粗劣,却故意说,哥哥在江南待过几年,必吸了唐寅的灵气,多少能仿效几手。诗裕也不客气,上来挥笔,东倒西歪,乱画一气。静下一看,不是唐寅的灵气,是文彭的妖气,是一幅活蹦乱跳的《兰花图》。几株幽兰临风而舞,潇洒、幽淡,笔势流丽,气势妖媚。那二人惊呆了,士别三日果然当刮目相看。

年初一凌晨,极讲究兆头,男子都聚集到各族祠堂,烧香、祭拜、放爆竹。烟花炮是家家比着放,像姜诗裕这样的富家,在杭州赚了大钱,又逢婚娶,自然要在族人面前显脸,他家三兄弟又抱又拎,挂鞭加烟花炮,堆放到宗祠门外,一次次点燃。通过放爆竹,分出富家与庶民。清寒人家放个千鞭,响一阵,图一年平安。富家则要炸冲天烟花,一个斗粗的炮筒放在地上,点着后,火花一缕一缕往天上冲,冲到半空,忽又炸出一片红花来,像那湖中的石浪,那四溅的花瓣又像那大朵的雪花。众人仰头看,一片呼叫声、喝彩声。烟花竞巧争奇,你家放,他家也放。晨曦,东方一抹白光,那烟花燃放的壮观之景,正如前朝诗人所描绘"狂客吹箫过洞庭"。

放完"开门鞭",再回祠堂内吃茶,按辈分、年龄拜年,互道新喜。那时烟花和雾气交融,街口有一股冷风,蹦跳的孩子,头顶冒着串串热气。

正月初,每一天的过法不同,初一是过年,不能拜年,不能干活,女人不能下水洗衣,不做针线活,男人不拿农具,老少不喂六畜。那些事务在年三

十前就备好了,栏里圈里存放够一天吃的草,鸡鸭不出窠,只由老人丢一把稻谷在窠门内。初二日开始拜年,六畜放出来了,小活、轻活也开始干了。初七日是人的生日,称"人日"。这一年的人日,天气出奇地好,阳光普照,街头巷尾到处暖融融的。

人日开始出工了,长工短工初七上工,孩子入学,手艺人开张。沿街的店铺生意又火红起来。

妇人要到年初七才能见客或走亲戚。姜家的女人都陪乔姨奶在房里聊天或推牌九。

正月,朋党、亲戚互相拜年是大事,也是男人和孩子的事,女人不能拜年。烟翠的娘家人,是年已从安庆迁回太湖晋熙街。往年拜年是姜宗仁携新太太亲自去,现在姜宗仁不在家,烟翠一个女人去是不合规矩的。按辈分,是诗裕、诗康携礼品去拜年。如果烟翠自己有了子嗣,必定是烟翠的孩子去外婆家拜年。

这天诗裕从晋熙拜年回来,情到礼周,来到烟翠屋里,对姨娘汇报了她娘家的事。然后诗裕说,晋熙镇是一个好地方,依山傍水,镇边流沙河,水清鸟飞,让人想到《诗经》里的窈窕淑女。烟翠笑道,见到沙洲上吟诗的女子么?诗裕羞涩笑道,遗憾我晚到一季,深冬河床只留白鸟,想必那浣纱的女子已归家了。烟翠瞟眼看看他,诗裕迎着她的目光。诗裕继续说,太湖人杰地灵,少年在府学常听先生说太湖赵文楷辞赋过人,又闻晋熙上游狮子山上有佛气,在江南也听父亲说过,姨娘是佛国莲花墩下走来的赵家碧玉。如今我看姨娘确有一种娴静,想必是从佛境裹挟而来。烟翠嘴角溢出一丝笑,回道,谢谢少爷夸赞。比起那小吏港的孔雀,怕不知要逊色多少倍。羡慕那刘家的姑娘,身怀绣技,又觅得品貌兼得的郎君。

诗裕低下头来,道,不瞒三姨娘,刘家姑娘是父母之命、媒妁之言,我并不中意。烟翠惊讶了,看他一眼,又转身去忙泡茶。她背对着他道,你都要做新郎了,可喜可贺,为什么还说这些?诗裕说,这么多年,我一直活在父亲的言辞虚构中,这回去定亲,见过她,我才知那不是我想要的女人。烟翠眼含疑惑,这么说是你父亲欺骗了你?你要的是什么样的女人?诗裕苦巴着脸,也不是欺骗,是我自己的想象与她的模样落差太大。烟翠明白了,但诗裕并没回答她,他想要什么样的女人,也许他自己也说不好,他一筹莫展,又说一回,不是他想要的那一种类型。

烟翠的眼睛看着窗外,暮色落在院中。她说,你不要太任性,婚姻不是你一个人的事。你是姜家的长子,凡事要顾及身份和面子。若你早年就完婚了,也不至于有今天这么多的想法和挑剔。不是刘氏姑娘不标致,是你的心不纯净。

诗裕说,也许吧。一诺千金,我误了人家姑娘的大好光阴,这罪名我背负不起。我必须将错就错。我真羡慕潘传朗,他是一个聪明人,阅尽春色,没有许诺。不许诺,就没有背信弃义。烟翠眼睛有些慌乱,这个名字让她很不自在。

后来,屋里点了油灯,红光映在两个人的脸上。诗裕还想说话,烟翠也一直听着,诗裕的语言间,又是好几次提及那个潘传朗,每听到一次,对烟翠都是一种心跳的满足。

婚宴前一天,新老仆人都到齐了,临时聘的厨师就有四个、戏班子的七八个伶人、四个抬轿夫、牵新娘的两个婆子,还有婚娶过程中各个环节的其他人等,陆续都在初七日到了姜家。后面两间耳房按男女临时搭了床铺,床铺不够打地铺,供来帮忙的人过夜。还有远道亲戚,怕遇雪雨一天不能往返的也提前接到了。这婚喜如何忙碌,自不必说。

年过完了,各忙各的事。张达开初七日开了学塾,学生们到堂,挨个的拜了先生的礼,交过年间写的字帖给先生审阅。达开很高兴,苦口婆心教了一年,孩子们都有长进。其中诗康自己写的联贴在学堂两柱上,联曰"大河润石牌,诗康济怀邑"。这年上任又发现塾里多了两个孩子,是族内亲房弟子。如今社学有的停办,有的洋教,如姜家这样躲在府内读孔孟四书的极少,这两弟子因此被送来。据说猫山石牌城也有社学,是太平天国办的,学的不是儒家书,是西洋教的一个什么经,开篇就说上帝。有人质疑,那西洋

人的上帝和我们汉人的玉皇大帝是不是一个人？总之，乱七八糟的，谁也不知那猫山的孩子念的什么书，连那些孩子自己回来也说不清楚。

5. 亲迎

初八，姜家大少爷一身新衣，鲜艳光彩。大红婚袍礼帽，置于妆台上。诗裕的洞房布置得喜气洋洋，却与新郎的容貌极不协调，他一身虚脱，面色憔悴，眼睛浮肿。一直愣头愣脑地坐在房里。人们忙里忙外，很少细看诗裕的神态。只因昨日初七，怀邑有男子二十岁"响号"之风。上石牌四平街一大户为孩子办"响号"酒，请诗裕赴宴增光彩，诗裕在桌上被乡友劝多了酒，回到家里一夜吐了好几回。于卧榻迷糊至早晨，心腹略有缓解。二婶叫人给他煮了桂圆汤，喝了也没有立刻清醒。

这一回去小吏港迎新娘，姜家是雇了专程的彩船去的，迎娶的人数成双，担礼成双，人多礼重，必得船舶载运，关键是不能让新娘远途颠簸。姜家迎新的队伍清晨从皖河出发，逆水而上，船到小吏港正好是上午。在港口，刘家接担的人早候着了。

迎娶的队伍一路炸爆竹，沿途扔喜糖，所经街坊，孩子、妇人拦在巷口候着，捞喜糖吃。

嫁女也是极为隆重之事，尤其在乡邑有点声色脸面的人家。可是程序繁杂，样样周密。姑娘开脸、化妆、穿戴，都由专业的婆子来做。穿嫁衣须站在铺篮里穿，表示不带走娘家一点土。穿好嫁衣，新娘拜别家人，母亲、嫂子要痛哭送行，叫"哭嫁"。"哭嫁"即"哭发"，是吉利的事，哭得越厉害越好。讲究的人家还要花钱请人哭嫁。之后，新娘由兄长背到祖堂，在祖堂有一些烧香叩拜的仪式，以示告别娘家。祖堂中央放一张椅子，新娘站在椅子上，先对祖宗牌位行礼，再面朝大门，从备好的托盘中抓三把米和茶叶撒向身后，表示不带走娘家一粒米、一片叶。再向身后撒一把筷子，喻婚后早生儿子，随后兄长将新娘背出祖堂，送到轿子上，放鞭炮送行。

嫁妆在最前,新郎骑马紧随,轿子居中,送亲者由媒人陪同在后,迎接的队伍在后,即使乘船,下船后仍按次序列队行至男方家中。

如姜诗裕家这等富户,不必进祖堂,直接在府上正清堂举行婚礼。花轿落下,由迎亲者中一个有声望的人念祝词,退嫁神。再由两个喜婆来花轿前,挑轿帘搀新娘下轿。这两个喜婆可不简单,要挑选子孙多、夫妇健在、儿女齐全的老妇人。恰与丧夫夭子、儿孙不全者相反,这样的老妇是有福之人,有福者牵新人,福气也会染到新人命中。所以,在石牌街能做喜婆的妇人,底气足、腰板硬,尤其做过姜府的喜婆,这骄傲和荣耀自不必说了。

喜婆把新娘挽下轿,要新娘在府门前备好的春凳上坐一会,叫"纳性子"。

早闻这刘氏女性情温和,心疼她的喜婆稍候片刻便交互眼色,照不?照了吧。然后搀扶新娘进府上中堂。拜堂又有金童玉女伴随。新郎新娘拜毕,由两个儿童拿布袋轮流铺在红地毯上,新娘从布袋上走进新房,喻"传代"之意。新郎新娘坐在床上,吃染红的鸡蛋,叫"坐帐"圆房。

诗裕挺着虚脱终于完成了这天新郎的角色,在众友人的热闹簇拥下,他拜了堂,牵新娘入洞房,掀盖头,二人于挂面帐内,坐床沿,吃了红壳鸡蛋。一桩桩都按照规矩来,一点乱不得。晚上大宴宾客,新娘新郎又挨席敬酒。

前院里扎起戏台,请来的伶人们带着微醉,粉装登场,唱的是石牌人熟悉又百听不厌的文戏。台下置桌椅,亲戚朋友边吃茶边看戏,笑声不断。恰天公作美,这年正月上旬,白天太阳普照,入夜天上寒星清朗,早起霜降落在瓦棱上,天地间清爽干净。算日不如撞日,撞到这个正月做喜事,那就是大福气。

婚宴后,人们又集在堂屋听说书,说的是话本故事。说书者乃一中年男子,清瘦白净,博古通今,幽默风趣。三根竹竿撑托一面小圆鼓,敲起来咚咚脆响,那人一手捏棒槌,一手刮牙板,边敲边唱,时而念白,音韵协调,声情并茂,忽而万马奔腾,忽而细水流沙。那书中人物场景被他说得活灵活现。中途喝茶歇休,在正书起段前,又插一节诨话,惹得老少哄笑一片,算是哗众取

宠。这技艺自宋代至今，妇孺皆知，喜闻乐见，一个人一面鼓，却能说尽三皇五帝、历朝通史演义，那神仙鬼怪、仙风道骨，尽在一面鼓上弹跳开来。廉价又丰富，民间红白喜事，必请之助兴。这等艺人惹男子敬佩、妇人迷恋，也常闹出许多男女是非。当然这姜家婚庆，却不许乱来，笑归笑，当庄重、规矩。不像一般茶楼酒馆，说书人说到煽情处，竟与妇人动手动脚，还引诗词调戏妇人，打情骂俏。

有人在堂屋听书，有人在洞房闹夜，后来听书结束，都拥到新人洞房来，茶浓酒醉，一个个情绪高涨，直闹到亥时尾，方才渐散。诗裕醉得不行，二更回到洞房蒙头就睡，没与新娘说话。之后几天，诗裕都是无精打采、怏怏不乐。

婚后第三天，夫妻双双回女方家，又是一行人马，担礼箩，放爆竹，叫"三朝回门"。回门之后，婚礼即告结束，新娘开始各种日常活动，俗话说："三朝分大小。"这刘氏孟姣女，就成了姜府的一位少夫人了。

第四卷

1. 华阳镇

四月馨风中,梅香游荡在长江北部丘陵村落。她没有目标,不知往哪里去。她从一个村庄走向另一个村庄,从一个集镇走到另一个集镇。一路走,一路歇,太阳还没落山,她就找人家歇店。夜里帮人家烧锅做饭,忙乎中,偶尔唱些小调。看她身段、色相、才艺,村人于是就晓得这不是个简单女孩,不是逃婚的,就是逃官的。她是正经人,留她住就放心了,甚至还有人想留她做媳妇。梅香婉言谢绝了。她要走,村人总会弄点好吃的为她饯行,荷包蛋下面,再配一碗油炸汪丫鱼。梅香捧着碗,会把蛋和鱼分夹给门槛边坐着的几个小孩。梅香看着那些孩子,忍不住泪水涟涟,她想到了自己的儿子。那家老妇人猜出梅香的心事。梅香走的时候,老妇把她当自家闺女回婆家一样,送得很远,并且告诉跟路的孩子们,姑姑以后还会回来的。梅香又流下一串泪。就这样一路留情,一路走。她也想在某个村庄久留下来,她想有一个家,安身的瓦屋。这往后的日子,在哪里出头?梅香也不晓得。但她必须走,她留在素不相识的村庄,能做什么?只能惹祸端和猜忌。太平天国牌刀士兵,四处征税招兵,像梅香这样流浪的女子,被兵发现了,必定拉进军营女牌馆做活。

可是梅香又能往哪里去呢？她一步三回头，绕了好几个月，仍然在武昌湖和青草湖之间，她恋着蓝丙光的气息，她甚至希望有一天，村口来了一个穿长衫、肩搭包袱的男人，那就是蓝丙光：他找得好苦啊，他终于打听到一个打连厢卖唱的女子，操石牌口音，就住在这个村庄。他找到她，要她跟他回石牌，入尚如班唱戏。梅香想象着，蓝丙光还这样告诉她，你若怕丢面子，我们就不回石牌了。我们到长江上搭船，坐三天四夜，我们坐船去上海。上海是个大江与大海的交界点，有洋人，有富商，有皇亲，有歌台舞榭、月殿云堂。我们去上海唱戏，赚钱，置宅院，生儿育女，白头偕老。

可是这一切都是梅香的白日梦。蓝丙光永远不会来找她，就算梅香死了，他也只是如那戏中角儿，抹一把泪就干净了，不往心里去。

梅香决定还是朝南走。晨曦雾霭中，她越过一片翠竹岭，南面是汪汪大雷池。梅香在雷池河边乘小船，顺雷池水道而下。古人曰"不敢越雷池一步"，梅香叛了妇道、逆了亲情，却是蹚了雷池水就永远没有回头路了。眼前越来越白亮，放眼望去，天地开阔，河流纵横交错，房舍隐在田园间。梅香心随境迁，忘了烦恼。行了几个时辰，远方天地接壤，白茫茫，隐约间有云有山，却分辨不清，只感觉像天境一般。船划着划着，在那水天与阳光相映的光辉中，浮出一座城，船舶、房舍、街道、紫柳、翠竹、海棠花，一切映在水中间，水淋淋的，在初秋的阳光下，灼人眼目。船穿大桥而过，仰头看，三拱石桥，长二十来丈，高、宽两丈余，侧面桥身有字"化龙桥"，建于明万历四年。梅香便知此为华阳镇。小时听塾师说起，华阳古镇胜迹遍布，文墨久远，今日一见华阳果有阳春白雪之气。

进走街面，挨身走过的女人，说笑声与石牌人腔调大有不同。隔了一个武昌湖，就是两个天地了。看那身边蹿动的孩子，和自己儿子差不多大小，梅香心中急涌一股酸楚，那一刻她突然很想儿子，梅香真正感觉到了异乡。街上，大小客栈均是红灯高挑，她似乎不想住店，只想这么走走。华阳镇的黄昏，有一种水雾笼罩，梅香抹了抹脸颊，是雾水。她与城、水乳交融了。她漫不经心，走进一条深巷，隐约中，她听到熟悉而亲切的胡琴声，渐渐近了，拉的是一曲二簧调。她站在屋檐下，听听。琴声透过的地方，窗明几净。她想探门进去，却又不敢，怕贸然打断了那悠扬的琴声。

后来，那琴声收了，一曲尽了，咳嗽一声，是那拉琴人的声音，有些暧昧意思，像是与窗外的梅香打招呼。梅香有一些胆怯，又有一些依恋，还是慢慢离开了那扇窗。

夜里，梅香在巷里找到一家客栈住下。老板娘给她下了一碗挂面，说华阳河人都喜欢吃这个，姑娘合你胃口啵？梅香点点头，好吃。的确比石牌的面香软些、润滑些，又有韧劲，吃起来牙不粘，也不稠。老板娘解释，这江边的麦子，得了江水雾雨的滋养，沙地小麦，生产的面粉和黄土长的不一样。那年长毛军来，营里架大锅煮面，女兵们吃了三天脸色就变得像敷了粉一样。妹伢你是不是长毛军？梅香心里咯噔一下，心想，我像吗？脸色一沉，灯芯草的昏黄光映下，那脸似涂了层霜腊。梅香说，不是，我是走路走累了，几天没歇好。哦，我看你不像，你有一双金莲小脚，长毛军女人哪有这等模样。梅香低头吃面。女老板也不多问，晓得她不是当兵的，就是做大生意的，这年头女人往外跑，都是来路不小的。

次日起来，天朗气清。方格窗外，一枝丹桂伸过来，花卷残存，却有余香。梅香整衣下了木楼，穿店堂而过，出了客栈。寻到昨夜那扇拉胡琴的窗口，却见这家门窗静于禅寺。巷内石板生硬，推独轮车的、担箩筐的、挎箩买豆腐的，静静走过，悄无声息，只有石板上留下一串咔咯咔咯声。梅香环顾左右，欲言又止，怕人猜忌。恰来一男童，双足蹬高跷，极熟练地踩过石板路。梅香问这家有人么？那男童回说，王瞎子家，不算命，叫不开门。原来是个瞎子，那把胡琴怎么拉得那般清丽悠扬。

梅香叩门，说来算命的。许久，屋里有拖鞋声，脱漆的双面木门咯咯拉闩开了，一仆童，团头大眼，个头齐梅香腰高，站在石槛内，说，再等一会，先生还没洗漱呢。梅香即转身往巷另一头逛去，再往前，十字街口，华阳镇房舍新旧交错，旧式木墙瓦屋，亦有新式白墙黛顶，或老墙盖新瓦，是战火毁坏后的修缮，街边随见断壁残垣，见证烽火残迹。太平天国军该走远了，这晨

光里,十字街口,车水马龙,商埠繁华,与那巷弄一处静窗比,恰似阴阳两隔的世界。梅香再次来到阴界。敲门,仆童再次开门,这一回他手指一勾,一个优雅的示意,请客进。

屋内很暗、很静,也很净。一床,一桌,一椅。椅上坐着一人,恰是背对那巷窗。仆童托壶倒茶,紫砂壶,泡了清绿茶叶。抿一口,清香。

瞎子静面,消瘦,眼窝深陷。身穿青袍,领口和袖口镶白边。衣着整洁,手指修长。一派富家公子相,三十岁年纪,却有隐士之风,更让梅香惊讶。

梅香问,算命你就拉胡琴吧?瞎子说,是要算命,还是要听琴?本人只卖唱,不献艺。这男子说话音质清朗,底气十足。梅香说,多少钱一唱?男子下巴一伸,示意仆童说价。那仆童急忙说,十个钱拉一支曲,十三个钱算命伴奏拉曲。

呵,梅香不禁脱口而出,算命这么廉价。仆童说,乐岁终身苦,凶年不免于死亡。如今灾年饥岁,命不值钱。

是这样啊。梅香竟被这师徒糊弄得神志迷蒙。幽暗小屋,地面潮湿,窗口冷气,那长弄往里伸去,有一口亮光,是屋背后的河流。这一切充满神秘,让梅香好奇。梅香说,我又要算命又要听琴,洗耳恭听。既来之;则安之。

后来,梅香报自己的生辰八字。瞎眼男子喝一口茶润了喉咙,胡琴架在腿上,音调调试了几把。突然又停下,他向仆童又屈下巴,仆童会意,对不速之女客说,要付太平天国的铜钱。梅香一愣,不都是铜钱吗?仆童说,不一样。如今我们头顶不是清朝的天下,是天王的天下。所幸梅香随身携带的荷包里有一串"太平圣宝"。梅香准了他,说,我有,你就算吧。瞎眼男子又调试了两把,又停下。梅香以为他还有要求,吊她胃口。可是没有,男子又喝一口清茶润喉,右指互相弹拨,在掐时辰,嘴里叽咕一阵,胡琴终于拉开来。边唱边拉,委婉悠扬。他把梅香报的这支命,自投胎入世说开来:此命为女命,日带"食神",月令"伤官",脑头聪慧,八字过硬。一岁行运,操劳操心。年上有"偏财",少年享华贵,衣禄食饱。遗憾四柱坐"羊刃",婚姻有残损。命者虽性情刚烈,却有温润之心,博爱多情,艳遇在坤(东方)。可惜是个女命,若是男儿身,定有孝忠英豪气概。羊刃者适宜侠义从军,方可以强制强,安命保身。今时逢流年,慎思慎行。五行缺木,不易南行。南方生火,火地草木难生,命将枯竭。

梅香越听越沉迷,这瞎子确实说到了八九分。想自己生于官吏富家,幼年百般宠爱。十六韶华却误入狼口,嫁了不成器的丈夫。不成器也罢,莫害梅香守活寡,那鬼打的咸丰元年入团练、战长毛,上了长江的船,一去无音讯,活不见人,死不见尸。

梅香问,慎思慎行,如何慎法?还请高人指点。男子仰面静思,手中琴声平缓如流水,慢慢水流急剧,越奔越快,如洪水猛兽一般,冲上来,冲在梅香的心坎上,梅香浑身颤抖。陡然一个撞击,咔嚓一声,琴弦断了。

梅香一身冷汗,心在跳。男子不紧不慢,说,换。仆童从里屋取来一把琴。男子再次坐定,调试,说,此命在这个运上有一劫。

梅香说,是的,能看到彩头(兆头),怎么偏偏在算我这命时断弦了?如何逃劫,望高人指点。那男子很平静,又拉起胡琴,用换来的一把琴演奏梅香后半生的命运。后面的命,就没得说了,绕来绕去,还是难逃"羊刃"这个煞神,血光之灾,即使自己躲过,也会殃及家人。那琴声如泣如诉,凄婉、苍凉,就像一曲拉魂腔。伤心伤怀的命,梅香不禁落泪了。以往就是害怕算命,晓得自己命不好。这一回为了听那悠扬的琴声,不惜把自己苦难的命也搭上。一曲完了,悲由心中来,梅香嘤嘤哭出了声。

仆童托壶给梅香添茶,问,贵客,此命莫非就是你自己的命?哭红了眼的梅香点点头。仆童道,既然是你自己的命,何不当面向我先生讨教化解之方?

梅香豁然开朗,忙问瞎眼男子,是啊,先生给我提些化解之方吧。那男子摸索着捧茶碗,喝一口,静了片刻,道,一、到寺庙求护身符携于身可保平安吉祥;二、贵府在怀邑石牌,必往东行,东为坤,坤为女,此法催动五行流转,调节阴阳。若东行水近,找带"春"字的房舍落身。将逢凶化吉,"春"季旺木,诸事有贵人相助。

烟雨黄梅

没有任何暗示,这瞎子居然算出梅香是石牌人。梅香想,石牌坤方是安庆,难道要去安庆谋生不成?梅香有些贪心,又问,卑奴不奢求钱财,只想唱戏扬声名。瞎眼男子说,你命上旺阳气,宜从军、赴科、求功名。可惜时道排斥女流,否则你在科场将是如鱼得水、前程无量。梅香哦了一声,心沉沉的,低头默思半刻,从满襟袄袋里摸出一串钱,搁在男子桌前。转身出屋,一路无话。

从那陋巷出来,镇外秋高气爽,深秋的阳光洒在水面上,波光粼粼,黄澄一片。远方丛林间,流水潺潺,如琴如弦,却是一弦天然之音,少了世俗的精心布局,抑扬顿挫。梅香蹲在洗衣石板上,低头看水,疏影横斜,她在水中如此娇艳动人。那一刻心里很温暖。她想,那只不过是一支命,十三个钱换来的一支曲,一时之乐,何必纠结?人生还有化险为夷,贵人破解。不必想了。

三天后,落雨的黄昏,空气清新而凛冽,瓦沟淌水。屋檐下,滴水像挂面,遮蔽着,深巷一片朦胧。梅香辞了客栈,挟包裹,撑一把新买的油纸伞,走进雨巷,走向十字街口。

梅香住进了西街口的小德伢饭店。经人指点,找到这里常住的一个戏班蔡家班。梅香花了两天的时间,跑了三趟,终于金石为开,得到老板的允许,搬来搭班唱戏。梅香进班后改名"蓝宜官",这戏班以唱黄梅调为主,兼接老二簧的剧目点单。因黄梅调多为三两个角儿,剧目内容一般是唱世道时风、男欢女爱、婆媳纠葛、婚外恩怨、家庭琐碎,也有历史演义、拍案惊奇、神话传说中的老故事,百姓喜闻乐见。伶人班子人员投入少,角儿转换快。黄梅腔调亦是本土音色,纯朴清新,明快活泼,老少皆宜,最适合城乡平民百姓口味。梅香各种唱法都能驾轻就熟,毕竟她有扎实的戏曲底子。在黄梅班里,梅香还是演她拿手的青衣,亦可串演包括武旦在内的诸多旦角。可是,刚演了几场戏,就歇下来了。老板说了,现在是淡季,要挨到腊月,生意才有好转。当然,一个腊月,一个正月,天天唱,场场满,一年仅这两月就够你活的了。梅香嗯了一声,攥紧拳头,低头略有所思,拳头里是攥得皱巴巴的荷花手帕。

老板姓蔡，望江县香茗山南麓人。身材魁梧，该是做铁匠、砖瓦匠，吃力气饭的人，却爱戏，唱了十几年，极好，声誉从香茗山响遍沿江百里，直至江边华阳镇。蔡老板说，如果不是这条江太宽，他早把大家带到江对岸去唱了。据说对岸是个大城市。入夜时分，站在华阳渡口眺望，那边千家万户昼夜灯火通明。就凭这一点，蔡老板猜测，隔江对岸住的尽是有钱人，富贵温柔乡。灯火亮的地方人爱看戏。他想打造一架浮桥，趁冬季搁浅凸滩水路窄，过江去。但这只是一个想法，现实艰难得很。班里几乎每一位伶工都不能光靠唱戏养活自己，更莫谈上事父母、下腑妻小。伶人们都得兼一个糊口的手艺。蔡老板自己就在镇上铁匠铺帮人打大锤。他日日听那锤声，砸下之后一声巨响，忽地当当当，一阵弹跳尾音，由高及低，由强及弱，节奏清朗，就如那台上的铜锣声回响，渐远渐无。打铁让他听到这样的声音，是一种舒畅，一种满足。

可是，梅香，一个从闺阁绣楼走出来的富家女，哪能找到兼职的活？于是，闲着。这半月里，接了四场戏，一场在镇东茶馆，祝贺商店开铺；一场是某家中年得子，孩子洗三澡，请戏班给庆宴助兴；另两场是商会庆典。青黄不接的日子，梅香只得在店里坐吃山空。眼看着当初离家出走时随身携的盘缠用得差不多了，梅香一着急，一咬牙，帮店主洗起碗筷来。

这一年，流落到沿江小镇的姜家大小姐梅香，做了饭店女佣。

2. 小辞店

店主就叫小德伢，自幼是个孤儿，母亲叫刘凤英，早年失踪了，父亲染大烟，后也病逝。梅香一听这"刘凤英"三个字，心里怦怦跳，自己是演黄梅调刘凤英一角，把父亲给气病了。即便那一回在太平军中唱戏，她也不唱刘凤英。可是梅香又想，这巧合是真的吗？此刘凤英和彼刘凤英，可是一个人？梅香心里稀奇，就留心打听。不觉果然有上了年纪的老街坊，记得那

件事——

　　传说过去的时光,某年春三月间,这家小客栈门前带卖麻糖,带卖瓜子,门边挂着招牌"刘凤英饭店",普通、本分、素简极了。凡来住过一回的人,都晓得这店素简里有温馨。被褥、床帐特别干净,饭菜特别可口,最要紧的是老板娘特别温情。于是,在华阳镇大小几十家客栈中,这一家却有大批的回头客。那年,小德伢才几岁,不谙世事。刘氏拖家带口,在小镇撑门面。仿佛天下定律,懒汉配花枝,凡强女子婚姻皆不幸,难言之隐是那丈夫吃喝嫖赌、抽鸦片。男人好吃女人收,女人好吃要绝都(根)。所幸垮不了,这刘氏心灵手巧又坚强,泪往肚里咽,仍把生意和居家琐碎把持得妥当顺畅。刘氏的饭店用"宾至如归"描述,毫不夸张。于是歇宿的人渐多,本邑的、外省的,那万里长江上往来东西的船舶客人、南北纵横跨江而过的商贩都成了饭店的常客。

　　湖北浠水有一位朱姓年轻商人,生得眉清目秀、文静俊俏,做的却是贩翠花的生意。他往来苏杭,财气极好。当然,那时候长毛还没来,江南江北,风调雨顺,长江上船舶如梭,商业一片繁荣。万里之遥,紫禁城内,那道光皇帝提倡节俭,改革盐政,弛禁开矿,整顿吏治。百姓的日子,尚有润色。华阳小镇,为三省水路至长江入口,屯货、换程都极为便捷。湖北浠水年轻的商人先是恋上这镇,离家乡近,水陆皆通,两三日即到;后来住进了刘氏饭店,温馨、安全足让他的劳碌孤心得以舒缓。再后来,水到渠成,与卖饭女刘氏私配鸳俦。好几年光景,享尽风情。

　　这世间什么都有定数,气数将尽,人无回天之力,情缘亦如此。

　　那一年春上,有浠水同乡在华阳北街遇上朱郎,说,哎哟,这不是朱贵人么!快快回家吧,家中出了大事。一席话尽述与朱郎。朱郎沉思半日,眼睛红红的,回到饭店与刘凤英说了实情。他本不姓朱,姓蔡叫鸣凤,只因到朱家做了倒插门的女婿,现岳父催回,妻在家守活寡,他必回不可。人走茶凉,好几年的温情如流水送春。这刘氏哭成泪人,整日魂不守舍。如此断肠人送断肠人,流泪眼观流泪眼。别了小半月,忽有浠水商人间接转音信,说,朱贵人回家,命丧野汉刀下。那妻偷人养汉,谋杀亲夫,朱贵人如同那《水浒传》中武大郎之遭遇。

　　刘氏悲痛欲绝,为追情郎去了浠水,抛家别子,什么都不要。十多年了,刘氏一去音容两渺茫。这十字街口的刘氏饭店曾经冷落好些年,门前石阶上长了青苔,却还是有客来住,零星的,隔三岔五。一问客家何许人也,差不多都是湖北浠水人。这就奇了。细细一盘问,才知这客栈卖饭女刘凤英在湖北浠水留下烈女英名。于是往下游来做生意的浠水人,船经华阳河,临出江前,靠岸休整歇息一两日,都要打探刘氏饭店。住进来,什么也不说、也不问,光是这木楼上下,看看走走摸摸,何等风花雪月,温柔梦乡,仿佛这一门一窗一桌一椅,还留下那对野鸳鸯的浪漫余温。漂泊江湖的人,若也能在此再遇个刘凤英,做鬼亦风流。

　　终于有一天,刘凤英的儿子小德伢知道了这件浠水人广为传诵的事:刘凤英见朱郎已死,便搭棚在其墓旁,看坟守灵多年。忽一日,人们见一白发妇人跪在墓碑下,不哭不动,几日几夜了。走近一看,方知这老妇人魂已归天。于是将其与朱郎合葬一墓,告示后人,世间竟有如此痴男怨女,天荒地老,此情难觅。更有富绅捐资立祠传诵,过此地的路人皆跪拜敬香。因那石壁上清楚写明烈女的来历,便让人记下了望江华阳河。

　　那时候小德伢的父亲早死了,闻走失多年的母亲死在湖北,小德伢抱枕头哭了好几夜。那一年小德伢十六岁,他想母亲也想了十多年。第二天起,德伢将"刘凤英饭店"牌子给撤了,只挂"饭店"二字。他怕街坊笑话他家,说他母亲是追野汉死在外地,说他母亲伤风败俗、淫荡不羁,竟把一躯贱身送到野男人的坟边去了。

　　没想到撤了"刘凤英"的招牌,这饭店日渐萧条。德伢回忆小时候妈妈主店时,客流千里,四季满堂。南京、上海大客商,宿松、望江小商贩,桐城、庐州来运长江船货的,徽州屯溪卖纸、砚的,都住他家饭店,散客住几日,老客住半年,长短不一,宾客不断。德伢越想越惋惜,又哭了半年,却又不想改回招牌,他想隐瞒他母亲的丑事,德伢咬牙将无招牌的饭店撑了下来。举步

维艰中总算还有一些回头客。得了华阳地理优势,现在生意渐好,除了住散客,还有这样固定常住的戏班。

小店的往事终于被俗世的流光淡化,不再有人提刘凤英的事了。没想多年后竟有女伶梅香来刨根问底。

梅香说,这刘氏的故事就是一出好戏呀,在石牌有人演过,望江怎么没人演?蔡老板说,再赚钱也不能演,伤风败俗还嫌不够,还要张扬?梅香说,有个太湖的秀才,早写成本子了,在怀宁演过。蔡老板说,德伢的母亲未必就是跟野男人去了湖北,德伢的母亲是被抽大烟的丈夫气走的,你说的那些故事,都是伶班为赚钱乱编的。

梅香败退下来,不与老板驳论,细想之后,幡然醒悟,蔡老板和蔡鸣凤同姓,自然生气。张达开在望江听到这些,就编了《卖饭女》,真作假时假亦真,或许是坊间传者自作多情。此后梅香也不再在蔡老板面前提刘凤英了。

3. 蔡家班

梅香搭在蔡家班唱了一年多的戏。夏季戏荒,梅香只得给德伢打工了。又入了腊月,班里接戏日渐增多。恰这三九天,天寒地冻,河床结冰,船只挤挤挨挨泊在华阳河岸边。可想客栈也是生意的黄金期。德伢饭店远客住满,杂务繁重。德伢对梅香一肚子气,你荒疏的时候,我帮了你,现在我忙成这样,你却撒手走人。

梅香呢,寒冷时节洗碗、擦桌子、拖地、倒夜壶,一双嫩手变得又粗糙又满是冻疮。总算熬到戏班里有戏唱,她当然要顾着唱戏。晚上散戏回店,常常要在子时尾。德伢吩咐把门的小童,就让他们在外面上冻,挨着点才开。小童问主子,挨多久?德伢说,独梅香一人时,挨一顿饭工夫。然后一咬牙一跺脚,道,冻死她。

梅香想不透,那刘凤英善良多情,怎生了这种刻薄狡诈的儿子?像他父亲。是的,龙生龙凤生凤,老鼠的儿子会打洞。其实,梅香的理解只对了一半,她还没发觉,这德伢是喜欢上她了。爱有多深,恨有多深。

梅香做杂务的时候,腰身好看,一弯腰,一撅屁股,一绾头发,一回眸,都让德伢心悦。女人好看,就是她倒夜壶的动作也可人。有一天,闻蔡家班在西街一户人家唱堂会,德伢也去凑热闹。却不想那台上梅香如此轻灵飘逸,柳眉细腰,粉妆红润,妩媚得让德伢瞠目结舌。一场戏唱下来,他浑身冰凉,内心却裹着一团火。

其时,德伢已经有一妻二子。他彻夜辗转反侧,想是休了妻呢,还是纳宜官做小。若做小,太委屈她了;若休妻却不易,破财不说,单单说服那泼妇恐怕不是一两年的事。如此那般,都是德伢一厢情愿。事实上,梅香根本没把他放在眼里。

梅香眼里只有观众。她如此爱戏,今日在南方小镇,终可以如鱼得水,尽情发挥。她不再像在石牌那般偷偷摸摸。有人说,这唱戏的女子是天仙下凡。凡间女子有烟火气,沾染了戏神金鸡,戏神金鸡就会报应她。你看,那良家妇女跟班卖唱的,最终总要遭报应,要么沉潭,要么禁闭、挨打,连带家人都要出族。

是的,人们越来越相信梅香是天上掉下来的,否则怎么没家人来禁闭她?

当然这只是一个美好的解释,经世的人都晓得,这女子不一般,定是逃婚或从军的。因为太平天国军队里就有女子唱戏,还有女子开科应试,做女状元。如今天下是男女平等,那华阳镇上"随俗雅化"的人家,已不再给童养媳缠足了,一则紧跟潮流,二则媳妇不裹脚干活更方便。这些都是"天下人同耕"新朝代到来的信号。

梅香戏唱得好,她的来历不明又给她添了一层神秘,于是茶余饭后,巷头弄尾,像有一千只蚊蝇,对她捕风捉影。她是贱人,还是仙女?于是小德伢越发难以释怀。

腊月里,蔡家班的人挑的挑,推的推,载了道具,到八里十里以外的村落去唱戏。都是人家提前送邀帖来。江北一带的乡俗,人们爱看戏,就是日子

再苦,逢年过节还是要省些钱出来请戏班子热闹一回。被长毛扫荡过的一些土豪劣绅、地主,在长毛远下天京之后,他们又死灰复燃。修葺宅第,饲养六畜,放田加租,开馆讲经,样样重来。年边唱戏是一大内容。散落乡间的戏班本来就不多,如蔡家班这样男伶女伶齐备的班子更少。于是,他们的邀帖往往要派人提前十几天送到十几里外的华阳镇,方得如期在家里看上一回戏。

唱戏的底本,皆是妇孺皆知却又百听不厌的,多是从那神话、历史、佛经中节取的,经班里念过几天社学的人誊写、改编、加工、润色。梅香进班后,大家发现梅香竟是这一帮伶人中学识最高的人。于是蔡老板就叫梅香再将那些脚本斟酌斟酌,情节、过渡、唱词、念白,一一把关。其实,脚本只是个参照,人物的喜怒哀乐、性情,还是由唱戏的人在台上把握,临场发挥。一些有经验的老伶人根本不要本子,先是自己编,唱熟了,就凭着记性唱。无论如何,姜梅香还是遵命斟酌了,她也乐意做这种事。

说人要是有几个钱,他就好犯贱。且说这一件事,那一日,泊湖西畔有一王姓财主家要唱戏,明明邀帖上写的是《武家坡》,可一班子人雇了帆船,凌晨出发,涉几十里水路,来到王家庄王财主家,扎台上戏,甚至有人上装了,王财主突然变卦,要按他讲的一段故事唱,添一半的钱。他讲了一段什么故事呢?就是复仇的故事,就是杀人没有斩草除根,一条狗在乱枪中衔走了主人乳臭未干的孩子,十八年后这孤儿成了一条汉子,于是一番风雨复仇路,走得艰苦又悲壮。这不是《渔网会母》么?财主说,不是,《渔网会母》太老套,我这个是新版本,剧目叫《王少帅棒打李冤家》。

蔡家班多是老生,小生也缺,旦角也少,偏偏财主点的这个角"王少帅"是个小武生。蔡老板急得团团转。梅香说,我来改装,我来演那替父报仇的王少帅。梅香如那元朝走来的女侠,样样敢出手。

一伙人坐下,讨论了半个时辰,唱词现编,派生配角五个。诸事定夺,蔡老板擦了一把额头上的星汗说,上吧,锣鼓响起来。然后他一转身也去上装了。

为了挣钱，蔡家班这十来个人，就这样壮着胆子即兴创作。一出戏唱下来，把那财主乐得满脸开花，满是皱褶的脸皮全绽放开来，一直笑到最后，说，好，好，比我心里想象得还要好，那人物都被你演活了。

王财主是要特意夸赞梅香，便上来紧拽梅香的手，你真是个活神仙啊。梅香把手缩回来。财主不高兴了，看你，还要么样个赞法呢？梅香转过身去，那老脸也凑过来，像责备自家孩子似的，压低声音，道，风里来雨里去，多吃苦呀，今天就不走了，后院的阁楼你住下，来年春上再给你置片花园。

蔡老板等人急了，晓得梅香招了祸。女伶是比男伶人气旺，可女伶面对这种事，就麻烦了。以往也遇到过，都在茶楼、酒馆，对方不敢大动。这回自投罗网，进了贼窝了。蔡老板心里怯怯的，上来赔笑脸，说好话。财主当作耳边风，伸手向脑后一摆，示意他走远些。梅香心里也咚咚跳。

接下来，先是梅香不依，财主生气，并动手动脚。梅香哪是等闲之辈、省油之灯，一挥手，碰痛了财主。财主自感丢脸，朝地上啐一口唾沫，唤家丁上来绑起这个婊子。这一回，蔡家班的男人再不能忍了，几个暴躁的男伶上来和财主的家丁纠成一团，先是撕扯、推搡，接着棍棒相交，从院内打到院外。腊月邻里正忙过年，看戏的早走了一半，另一半也是只看热闹不敢拉架。财主的家丁朝死里打，直打得两个男伶鼻青脸肿，口吐鲜血。蔡老板给财主的婆子、老妈挨个下跪，怕打出人命，吃官司。有女人出来拉架，财主才准了家丁歇手。两败俱伤，都流了血，还落个笑柄给邻里看。

这一天，到王财主家唱了一上午的戏，没得一个钱，能把道具拖回来就不错了。王财主要改戏时说添一半钱，亦等于放屁，财主精打细算，调戏梅香实际是安了心的，不想给钱。走的时候，那家主仆还骂了一长串辱没伶人的脏话：混子、戏子、婊子、讨饭的，一帮可怜虫，狗咬你还嫌脏了嘴巴。

回来的船上，梅香说，十八天后我要来复仇。蔡老板无语，愁眉苦脸，静望远方昏黄的湖面。湖上的风，刺骨而凛冽。许久，蔡老板说，冤冤相报，终不讨好。旁边师兄插一句，吃一堑长一智，算了吧，折钱消灾。蔡家班有这

111

样几个怕事的、谨言慎行的,才使戏班在商贾流动、杂戏云集的华阳河立足。可是梅香咽不下这口气,遭了皮肉之苦的两个伶友也受不起这等侮辱,他俩与梅香互换眼神,心里都有数。

回到饭店,大家都不怎么说话。傍晚,大家捧饭碗在院子里蹲着吃饭。德伢已经感到这班人今天回来气氛不对,平时都有说有笑,今天遇上打劫的了?有人答,比打劫的还凶。德伢眼睛扫过一遍,看到那两个脸上添彩的。梅香也是一脸沮丧。谁欺侮了你?德伢认真了。梅香说,不提了,遇到鬼了。德伢也止了话。

夜里,突然有人来叩梅香房门,梅香惶惶地拉开门,是德伢,背后还站着那两个带伤的伶友。

他们三人已经谋划好了,如何去报复王财主,并要回演戏的钱。梅香对他们的周密安排感到吃惊,梅香说报复是赌气的话,是慰藉失衡的心。这一回他们要动真的了。

德伢说,泊湖西岸为宿松、望江、太湖三邑交界处,荒野蛮横之处,历来是非多。每起祸端,讲理调和不能平,当持棍棒才能镇压那些流氓恶霸。

4. 太平军

那宿松城内,自咸丰三年天王占领后一度驻扎着太平军重兵。兵中一卒长,姓黄名礼才,为人清正廉洁,爱民如手足。因那宿松西临千里大别山,群峰叠嶂,木竹繁茂,城西便设置木匠营,打制长矛、竹剑及各类军队和生活所用木竹器。卒长黄礼才兼监营制。木竹舟载货顺流而下,运往天京。那去天京的水路必经华阳河,所以,卒长黄礼才押运货船每至华阳,都住在德伢饭店。黄礼才来到,德伢殷勤服侍。黄礼才十分喜爱,称他小弟,情非一般。太平军极恨土豪劣绅,曾收缴华阳一带富家田宅分与百姓,杀富济贫,百姓爱戴。且那卒长极爱听戏,与伶工友善。今日之事,若去求援黄卒长,他定会遣兵除害,为蔡家班洗尽雪耻。

梅香心里害怕,不必把事闹这般大,那太平军可不是好招惹的,弄得不好,我们一班人马又落发匪咽喉。

德伢说,见外了,我以人头担保,太平军爱民如子,视富如仇,绝对会为你们出这口恶气。梅香知道德伢如此殷勤,是想博得她的欢心,让她仰慕他。在她眼里,德伢就是个卖饭的。这一回领教了,他不仅卖饭,还可以为人卖命,为朋友两肋插刀,肝胆相照。刘凤英生了这种儿子,不知该喜还是悲,他是侠义情怀,还是世俗小人?梅香想得一多,脑子就乱了,心烦意乱。梅香说,君子报仇,十年不晚,何况现在离十八天还远呢!不急,让我想想吧。

其实德伢说得没错,其时驻留宿松的太平军的确深得民心。宿松是入皖江第一重镇,太平天国当以楷模待之。话说那咸丰三年正月,天王洪秀全率太平军沿江东下,挺进宿松,此后这城便有新气象。太平军占领宿松后,乘胜前进,连破安庆、芜湖等重镇,于二月初十,一举攻克南京,定都并改名为天京。五月,又派水师从安庆溯江直上,过小孤山至宿松,招抚流亡,使地方秩序大定。十月至翌年春,长官正相胡以晃、副相赖汉英率军西征从九江连下宿松、太湖、潜山、桐城、舒城,与李秀成会师,攻克合肥,清巡抚江忠源败死,从此宿松局势益趋稳定。

这一年冬天,小德伢带着蔡家班受辱的梅香去找黄卒长申冤,还真是时候。恰在这以前的几个月,宿松一带大旱岁饥,斗米价值千钱,驻守的太平军节食缩饷,周济灾民,获救者无数。太平军正想搜刮地主赈济灾荒。

这一日,梅香还是跟着德伢上路了,还有那两个带伤的伶友。天麻亮时溜出饭店,是瞒着蔡老板的一次隐蔽行动。出小镇见东方露了红光,空气寒冷,白霜像盐一样撒落在路边的草毯上。德伢租了一匹马,他却没怎么骑,先是让梅香坐着,到了湖边,连人带马上船。到了宿松境内,又让受伤的伶友轮流坐一程。快到宿松县城,就是德伢自己骑着这匹棕色马。原来德伢是想在见到黄卒长时,现个脸面。

见卒长黄礼才并不需要经过多少关卡,直接说要找他,就有兵带他们到

第四卷

了营房。由此可见太平军是亲民的。黄礼才见到德伢就拍肩膀，二人称兄道弟。梅香所见，果然如德伢先前所说。德伢说了此行的目的。黄礼才问那财主何来财物请班唱戏，招摇乡邻。今年宿松久旱不雨，颗粒无收，百姓饥寒交迫，城外路边常见饿殍。德伢说，那定是剥削乡民，欺上瞒下，勾结官吏，逃税所得。黄礼才一拍桌子，我知道怎么做了。他手指梅香，你带个路就行了。梅香一直不敢正眼看那军人，却又是正襟危坐，一副屈从的样子。德伢用胳膊碰碰梅香，听到没有？梅香说，嗯，好。梅香怕惹事，心里并不想去。事已至此，她又不能退缩。

　　黄卒长看着梅香，笑逐颜开，说，我们都是兄弟姐妹，你不要怕，今夜我们就收拾那流氓地痞。说着，那黄卒长起身，叫德伢等人到营外等候。

　　于是这一日，日昳时分，黄卒长骑马带一两兵，和梅香、德伢等人同往泊湖西岸，寻找乡间那个富庶的王家庄。这一两兵二十五人，穿着一色的红背心绿边衣裳，挂腰牌，手持短兵或长枪，气度非凡。梅香第一回看到这么多的兵，知道这是要去打仗。她一路走，一路和伶友嘀咕。他们又高兴又害怕，不晓得一会儿将发生什么。

　　荒凉山野，孤鸟盘旋，一班人马走来，踏出坳间一溜灰尘。黄卒长和德伢各乘一骑在前，后面步兵跟随，几把火柱，已经燃起。梅香和两个伶友吃力地跟着火把的光影。梅香因缠足，三寸金莲，哪跟得上这班兵。突然前面传来话，让梅香与德伢共乘一骑。是黄卒长的口令，让梅香坐马。按太平天国的法纪，女子不缠足，男女平等。黄卒长体谅缠足的梅香，叫她乘马。德伢本想骑马向卒长显点威风，现在屁股后面又坐了梅香，他没什么愿意不愿意。他低声对梅香说，看到了吧，卒长亲民如手足。梅香捏了一下他的腰，示意他不要说了。不管梅香无心还是有意，这一捏让德伢很满意，他所做的这一切不就是为了征服梅香吗？

　　深冬天黑得早，一行人到王家庄，村落已是灯火零星。唯见村西一大户，门廊高挂红灯笼，堂皇耀眼。不必问，这就是欺侮伶人的财主家。黄卒长左手一举,非持兵器者勿动。德伢等人便留在松树坳上。其时,突然听王财主家院内传出一阵噼里啪啦的爆竹声。众人一愣,突然想起今日是农历腊月廿四,过小年。黄卒长挥鞭指示,兄弟们,查抄了这地痞家,所得物资重者就地分与乡邻,轻者带回城内犒劳兄弟。一声令下,众人举火把冲下坡去。紧接着就看到王家大院,火烟翻滚,人嘶马叫。女人们的哭喊声刺耳而揪心。

梅香只想出气,并不想看到杀人,可看这势头是要血洗财主家的,梅香大喊不能杀人哪。一面同德伢策马也跟上来。彼时王财主家房子已被火烧起,一会许多人影往外连跑带滚,身上又是火,又是血,辨不清男女,都是王财主的妻弟子女。那村庄也乱起来,人们不知发生了什么,哭喊着携老扶幼往后山林躲避。

王财主在混乱的刀枪棍棒中,被黄卒长的铁蹄踩死,死尸横在堂前石阶上。黄卒长说,他还未动刀,那老东西紧勒着缰绳在他马下跪拜求饶,不慎被马一个飞蹄,踏得嘴喷血柱,嗷叫一声就一命呜呼了。

火光里,梅香的脸忽隐忽现,惊恐、狰狞、怪异。梅香魂已吓飞,她的耳边是鬼哭狼嚎和凶悍的杀喊。她直愣愣地站着,像一具僵尸。

王财主家一幢屋宇不到二刻即化为一堆冒烟的炭木。全家老少二十口人,据说死了一半,逃了一半。那逃的便没追了,一则不杀无辜,二则留他活口,反省罪恶。太平军要杀的是奸淫掳掠的老财主,杀一儆百。老财主死了,然后,查点屋内粮仓、油罐,收光值钱的财物。再后来,点一把火把房子给烧毁了,断那逃亡的贼子贼孙的后路。

梅香整个人被掏空了,身子虚脱如壳。德伢吓得浑身哆嗦。他们长这么大,第一回看到杀人,而且尸横遍地,血肉淋漓。

回来以后,梅香又累又怕,大病一场,她哪经历过那种场面!睡在德伢的饭店里,三天没食颗粒,神志迷糊不清。她不记得那天他们是怎样从王家庄回来的,她的脑海里依然是王财主家一片火海血河的场景。

蔡老板终于知道这件事,便来到梅香房里,说,伢啦,你何故这般狠毒?

一个弱女子,竟然带人杀人放火?

梅香微启干裂的嘴唇,一字一句,我不知道。突然梅香一个抽咽,泪如雨下。

年关逼近,一连几日,蔡家班都在镇上演出。正月初的戏,自初一排至元宵后,满满当当的。有富户独请,有合族集资,有商埠出资。正是伶人收获的黄金期,梅香这个台柱子倒不得,梅香便整衣起来,强打精神,与众伶友一出一出地演。唱了几天戏,人的精神面貌倒也清爽起来。过年,梅香有家难归,其他伶友也大多数不回家,有些把妻儿带在身边,有些路远怕耽搁唱戏,于是都在这德伢饭店过年。

年三十下午,歇了戏,大家在一起折红纸、剪纸花、写春联,搞得也很热闹。德伢夜里在院里置了桌椅,款待蔡家班。还有几个湖广的房客,也在这客栈过年。同是天涯沦落人,千年修得同船渡。这特殊时境,杯盏交错,爆竹声声,大家又是唱又是笑,尽情欢畅,把这客栈闹得比家更温馨。梅香喝了两盏酒,不由得乐极生悲,思乡挂子难以自制,不禁带着泪花轻歌曼舞起来,唱了一段《文姬归汉》,别人欢呼,她却把自己唱得泣不成声。一院人闹至子时方歇。

后来,德伢把醉酒的梅香搀扶进屋。怎么说呢,梅香酒醉心明,事已至此,她已经无能为力了。她对德伢谈不上喜欢,但德伢对她这般体贴入微,她也是领受的。这会子德伢对她又摸又亲的,梅香一把推开他,说,这样不好,你可知我最气这一套,你不要做那个财主。德伢吓了一跳,说,你把我想成那种人,我那么可恶吗?梅香也怕伤他的心,说,我们做兄妹好不好?德伢看着她,眼睛含着泪光。我舍不得你一个人在外面吃苦。梅香这下又哭了,说,你舍不得,就不要欺负我。德伢突然也有自责感,说,好,我不欺负你,你不愿意,我就不做。德伢恋恋不舍磨蹭了一会,关门出去了。梅香头埋在被褥里,又哭得一塌糊涂。这会子,她想到了自私贪婪的蓝丙光,戏子无情,他是一个游江湖的男人,爱上他她自己就变成了浮萍。而现在她仿佛是一个器皿，不断被利用和折旧。新年的第一场雪在子时飘落，巷里灯笼高挂。梅香擦拭泪眼，看看窗外，她惦念着石牌的儿子，她知道儿子不会受苦，苦的是她自己。这茫茫雪夜，她举目无亲。梅香又趴到枕上晕晕哭着，突然手摸到了枕头底下的荷包，是那个不知名的太平军年轻军官送的，这个来得像梦幻一样的赠物，常成为梅香寂寞时的安慰。她拿起荷包放在鼻子前，想象那个军官的气味。她感到这世界有人对她如此爱慕，她知足了。

正月唱戏，除了得到比平时高一倍的戏钱，还有红包，还有酒肉款待，往往到人家唱一出戏，要吃一头一尾两餐酒宴。孩子喜欢过年，伶人也期盼过年。这年就是伶人的天下，街口巷道、祠堂、寺院、村庄稻场，凡人口密集之地，皆是笙歌曼舞、锣鼓喧天。拐过一坡又一湾，处处皆闻黄梅声。咸丰年间，在望江一带游走的戏班有几十家。还有农人临时自发组织的，那就多得像雨后春笋。大人小孩都爱看戏，也爱唱戏，都能哼个一两段皮簧和怀腔。那年间，虽不富裕，可黎民百姓的精神生活却是多彩的。

这个正月的上半旬，梅香极其顺利，看不出任何流年不祥的预兆。恰恰相反，到了正月十三，又接到一桩大喜事。她想到深巷那个拉琴算命的瞎子，觉得他的话不灵验。

5. 太平寨

那天夜里，戏班刚好卸装回来，德伢跑来告诉蔡老板，宿松城内黄卒长今日派人送信函，邀请蔡家班元宵节进城给太平军兄弟唱一天戏。蔡老板知道给官兵唱戏是没有银两的，只能得到荣耀。可德伢说，这信上虽没标明，但送信的人说了，唱一天戏，军民同乐，黄卒长将从他个人军饷内节钱发给戏班，他们不欺负伶人。德伢说，那黄礼才只因上一回听我赞赏宜官戏唱得好，他就说他要见识一回。如果蔡家班不负众望，得到黄礼才推荐，那可就不是钱饷的问题，那可就当官了，天国招才纳贤，多有伶工出身的，那就前程光明了。比你们在这乡间走村串户跑龙套强一百倍。

一班人听了德伢这么一分析,蔡老板决定去试试。代价也是很重的,得辞了华阳镇一大户元宵节唱堂会,少得一串钱。于是十五日,蔡家班披星戴月,至东方拂晓时即到了宿松城。德伢带路,一班人推车、挑担、背包裹,看那架势,士兵们老远就看出是戏班来了。一路就高呼起来。

黄礼才已命士兵在城内扎好了台子。城内张灯结彩,虽是灾荒年景,但这节日却是被人们的高涨热情闹得喜气洋洋。所以,戏班刚到就被士兵们接下了,他们真是亲如兄弟,给蔡家班安排了早饭,早饭也有丰富酒肉款待。吃过了,伶人开始喝茶漱口、化装上台。

戏台两侧木柱上贴了红联。台前的广告牌上,早有人代笔写了,是蔡老板自己推荐的本班拿手戏:《四郎探母》《桃园结义》,都是迎合太平天国政局时势的,又是传统经典剧目;文戏有《荞麦记》《牛郎织女》等。

台前台后拥坐的观众,不仅有长发太平官兵,更有城内城外的百姓。那太平军也是男兵女兵同乐,看那装束,就知这支军队是纪律严明的;看那男女的精神面貌,又知这支军队是人心振奋的。梅香突然觉得,这太平军比石牌那一年迁徙的兵要和善一些。也许那是打天下时候,在守城的时候,他们又和我们百姓没有什么区别,除了说话时的广西腔调,什么都让人感到亲切。

元宵节白天唱了一天的戏,包括蔡家班在内,诸多戏班戏种轮番演出。夜里,又是一个军民同乐的高潮,蔡家班伶人们卸了装,也跟着士兵们一起看舞龙灯。有宿松本邑的龙灯队,在城南的广场上舞龙。纸竹扎的长龙,五条,上演起来就叫五龙戏珠。珠则是一个纸竹扎的大圆球,由一个健夫扛珠,那五龙自龙头至龙尾由七八个汉子把持。扛龙头的最重要,力气大,身段却灵活。扛尾的人,个子矮小却机敏不凡。这五龙盘根错节,追逐大珠,把持的人踩出"万"字形、"喜"字形、"回"字形,不断飞转横绕,甚是好看。陪伴龙灯的,有一系列吉祥灯,一盏灯一个字,内插蜡烛,映得字通亮:太、平、盛、世、天、王、授、福。还有挑花篮的、划彩船的,还有打连厢的。五龙过去,这配套的纸灯一齐上,在广场上,又是各演各的,让观灯的百姓们目不暇接。

看了龙灯,一班人扎帐稍作休息,鸡刚叫头遍,就起身收捡行具。正月十六,蔡家班又奉黄礼才之命去太平寨演出半天。这太平寨为陈玉成所建,在县治西北七十里外的北浴境内。寨子周围四面皆山,孤峰独耸,垒石为城。不是黄礼才带领,一般的人是进不来的,或者进来了,也出不去,路途弯曲险阻不说,还一会一个木栅栏关卡,有卫兵把守。

太平寨内也有上千官兵,年节里都爱吹拉弹唱,除了士兵们自编自导演奏弹唱,还请来诸如蔡家班这样的本地戏班助兴。这士兵中,也不全是南方人,也有从湖北、安徽等地招募的兵。安徽兵最熟悉安徽戏,便喊着要听皮簧戏。蔡家班也是藏龙卧虎,伶人们都久经沙场跑过多少年龙套,无论什么戏种,多少都能来上几出。蔡老板本人就是二簧伶人出身,于是他自己主打,梅香等其他几个配合,演了《穆桂英挂帅》,蔡老板演杨宗保,梅香演穆桂英。天衣无缝,台下一浪浪的掌声,那喜庆的气氛自不必说了。

中午,蔡家班和黄卒长等士官在一起吃饭,虽不丰盛,却也有酒肉。桌上,坐上席的一个人,牛高马大的样子,应当是太平寨的首领,梅香看他帽檐上有字"检点",知道是个不小的官,检点和黄礼才在说话,说戏的内容。检点特意举杯要与梅香对饮,说,你的戏唱得好,我要把你送到安庆城去唱,如何?梅香一时不知所措,说,检点大人抬爱了,区区小伶哪敢登大雅之堂。黄礼才在旁边摇手,不要谦虚,你的嗓音好,人又聪明伶俐,去给大将王侯唱戏,定是一棵好苗子。检点眉开眼笑,补充道,那冬官正丞相陈玉成的同春班,需要你这样的人才。梅香笑了,多谢二位抬爱,若能去丞相府唱戏,定是今生修的福分。梅香连忙回敬了检点和卒长各一杯酒,均是一仰头干尽。检点哈哈大笑,挑拇指夸梅香,不愧是我巾帼英雄,好、好。

返回华阳镇,坐在泊湖的船上,德伢从口袋拿出一封信给梅香,说这是检点举荐你去安庆丞相府的信,你回去休整几日,带这信去安庆,找这信上

的人。梅香这时才知道,那检点说的不是恭维话,他真要把她送到丞相府去了,就是冬官正丞相陈玉成的府邸。陈玉成极爱戏,在府邸特开设了一个戏班叫"同春班",此班广纳安庆名伶。

梅香那一刻愣了头脑,同春班,恰有一个"春"字。莫非自己真在此遇上贵人了?这贵人能让她化险为夷?梅香很自然地想到石牌猫山新城,那个年轻的太平军军官喜欢她的戏,末了,还送了她一个荷包做纪念。太平军的官真的都喜欢戏吗?她一时也说不好,把这封信紧紧捂在胸口上,她开始了一些不切实的幻想。湖水之上,暖风吹来,虽是寒天,却有草木的清新气。节气已经到了四九,早春的信息来临,梅香突然觉得她真的要转运了。

在华阳镇,又唱了几出戏,渐渐地,年气淡远。到了二月,人们开始进入琐碎的日常生活。在乡村,农耕又要开始了,百鸟飞来,春回大地。唱戏只能待下一年了。这个时候,梅香如果不唱戏,就帮德伢饭店打杂洗碗做粗活。不论德伢多么体谅她,她都是他的伙计。这个时候,蔡老板又开始早出晚归,去打铁了。蔡老板还要挣钱养活随班的妻子和一窝孩子。这个时候,梅香就把卒长那封荐举信掏出来,给蔡老板看了。

要去安庆戏园,蔡老板一时也无主张。他说,你真准备去呀?只怕那军机要地,凶多吉少,据说那安庆城已经被清军围了几层,进不去的。蔡老板加重语气说,要打仗了,不能去。

梅香知道要打仗了,可是她突然感觉自己现在已经没有退路了。梅香说,我还是去探探,若那里唱戏饷水高,我就捎信来叫兄弟们都去。在太平天国行辕府邸唱戏,总比我们在这乡间挨门逐户讨饭强,说白了,唱戏的和那挨门逐户打连厢的没区别,就是一个是班子,一个是一根连厢竿,都是靠卖唱讨饭吃。若进大将府邸,多少有些名分。这样一说,蔡老板也有些松动,说,那你就去吧,你年轻,还奔前程,不比我们,我们这把年纪了。蔡老板又说,只怕到了那里,灯红酒绿,把师傅和师兄们给忘到后脑勺了。梅香笑了,泪花儿含在眼里,师傅见外了,梅香哪会忘师傅救命之恩,想当初我泊在华阳河边,孤苦伶仃,不是师傅破了班规收下我,我哪会有今天。蔡老板也笑出泪来。

梅香要与蔡家班一拍两散了,德伢最舍不得,可是舍不得也要舍。送行的时候,德伢把梅香送到华阳河边的船上。德伢说,宜官,你以后还会回来吗?梅香说,不知道。德伢说,我要是老了,死了,这华阳河的饭店还在。梅香说,我要是老了,死了,石牌的黄梅调还在。二人相视无语,都是笑里含着泪。蔡家班唯一一个女伶走了,他们的秘籍破解了——没有梅香,蔡家班在华阳又沦为三流戏班子。

第五卷

1. 猫馋鲶鱼

猫馋鲶鱼题

猫蹲山冈久日深，鲶鱼摇尾心无痕。

何故望梅不止渴，落得恨怨耿耿心。

这首诗是潘传朗在姜府与张达开、姜诗裕、烟翠三人一起吃酒时，当场挥笔写下的。这潘郎的大胆、坦率，让那三人暗自吃惊。烟翠脸红红的，一言不发。张达开觉得潘郎又在借酒装疯，气愤道，潘少爷此诗有淫秽之隐，若有所指，必是对三姨娘不敬。潘郎说，张先生此言有挑拨离间之嫌。不论有所指无所指，皆潘某诚实心愿，何来不敬？潘郎转脸拱手对烟翠道，三姨娘，潘某何曾诋毁过你？堂堂男子，不猥亵不秽语，肝胆如朗月，潘某对三姨娘仰慕至极，赋诗赞美，并无邪意。烟翠这会子的表现却也大方，说，好了，你作诗与我何干？况且你们男人赞与邪，皆一路货色。说罢，掸掸衣袖，提长裙离开餐厅。达开一脸难堪，里外不讨好，只得自己捏酒盅仰脖子一口喝尽，然后一张嘴，夸张地呵出一口酒气，道，大少爷失陪了。他也转身出门，朝另一个方向去，去了他的学塾。

补充一下，石牌皖河西岸一片高岗叫鲶鱼头，对岸那片大山，叫猫山。名字由来在民间有各种版本，皆以地貌形象对峙，极像一只狩猎的猫，河对岸即是一条翘首的鱼。一说大河常暴洪水，引发灾害，故以山名猫，镇压洪水；又有说是猫馋鱼，有说是鱼诱猫。总之二者互缠，留下许多民间情感的象征和隐喻。

姜诗裕和潘传朗继续留在餐桌上。潘郎内心在笑，脸上却无辜无奈。诗裕说，张先生是我父亲的朋友，他若在场，言行当收敛些。潘郎说，我懂相术，看他一双奄拉眼，乃淫心邪念，狭隘乖张，不是好人。他整日跟着三姨娘，鞍前马后，太监似的。何以我写一首诗，就障了他的眼目？这等穷秀才十分恼人。诗裕说，言语过分了，他也是个读书人，如何这等羞辱他？潘郎说，我还看出他是一个窝囊废，下身不举。他眉头上阴霾有晦气，三年内有险。姜诗裕忙打断他，说你又喝多了，胡扯这些做什么？潘郎忙拱手赔礼道，恕我直言，不说了，喝酒。诗裕与潘郎又喝了一小壶酒，叙了些别的话。至日头偏西方散去。

这样的聚会经常有，却常不欢而散。张达开酒喝到一半就与潘郎闹情绪，二人十分抵触。烟翠感觉跟他们在一起玩的时候很累，结束之后，每一次她内心都极其沮丧。自己一个娘辈妇人，有失身份。烟翠从这天起，已暗下决心，以后再也不与这两个男人同桌吃酒了。她想到了许多，自己的不幸、孤独，丈夫在江南有小妾温暖，而自己却空守着一间大屋子，纵然这屋内华贵典雅、粉末萦香，但那种孤单、凄凉却浸透到了她的骨子里。有时候，她壮着胆子给丈夫写信，写了一张纸又一张纸，这一沓宣纸压在案几镇尺下，至今一封也没有发出去。在写这些信的过程中，烟翠发现自己并不了解姜宗仁，他们在一起不过两三年光景，她和他的感情根基太薄了，这种薄，有时变得虚幻飘逸，有时变得空洞苍白。又闻宗仁有新欢，烟翠更是不自信。这迷惘的思念，远没有另一沓诗稿来得真实。那就是潘郎偶尔写来的一纸诗，叠在一起，伸手抚摸，也让烟翠内心有醉意，难得这凄婉岁月，还有人对她如此执迷。这男子本来是让烟翠喜欢过，后来也厌恶，现在又喜欢，反复无常，

123

让烟翠真的头疼了,她头疼的不是潘郎,而是自己该不该接受他的这些雕虫小技。他的顽固与率真,就是一种侵略的力量,让烟翠无处躲藏。看这一天,明明在酒桌上挨了张达开的讥讽,潘郎离府之前又托仆役转来一块手绢。烟翠打开一看,绢上小楷秀丽,又是一首煽情小诗:

玉碎题
窈窕赵女太液泪,佳人烟翠未央情。
瓦全不顾为玉碎,非你不娶栖孤身。

姜诗裕婚娶之后,完成了一桩大事。不论这婚姻称心与否,总归了却亲人的心愿,自己也羽翼丰壮,升了层次,做了人夫又要做人父了。这刘孟姣虽不善言表、相貌一般,却勤劳本分,用着心爱丈夫,早上泡茶,晚上端洗脚水。诗裕渐渐悟了那句"丑妻是个宝",何况孟姣也不太丑,现在是越看越耐看、越好看了。这孟姣也争气,正月娶进门,到了四月,突然特别喜欢吃酸的,宜园的青果蒂上还未落花,她就看着嘴馋。她肚子有动静了。于是,姜家乔姨奶特命仆人到街上去买新上市的瓜菜果子给她尝,她尝了一些,又吐了一些,什么都想吃。好不容易催仆人把东西弄回来,她又只吃一两口就不想吃了。诗裕看着她,满脸黑斑,腰粗腿肿,却不觉得她丑,而是心疼这怀孕是多么折磨人。于是,诗裕又请来好友潘传朗,让他给夫人开些补气畅心的饮料方子。潘传朗真是一个人精,懂女科,也懂孕事。他说,补药吃不得,吃五谷杂粮最好,每顿饭后必行走百步,多动多笑,千金必是花容月貌。

诗裕说,何故知是"千金"?潘传朗说,天机不可泄露。诗裕脸色一时不好看,他是长房长孙,膝下头一胎若是男孩,那当绝伦之美,怎是个女孩呢?诗裕半信半疑。潘郎看出诗裕的不悦,又道,看贵夫人面相体形,该为女孩,但凡事有变,待十月临盆才见分晓啊。我也是随便说说,你别当回事,免得影响贵夫人孕期心情。诗裕笑笑,不说了。但他情绪明显低落了些。

这一日，潘郎来姜府，看了诗裕夫人后，却没有告辞的意思。他说，这春光明媚，我们久日不聚，不妨邀三姨娘、二婶到宜园吃茶、打牌如何？如今妻有身孕，诗裕为照顾她也搁了生意的事，在家赋闲。潘郎来找他玩，恰是时候。诗裕便应了，二人从诗裕的屋里出来，出东厢廊檐过中院花坛，见西厢屋门是开的。诗裕引潘郎，一前一后，进了屋，见烟翠正在屋中架了花绷绣花。诗裕说，姨娘真有心情。烟翠有点害羞，忙停了手里的活，来泡茶。烟翠说，是孟姣给我们家带来的好气氛，现在几个房里都有人学绣艺了。诗裕说，你太客气，这对你小事一桩，只怕是屈了你的才华。绣艺是个匠货，只要有耐心，谁都能做。潘郎说，像你这般夭桃秾李，哪坐得住？就是你坐得住，别人也不要你坐！这不，我们就来了，邀你一起去打牌。

这两个男人对烟翠也不是奉承，是说了合乎事实的话。烟翠也受用，果然是耐不住性子，经不起引诱。只要潘郎一到场，她就被折服了，是一种无声的折服。一切都按着他意愿的方向去。

这三个人先到宜园，泡了茶。可是，二婶这会子恰带了仆女上街买针线去了。又晓得张达开这个时辰正在塾里教孩子，况且潘郎现在不喜欢与张达开玩，嫌他晦气。三缺一，潘郎情急之下唤仆人去正街，把丁姓人家一个闲少爷喊来。不一会，丁姓少爷来了。这样，四个人就在宜园谈笑风生搓麻将，搓了一个多时辰。这过程中，烟翠的细枝末节都在潘郎眼里，那潘郎的言语和眼神有些放肆。烟翠却很收敛。无论如何，诗裕心里都有数，他晓得潘郎对烟翠早有淫心，同为男人，诗裕理解，"从未见过好色如好德者"。诗裕若不与烟翠有辈分障碍，也会倾心于她。记得从江南回府第一次见到烟翠，他就有莫名的激奋。遗憾，他要叫她姨娘。诗裕骨子里妒忌潘郎，又羡慕潘郎。他希望潘郎来府上，然后找烟翠一起玩。他喜欢看到烟翠在男人面前的样子，她眼睛里那复杂的躲闪。他甚至怀疑，那眼睛里的动静是因为他。但他清楚，那眼睛里的一切倒映，都是另一个男人。

时近中午，有仆人来叫开饭了。四人搓了最后一把，一结账，数那个丁少爷输的钱最多，潘传朗赢的钱最多。丁姓少爷说，手气不好啊。潘传朗

第五卷

说,明日再来,换个桌子方位,让你赢。丁少爷说,不如今日兑现,我们去前街春江饭店吃酒去,潘少爷你买账。那家饭店来了一个苏州的姑娘,专给客人唱评弹。潘郎说,是据说还是你亲眼见过?丁少爷说,不必纠结,你去了保证满意。潘郎说,我买账,但三姨娘一定得去,否则就不给潘某面子了。烟翠说,好吧,我也去听听评弹。诗裕吩咐仆人去厨房说一声,我们不在府里吃了。

一行人出了宜园,往府门外去,走到一进院恰碰张达开从学堂出来,诗裕便喊,张先生,一起去春江饭店吃酒。达开老远望见这边人,烟翠与潘郎都在,他正想闪身回避,却被诗裕喊着,只得走过来,脸上表情复杂,他强作笑容,摆摆手,道,近日咽喉肿痛不胜酒力,失陪了。说罢,眼睛从烟翠的裙下瞄过,带着不屑和嗤之以鼻。那一瞄眼,只有烟翠印在心里。烟翠很厌恶这塾师的表情,她也就毫无邀他的意思,扭头自己先上前出了府门。

在春江饭店,吃酒果然有苏州女子陪唱。还有一个中年男子陪唱,像是一对父女。这一曲唱的是《岳传》,那女子不算貌美但年轻,有鲜嫩味。她上手持三弦,下手抱琵琶,自弹自唱,那弦音悠远空灵,那女声音质圆润,抑扬顿挫,浓郁的苏州方言令人隐约身临江南水乡之境。

一曲终了,这桌上姜府来的人意犹未尽,又点了一曲。正要唱,丁少爷却说且慢,他唤店仆过来,掏出一个钱,说要那弹唱的女子来陪酒。店仆为难,丁少爷板下脸来,店仆无奈过去悄悄与那女子耳语,那女子竟然起身,笨手笨脚,慢慢摸到这边桌上来,摸起酒壶和酒杯,自己斟了酒,也不说话,仰面笑笑,就昂脖子喝了。这一桌人才发现,那女子奇了,她,她是看不见的。

原来,那一对父女都是瞽者,那女子好看的眼睛却是看不见东西的。丁少爷觉得自己过分了,脸上显现自责神情,调戏瞎子,但不知者不怪,他说,上次来吃酒,并未发现。于是一桌人都表示怜悯和遗憾,说兵荒马乱的,流落到石牌卖艺真不容易。烟翠的同情心又起了作用,她从腰里摸出几枚铜钱,过去塞到那瞽女手里。女孩子把弦靠在胸上,腾出一只手,接了铜钱,脸上露出灿烂的笑,笑着对烟翠叩谢。烟翠细看了她的眼睛,大大的,亮亮的,却蒙了一层纱。烟翠说不好那滋味,心里有酸涩。

这一桌才子佳人本是来放纵的,却遇上唱优美评弹的是位柔弱的瞽女,那吃酒的气氛就淡去了一些。

恰在这时,有人叫姜诗裕的名字,几位回头一看,是从楼上走下来的几位衣帽光艳的少爷。其中一位是上石牌邵家少爷,邵家与姜府有亲,就是二婶娘家,这位少爷是二婶的内侄。当然他与诗裕有交往,那是他们的一层关系,他们自小是好朋友,现在都做生意,碰面自然要问对方近况。诗裕自回石牌结婚又待做父亲,目前还没经商目标,朋友都知道。邵少爷今天告诉了他一个好消息,上石牌染坊店面急需转手,诗裕有资金,建议诗裕去把店面盘下来。诗裕正谋路子,对此便有兴趣,于是就别了这一桌人,跟着邵少爷去上石牌洽谈盘店面的事。

这桌上酒菜都到了数,也吃得差不多了。潘郎、烟翠、丁少爷出门来,午后阳光渐热,无一丝风,天气好闷。潘郎雇了一顶轿子,说送烟翠回府。他们二人上了轿,就别了丁少爷。

轿夫欲往正街姜府去,潘郎突然叫轿夫拐弯,去后街河边他的小木楼。烟翠有些意外,却又在意料之中,她知道,潘郎不会轻意把她送回姜府的,本以为又去哪里吃茶,结果却是直接到了他的家。烟翠半推半就地说了些话,没有强行呼轿夫掉头,而轿夫的脚是由潘郎指令调动。

潘传朗的红楼,在石牌镇西的染指河边。走一段石板路,出了镇,过一座桥,还要走一段石子路。红楼是陶渊明笔下的境界。只是那楼前不是南山,而是南水,汪汪一片水,是染指河泊过来的一个大湾。河湾里有渔翁在远方的水上撒网,零星的渔人背影映在金黄的夏日阳光里,那水上有动感,那境界就更加静了一些,是远离人间喧嚣的静。

不远处也有几幢房舍,想必都是归隐和避世的。潘家在丁字街有大门面药店,这里是潘郎晒药草、炼制丸散膏丹的地方。还有,是他寻幽和吟风

弄月的地方。小楼上下两层,下一层是潘郎的制药房,外廊贴了春夏秋冬防病养生的口诀,是潘郎的字迹。屋内两侧摆满了药草、药罐子和医具。墙上是潘郎绘制的巨幅人体结构图。墙壁上又挂满字帖,望、闻、问、切诊断要诀;还有华佗、扁鹊、李时珍等人济世救人的箴言。满屋子都是药草味。一个男人就是一个天地,烟翠记得当年初识姜宗仁,跟他在安庆绸布庄看布匹绸缎,各种各样,彩画纹理,五彩纷呈,那是布的天地。烟翠惊奇地看着屋里的一切,从一楼看到二楼。

二楼是会客堂,桌椅板凳、紫砂茶具,摆得精致。一个少年端茶上来,恭敬地放在烟翠面前的圆桌上。看模样是学医的徒弟。少年很懂事,晓得是师傅的贵客,倒罢茶出门去,还把门给反扣上了。烟翠心里想,这师徒二人真默契,像是约好了似的。夏日午后,窗外很安静,屋内也安静,只听蝉声此起彼伏,偶尔杂有鸟声。

二人隔着茶几,坐在圈椅上品茶,因茶说话,正好是西湖龙井,潘郎先扯杭州的姜宗仁情薄,误了艳女红颜。烟翠也不回避,说他情薄,我又何尝重义?我是一个活人,不是牌坊。潘郎说,这样想就对了,人生苦短,你且莫为一个负心男人憔悴了青春。看你脸上的气色、痘点,都是空守的阴霾,吃药代替不了阳气补身。烟翠晓得潘郎话要往哪里拐了,她并不拒绝,也不接腔。潘郎突然问,这个你熟悉吗?顺手拉开墙上布帘,帘子遮挡的是一幅女身结构图。烟翠起身凑上来看,不觉惊呆了,说,这是你画的?你怎么这样了解女子?

于医者,女子无私处。潘郎说着就站在她背后,手臂慢慢有些动作,先是贴着她的胳膊,后来就搂着她的腰了。他嘴里一直在说话,一边用手指点画上女体的部位,胸、肾、生殖部位,一边解释哪些变化与色相有关,哪些变化是疾病预兆。烟翠眼里满是惊奇,心想果然这女人在医者眼里哪是绫罗绸缎遮掩得住的,于潘郎亦无秘密可言。

潘郎手指画面,嘴在说话,眼光却在烟翠身上抚摸,从她的头上饰物到她的脸、胸、下身裙子、脚上绣花鞋。一遍遍地看她,那眼光是温和的,又是透着光的锋芒,逼视烟翠,让烟翠无可逃遁,所有想抵抗、想防御的念头都碎了,都是一路碎屑,全飞了。先是从外表,然后到心里,烟翠全化了。她的身体明显感到,不自觉地由热到颤动,那眼光让她的下身也温润了。她心里慌乱起来,脸颊绯红。

潘传朗知道火候到位了,说,床都铺好了。烟翠想说,什么?我听不懂。可是烟翠没有说出口,她的嘴唇颤抖着,惊慌失措,事实上她什么也没说,就被潘郎抱起来,转过屏风,抱到了大花床上。

2. 山重水复

刚进七月,暑气就重了,日头升上屋顶,就晒得人不能开眼。院里满是蝉叫声,屋里人很静。老太爷和乔姨奶及孙媳刘孟姣,常坐在梅花厅里纳凉聊天。仆役在一旁侍奉着,一会添茶,一会扇扇。孟姣产期越来越近,她现在手头绣的是孩子围兜,绣一个老虎头,甚是可爱。看来,她认为自己怀的是男孩。诗裕站在背后,看她绣的饰物,样样都是按男孩打扮的来,又听乔姨奶、二婶等言下之意也是男孩。诗裕心里略有胆怯,倘若是个女孩,她们会是什么反应?有一回诗裕故意说,孩子的衣帽也该绣些花草凤鸟、凤冠霞帔,样样备着才好呢,万一生个女孩子,岂不要让她天天穿虎头衣?二婶说,丑男俊女,孟姣是生男孩。二婶那么武断,意为丑母亲生男孩,漂亮母亲生女孩。诗裕也就不好多说了,如把这个"丑"扩大了,会惹孟姣不悦。

这一干人在梅花厅闲暇,却不约而同想到一件事——烟翠近来很少来餐厅吃饭,也很少来梅花厅与众人说笑。孟姣说,三姨娘定是苦练她的绣艺了。乔姨奶说,她也太当一回事了,我家又不靠绣品挣钱,这么大热的天,把自己关在屋里绣花,累坏了身子,伤了眼睛,不划算。诗裕去叫你姨娘来,我们搓搓牌。

诗裕便去了中院的西厢找烟翠,进西厢回廊,老远就望见烟翠的屋前,挂着一只鸟笼,两只鸟在笼中扑腾乱跳。走近了来叩门,屋里没有人,推门

进去，正中央一个香炉还有丝丝细烟缭绕。想必香是刚点燃的，人却出去了。人去留香，什么意思？廊下的鸟忘了喂食，也该盼咐仆人喂呀。诗裕猜测，烟翠会去什么地方？哪家戏园听戏去？或者春江饭店听评弹？不知道。但是诗裕回到梅花厅只是说，三姨娘门关了，不便打扰她，没敢叫。于是众婆媳唏嘘一番，又聊别的话了。

诗裕这半年闲在家里，那回上石牌盘店面的事并未谈好，其他生意路子也未确定。现在怀宁及江北诸县，都为太平天国统治区。天朝税收制度严谨，凡开门营业，无论经营什么项目，均要领取"印照""印凭"，利润还不够这些杂项榨取的。所以，做生意要谋划好，不能盲目行动。与其乱折腾，不如运筹帷幄等待时机。平时诗裕只陪妇人们打牌，或画兰草给她们看，偶尔也到学塾巡视一回。当然，他也是想看春香。怎奈春香学业在身，她父亲张达开又左右不离，诗裕见到春香也只能用眼睛打量，不敢搭讪。

诗裕这一日正想往学塾逛去，却巧了，塾里跑出来一个孩子，是四房姜宗明的儿子诗品。宗明在杭州管理布庄，把一对儿女诗晞、诗品留家中读书。这诗品嘤嘤哭着，跑来说哥哥打他。他说的哥哥是姜族内同辈借读的孩子。

大家一听不得了，学塾里发生了事，张先生怎么不管？竟让孩子跑到外面来哭诉。诗裕和二婶当下就跟着孩子跑到学塾屋里来。

却见屋内乱了，谁也没念书，有的坐，有的站。屋里分两派正在骂架，互相指责。春香毕竟大一些，懂得化解，她虽劝不了几个小的，但这会子来了大人，她就把事情原委说了。原来那哥哥在门外捡到一页印满字的纸，他捡回来并未保留，而是折叠成鳖状在手里玩耍，又放在地上用脚踩扁，用手不断翻打。孩子们往常玩这种游戏，都是用无字的黄皮纸，而这回哥哥却用印字的纸。凡识字和懂事的孩子都晓得，对文字的敬重包括每一页字纸片，若捡到印字的纸，必插在高于头的顶端，墙壁或门楣上。这哥哥的行为让诗品最先看到，诗品就指责他，他不服气，两人顶起嘴来，再后来就动手了，小孩子肯定打不过大孩子。那诗品就哭着找爹爹奶奶告状去了。

姜家人肯定心疼,诗品是自家的骨肉,而那个哥哥只因与姜府沾亲带故,攀了宗亲的关系才被允许来读书,是寄人篱下的境地。但那孩子见来大人了,也不认错,躲到一边对墙站着。

诗裕也不好说话,气呼呼地问,张先生呢?他怎么不管?怎么让学堂乱成这样?

二婶嚷嚷着,数落张先生的不是。春香说,太太、少爷,你们都不要说了,我这就去把我大大叫来。

诗裕说,我跟你去。诗裕就跟春香走过两进大院,来到后院罩房。诗裕一路和春香找话说,春香却不是很愿意,她心里有烦心事,就是为她父亲。

在廊下窗口往里看,张达开正斜枕着,半躺在竹床上,一本书摊开盖在脸上。春香叫醒大大。见诗裕来了,达开不紧不慢,起身,整衫,去洗了把凉水脸,显然是睡了一大觉刚醒的样子,而非只是打个盹儿。

诗裕脸挂凶色,说学堂里孩子互相斗殴,你还在这睡觉。你近来失魂落魄,常见在学堂打盹,现在又躲回屋大睡,岂不失职?为人师者,如此不矩,真乃有辱斯文。达开说,蒙少爷一语惊醒梦中人,张某有罪,我这就去处理。说着又是慢腾腾地挟了书往学堂去。张达开对诗裕发火毫不畏惧。他居然还说,大少爷,你别走远,等我处理完事,我有话与你说。

诗裕心里一愣,做贼心虚,以为是讲他接近春香的事,便道,好,我有不对的地方,先生尽管指责。

张达开来到学堂,先罚诗品站,又命那哥哥扒下半截裤子,然后达开拿起长条板朝那哥哥的屁股猛抽了二十下,孩子嗷哟惨叫。

张达开搞定了孩子,出屋来对诗裕说,我有两件事与你说:一是今日之事,我也当受罚,你扣我一个月薪金吧;二是我近日之所以迷糊不清、失魂落魄,只因我常挑灯夜读,想去科考,想为日后奔个方向。久日卧在姜少爷门下,总不是事呀。你着手找下一任塾师吧。

诗裕说,什么?你想去应乡试?你打算离开我们家?达开说,这回是乡试、殿试一起过。诗裕不太明白。张达开笑了,少爷,太平天国开科取士,不

第五卷

分贵贱,唯才是举,张某不想错失良机,不为别人,当为祖宗也要挣回一些面子,否则何以交代十多年寒窗的苦读?

原来张达开是徐庶进曹营,姜府也奈何他不得。诗裕自知留了也无意义,便与祖父、姨祖母等人商量,又托人在本邑清河镇物色了一个塾师。念及张达开是父亲看中的人才,便也不刻薄刁难他,任由他选择。诗裕最关心的是春香何去何从。达开看出诗裕对春香有非分之想,他内心不快乐,自己在姜府丢了尊严,一是当年的梅香,又一个是现在的烟翠,他在她们心目中够窝囊的了,若又让女儿败在姜家人手里,岂不颜面扫尽?但转念一想,如今外面兵荒马乱,一个女孩子又想念书,带她出去也不是路子。不如趁诗裕有欢心,就把春香留在姜府继续读书。但达开暗地里反复叮嘱女儿,切莫上了姜诗裕的当,被他勾引了,你要受一生的罪。将来父亲飞黄腾达,定为你选个乘龙快婿,比给姜诗裕做小强一百倍。春香也狡猾,懂父亲一片苦心,也懂姜诗裕色眼里的贪婪。她说,大大你放心,我绝不轻意上那色鬼诗裕的当,我跟他说话只是逗他玩的,我才不会动心呢,更不会飞蛾扑火,自找罪受。张达开说,这就对了。你且在姜家住下,读书吃饭按着规矩来,等大大官职有了眉目定来接你出去。

于是那一天,他就与诗裕说,少爷,达开一去,万念皆尽,唯有一事,里外两难,想求少爷帮助,若少爷能助,张某念恩久远,他日有牛马之力,定来相报。

姜诗裕已经意识到春香出了姜府,无路可走,张达开必是要说春香留府之事,心里喜悦,就说,不必这么客气,先生与家父莫逆之交,有事尽管说。诗裕这话里划出了辈分。张达开就说想把春香留在府里。姜诗裕连忙答应,当然言语上比较平淡,但他心里激动,这一留,必定是留给自己无疑了,这以后就是水到渠成的事。但诗裕万万没想到,春香可是"南天门伸腿——不是凡脚(角)儿"。

过了些日子，该是七月十五中元节之后吧，张达开来姜府收拾东西。今年中元节，他回家上坟给祖人烧香了，祖人一定会保佑，倘若不生儿子，也该在官禄上助他一把。中元节后来到姜府，一则收捡衣书，二则与姜家几个主子吃一餐离别酒。实际上还是姜家安排酒菜，张达开从来舍不得掏银子请诗裕、烟翠吃酒。

这一餐饭，就在餐厅，诗裕和烟翠陪坐。按理说，若是别师酒，府上人该到齐，好歹张达开做了姜府几年塾师，看在孩子们的分上也该如此，但二婶说，老太爷说身体不舒服。张达开便不多说，只身到老太爷屋里去辞行、礼拜，说了一些很体面的话。事实上姜府对张达开投太平军不太满意。姜家几代做的都是清朝的官，受孔孟圣贤书的教诲，哪能接受长毛的那一套？姜老太爷最讨厌提及太平天国了，一则姜家因长毛军过境遭受财物重创；二则那太平军烧了姜氏宗祠，这是灭人伦的无知行为，让饱读孔孟诗书的姜令启气愤而又备感耻辱。姜氏祠堂被烧了之后，宗族人过年连个拜祖放爆竹的地方都没有。近一两年，据说那翼王石达开有些学识，知道毁孔孟圣贤书和灭祖宗迹是廉耻之举，政策便有了松动，这才让石牌周边许多宗祠得以修葺。

更重要的是女儿梅香的叛逆也与太平军妖风引诱有关。所以提及太平军，姜令启便感浑身不畅。

现在张达开要去参加太平天国的开科，在某种意义上等于与姜令启这个朝廷正统进士对着干，姜令启虽半身不遂，但他意识清楚，他当然瞧不起并且不愿意喝张达开的钱行酒了。

诗裕、烟翠与达开，还有一层朋友交情似的，至少曾经是知音知己。这一餐酒躲不掉。但是烟翠在桌上，也是不想说话，表情含着倦息。

这酒桌气氛平淡甚至有些落寞，各自内心和嘴上说的都不一样。张达开好像想借酒发牢骚，或者撒点娇，但是好几回都被烟翠脸色给挡回去了。诗裕说，张先生以后无论行头大小，还是要多来府中叙叙。张达开脸色微红，答非所问，道，烟翠虽论辈是你姨娘，可她年纪轻，凡事你要多照顾，她太

幼稚了。烟翠脸上难堪,张秀才说这话有辱她的脸面,却又不好发火。诗裕知道达开这话里有话,便装着不在意,一会就转了话题。烟翠说,不能让他喝多,他发酒疯好乱讲。

张达开其实是装的,是向潘传朗学的,借酒说话。他抱着酒壶不放,说话的时候也是东倒西歪,舌头打转。但他没潘传朗那么自信,他输了,他说不出内心的苦楚。这半年张达开心情很郁闷,整日低头走路,一筹莫展。潘郎与烟翠那些事,他心知肚明。他嫉妒、抱憾,他不想惹事,他的苦又不知何处消解,他知道久日下去必因自己情绪难控而泄露这件事。他知道烟翠嫌弃他卑贱无能,情困于此,学业不成,又联想到自己前程未卜,科场失意。张达开饮尽一杯,叹息道,仲尼曰,三十而立,吾今已奔四十了,依然两手皆空,四顾茫茫。现有宗亲荐举我投太平天国安徽省文将帅张潮爵,但愿此去云消雾散,柳暗花明。说罢,端杯又饮了。

原来张先生说去安庆应试,是早有门路了。诗裕说,这岂不更好?你就是吕尚东山再起,就是伊尹遇见商汤了,你就放心去吧,还有何苦怨?张达开说,没有任何苦怨,男人当拿得起,放得下。三姨娘、大少爷,张某去了,后会有期。说罢,搭袱甩到肩上起身走人,没等烟翠说话,他就甩袖出了门。烟翠跟着到府门外,望着张达开消瘦的背影,她内心叹了一口气,是一种解脱,还是生了一丝牵挂,她说不好,那一刻的滋味,似有千般纠结在心头。

3. 红杏出墙

到了立秋,宜园里有一种熟香的气味,树木底一层是深青色,梢头一层是淡黄色,映在秋阳里,特别明亮。这秋天没有风,站院中花坛边,空气爽朗。孟姣的肚子越来越大,大家都劝她不要久坐,少做些绣活,要常活动、玩鸟赏花之类。陪妻子也是仆女的事,诗裕这样的大男人,守着大肚女人总有些不便。而从心出发,诗裕见到春香这样鲜嫩灵活的姑娘,看着她,养眼,情绪好,自然的话也多。偶尔遇到春香,诗裕总是找理由与她搭讪,说诗词花鸟，又问她兰草画学得怎样。天上飞的地上爬的，他都能说。这春香头几回还能笑笑，后来，再碰到诗裕她的表现就有些奇怪，她依然是与他说笑的，语气和用词却有些生分，看得出，春香是用心防他。诗裕很是懊恼，但见到她懊恼就散了，恨不起，反反复复，诗裕像捕捉猎物，越捉不到越焦躁。加之这七八个月来，妻子怀孕，诗裕一直没有房中事，人又闲在家，身心都是相当郁闷。可是他作为一个少爷，碍于面子身份，又不能对春香采取过激行为，诗裕还是一个比较斯文腼腆的男子。

　　偶尔诗裕也晓得如何调节自己，他会到丁少爷家去打牌，或者去找潘郎玩耍。一个晴朗的下午，诗裕手持一把折扇，一路闲逛，走街穿巷，看见拉胡琴的、卖花卖鸟的、卖小儿玩的拨浪鼓的，他想自己即为人父，是否也应买个小儿玩耍的回家。这样乱七八糟地想着，就过了石拱小桥，往镇外染指河边来，他要去红楼找潘郎。快到红楼时，老远望到潘郎出来送客，一顶小轿停在门口。潘郎送的不是别人，是烟翠。只见烟翠上了轿，潘郎挥手别了她，然后进屋。见那一顶轿往这边来，诗裕忙闪进旁边一间小茶棚。待轿过了，诗裕再出来。那个卖茶的老奶奶见诗裕躲闪，道，少爷碰到熟人了？诗裕笑笑，没否认。老奶奶说，你认识那是谁家的贵妇？她常坐轿来看病。像这等富人，有吃有穿，怎么经常生病呢？我看她生的是富贵病。

　　诗裕说，你看到这乘轿的女子常来？老奶奶说，是呀，这花轿一个月能见一两回。来了停在潘郎中屋前，个把时辰才离去。

　　诗裕脸上火辣辣的，觉得烟翠十分无耻，哪有这等"送货上门"？真是丢尽了姜家的脸面。

　　姜诗裕难以容忍，他一时气得咬牙切齿，他不再去潘传朗的红楼了，而是转身回头往镇内街道，脚步飞快，一路小跑赶到家。

　　烟翠的屋里，很静，很香。炉中青烟，细如针尖，似有似无，缭绕开来，如果不是那鼎香炉，或许你看不到有烟飘。烟翠今天穿着一般，低领蓝衣紫

裙,看不出有外事,她身边玫瑰椅上搭着一件霞帔,可确定她刚从外面回来。诗裕进来,她头也不回,只应了一声,少爷坐吧。诗裕见她正对着梳妆镜,梳发盘髻。诗裕稀奇,女人一般出门才修饰,可烟翠刚回家,却慢条斯理地沉在镜中,打扮自己。诗裕站在这边月牙桌旁,坐也不是,站也不是。等她梳完头发,他有话与她说。

她的屋内很整洁,紫檀桌椅、嵌绿纹石面的香几,均擦得透亮。那黄花梨浮雕百子图的插屏,中间贴一面玻璃镜,素雅亮堂,把雕花大床和卧榻隔在里面,斜面映出幔帐一角,是素雅蓝花帐,透过下午的光线,那色彩略显暧昧之意。屋里的色彩和她的脸一样,都在冷调中,唯有墙角瓷瓶插的花,当是宜园新采的黄菊,带着水泽的鲜艳。

诗裕等得很尴尬,终于先开口了,三姨娘,我刚才在染指河潘传朗家红楼前,看到一个人很像你。烟翠淡淡的,并不惊讶,那就是我呀,你既看到我,为什么要躲开?诗裕反变得紧张了,我怕你难为情。诗裕继续说,你不能这样,你是姜家的媳妇。烟翠嗵地站起身,你瞎讲。她走到他面前,脸颊留着淡淡胭脂红,刚修饰过,更娇韵冶丽。她看着他的眼睛,她的眼睛愤恨却有水光。诗裕一时不知说什么好,依然重复,你不能——被他骗。

烟翠盯着诗裕,不是羞愧而是气愤,我没你想象的那么无耻,我是去看病。你跟踪我干什么?你现在来讹诈我?你是想让我丢脸,想抓我的把柄让我一辈子在你面前不能抬头?

说这些话时,烟翠始终抵着诗裕的眼睛,诗裕在她的目光之下,有那么一会儿非常恍惚,他别开她,走到桌子这边。他说,我听那卖茶的老奶奶说,那顶花轿常去那潘家红楼,相信你不是那种人,但潘郎是,他的劣迹我非常清楚。

烟翠气道,姜诗裕,没想到你年纪轻轻就学会了捉奸。我说过,我不是那种人,那花轿我是租坐的,常去潘家红楼的花轿未必每次都是我。你非要我说那些,我只能招假供,招了你就开心了?反正我现在跳到黄河也洗不清了,就算我与潘郎上了床,你该把我怎么样?烟翠眼光火辣辣地投过来。诗裕不敢看她,偏身过去,只气道,失节贪淫,还不自责,无耻。

烟翠手指门外,是的,我失节贪淫。你去告诉老太爷,去写信告诉你父亲,让你们姜家把我撵出去!去呀!诗裕不说话,脸色阴冷。

烟翠又道,是的,我贪淫、卑鄙、不守节,这也是你姜家门风招的!姜宗仁别我三年就在杭州纳新填房。你姜家男人,连房累妾,却又锁了一房又一房,二姐姐何故三十五岁就去了?她是被禁死的。甚至把已出嫁的姑娘也禁在深宅里守活寡,产伯涛死了她不可以改嫁吗?你姜府凭什么要霸了她?简直把女人不当人。梅香当年不是禁疯了,她哪肯丢下儿子离家出走?我真佩服梅香,门槛不能出,竟能翻墙出。

诗裕气道,你莫扯这些,你现在是否也想翻墙?

烟翠冷笑道,你姜府的墙太高了,我没梅香出息,我还够不着。诗裕道,你敢?你若有非分之想,绝不饶你。大大不在家,还有我在,难道没有家法?

烟翠笑道,你果然露了原形,一对奸父淫子。你不就是妒嫉那潘传朗与我接触吗?你今天来讹诈我,你捏了我的短,你就可让我禁闭在你的脚下?任你宰割?诗裕道,你既是姜家媳妇,便可由我姜家束缚,天经地义。

烟翠泪水夺眶而下,她怒火难抑,猛地拉过诗裕的手,往自己脖颈上拉,那你束缚吧!宰吧!你想要怎么样?你动手啊。烟翠动手与诗裕纠缠起来。

姜诗裕的脸刹那间通红,又惶惑又激愤。他看到烟翠泪眼里,是他想象过的那种,他想象过她的眼睛会这样看自己。他突然心软,手颤抖,他推脱着却又心慌得不知所措。诗裕大叫,罢了,罢了,不要再闹了。他一发声,顿时惊悟,他忘记何故站在烟翠的屋里,何故与她说这些。他一蒙,一醒,挣脱开来,道,只愿事情到此为止,以后不要再与他往来。说罢慌乱出门去。

烟翠尾随其后,你去叫姜宗仁回来把我休了,休了我就解脱了。一咬牙,把门猛地踢关上了。

此后几天,烟翠没有出屋,每餐饭都是女佣桃娥提食盒送来。她从桃娥

脸上察觉外面平安无事。这几天烟翠一直琢磨,姜诗裕不会去老太爷那说事,他怕老头子生气发病。诗裕是否会给宗仁写信,让他父亲把她接到江南去,或者用其他方式收拾她?烟翠猜想诗裕不会轻饶她,但他会采取什么方法,烟翠并不知道。烟翠惶惶不可终日,她在"半夜凉初透"的床上流泪。又想到那个潘传朗,她并不快活,他惹的女人太多,烟翠住在姜宅里,还时时要隐挂潘传朗,揣摩他的心事。他是否真心爱她?她一头雾水。她越揣摩不透,越难以丢舍。潘郎一个月都不来找她,她就怀疑他又有新欢了。偶尔她会冷不丁地坐轿前去探访,让他无防备。可她进了红楼,没有抓到潘郎房里有外人,反而又被潘郎抱上床,满足了一回。

后一次,她终于被姜诗裕遇到了,逮个正着。虽然她一哭二闹压制了姜诗裕,但若被太爷和宗仁知道,那她只有去死。烟翠想到这些,又是清泪沾襟。

露出马脚之后,烟翠躲在房里战战兢兢过了六七天,结果她发现姜诗裕把这桩家丑捂盖得死死的,掩饰得比烟翠还紧。在太爷奶奶面前,诗裕一丝不露,还装着亲热地与三姨娘接腔说话。二人在众人面前不刻意回避,心里却是隔了一层膜,像一张打湿的纸被烘干了,却是易碎的,要小心翼翼。两个人的神色,分明有些异样,烟翠觉得这种易碎的感觉,让她的神经绷得很紧,很不适。

倒是两个人独自碰面的时候,烟翠反而变得自在些。她是不会主动与他搭话,表现得极冷酷。比如两人在回廊下遇着了,不作声,擦肩而过。仿佛谁主动招呼,就是妥协与讨好对方,就是输了。这无声往来中,不是漠视,却像无声的战斗,透着复杂的爱与恨的交织,有气愤,也有愉悦的挑衅。烟翠渐渐喜欢上了这种不说话的静默的抗议和挑衅。她喜欢在四下无人的时候遇见诗裕,然后故意瞟过他的袍衫的下摆,狠狠地瞟一眼,貌似孤傲和不甘,貌似她根本就没有错,你爱怎么样就怎么样。

姜诗裕有时候也是和她一样的方法和眼神,有时候,那眼里却有明显的失落和虚弱,因为一虚弱就有怯,那眼睛里就温润了一层。烟翠擦肩过去,瞬时收到那束温润的目光,她心里一阵窃笑。

这一年入冬后,姜诗裕的妻子刘孟姣落月生了一个女孩。但姜家依然是高兴的,放爆竹、吃长生面,小吏港的娘家及亲戚都来送月子礼,个个喜笑颜开。四世同堂,福上添喜,老太爷笑哈哈亲自给曾孙女取名,其姬。她是"其"字辈,宗族观念重的太爷,还是希望曾孙女也按辈字取名。

姜诗裕似乎感到完成了一房的大任务,接下来,他的心情如黄叶染霜,一层重一层。落雪的冬天,他似乎感到特别孤独,常常一个人在宜园踱步。偶尔在园中小径遇到烟翠,两人相视笑笑,互相错开,向各自目标走去,彼此心里却是不干净的。

冬季的寒冷,让人卧在温暖有火桶的室内,总有许多遐想,许多思虑。自那回被诗裕发觉,烟翠再没去染指河找过潘郎。奇怪,那潘郎也有战术,也不来找她,他想以静制动,熬到最后,就看谁丢不得谁。但是烟翠心里一刻也没有忘记,没有忘只因为那烙印太深。烟翠渐渐觉得,她该断了染指河的路,永远死了与潘郎的心,许多许多的权衡让她必须做出这个决定。哪怕姓潘的身边花团锦簇,有一百个女人陪着,她也不再去争风吃醋了。她要说到做到,她要死了这条心。

4. 监军善人

张达开离开姜家,直接到了安庆,拜见了太平天国安徽省文将帅张潮爵。为了避讳与翼王同名,张达开易名为"张达贵"。可张潮爵看中达开的,恰恰是这名字,贤明通达,说我天朝豁达大度,胞与为怀,新旧兄弟,皆是视同一体。想那晋代王羲之家族,几代人皆名"之",不讳甚好,你还叫原名,与翼王皆如手足,显我天朝融和气氛,不必顾虑。张达开一听也有道理,可他说到王羲之家族同"之"不讳,则是另一回事,证明张潮爵对"之"含意不解。

因张达开所作的一些诗文让张潮爵赞不绝口,加之达开在他面前伪装得谦恭、厚道、诚实,又有同姓的情分,地利人和,故而张达开参加了本届的秋闱,很幸运地中了解元。若在前朝,那真是不得了的大喜事,会有巡抚主持鹿鸣宴,席间唱《鹿鸣》诗,跳魁星舞。可是这天朝的解元也不简单,放榜之时,桂花飘香,也有举杯同庆。天朝开科,求贤若渴,男女均可应试。是年,大江两岸数十位男女举人,会集安徽巡抚府邸,除了欢庆,各自都得到了满意的封爵。张达开被授予石牌城监军官职。

张达开怀揣官印,按天朝官衔穿的是红袍黄褂,戴虎符官帽,择日打马游街,锣鼓相拥,奔赴石牌城监军局上任。监军局设在石牌城南门,和新建的诸多楼堂馆所一样,门楼高翘,紫柱顶檐,甚是气派。天朝实行军政合一,监军即代理行政事务,统管怀邑。乡人亦称监军善人为县太爷。张达开住在宽敞富丽的监军府邸,一日三餐有人侍奉,出入起居可使唤别人,就是提笔写个字,也有人磨墨铺纸。那身边尽是阿谀奉承的笑,张达开真正领略了官署行事的威风。

他想起十几年寒窗苦读孔孟圣贤,仕进无门,困顿多年,遭受乡人冷眼讥笑。躲到石牌姜家做塾师,寄人篱下,屈尊不说,又在姜家受了感情上的挫伤,几个女人都看不起他,严重伤了他的自尊心。以往滴滴点点积压在他心头,所以他到任之后,先想的不是公务,而是衣冠楚楚,衣锦荣归,颇有小人得志的报复心理。他要以华贵报复乡人。数日后,达开即带一队人马,坐锦绣轿,仪仗数十人,浩浩荡荡,走了三十里路,到太湖松林坊去接妻小。张达开的队伍旗帜飘扬,吹奏鸣响,一路喧哗,在家乡太湖县城游历一圈。沿途百姓奔走相告,都跑到路边来看。张达开做了太平天军的官,但无论如何,都是五子登科,一朝显贵,乡人个个拱手向达开庆贺。达开也挑起轿帘,笑容满面,一一向路边乡亲揖手回礼。

早已有兵来报,妻子知道丈夫当官了,还要接家小去过衙府生活。妻子心里狂喜,把家里鸡鸭猪都送到集上去卖了个精光,随身带走一些,余下杂物转送邻里。邻里无人不激动,因此说了一堆祝福的话。

张达开接妻小回到石牌监军局,一路过境,乡人迎奉仰慕,大大满足了他的虚荣心。回味无穷,自不必说。现在按军中规矩,妻小都要分进牌馆,女儿林花和春红分进牌尾馆。妻子问,县太爷夫人也要持枪打仗啵?达开说,有敌情时亦不能袖手待毙,当持枪上阵,无敌情时做刺绣杂活,为天朝大业添枝加叶。待我天朝建立小天堂,诸等荣华富贵享之不尽。妻子低头扒饭,没有言语。达开又道,吾身负军中重职,自不能违规。妻子说,我晓得。又问,我分到哪厂子(地方)?达开说,洗衣馆。

这一日,在监军衙府,一家吃了一餐团圆饭,便命人把她们送至各馆。能看出,她们有些不情愿。春红说,大大,那牌尾馆是否餐餐有肉吃?达开不能回答,便说,待没有肉吃的时候,你来大大的府邸吃饭。春红甜甜一笑便跟姐姐去了。

且说这石牌城,为太平军西南防御军事要隘、安庆之屏障。那猫山隔一条浩瀚的皖河,与西面的上下石牌遥遥相望。城址绵延数里,南北纵横连接四座山冈。城墙坚固高大,里外三层,城墙上下设炮眼,东南北三面城门上建有巍然城楼。城下有环城河宽数丈,水深不见底。护木桩六道,桩鉴密布。而西南一里之外,有涛涛皖河汊开环绕,是一道天然的宽大的护城河,易守难攻,得天独厚。城中驻城精兵数千人,养精蓄锐。在清军没有到来之前,这石牌城一片欣欣向荣景象。城东为锦绣馆,女子云集在此做针织绣品。城北门楼有大炮台,北门还有水井和兵工厂,军中诸营设于此,铁匠、木匠等各种匠人,川流不息,为军中军械装备打造操劳挥汗。那城西侧是商业集市贸易,猫山城门敞开,那商贩便进城在此做贸易活动,这西门也有茶馆、戏园,一片市井模样。城南建有一座尖顶大殿,殿内雕梁画栋,辉煌气派,诸将便是在此做礼拜。每至礼拜日凌晨,鸣枪炮,招集全民到此殿来朝拜上帝。这规矩自天京推及太平天国所统辖的每一个小城。那殿堂正中,悬一人形模样者,被钉在十字架上,所有朝拜者皆呼上帝。

张达开头上裹头巾，身披长褂子，手捧一本《圣经》，认真做礼拜。

在这里张达开认识诸多曾经与自己同年应童试的六邑秀才、潦倒文人。他们也投太平军，进入军中，以各种形式得到一官半职，上至将军幕府僚吏下至两司马。但他们都不及张达开实权掌握监军政务。在达开看来，那些人都是来蹭饭的。个中一人乃桐城儒生查权亮。这查权亮曾在安庆府学与达开同窗。今日意外在太平军中相遇，甚喜之余，二人都有淡淡的惆怅和羞怯。权亮道，久闻监军善人叫张达开，我便知是达开兄，苦于琐事缠身，一直没有机会去帐下拜访。达开问，查权老弟，武将幕府做文职，感觉如何？权亮笑说，逆来顺受，也习惯了。想那杜甫、王昌龄都做过幕僚，权亮何以不知足矣？权亮非图荣华富贵，只因在桐城久居不仕，连累家人都尴尬。达开说道，老弟之处境，乃清朝落第文人共同遭遇，为兄也是进退两难。

这查权亮是当年胡以晃克桐城后，因查勘城中房舍，造册抄文，而发现他文采的，军中以文笔者稀贵，便收其为幕僚，带查到安庆府邸行事。次年，歼安徽巡抚江忠源部，克庐州，胡以晃封豫王，回天京。不久，改顶天侯秦日纲驻守安庆，权亮不得秦日纲欣赏，反常遭猜忌，他又因恋乡间父母，便退归石牌城，仍在守将幕府做文职，抄写审读，没有实权。

权亮初遇达开，便听他话里有愤懑，笑道，这么说达开兄不喜欢当监军之职？达开说，是不习惯读这些洋文《圣经》。你我都是读"四书五经"长大，如今却换了卷，开卷无益，这里面的教化，土洋结合，漏洞百出，矛盾重重，我读来相当吃力，不知权亮老弟可有高见？查权亮说，读不懂，可以不读呀，只要你按上级指令，催讨税额，收银子奉交圣库，便足以通达显威，得大人赏识，博众人青睐。

张达开只点头笑，还是权亮聪明，识时务者为俊杰，他日望到我府内吃酒细聊。权亮笑道，戒了，酒色不近，只有《圣经》。呵呵，二人对笑起来。

且说张达开任职之年，已是太平天军战事吃紧之年，前方军需物资稀缺，且本城防御能力急待加强，故征收钱粮都是监军公务的当务之急。达开经常带着下属出城在怀邑一带乡集村庄,挨村挨户查访,登记田亩,查点商贩、作坊,再按营业额定税催税。还要一边宣传天国法规条例,一边讲解清廷腐化政治。除了收税,还有招募。鼓励年少者投太平军,上马杀清妖。有时候,他是坐四人轿子,有时候是骑马,前赴后继者,数十人。

皖河上下村落,这些年遭受人祸,又遇天灾久旱,收成本来就微薄,男丁几乎都离乡了,前些年被清军招为练勇,近些年被太平军统辖又有一批批青少年被软硬兼施招进军中当兵。田地无劳力耕种,大片荒疏。

春夏之季,河水荡漾,万木复苏。村庄门户,虚掩篱笆,砖瓦房光溜溜的,无人烟生机。六畜甚少,一两个白发驼背的老人坐在檐下。他们也许会在白纸黑字上按手印,答应给天朝交税,可是届时,他们半粒粮都交不出,连人都走光了,屋内家徒四壁。这惨景让人不禁联想到杜甫的诗:"君不闻汉家山东二百州,千村万落生荆杞。纵有健妇把锄犁,禾生垄亩无东西……"

张达开回到监军局,即挑灯写奏册,上书总制,建议把积粮和充军的范围从乡村重点转向集镇。于是总制采纳了张达开的建议,放权让他实施。那上下石牌镇的重商大户,逐门登记造册,小至修补鞋帽的摊位,一家不漏,责令诸商按时按数交税。那业户执照上都印着监军张达开的名字,但只有少数人知道,这监军老爷曾在正街姜家做过塾师,这卑贱的历史并不影响人们对监军老爷的畏惧。监军逐户发执照,还命人到处贴布告,晓谕良民,家家照旧交粮纳税,人人有义务。又按男丁人头抽点徭役,富户子弟可予粮钱代之,此后每换一届就会翻倍增加粮钱数额。这样一来,天朝就露了狐狸尾巴。人们说,太平军也罢,清妖也罢,只要扛着枪进来,佃农就没有好日子过。

这样一来,石牌正街的姜家就得每年以两届的翻倍数额递增交钱粮。因为姜家男丁多,按二抽一兵役政策,无论如何也要交三个替补充军的钱,那下面几个小孩又接近征兵的年龄了。

姜府闻新任监军制定这种苛刻的征兵代罚的政策,都气得不得了,感觉这个张达开仿佛一切都是冲着姜家来的。事实上,张达开荣升监军之后,四

处招摇过市,耀武扬威,却从来没有到过石牌正街来。奇怪,是他讨厌看到姜家人,还是畏惧姜家人看到他?或者都不是,只因那姜府给他留下了不愉快的记忆,他怕触景生情,伤了自己虚弱的心。

其实,张达开刚到石牌上任的时候也想过,某一日衣冠楚楚,服太阿之剑,乘千离之马,建翠凤之旗,浩浩荡荡去姜府见赵烟翠。那一刻,赵烟翠会是什么模样?他想过千万遍。想看到那一刻赵烟翠的模样,惊讶、仰慕?还是冷若冰霜。张达开想,他要做就做得大气些,绝对不让赵烟翠有窘迫之感,那样会毁了她美丽的容颜。

可是这心里想得越多,幻化得越具体,张达开就越是迟迟不敢动身,实际上他还是没做好心理准备。

这事一拖再拖,后来的公务就越发繁重了。监军善人整日周旋于炼制枪械、征收赋税、清查户口、维持治安、听理诉讼、供应军需、协助战事等等,压得张达开喘息难定。他想,原来这天朝县衙,就是一个大杂烩,什么吃喝拉撒的大小事务都往这监军局交办。更要命的是上面的军令一日比一日多。安庆城内急需供粮草,又需要调遣大批兵工去。前方北伐西征的战事很吃紧,军需物资分额摊派到各个县监军局,监军再往下摊,逐级下放指标任务,一直摊到两司马,再摊到伍长。伍长急了,就带人下乡深入各村落佃农家去劫掠,甚至连门口土墙晾晒的红辣椒、葵花饼、山芋片,都统统被士兵们给收抢了来。

5. 苛捐杂税

张达开任监军第二年,太平天国气数将尽。天京政变,诸王内讧之后,凝聚力大减,各路前线王爷,自行其政,自主招兵买马。安庆后来守将频繁调任,战事紧张,外无援军,兵粮税源就地开辟,摊派到下面诸县及镇守兵营的数额,也就越来越重。张达开知道,如今戴天朝的乌纱帽,如履薄冰,如坐针毡。完不成税收任务,他将前功尽弃。好不容易做了监军,可千万别在这苦难时候出了差错，丢了官职，他日东山再起就难了。他相信太平天国总有一日打进紫禁城，统占天下，他们这些官吏就会水涨船高，平步青云。所以现在他如溯水行舟，不进则退，他想，他千万要挺住。张达开辖区钱粮，乡村搜刮不到，只得他亲自出马，去榨取土豪劣绅。石牌一带其他富户软硬兼施，多少榨取了一些，现在重点对象乃正街姜家。姜家今年税赋按核数已于春上交完。但姜宗明和姜诗康名下的兵役钱，今年都没有交。张达开知道姜家的钱扣着不交，是逼着他亲自登门收缴。之前，张达开一直不敢亲自来姜府收税，一则女儿春香遗留在姜家，他难以拉下这个脸；二则怕烟翠取笑鄙视，不知从何时起，他意识到监军之职并非他当初想象的至高无上，恰如老鼠过街，人人喊打，是让石牌人十分贬低的一个丑角。

这一日，张达开骑马在石牌外沿遛达一圈，信马由缰，还是来到了姜府门前。他命随从十几个人在门外候着，他自己下马，整了整衣冠，迈方步进府。别离姜府一年之后再次来到，夏天的姜府院中，石榴树挂着硕壮的果子，花坛浓密，蝶飞虫舞。依然是闲静、祥和的安居之景。仆役见是塾里先生，就放他进来。张达开站在梅花厅，伸头往中院望望，想进去，又怕鲁莽。他斜身踮脚，望到那西厢廊下，烟翠屋前的鸟笼依然挂着，他想那主人一定还住在原来的屋里。离去一年，这姜府并不因他张达开而减增半株草木。

张达开在梅花厅正左顾右盼间，突然又一仆役在身边叫他，这不是塾里张先生吗？达开笑说，是的，烦请唤三姨娘或大少爷来，我有事要见他们。

仆役客气地应了，连忙去院里叫人。一会儿，烟翠、姜诗裕、二婶和刘孟姣都来到梅花厅，听说张达开到来，这家人都想见见他。众人见了张达开，对他本人不十分稀奇，只稀奇他那身天朝打扮。一年不见，张达开头发、胡须全蓄长了，梳理得挺干净的，衣冠楚楚，虽有华贵，却难掩眼角的憔悴。众人与他淡淡招呼，就各自坐下，反是监军张达开一一作揖施礼。

二婶笑道，莫客气，如今抓不到张大人的辫子了。张达开谦逊笑对，蓄

发留须,原归汉体,余今日革故鼎新,岂从妖形。梳长辫的诗裕听这话,脸上立显不悦。

烟翠坐在靠东角的八仙椅上,恰好身边一丛竹节盆景,映衬了她的丰腴身姿,添了一份闲适沉静之美。她素面,不带粉饰,眼含笑意,淡淡的表情,不是惊讶和仰慕,也不是冷若冰霜,一切都和张达开当初设想的背道而驰。

二婶的神色,明显对张达开嗤之以鼻,当年的穷秀才如今做了长毛的傀儡,反过来欺凌乡邻,三天两头来催苛捐杂税。张达开知道,这些人骨子里不服气。

大家饮茶,气氛不冷不热。张达开问了老太爷、乔姨奶身体可好?诗裕一一答了,一切安好。还是二婶心急,抢先说,监军善人今日亲临我姜家,想必不是催税,就是看春香,或者二者皆有。张达开笑了,小女在府上赖着不走,如今她已成人,我是心有余而力不足,只托姜府按规矩管教她。二婶说,这叫什么话,我家只把规矩管教内人,岂能管教外人啊。姜诗裕眼睛低下来,没说话。烟翠瞧了诗裕这反应,便道,张先生放宽心,春香在塾里整日饱读圣贤书,日后必是贤妻良母,春香争气,你就等着做岳丈吧。不知张监军这回驾到,还有何贵干?

张达开见烟翠这么直接,晓得她心里无杂念,对他毫无淑女之羞态和异情。他也大方回道,三姨娘别来无恙?小官这次登贵府,乃为贵府徭役所欠钱粮而来。烟翠说,姜家欠了徭役么?诗裕道,自古征兵皆为年满二十岁者,姜家现合兵役年龄者,唯四叔宗明和二少爷诗丰,我家去年也为他叔侄出钱交了"更赋"。这"欠"字何来?张达开一脸尴尬,说,天朝初创,灭妖乃当务之急,百姓人人皆兵,兵役乃有童子军,贵府诗康、诗良均在天国兵役条例之列。二婶说,笑话,自古没有童子军一说,再说诗康还在服丧期,可免役的。张达开又说,只因姜家富贵尊荣,早被太平军石牌城守将熟悉,故贵府徭役及诸项赋税都是上面指定要收的,没有派兵马来扰乱贵府,就算是太平军的明德之心了。

一听这话,姜诗裕嗵地站了起来,监军善人,我家是不是又列入"打先锋"的名册了？我家几年前已被太平军掠过几回，不说倾家荡产，也丢了半壁河山，家父有家不能回，只剩这孤儿寡母。现在又来搜刮，如此遥遥无期无止尽地供给，简直让人不能活了。

张达开站起来，向诗裕深深鞠了一躬，道，大少爷息怒。现为天国困难时期，望商贾解囊相助，同舟共济，过了难关，日后打败清妖，定有抚恤之日。张达开站在屋中，情不自禁地演讲起来。那咸丰帝疾病缠身，朝不保夕，又昏庸无能，胆小怕事，对外割地赔款、丧权辱国，对内税赋榨压、民不聊生，更有官吏腐败、欺世盗名，清朝不灭，天不闭眼。如今，蔽云见日，天王是受天父天兄之旨下凡救世济贫，天朝诸王金戈铁马，攻克数十个郡县，北伐军逼近紫禁城，夺下北京，天朝大业即成。到时候，张某在安徽大小也能算一方诸侯。退一万步讲，就算张某报恩不及，当愿在大少爷胯下效犬马之劳；犬马之劳不及，愿以小女春香报之；春香不及，愿以林花报之；林花不及，愿以春红报之。

好了好了。二婶连连压手示意张达开坐下，就别拿你女儿做诱饵了。再说，就是有那一天，我家诗裕说不定已儿孙满堂了，你家两个女儿也满头白发了。张达开以为二婶的意思是不稀罕。张达开坐到自己椅子上，还是说望大少爷和两位太太开恩，瘦死的骆驼比马大，支持一把就算是助达开一臂之力，如今新城内，精兵扩充，粮草奇缺，军饷不能足额发放，且诸匠营日夜建造，耗费巨大。哪怕贵府能出百八十两银子，也能缓解燃眉之急，也算一份功劳，鄙人可以回去禀报上司，交了姜家的差事。

说到春香，姜诗裕眼睛闪避，他怕烟翠起端倪，故一直不吱声。这会子二婶又接了腔，说，百八十两银子？她看了看烟翠的脸色。烟翠说，不是多少数目的银子，而是这银子要给得明白。张达开突然想到一条，当初建猫山新城，贵府劳役没有付完，梅香只唱了三天戏，以戏代役本该唱半年。这一账目，依然在监军局有册记录。若要明白，这百八十两银子，就记在此处，如何？

姜家人一听提梅香的事，心都凉了，梅香是为付劳役出走的，你张达开又不是不知道。多少年过去了，还要翻这伤心的旧账？但姜家人没有流泪，

互相看了看,烟翠说,亦可,但愿从明年起,不再有名目繁多的税项,我家中各徭役不再拖欠,望监军善人在此留下文字,日后以此为凭,拒不供奉。张达开急忙答应,只要张某在石牌一日,绝不允许巧立名目,再来收取贵府徭役更赋了。

二婶到账房取了五十两银子来,张达开双手接过银子,道,诗良近来读书如何?二婶见问及儿子情况,便有话说了,塾师给他开了县学的课目,老大不小了,还关在家里,他自己也厌了。如今往哪应童试,还没个着落呢。张达开道,诗良才思敏捷,禀性刚直不阿,他日定有作为。遗憾为师不能助他,故今日便不见为好,等我有了门路,定招他去施展才华。二婶说,张先生何不详说,你有什么门路?若能带诗良去庐州应试,那就最好,安庆已是长毛的天下,走到哪都是读洋书、洋经,哪有儒生容身之地?张达开见二婶说了这些,便作揖要告辞,似吊她胃口,只说日后再叙。二婶自知入了他的圈套也急忙收话不提了。张达开与诸位施礼辞行,又斜了烟翠一眼,见烟翠面无表情,张达开便退步离去。

烟翠说,真不知宗仁当初为何看中这书生,如此猥琐,毫无儒家气节可言,竟视为人才?诗裕说,时过境迁,山石都能风化,何况一个意志薄弱者?

6. 楠木棺材

春香仍然住在姜家,与少爷们同食同读。这真是一件有趣的事,旁人看起来,还以为是张达开有意谋划的。事实上,姜家妇人都清楚,是春香自己赖在姜府不走。

姜诗良急待童试,现在不知往哪里去考,念书的兴头大减,平日只爱玩耍或与春香叽喳说话。有一天,他见春香桌位上有赵孟頫帖,他也找来临写。春香说,莫抢我的东西。诗良说,你爱即我爱。春香说,男子临楷体不成大气,男子要书狂草才有风范。诗良知春香含沙射影,还有讽喻之意,便道,书狂者人痴,我辈当严谨于书,修身克欲。春香说,大凡成器者,不凝滞于物,狂草未必不能克欲,想那唐寅风花雪月,那"颜筋柳骨"也是倜傥猗旎的性情,一生"花事"数也数不尽,却不失男儿风骨。

诗良说,那只是传说,你晓得他们有花事?不凝滞于物,乃道家处世观念,为仁者当与世推移,懂得通融嬗变,非指情性和花事,你又错了吧,胡乱引用。

春香脸红了,嗟,一个道理呀。诗良说,嗟,怎么是一个道理呢?性情放荡不羁和通融嬗变是一个道理吗?只有你这个猪才说这种无知的话。春香泪水就在眼眶里打转。输了理就哭,诗良明明知道她的这种哭不碍事的,可心里还有些怕伤害了她,于是又上来说些打趣的话哄她笑。真是奇怪,在大少爷诗裕面前,春香伶牙俐齿;在诗良面前,春香就是一头笨猪。

春香愿意做一头猪,因为那样就有更多机会让诗良赢,他一旦赢了,下次还会在她面前这样耍才华。春香思辨不足,可是她在男女之事上奇怪地早熟。她懂得深入浅出,懂得博人怜心,懂得男孩子心灵不点不通。

有一天,春香居然毫不忌讳,对诗良说,我大大把我留在姜府,你知道何故?要留我做姜家童养媳。诗良惊讶了,你都快成老姑娘了,还童养媳?春香说,不过我自己还没决定,觉得姜府谁都不合适我,有些人常跟我斗嘴,惹我不快活,我宁愿做小,也不愿嫁给这种人做大。

姜诗良蒙了,好一会才清醒。嗟,你还没问我要不要呢?如你这等麻雀小嘴,胜似刀锋,我真不敢要了。春香却说,这话是从你嘴里说出的,你要记得哦,我不嫁你了。诗良果然急了,红着脸说,且慢,你莫丢脸说去给大哥做小了,那连我都羞死了,何况你大大他肯定不愿意。

春香噘嘴说,不要你管。一甩辫子气呼呼走了。诗良叹一声,唯女子与小人难养也。诗良掉转屁股回自家屋里,告诉母亲。

原来张达开是想留女儿占我姜家一份财产。二婶一听,心里权衡开来。春香这孩子论才情品貌,样样入眼,就是她老子难缠。

诗良说,张先生未必想得那么远,我晓得,是春香与我有感情。她还说,

我若常与她斗嘴,她宁愿嫁给大少爷做小。二婶说,且莫外传,她是气你的。

二婶心里有底了,从此暗地里打量春香。塾师和仆役、春香是在厨房隔壁的耳房吃饭。有几次,二婶故意绕到这边来吃饭。细看那春香,脸色水红,丰乳肥臀,正是发育的年龄,小女人的体态与妩媚都出来了,难以抑制的那种,"满园春色关不住"的那种。

那春香是什么人,精明乖巧,对付二婶自不在话下,反倒是二婶显得笨头拙脑。春香逢二婶来吃,便不断往二婶碗里夹菜,太太你尝尝这个,在我们乡下,这菜是清心明目的,还能助耳聪,吃了会使人更聪明,老年人吃防痴呆。二婶心里不悦,却又说不上话来,只说好好,我吃,我吃。

回来以后,她把诗良叫到房里。你说,你喜欢她还是不喜欢?要趁早决定。这姑娘可不是省油的灯。喜欢她你就近一点,不喜欢你就离她远一点。诗良说,我说不好,不晓得,也有一点喜欢,也有一点讨厌吧。二婶心想,我娘俩的感觉是一样的。

二婶自语道,这个张达开怎么生了这样一个精灵鬼?二婶又对儿子说,像这种女人只能让她做小,若是原配,那将来是她一手遮天了。诗良说,她要遮什么天?让她遮就是了,我最烦管家里的事。二婶眼睛一亮,似有惊恐,说,你愿意?诗良点点头。二婶说,那我明天派人去猫山通知他大大,叫他准备个时候,把你俩的婚约给定了。你晓得,你父亲过世早,我娘俩孤儿寡母,在府中不说太爷奶奶不当回事,就连仆人也拿我们不吃紧。你若尽早定亲结婚,一则标志成人,硬了翅膀;二则尽早让春香给你生个儿子,你孟姣嫂子生的是女孩,春香若生个男孩,就是我二房出长孙,以后没人敢欺侮我们了。我看春香是生男孩的命相,她那么强悍。

不几日,姜家以家主大少爷诗裕名义并由诗裕主笔,给石牌城监军局去一封信,诗裕满纸客气,以敬重的口气给张达开叙了诗良与春香的婚约。一家人就等着张达开定时间来办定婚酒了。

且说这姜诗裕写完信笔一扔,就躲回自己书房,倒在榻板上整整睡了半天。闻说春香要嫁给诗良,他眼肿了,人也憔悴了。他似乎已经明白了一些事,那春香从来没有喜欢过大少爷。这叫姜诗裕如何表现呢?他走南闯北,竟然败于一个婢女的石榴裙下。如今她既然与诗良私定终身,且二婶又如此着急地撮合,难道他要为一婢女在家中大闹不快,与亲人结下怨仇?诗裕实在想不出更好的方法,不是,是想不出更好的方法来消除自己的尴尬。他能躲在屋里不见人,除了春香和烟翠,没有人知道大少爷为何憔悴沉沦。春香还晓得,他沉沦的不是失去她,而是失去了他自己的高贵尊严。

入冬,姜家托人在潜山县为老太爷定做了寿材,是一具楠木棺材。棺材做好,有人提前差信来,说那边将寿材运到了黄泥港。上船过了长河,就让这边派人去抬。姜家就招邻里八个壮丁,带了绳索木杠去抬。

寿材抬回石牌已是暮霭沉沉的戌时。街道昏暗,只借着人家窗口溢出的碎光照路。按理说,这寿材进家是喜事,要提前通报家人到门口放爆竹迎接。可那抬棺的尽是年轻人,不懂规矩,再说八人各肩一杠,也抽不开身。

这伙人抬着大棺材,懵懵懂懂地穿过长街,黑暗中,路上不知情的,都吓了半死。后见抬棺进了姜府,就知是新购的寿材。寿材刚拐过照壁,前杠迎面撞到诗良。诗良嗷呦一声惨叫,两腿一软倒身滚地。抬夫停顿片刻不知所措。听那诗良骂,抬什么棺材,快来抬我。

抬夫们停下棺,丢了杠,来扶诗良少爷。众人把诗良少爷搀扶起来,背着他到梅花厅。烟翠等人在梅花厅等了半晌,见背诗良进来,方知寿材到家了。慌忙命人到大门外补放鞭炮。

二婶拿着早备好的红绸子跑来,盖在寿材上。寿材抬进后院耳房,又放了一回爆竹以示庆贺。

八个壮丁在厨房隔壁吃酒。诗裕也没去陪,都来忙诗良。诗良额头青肿了一大块,越推越痛。二婶脸沉着,用药水帮诗良推拿脚踝,又推额头,说,哪个叫你天黑乱跑?诗良道,我正去望,哪知他们不声不响就抬进来了。娘俩在斗嘴。这事蹊跷,抬棺的偏偏把诗良给撞倒了。这兆头让一家人内

心不高兴,当然谁也没有说出口。

又过了两天,诗良额上消了青肿。这时候,猫山新城的张达开派士兵送了信来。达开对儿女亲事只字未提,只叫诗良近日去城中,有事与他商议。未来岳父大人只怕有重任相托,或有栽培提携之意。诗良便整理包袱,只身去了。走时没有告诉春香,他怕春香叽叽喳喳,话多乱了他的主意。猫山石牌城,距老镇不过几里路。走过一片畈,两座河沟石板桥,到鲶鱼头渡口坐船,过大河。再上松树坡,拐一个坳,就上了城门前的大路。

诗良在城里绕着看稀奇,路边大营内传出叮当铁锤打铁声、磨刀声,声响零乱,显得异常忙碌。再往前,却是一个木匠营,营前堆放如山的木料、木板,也是忙碌景象。拐一截,偶见三五个女子闲散走过,背心绣"牌尾"字样。那些女子、小孩在路边互相说笑,却不见战争重地的惊恐状。这让初来的姜诗良好生羡慕。

到军监局见到张达开。诗良作揖施礼,先生好。达开笑容满面,示意坐下,二人饮茶。张达开仍在反复打量面前的俊俏小伙,连笑道,一年多光景吧,不觉诗良越发英俊成熟了。诗良只是抱以恭敬谨慎的笑。

诗良以为先生要谈婚约,没想达开对婚约不提,只说,你正是求功名的好时光,其他事暂且放一放。一日为师,终身为父,我当扶你上马找你的前程。你生父被清朝黑暗科举制吞噬生命,你当卧薪尝胆,切记父亲仇敌,并励志实践父亲宏愿。本月十七日,为师带你去安庆城拜见天朝总裁大人,举你进仕,你且回家做些准备,不重儒学,重对天朝的忠诚。当以诗文表达,旁征博引,或独创体式写讴歌之作。总裁看中你,即会赐你官做。

原来是这样啊。先生,我怕不行,这还没入童试,怎敢冒险摘官位桂冠?张达开说,这叫举荐,如今天朝人才奇缺,唯才是举,不问来历,不问前科。诗良一时在屋里转,激动又惶惑,道,这些年每每想到父亲蒙受雪耻,便对自己是否奔科场很是犹豫不决,腐朽官场令我深恶痛绝。如今可以通过天朝新体制而进仕践志,当求之不得。张达开道,那你赶快回家苦练笔墨,待十七日先生为你壮胆助威,力保举试成功。诗良道,谢恩师,待他年整顿乾坤事了,必将涌泉相报。

十七日,这师徒到了安庆,在安徽省巡抚衙邸,监军张达开把姜诗良举荐给了那位负责开科取士的总裁大人。这总裁二十多岁,英俊大气,自小从广西老家出来打天下,当为武将出身,久经沙场,识字不可斗量,粗通文墨,但他却懂得姜诗良诗词的赞美与褒意。诗良写过诗文,由侍者呈递上去,总裁边看边不住点头赞赏,又赋诗一首,呈上去,总裁又是一番赞叹。想必他内心是敬佩诗良的,脸上又有难以掩饰的自惭形秽之色。

这正是:"天朝鲁莽横蛮大江,不识纸墨田舍收诗。江北才俊悄然显手,满腹经纶尽说虚夸。"总裁身边一位书生乘机谏言,想必也是安庆人。他道,总裁大人,安庆膏腴之壤,耕读为世代之风,今日一试,名不虚传。而这怀邑富绅名门出旺枝,姜诗良文笔斐然成章,当夺桂冠。总裁大人哈哈大笑,一拍桌子,姜诗良者,日后乃我天朝梁柱也。

7. 六部掌书

自古英雄出少年。姜诗良在安庆破格录取,后任石牌城总制六部掌书。虽然是属官,却要比张达开高出一级,可谓青出于蓝。张达开后来对诗良说,太平天国旨在扫除妖孽,肃清中华,已占华夏半壁江山。你初出茅庐就锋芒毕露,只要你精忠守职,他日升官晋爵的机会太多了。看那项羽、刘邦、赵匡胤、朱元璋,皆为乱世豪杰,这恰恰是你大展宏图的好时机。

姜诗良听了老师的话,也觉得十分在理。到石牌城总制府邸就任之后,他夜夜挑灯勤读《圣经》,信奉上帝,以刚柔相济的小楷抄写《劝世良言》和《天朝天亩制度》。诗良不仅日日勤读典籍卷宗,还知道作为天朝臣子当要掌握武将的技能,于是他又跟着将士们练马射、步射、平射、马枪、负重摔跤等等,累得满头大汗、腰酸腿痛,他也不畏劳苦。

姜家少爷被恩师举荐做了天朝郡级属官。还未到束发加冠的年纪，他就这般出息，将来还了得！一时间，石牌街上，喜报疯传。有人说，这天朝原来是上品无寒门，下品无氏族，复古了？也有人说，这是举贤良，唯才论。不管年纪大小，凭才识均可报效天朝。

姜家人并不十分高兴，太爷奶奶都不作声，因诗良自己喜欢，奶奶便劝太爷，儿孙自有儿孙福，朝代变了，随他们去吧。姜家人晓得那天朝的官和士都是得之易如反掌。因诗良年少血气正旺，闭在府内亦不是长久之策，让他外面见识天下，吃些苦头也好。这般思量，一家人便也安静下来，唯有那春香不太安静。

诗良在府内常与她讨论碑帖，理论是非，与她咬文嚼字，强词夺理，雄辩滔滔。唾沫相争，却是两小无猜的感情。这一去猫山，久月不见音讯，春香心里有了巨大落空，生活少了许多情致。且那诗良一心扑在职务上，整日不是操练，就是骑高头大马带小兵城里城外巡察，有些欺行霸市的味道。他心里哪有春香？春香到猫山城去过几回，不见父亲，先找姜诗良，可诗良总是借故说脱不开身。况天朝有令，不得男女私情舞弊，诗良尤其不敢单独与她见面，耳鬓厮磨。

春香感到脸皮被扒了一层，恼羞成怒，跑来向父亲诉苦。张达开同样对女儿说，等建立了小天堂，何愁不能与他花好月圆？春香挂着泪，眼睛红红地回到姜府，姜家人也无奈，只得劝说一番，唯诗裕站在一边，眼睛往上翻，对春香的苦置若罔闻，实际上他内心畅快淋漓。春香只得咽泪装欢。二婶说，那猫山新城是否有个迷魂阵？这天朝官真奇怪，竟可克人的七情六欲。先是一个张达开，去了猫山不再恋人间烟火；后又一个姜诗良，去了猫山竟落得比张达开更无情，连对亲娘的慰藉也几月没有只言片语。

姜诗良做官，犹如拾到天上掉下的馅饼，内心充满憧憬。事实上，太平天国是到顶的太阳要下山，诗良没有碰到好时候。但他年小看不出预兆。只觉得菜饭吃得不如家中，他时常需要自己掏银子在城中集市购些馍面添加,才能吃得饱。军中号令减粮缩饷,蓄势待发,他当身先士卒。

这一日诗良军训之余,觉得肚子很饿,他就到西门摊点凉棚下,购一碗素面,正坐在桌边吃,忽听背后有人叫少爷。回头一看,是伶人蓝丙光。他也身着军服,不知几时也来投军了。诗良一见他便火冒三丈。三姑就是被他勾引遭难而离家出走的。诗良碍于大庭广众,便压着火没骂他,只是不理睬他。蓝丙光笑容可掬,打量诗良的一碗素面,就点了一碗肉饺子捧到诗良面前,说,少爷正是青春发育之时,不能节食。诗良板着脸,把碗推过去,多谢,我吃饱了。说罢起身走人。蓝丙光站在原地愣着,也没有追。过了两天,蓝丙光摸到了诗良的官邸,又给诗良提一竹笼的包子和炒菜来,都是夹肉丝的。诗良说,蓝先生莫客气,军中不得此举,你的多情反会抹黑本官的声名。丙光说,少爷息怒,这一笼食物都是鄙人唱戏挣来的钱买的。我多吃少吃无碍,少爷正值发育时,肚子吃不饱,何能杀清妖?诗良见他殷勤一片,不好过多拒绝,就说搁下吧,下不为例。蓝丙光笑退出门。此后果然再也不送吃食来。这蓝丙光自那年元宵,在石牌城隍庙唱戏,被产姓人猛打一顿之后,不敢再在石牌露头。只躲在皖江馆为那些往来的客商唱唱,赚些小钱。躲了数月,忽一日又被姜府来寻梅香的壮丁棒打一顿。蓝丙光遍体鳞伤,瘫在床上就想,此地不可久留。下一回他两姓若有纠纷,还要来找他出气。恰彼时,伶友多进石牌城投军,亦可在军中唱戏,照拿饷水,只是少些罢了,但能度日保身。于是蓝丙光伤愈,就退了皖江馆的租房,来了石牌城,在太平军当兵,石牌人谁也不敢来打他。蓝丙光除了知道姜诗良晋升了六部掌书,还知道张达开任了监军,但他绝不去找张达开。他在姜府排戏时窥测张秀才对梅香特别谄媚。他心生妒嫉,藐视那秀才不是好东西。今日自是阳关道与独木桥,各走各的路。

且说监军张达开每天坐在府邸,每餐皆有米饭青汤。可是他的妻儿都在大营里喝稀粥。

有一天妻子来找张达开。达开特意命人到市上买来一条鲤鱼,鱼是从

皖河里打捞上来的鱼。这种鱼,达开曾经在姜府餐餐都能吃到,姜府餐桌上多是麻塘湖的鱼,比皖河里活水鱼更肥硕。但是妻子极少吃到,进猫山太平天国军营后,日子并非她先前想象的,伙食很差,一日三餐大锅饭,一块馍、半碗清汤,量少,还没有油水。监军的妻该称"贵奶贞人",可如今这贵奶还不抵当初在家做糟糠之妻。

张达开内府的餐桌上,这一餐不仅上了鱼,还有肉片炒笋和肉丝汤,他其实是拿了自己的军饷给妻子加餐。妻子面黄肌瘦,吃了一半,说想把这半盘肉丝炒笋和一个鱼头留给两个女儿吃。张达开说不必了,以后我日日省下自己份内的饭菜给两个孩子送去。如今艰难时期,要缩饷节粮,补充士兵。将来待我们打下江山建立小天堂,你就可坐享其成,饱食终日了。天王有诏:"上到小天堂,凡一概同打江山功勋臣等,大则封丞相、检点,至小亦军帅职,累代世袭,龙袍角带在天朝。"

妻子说,那还不晓得是么会子的事,不晓得我能等得到那一天啵?妻子知道,如今张达开上了官瘾,十头牛拉不回。他整日念叨灭了清妖,封王封侯。妻子突然说,我现在想回松林坊屋。等你封了王侯,有米饭鱼肉吃,我再来。家里还有一斗田、七升地、半片山,我插一季水稻,兴一季红薯,哺一窠鸡,也能让两个孩子糊上嘴,不至于挨饿。妻子含泪道,当初我省吃俭用指望你中榜登科,如今你中了榜做了县太爷,我们反而跟着受苦,这是么样一个世道啊?

张达开皱起眉头。妻子又道,我这狗命饿死了不算什么,你把孩子接到衙里来住,可行?张达开说,好吧,孩子我来想办法。妻子抹了油嘴,上下打量着张达开,丢下这一句,你比在姜家时瘦多了。

张达开这"县太爷",不能妻妾成群,甚至连一顿酒肉都吃不上,他只能默默抱怨。次日,他把两个孩子从童子营接到他的监军局来住。不出三日,便有几位属官在背后嘀咕。

正好这一日同窗查权亮造访,便开门见山,达开兄好自为之,童子营昨日传开,说你滥用职权,你的孩子能接走,别人的孩子呢?查权亮出于好心,才来谏言。张达开明白，只说不碍事，我的两个孩子已经得了病，长期食素，且营中浊气厚重，春红已染肺疾，久咳不止。查权亮瞟那两孩子，脸色白净，毛发枯黄，手和胳膊瘦得像梅干菜。

查权亮说，劝兄即想两全之策，久日下去，必遭法令。张达开一时无主张。没几天果然有令下来，监军私弊，纵家人改营，追究其责任：一把孩子立即遣送回童子营，二扣罚监军张达开十天粮饷。

弄得两个孩子更伤心了。此后，春红仍带着肺疾，日日操练，依然继续着半饱半饿的汤水生活。

猫山石牌城，粮草稀薄，但操练仍夜以继日，喊声震天，诸匠营加班加点抓生产。军檄来报，湘军楚军成双翅，乘江东下，湖南诸城太平天军守军已被歼；北伐军也很吃紧，江北防线又不断地要求补充兵源，石牌城本地守军力量不够，还要遣兵送粮支援前方。至咸丰八年，仍下令四乡，急征新兵。太平天国凡遵十款天条，忠心报国者均可"世其官"。征兵时，便以此做诱饵，连蒙带骗，招了一些贫苦子弟和无业流民。

多少承诺也无用，小兵们听不懂。他们只关心吃饭，吃不饱还得天天操练，比种田累一百倍。这时候开始有人悄悄逃跑，夜间哨兵一连抓回好几个，捆绑在营房前鞭打，带头违抗军纪的斩首示众，把人头砍下高高悬于营前树干架上。

砍头时，一个持大刀的高喊，此等小人灭我天朝志气。说罢双手举起大刀砍下。似乎没有什么声响，一个头滚落于地，血流一摊。火把映照下一片血红。张达开目睹全部过程，吓得脸色煞白。他一个文弱书生，第一次目睹砍下活生生的人头。

饥饿和杀人，已经占据了监军张达开的生活。这两样，张达开都能慢慢挺住，姜诗良也能挺住，也有一些官员挺不住。太平军历年在安庆开科取士，通过考试和举荐者上百人，被分派到石牌城从事各种军职属官的，亦有二三十人。他们不会提枪，不会射箭，多是舞文弄墨，抄些文告，不痛不痒的

差事。

　　这些人赤手空拳，倘若清妖来了，只有等死。为此张达开也仿学生诗良，每日操练枪杆。而那些苟且偷安者，只想俸禄，根本不想扛枪去打仗。

　　到了咸丰九年春夏季，这城内定额限量发粮食，军饷缩了又压，他们感觉自己几乎不像个官了，比要饭的吃得都差。又闻西南面，曾国藩兄弟大军扑来，恐怕这一回石牌城是真的躲不过此劫了。且说那桐城儒生查权亮，先陈文上司，说到监军局来助张达开征税。征粮征税是压倒一切的大事，上司便准了他的请求。来到监军局，行职两天，查权亮借故说母病回乡探视。张达开信任老同学，便允他于这年端阳节离去。谁知这一去二旬不回，监军局差人去追，查权亮在家卧床，回信与同学，说自己生了痔疮。张达开气得手发抖，一气之下撕了信笺扔进便桶。这个查权亮，偷安也罢了，莫把母亲和痔疮拿出来说事。堂堂男儿，这样撒谎，真是丢脸。于是张达开又遣人去，要把他捆绑回来，否则不好向上司交差。士兵跑到桐城找查权亮，回来说他家已人去屋空。查权亮销声匿迹，达开不敢声张，只得把军监局的大小事务独揽下来，整日忙得他晕头转向。

　　查权亮是个聪慧之人，知道天朝元气已损，匆忙退隐垄亩之间，别时还留了一把折扇给达开，扇子上有其亲笔抄写的苏轼的《念奴娇·赤壁怀古》。可他的做法犯了天条，事情终于被总制追罪，张达开支吾着不知如何解释他的副官一去不回。可是上司总制认定查权亮是得了张达开的庇护，一则两人同乡，二则臭味相投。不日，一纸文告下来，剥了张达开的军监一职，降为普通牌刀。总制说，念他忠诚老实，不斩不禁就算客气了，留他革故鼎新的机会，他日战时，砍敌军数十人头来将功补过。张达开立即想到那日营门外挂的人头，不寒而栗。剥职的日子幸有学生姜诗良多方照顾他，经姜诗良多方周旋疏通，最终又把张达开安在金靴营做账目管理，总算不干苦力了。

8. 同春班

　　且回头说咸丰七年,阳春三月油菜花黄灿灿地盛开的时候,梅香怀揣一封信,搭乘帆船,顺江水而下。坐在船头,梅香老远就望到江边一座高高的塔,就像一只招归的手,让人有些暖意。梅香知道,安庆到了。那该是闻名遐迩的万佛塔,有几百年的历史,是安庆的标志。身为官宦千金,她却是头一回到省府。船近了,却望见那塔身,半边的好几层的檐角被炮弹炸得残损露骨。战争的痕迹使久仰的省府在梅香心里蒙上了阴影。

　　船在镇海门外滩靠岸。上了一个斜斜的长坡,再进城门,先是一条老街,两边尽是商铺,这城内的景象比辖县的集镇不知要繁荣昌盛多少倍。什么样的店铺买卖都有,人气旺盛。挑担卖货的小贩,吆喝的尾声拖得悠长,恰似黄梅调。街边的宅第都是高门楼,青砖黛瓦马头墙,那官邸富宅、会馆宗祠,无处不见。梅香在城内逛绕半圈,找不到信上说的地址,她想先熟悉这城内的茶园、戏园,再去找信上的人不迟。毕竟官署深如虎穴,怕进去凶多吉少。是夜,梅香住在司下坡一家客栈内。她进店前望到那坡上有一处谯楼,那是官邸聚地,梅香知道这样的地方定能遇到戏班。

　　次日,梅香出客栈,在街边买了两个盏子粑,边吃边走。一个小脚民女,挎着青布白格子包裹,就那么肆无忌惮地在街上逛,一路走一路打听戏园人们以为她很有来路。不想梅香七问八问,却走到了衙署门前。衙役闻此女寻戏班,乃淫秽之人,衙署门前几个侍卫不容分说,揪了梅香头发,绑手缠腰,推进一处黑屋里反锁起来。梅香也一时无主张,但仍不说她是来找太平军官的。是夜,屋外暗火摇晃,有俩小厮,逛到梅香栅门前戏谑道,既唱戏,就来一曲给爷听听。一人一句,秽言刺耳。

　　梅香目睹过宿松王财主家的血场,虽算练了些胆,可这场面却比血场更让人惧怕,梅香心里紧张,身子哆嗦着缩到屋角。小厮钥匙摇响开门了。梅香颤声大喊,杂种,你莫进来,进来我要砍你头。俩小厮听此言,更来劲,破

门而入,按住梅香,正要施暴,嘴里叫,嘴还不饶人哪,弄死你这刁民。梅香挣扎着哭喊,杂种,杂种。这时候,梅香这才叫起来,大爷救我,我要找大爷,陈玉成。两小厮愣了,互看一眼,一个摇头道,莫听她胡扯。又欲施暴,门外传来呵斥声。来的大概是两个巡官,进来给这俩小厮啪啪几个耳光,又提着气灯贴到梅香脸上看,问,刁民怀邑口音,何故乱喊?一个说,小脚不似军中牌尾,疑此女十有八九乃清妖间耳。

梅香说,我不是。我乃奉宿松黄卒长之命来寻陈玉成。那人说,莫听她乱扯。梅香说,民女兜有信为凭。一阵忙乱搜身,巡官从梅香衣兜里摸出皱巴巴的信。而后一行人出去,木门哐当又关上反锁了。过了半个时辰,又来了几个人,送来一床旧棉絮,扔在梅香屋内,也不说话,反锁木门,走了。梅香想,这回肯定是直接去见陈玉成了。

次日一早,有人来给梅香送饭,松了绑,催她快吃。说吃罢饭,送她见成天豫大人。至日上窗棂,梅香被几个人押着,走了一截街,拐了几个弯,来到一处大官邸。正堂坐一个人,着官服官帽,眉目清朗,年轻却神态肃静。见她进屋,官员忙起身上前来,还未开口,便面露惊讶之色。这会子梅香也惊了,似曾见过,面熟的人。梅香抬袖擦擦脏脸,弯腰作揖,说小女宜官叩见大人。那人说,本官陈玉成,似在石牌城看过你的戏。梅香说,今日得见,乃大人降福。可否将我的包袱归还与我?他们昨日搜了我包袱,包里有大人赐小女的荷包,大人记得否?陈玉成说,岂能不记也。说罢命人去查问昨日之事并快快将包袱寻回。

这陈玉成已晋封为成天豫,驻安庆与李秀成共防怀宁、桐城一带的清军。陈于安庆城内改豪宅为其府邸,在府内设戏园,名同春班。太平军初下安庆,曾禁城内演戏,尤其是黄梅小调,尽演男女情事,唯恐乱士兵心智,就竭力排斥。三年后,太平军战事稍稳,又见安庆各地迷戏成风,且黄梅调细腻清新,确实好听,就入乡随俗,不仅允许戏园茶馆演,军中还招名伶为牌兵,闲时演给官帅看。同春班即为此创办。梅香来时,恰为同春班广罗人才之际。

陈玉成在府邸摆酒菜,请了梅香一顿饭。至晌午又亲自送梅香去后馆的同春班。路上,梅香摸出那刺绣荷包给陈玉成看。陈玉成倍感亲切道,此物一出,我心便去,常问及石牌城那秀妹,他们都说不清楚你的下落,遗憾当时仓促没问你姓名。说这些话时,陈玉成眼睛温润,梅香便心足气高,言语自信起来,道,大人莫非四处留荷包?陈笑道,溺水三千,吾只取一瓢足矣。梅香想,人说这成天豫垄亩出身,言辞却如此文绉绉,还真不能小看他,故笑道,若让大人赐颜色,小女当以身伏枥,至死不渝。陈指着荷包上的绣鸟道,吾要你像这鸟,随吾齐飞。二人对视,梅香羞涩地笑了。

梅香进了同春班,吃住与伶友们在一起,因为她不愿独去女馆住,只得暂时将就着。这同春班,女伶暂时只有梅香一个,据说之前也有两个女子唱皮簧的,前几日去了天京专给东王府演戏。这班伶人连打鼓敲锣拉胡琴的,一二十人,多是来自沿近市镇,亦有三四个是自湖北投军的,因会唱戏,就被分到戏班来。伶人们均依军规蓄须披发,穿着绣"牌"字的军服。梅香进班,亦是军中女牌衣着。她改名蓝宜官,却操怀邑口音,都晓得她是石牌人。说石牌人多在猫山新城唱戏,你何故来这里?梅香说,丈夫在军中。这么糊弄着,日久天长,终在伶友间露了马脚。因她总是打听怀邑一个叫蓝丙光的,说蓝是她胞兄。伶友说,丙光在石牌猫山,你若想见他,很容易呀,自己去找。个别伶友嘀咕,蓝家何曾听说过有个唱戏的妹妹?于是猜出十有八九是私情作怪。因军中严守纪律,猜测的事,伶友也不直说,又加之宜官女是成天豫大人荐来的人,常与成天豫大人独会独谈,想必成天豫大人与宜官情分不薄,更不敢乱诽谤宜官了。也奇怪,当年梅香在石牌演戏,风头出尽,这同春班竟没人认出她来,可见安庆戏园之广,伶人之多。据说这同春班,走马灯似的也换过不少人。梅香挖地道似的,挖出了与石牌蓝丙光打过交道的伶人在洪铺镇唱戏。于是梅香特地写了一封信,悄悄雇轿马赶到洪铺,央求那伶友把信送给失散多年的长兄蓝丙光。那伶友一口答应了,梅香便回了安庆城。隔了半月,梅香又去洪铺,不但问不到信是否送到,连那个伶友也找不到了。

又隔了两月,在安庆一家茶馆老板那听到蓝丙光的信息,梅香又写了信,托这老板带出城。茶馆老板,不几日亲自到同春班回梅香,说信已送到,丙光见信泪如雨下,说不日来看你。这消息让梅香足足熬了几夜,兴奋得不能入睡。但久久的祈盼,却不见蓝丙光的容颜,连个鬼显魂的动静都没有。梅香知道,自己又被那个流氓给骗了。

梅香心硬起来,又软了下来,反反复复,蓝丙光依旧在她脑海纠缠。有时候,梅香登上西门的城楼,眺望西方的天空,夕阳西下,薄雾红云,飞鸟翱翔,情景更增她思乡之痛。想到石牌的老父和年幼的儿子,又想到孽障蓝丙光,那骨肉亲情,那恩怨爱恨,折磨着她。她恨不得立即奔回石牌去。但她清楚,回到石牌,不等她见到儿子,她就会被产族人活活打死。她伤风败俗,永世不得人疼。有家不能归,此生只能是断了回石牌的路了。一股悲怆涌上心头,梅香不禁趴在城墙上,失声痛哭起来。

折腾了几回,梅香渐渐断了思乡念情的心,真正把心思投到戏艺上来。同春班伶人除练戏、编戏,就是给军官演戏,在各牌馆前扎台唱戏,鼓舞军士斗志,逢前方有檄文报战功来,必开演;逢天京诸王生日,必开演。是年六月,翼王石达开避祸离天京,由江宁渡江入皖到达安庆。在城内驻留数月,至十月转征去江西。石达开在安庆期间,同春班到翼王府,演了几回专场戏。演的多是皮簧大戏,剧目有《战长沙》《四郎探母》《林冲夜奔》等,梅香场场扮旦角。翼王开心,众官鼓掌,收效不错。有一天,不知谁提议的,演的是《乌江亭》项羽别虞姬逃到乌江边自刎一出大剧,分场上演。梅香演虞姬,形艳腔圆,声韵揪心。陪观的军官看得如醉如痴,唯有翼王怔怔的不动声色。班主以为王爷不喜欢梅香的扮相,好不容易挨到剧终,就上前去讨好说,王爷若厌弃女伶,明日换个男伶唱旦可否?那石达开摆手道,商女不知忘国恨,岂是换了能干净?班主一脸尴尬,道,小的随时待命,有急战,我等即会脱了戏装去杀清妖。石达开一挥袖,道,即日起尔等不必来为本王演戏了。旁边一侍卫即上来,王爷是该静养几日,备战西征。

一行伶人回到后馆,互相指责,是谁的馊主意要演《乌江亭》?殊不知翼王全家死绝了,此时恰逢英雄末路。人家心里正难过呢,这不等于在人家伤口上撒盐?梅香宣泄道,都说翼王心地善良、和蔼可亲,我看他就是个倔强霸王,为么事拿我们唱戏的撒怨?另一个接腔道,他马上要滚去江西了,晓得我们是成天豫的人,他也不敢拿我们怎么样。一群伶人躲在馆内骂石达开,他们好像从没遭受这种委屈,到哪都是众星捧月,这一回遇到的若不是个王爷,那定是唾沫淹死他也不解恨。于是越骂越气,越气越骂,想想,还是成天豫心怀慈悲,配做王爷。

其时,成天豫府邸貌似"小天堂",军机事务有条不紊,粉装生旦轮番精彩。陈玉成日日红光满面,雄姿英发,除了操练牌兵、巡察诸营,偶尔还来后馆看一出戏。陈玉成爱观看黄梅调。班里只要接到陈的戏令,备演的多是黄梅剧目。剧目有根据传统大戏节段改编的,还有一大部分是安庆民间现采现编的恩怨故事。梅香在同春班,亲手编了好几出黄梅小戏,多是她道听途说的,说婆媳、说苦妇、说姻情。

黄梅调是太平军及安庆市民心驰神往的精神鸦片。戏小腔润,男女对唱,穿插一个打诨,有唱有白有搔姿弄舞,俗称两小戏、三小戏。剧短情长,唱腔清新,念白是安庆话,听来亲切可人。加之黄梅调又是梅香拿手的绝活,这陈玉成点戏,注定梅香就是台柱子了。

梅香在陈面前演戏,绝不像在翼王府中那般战战兢兢,她很放松、大胆,她一放松,戏就演得愈加投入、愈加活泼、愈加迷人。直把那陈玉成弄得心花乱坠。其实梅香早明白陈的心事,可她若即若离,就是不献身。有一回在陈府演堂戏,戏罢,陈支走其他伶人,独酒菜款待梅香。陈借酒装疯,要梅香留宿。梅香借口身子不适,逃了回来。那陈玉成年轻拘谨,对男女之事也不像其他王爷那般露骨。而梅香却是心底打了算盘——她早闻,陈嗜好黄梅调是受他正房夫人影响。闻此事,那一刻梅香心里又惊奇又落空,感觉自己原来是个替代品,私下委屈得不得了。再等陈提出留宿,梅香临阵脱逃只留

了一句,宜官虽是戏子,却也身净名节,亦要名媒正娶,岂能做陪房了事。陈望其背影,笑道,好个蓝宜官,就依你说的办,待本官灭了宿松清妖,娶你即在股掌。

彼时,又闻清军由湖北黄梅挺进宿松,西面战事紧张起来。陈玉成率部驻进大别山防线。十月天王晋封陈玉成为又正掌率,主持皖省军政。这个秋天,陈玉成要正式娶伶人蓝宜官为妻。太平天国《多妻诏》虽未正式发布,但诸王至高级官员已允许多妻正娶,下至小官牌兵亦可夫妇同住,男行女行不再是当初意义上的禁忌了。梅香水到渠成地配为陈玉成的诸多房室中的一员。梅香似乎谈不上高兴,只感到这是别无选择的事。她内心鄙视自己的身世和年龄,她比陈玉成大好几岁,但陈并不嫌弃她的经历。只是临入府前,陈问了她的娘家,说诸王娶妻,迎至千里,若我草草纳你,岂不失礼节?梅香思忖,悉闻前年枞阳一张姓女儿,选妃入天京,天王派到枞阳来的迎接队伍一路鼓乐喧天,红绫铺了八里路。若我能认娘家,这回嫁陈玉成定能在石牌震荡一回。可是,梅香知道,这一切都是不可能的。她便说,我娘家人都在战火中死光了,独我孤身一人,随你去罢。说及此,梅香泪珠滚落。陈忙劝慰道,不必悲伤,我等亦为同难人,自小失手足。又说他日陈某凯旋,定为你家族洗辱昭雪。梅香说,我只愿随大人如钟子期伴伯牙,南征北战,你人在哪,我戏在哪,永不分离。

第六卷

1. 毁石牌城

咸丰九年初秋,曾国藩、胡林翼联军分兵四路图皖。福州副都统多隆阿自湖北开军直逼安庆,步步为营,越过大别山,四天两城三百里,攻陷宿松、太湖防塞,火炮开向怀宁石牌城。其时,石牌城由太平军霍天燕部守城,西线两道屏障破陷,石牌城危在旦夕。

八月廿六日,多隆阿大军进驻西十里腊树窠。石牌城开始有秩序地从东门突围,先护送老弱病残及妇少出牌尾馆。本邑伶工及行医做商者,熟门熟路,自逃脱得最快。

起初,清军摸不清石牌城中虚实,恐外围有埋伏。兵临城外数里,先放炮试探。石牌城上亦猛炮还击,一攻一防,炮声响彻云霄。

廿八日夜,清军突然袭击猫山,三面分兵,主攻南门。施放喷筒火箭,城内起火。逃到城外的人乱了头绪,有从山坡逃,有从皖河上划船,逃了一些,又被落弹炸死了一些,伤了一些。混乱不堪。

城中文职及绣馆妇女一律持枪上阵,或援救伤兵。张达开慌乱往东门送出妻小,叮嘱她们沿山路逃往乡间隐蔽处,那娘仨出城是否顺利他不得而知。张达开立即掉头寻找诗良。彼时诗良临危不惧,跟部队守南炮楼,弹药

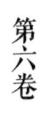

射击。张达开在乱军中找到诗良,见他已烂衫粘血,鲜血模糊了脸庞,人却是精神抖擞。达开揪着诗良到炮台下说,你快逃,我来代你。诗良不依,持刀欲冲城楼去。这时又见蓝丙光气喘吁吁地拉着一匹马来。少爷,我在乱军中揪到它,你赶紧骑乘往东安庆方向去,清妖恐安庆有援军来,不曾往那边去,你快快走吧。

诗良抹了一把脸上的血,说死亦为天朝鬼雄,岂能落荒而逃?有辱男儿气节。安庆援军即到,我等不必贪生怕死。他二人急得要哭,少爷,你和我们不一样,你不能死。张达开情急下,冲蓝丙光一使眼色,两人架着诗良往马背上顶。蓝丙光随手抓起一枪朝马屁股猛一抽,马嘶鸣一声驮着姜诗良冲向东门去。蓝丙光紧跟其后赶马。张达开便掉头冲上城楼架炮攻清军。此时,突然听东门轰鸣一声,城楼炸毁。达开预感诗良马未出城,可能有险,匆忙丢下炮,于乱弹中跑向东门。

彼时城墙上放炮、放箭,枪林箭雨。那城外壕沟上下,尸体堆积,血染遍地,硝烟弥漫。有城上滚落的士兵,也有死伤的清军,惨叫连天。一时间,黑烟四起,鬼哭狼嚎,真是一片人间地狱。

清军源源不断,越壕爬沟,施放喷火箭,架云梯攻城。天朝守军,纵能以一当十,仍吃不消。四更时分,忽然南门连续几声震耳欲聋的轰炸,南城门被炸开,清军乘势冲进城,打得城内措手不及。外无援军,守城太平军几千人全部殉难,守将霍天燕被捕,石牌城沦陷。

晨曦里,曾经巍然屹立的石牌城,尸横遍地,城墙屋宇亦变成一片烟雾弥漫的瓦砾。张达开于乱军中,借一线曙光,逃出城外。那个时候,皖河的水浑浊一片,红血染了半边河。张达开遍体鳞伤,他争着一口气跑到这里。他是为了把学生诗良的尸首背出来。他在东门外找到了诗良的尸体,幸得蓝丙光一匹马,否则姜诗良连尸首都没有。

张达开站在皖河边,望着冒黑烟的猫山冈,梦想的"小天堂"被烧毁了。他一边哭,一边用衣服沾水,把诗良脸上的血迹擦洗干净。他看着诗良天真稚嫩的脸,万箭穿心。他抬眼看天,天空出现红光,远方的下石牌从一片雾霭中凸现出来,轮廓清晰。他想象着春香,现在是什么样子,想象着姜府一家人,他们是不会饶恕他的。诗良啊,是老师害了你!诗良,你不能死啊,你死了,春香怎么办?那姜府一家人怎么办?诗良啊,我本想看你飞黄腾达,不想却落得先生我为你收尸的下场。诗良,你怎么不听我一句话呢?你早走一步,就能活命哪。

张达开在皖河边哭了半个时辰,他一直把诗良抱在怀里,又是哭又是笑,又是抱怨。诗良的身躯血肉黏着衣衫,腿上尽是烂肉。达开脱了自己的衣服,把诗良包裹了几层。他又想在这尸首边留一纸字文让观者带他回家,他是本邑姜家的少爷,为反击清妖而殉难。他的尸首不能丢,他是富贵人种,要睡在温暖的棺材里,望遇者能送他回府上殡殓。可是达开却一时找不到纸笔。他急了,一着急,他又跪在诗良的尸首前,号啕大哭起来。诗良,儿啊,老师对不起你。你的韶华才刚刚开始,你怎么就这样走了?你走得好啊,不,你做得好,你的名节永存。

这时候,恰好晨雾中漂来一块门板。达开拼命用树枝扣住了门,慢慢拉到岸边。他把诗良的尸首拖到门板上,再把门板推向水中央。这样诗良就不会被清妖集体堆入人坑,或许,达开相信,下游会有人捞起他。看诗良的尸首随水远去,达开仰天一声,诗良,先生随你来了。说罢,扑通跳入河水中,张达开在河中挣扎了一会,就没气了。

彼时猫山废墟中清军与太平军死亡近万人,亦有无辜百姓。这些烂尸全被拉进壕沟,顺势平土埋了。其中清军尸体又以服装辨认,拣出来集体安葬于城外山冈。多少人梦想"小天堂",最后却做了猫山的孤魂野鬼。张达开一介儒生,贤孝爱民,最终却在史书里落笔为"贼"。而姜诗良却没有半字记下来。

石牌易手,清军大悦,说"石牌城坚,忽以不意而得之,盖乘骊龙之睡,而摘其项下珠也"。"探骊得珠"一步之遥,是安庆。之后的安庆保卫战抗衡多

时最终沦陷,太平天国一溃千里,不必多说。

且说这一天,石牌姜家闻猫山炮声,知道诗良凶多吉少,派了家丁去寻人,却在半路逃了回来,隔着两三里就望到猫山那边天空烟雾腾腾,熏黑了东北半边天。

石牌街上百姓,拖儿带女逃向西南山岭间,躲了一天一夜。再次回家时,清军都撤走了。姜家人也躲,却灭灯躲进宜园花丛间,府门大开,用了空城计。他们有经验了,知道除了烧钱财,一般不会要命,纵然要命也没法子。二婶是哭了整整一夜,次日天没亮就喊着年伢及家丁,带了棍棒、火枪、大刀一起往猫山赶。二婶说,我不怕死,死也要和良伢死在一起。可是他们赶到猫山已是隔中时分,太阳几丈高,照得山冈烟雾发红。那浓烟刺眼呛鼻,随风飘来的是死人的肉腥气。二婶早哭得晕头转向,嘴里不断喊,良伢,良伢,我的儿啊。可是这一两里路的废城中,没一个站起来的,站着的只有死人堆上依然飘在风中的破旗帜。这猫山冈上,多处有来寻人找尸的,搭木竹架往山路走。也有空手徘徊,哭喊连天,活不见人,死不见尸。二婶一屁股坐在废墟堆中,找不到良伢我也不活了。姜家仆丁只得在山上转,恐诗良被堆进尸首壕沟,又去挖沟逐个尸体寻找。

这日傍晚,突然有人匆忙来姜府送信,说是在猫山城下游数里远的皖河东岸,发现了诗良,是从城中逃出来的伶工发现的。诗良被平放在一块大门板上,门板泊在河湾,恰被老杨树枝拦截了。那些伶工躲在河边杨树林里,看见这具尸便打捞了上来。翻开死者发现腰牌上写的是"姜诗良",这些伶人都知这是官至总制六部掌书的姜家少爷。

听到这个消息的第一个人是烟翠,她坐在梅花厅等猫山消息,一听诗良泊到下游了,烟翠吓得脸色煞白,嘴唇哆嗦,她一时无主张,直哭得动弹不得。还是报信的伶人清醒,他们叫了街坊邻居一道,带了绳索竹杠去皖河边,雇了船,把诗良少爷运到西岸,然后抬了回来。这边又有人去猫山冈找二婶。

诗良被抬回来,临时放在镇西头大草坪上,搭起了灵棚。且不说二婶见到浑身血肉模糊的儿子,是何等撕心裂肺。活泼英俊的诗良,转瞬间阴阳两隔,人生悲痛莫过于这等下场,二婶将儿子抱入怀中,一声惨叫就昏了过去。

姜家族谱上,从未有"少年殁"这样的字眼,姜诗良年方十七岁,却上不孝养恩,下未育子嗣,撒手人寰。四乡亲戚街坊无不悲伤,众人哭成一团。陆续又有当兵死在城内而未见尸者的亲属也来哭。他们一面哭姜家少爷,一面叫着自家亲人的名字,说你们在九泉下可得相互照应啊。

这边族下主事的开始商议超度和葬礼事宜。按乡俗和族规,死在外面的人,无论年龄大小,均不得入家门和宗族祖堂,只能在城外建台超度,下葬也不能埋祖坟山,不得睡棺材,不必守孝,子孙不扫祭。族人们曾听诗良说过"上不上谱无所谓",当时只觉是笑话,今日一见这场面,个个毛骨悚然,说这孩子说的话怎么就灵验了呢?越想越觉得蹊跷可怕。

彼时道士在镇外竖了招魂幡,念诵作法引诗良灵魂回来。二婶哭晕半天后,头脑稍微清醒了,她闹着要把诗良抬回家。哭闹一阵,这事终被族人阻遏了,野魂入宅对子孙不吉。二婶娘家邵姓,怀邑一个大族,邵家长兄包了石牌口一大半的码头,往来船舶均是邵家业务,商霸说话最有权。邵族人对外甥马虎超度提异议,姜族人也怯乎。邵族人说,姜诗良十七岁,已到男子响号束发的年龄,且他是为国殉难,也算为姜家争得一世英名节操。进了阴间,姜家祖人也会礼遇他。虽然不能上祖堂,但一定得按照姜家男丁的级别厚葬他,要超度三日三夜,要穿寿衣入寿棺,要有子嗣承其名下,披麻戴孝。

诗裕对诗良殉难十分悲痛,他出面说动本族人,认为邵族人的建议不无道理。诗裕道,我从弟十七岁,且他任的是天朝将官,为何无资历睡姜家祖坟山?一句未了,诗裕泣不成声。

于是姜族人又商议,虽不能答应诗裕的要求,但可让诗良穿上寿衣入寿棺。为了安慰活着的母亲,族下主事的想了法子,找来房下一个六岁男孩,承袭诗良子嗣。大家坐在梅花厅,为这事磨蹭了大半夜,做孝子可不是闹着

玩的,就是过继,名字要上家谱。姜家其字辈男丁尚未出生,诗裕所生是女孩,这女孩不能承嗣"兼祧"。于是只得与那家商议,那家却又是个长房长孙,长孙过继吊孝,先头不愿意。二婶挨个地给那人家爹奶父母下跪磕头,求你们可怜可怜良伢,他这孤独一生,总想在阳间留个名分,续个香火。那夫妇也忠厚老实,念良伢善良单纯,在世时对他家不薄,那夫妇忍痛说通了父母,把自己的六岁儿子过继给诗良。

六岁男孩即临危受命,穿一身白布孝衣,头绑布孝带,手托姜诗良灵牌,跟在道士后面,转来转去。一会跪一会起,凡环节中必要孝子上场的,这孩子都极听话地配合道士。

风水先生手托罗盘在鲶鱼头北面乱石岗,寻得一块墓葬地。恰巧这墓正对皖河对岸的猫山城废址。风水先生说,这孩子还恋着猫山城呢。安庆一带的规矩,死在外的人得送远一些埋葬。葬后家中子孙不再扫墓,为的是不给家中惹乱事。这鲶鱼头北面乱石岗,是一片单独山坡,就是埋孤魂野鬼的地方。

墓址都选了。棺材一时犯愁,木匠打制还得上桐油后再油漆,这就不是两三日的事了。派了仆佣去买棺材,从太湖到望江都找不到现成出售的棺材。兵荒马乱,虽然到处死人,但最多钉几块门板下葬。可是姜诗良不同,他是富家的少爷,不能赤身上路,要睡寿棺。

又是邵家人的主意,说可让老太爷的寿棺给诗良先用去。邵家曾送了"寿材礼"以示庆贺,他们清楚,姜家有上好的楠木棺闲在家里。诗裕和烟翠相互看了一眼,很迷茫。要动老太爷的寿棺,恐怕不是随便说得通的。众人一碰头,没有谁敢拍板,怕让老太爷的心情雪上加霜。得知诗良去世,老太爷已哭晕过好几回,愧自己高寿是孽,媳妇、儿子、孙子都死在他前面,让他如何去阴间见祖宗?哭着捶胸,他要寻死,吓坏了家人,于是日夜派人护守。乔姨奶坐在床边,寸步不离。借棺一事,最终是姜族内几个年长者来说通乔姨奶。乔姨奶听了也不是滋味,白发人送黑发人,还先睡了他的棺材去。又都感到没辙了,事已至此,乔姨奶擦拭着泪水说,莫让老太爷晓得,待明年翻春,立即再去潜山订制一具楠木货抬回来补上。乔姨奶也同意了。

于是吩咐人把老太爷的楠木寿棺抬出来,打了石灰铺垫,又铺了上好的棉絮,层层新,盖的也是新绸缎被。选了诗良的新衣放进棺内,其他衣物一并收拾,命人抱到笼场,待烧纸扎马轿莲屋时一并烧了让他带到阴间。

这让二婶悲伤不已。又有春香尚未与诗良定婚约,等于诗良一点红尘瓜葛都没有,好凄冷。丈夫宗德,英年早去。这姜府二房,何以两代走厄运?于是,二婶又哭又骂,说是祖上做了缺德事,报应到她丈夫和儿子的头上。二房一对父子人太善了,邪气就会缠伏在身,好人不载寿。又说,我要去挖姜家的祖坟,那些列祖列宗不长眼,看着子孙这样遭罪,他们睡得还安宁么?一口气提不上来,二婶又晕了过去。一帮婆子妇人急忙上来捶背抚胸,又乱作一团。二婶身体垮不了,她只想自己主动去寻死。那日诗良棺材抬走,往皖河山边去,她就疯着往水塘里投去。想投水,想上吊,均被街坊亲戚给拦着了,后来她身边一直不离人,生怕她寻死。烟翠吩咐女佣,把她身上的裤腰带、头上的簪子,都取下拿走,切莫出了意外。

且说那边还有一个人也丢了半条命,那就是春香。春香是悄悄躲着哭的,她怕姜族人嫌她克夫,所幸她并未与诗良有婚约。诗良去了,她又落个浮萍漂游。她不单伤心诗良,更悲痛欲绝地哭父母妹妹。父母和两个妹妹,在春香看来,这一堆骨肉全死在猫山无疑了。而后来的一些日子,春香常去猫山脚下寻踪迹,希望找到父母和妹妹的尸首。可是她在那山边徘徊了多少趟,也未找到过半块亲人的衣片,于是又哭了几个月。

这一年腊月,皖河水浅露滩,杨树暴露根须,孤鸟长鸣。有人发现河湾芦苇丛上,几只乌鸦盘旋了好几天。一个霜冻的清早,拾粪的老头大胆地往前看去,果然看到一具干尸,作孽!晓得这又是猫山城一战遗存下来的可怜鬼。几个积德的人把干尸拖到岸边,贴一床破苇席,打算就地挖坑下葬。但这消息传开后,石牌周边就有人家来认尸,希望是自家在猫山战争中死去的

171

亲人,那死者无腰牌,布衣,中年男性。许多人看后失望离去。春香闻讯也赶来,掀开苇席细一看,死者的面目吓得她浑身不住地痉挛,但那人也不是她的父亲。

夜里,春香回到姜府,睡在父亲睡过的床上,她做了一个梦。梦见皖河发大水,洪水冲进了下石牌,把她父亲泊到姜府门前。她父亲站在姜府门前喊诗裕,诗裕你快出来。那烟翠见到她父亲,浑身哆嗦着吓哭了,烟翠又怕又愧疚。春香自己更是哭得死去活来。早知父亲战死在城中,可这会子又来到姜府门前了,她更加悲痛。去拉父亲,父亲不搭理她,横尸一倒,睡在了姜府门槛上。姜诗裕连忙出来,说岳父大人愚婿来晚矣。你的棺材备好了,我这就送你回家。诗裕遂命佣工到镇头木匠店,打制棺材,因临时抢制的,几段木头拼凑,做得毛糙,也不打算刷上桐油,匆匆地抬去,把张达开草草地装进棺材。四人抬着,走了十几里路,送到他老家松林坊后山葬了。

一觉醒来,发现是个梦,春香浑身是汗。可这梦里的事好奇怪,诗裕怎叫我大大为岳父?春香知道是父亲挂念她的着落,春香捂脸又哭到天明。

2. 南京孤影

咸丰七年深秋,湘楚军水陆两路攻陷长江小孤山,逼近安庆。梅香及同春班伶人,奉陈玉成命,乘船去天京。陈说天京安宁,适合练戏。部分伶人乡情难舍,不愿离开安庆,故没有上船。梅香其实也不想离开安庆,至少在安庆,还能感触到石牌亲人的气息。但梅香却又想借机离开陈玉成府邸,她是不想日日见到陈的原配夫人。

那广西女人,体貌不惊,却是一身侠气。常与陈玉成出生入死,一日江南,一日江北,在战场上砍杀过无数清妖的人头。连曾国藩也敬畏她三分。梅香佩服那女人的胸怀,从不妒忌陈玉成与自己亲近。相反那女人还常夸梅香戏唱得好,歇战时,就要梅香教她练腿脚,训音调。梅香不情愿做这事,教她唱戏比吃灰还呛人,难受极了。可同在屋檐下,梅香身份不及她,凡事只得谦让、客气、恭敬。梅香受不了了。这一回闻说去天京,梅香比谁动作都快,天麻麻亮就把衣物打包好了,急着上船。梅香跟着一班伶人在蒙蒙烟雨中,出了康济门,上船出港,回头看安庆,她的泪水模糊了视线,一种潜在的感觉使她意识到,此去或许不会再回头。这种预感,后来真的变为现实,茫茫人间,梅香孤身漂泊半世。

船行一日到了南京城,这曾经繁华的金陵,到处断垣残壁,商贸凋零。牌兵列队在城中行走,一个个面黄肌瘦。步入城中,几处新建的王府,翘檐紫柱,异常气派。

伶友们驻进陈玉成天京府邸,这里已有十来个伶人,前一两年驻进的,也是挂同春班的招牌唱戏。据说自前年天京内讧,东王杨秀清全府被杀光后,部分伶人投入军中牌馆,不再唱戏了。因东王生前喜欢戏曲曾雇养伶班,韦昌辉灭东王府时,不少无辜伶人在乱刀下被砍死。梅香听此言,吓得心直跳,难道天京比安庆更有性命之虞?伶友说,那倒不是,如今陈玉成是天朝前军主将,成天豫府邸是最安全的"小天堂"。同春班在天京却是业余演戏,他们都有分配的营馆,参加兵训。梅香也练刀枪,持枪拿刀,天国女幼,人人皆备。不练武时,伶人就在诸匠营做工,梅香因是成天豫的妻室,被封了女绣馆任首官。

在天京一年,梅香的戏曲反而疏远了,整日忙碌着绣馆的事务,唱戏只在王爷们生日或战报庆典时。其间交往的几位石牌伶人,虽关系莫逆,她却只字不提石牌姜家的事。不想个中一人名查凤仙,却识出梅香真实身份。因查凤仙曾在石牌与蓝丙光搭班演戏,其妻是湖北人,叫乔玉秀,亦在同春班。这时那乔玉秀是同春班天京城里红得发紫的人,能歌善舞,嘴似麻雀,且又是一双大脚,能持枪上阵,效力战场,无人不敬不畏。本来她已在天京伶友中叱咤风云了,却半路杀出一个程咬金,来了个蓝宜官,黄梅调比她唱得好一百倍。乔玉秀心生怒涛,侧面来探听,此伶女竟是成天豫夫人。她也知趣,不敢妒贤嫉能,反倒讨好梅香。查、乔二人每与梅香细聊,言语间不时流露出对蓝丙光的唾弃,有意抬举梅香。说你如今是成天豫夫人,既已登王

妃宝座,你切莫惦记那负心的野汉,丙光好吃懒做,到处嫖,连妻儿父母都不顾,狗屎不如的男人,何至于你一个富贵小姐刻骨铭心?越是这样贬,梅香心里越恐惧,渐渐地那对夫妇意识到这话该烂在自己心里了,此后老乡间也不再提石牌的事。

咸丰八年,陈玉成率军再克庐州,为太平军江北防线打下坚实基础。捷报传到天京,全城欢庆。同春班在城中扎台唱戏,诸王爷及亲属喜洋洋地观看。皮簧戏、黄梅调轮番上演,追捧梅香的长毛兵成扎成堆,不必详表。

秋天,陈玉成率兵回南京,梅香在府邸设宴为成天豫洗尘。二人见面,悲喜交加。梅香眼睛红了,说,如此连年烽烟,何时休矣?陈说,想你是深闺娇养惯了,陈某自广西老家拼杀出来,十多年,哪有一日静心歇息过。梅香知道自己出言有失,便道,看你南征北战,身瘦面黄,妾心何堪?陈说,切莫担心我,只要你等安宁,与我歌曲相伴,再苦我也不败兴啊。是夜,梅香与成天豫在红麻帐内,共枕难眠,絮絮叨叨,缠绵悱恻,一夜到五更。

咸丰九年六月,陈玉成晋封英王。彼时陈自扬州克天长,又斩了湖北提督,战果累累,同春班伶人无不为之欣喜。都说灭绝清妖,我们去北京紫禁城,那就是天朝的紫禁城了。我们再组织个徽班进京,为天王祝寿。

可是没过几个月,就听到一个坏消息,让梅香彻底垮了下去。那天傍晚,查凤仙带着从石牌逃出来的李司马,慌里慌张地来到英王府见梅香。李司马只剩一只胳膊,单手施礼,道,闻妹妹晋为英王妃,甚喜,恭贺。梅香一时羞涩,不知当年收粮的李司马如何知道此宜官乃彼梅香。李司马不急解释这事,就直接开口说,石牌城被清妖炸了。

梅香一时愣了,是真的?李司马说他廿八夜领兵守东门。那会子城上炮弹飞流,城内红火冲天。梅香手捧一杯水,晃荡着,没放到桌沿,瓷杯就碎在地上。梅香有些晕了,问,下石牌也遭炮了?

李司马说,恐怕没有。清妖炮轰的是猫山石牌城,从煞黑一直放弹轰到子时破城。梅香哆嗦着,捂着脸哭起来。那二人也揩袖拭泪。梅香问,可曾见到蓝丙光?李司马道,卑职正是这来禀报这事。因这李司马记得石牌城竣工庆典,梅香搭在尚如班唱戏,亦知蓝丙光与她有交情。李司马叙说,蓝丙光投军后,入他辖部。清军攻城夜,他辖部分兵两路,一批兵在东城楼上还击,一批兵负责往城外护送伤残老弱。其时蓝丙光在城下,他抓到一匹马,说去城内救人。东门炸毁时,蓝丙光没有出来。烟火中却望见马驮一人冲出,马奔数丈,炮弹落下,人马炸翻,黑夜不见其容,不知死者为何人。我丢了一只臂,却捡了一条命回来。乱炮中,城下士兵有死有散。逃到二里外,只剩十来人。李司马悲痛道,蓝丙光殉难了。

梅香听到此,晕着趴在桌上,嘴里叫着,丙光,冤家你怎么就这样走了啊?又自顾自泣诉,我记得和那冤家最后一回演戏的情景,婆娘两姓人去绑我。他挨了一顿死打。之后我家人就拽了我回家。自那夜分手,和那短命鬼再也没见过。我被家中关了个把月,他也不去看我。呜呜,梅香哭得更凶了,那二人也泣不成声。李司马抽噎道,蓝丙光虽出身伶工,但战火中却勇敢无畏。他若不去救人,定能躲过清妖炮弹,他日还能整旗复仇。

李司马又说,他们逃往安庆,有几个兄弟因伤重死在逃难的路上。李司马在安庆治伤数日,因手臂中毒必切肢,又调送天京切肢治伤。闻英王府有石牌女伶,便预感是演穆桂英的女子,又在查凤仙处得到确证,便冒昧来晤面。

梅香哽咽着说,石牌城一毁,安庆也就身单力薄了。我几个现在不能再唱戏了,我要跟着英王去打仗。李司马说,待我伤痊愈,我即使单臂也要扛炮弹,去炸死曾国藩,为我那些兄弟报仇。三人眼睛红红的,又说了些话,那二人退去。

梅香站在烛火摇曳的空旷房间,感到阴气逼人,一阵凉气袭上头,她突然害怕起来。她不是怕鬼,她是怕内心的谴责。她一个人逃离石牌,她是解脱了,她丢下那一摊痛苦让亲人承受,她太自私了。

梅香倚在窗边,微闭眼睛,想象着老父亲的样子,想象着儿子的脸庞。他们现在过得怎样?石牌又遭炮火袭击,家中宅院是否又遭兵匪抢了?父亲、姨奶奶,他们是否又躲在逃难的山沟里?那山沟黑夜呼风,两个老人弱体可能受得住?梅香似乎听到,遥远山沟里儿子在哭喊"妈妈、妈妈"。梅香怔了怔,嘴唇颤说,乾伢、乖,妈妈对不起你。她的泪水涌下脸颊,掰指一数,她离开孩子已四年多,母子连心,怎么不思念?她转身回到内室,感到头痛得厉害,眼睛发花,这一会,她仿佛又看到蓝丙光站在床前。蓝丙光脸上带着讥讽的笑,很鄙视她的样子,说,偶因一着错,便成人上人。英王妃如今飞黄腾达,怎么不敢榴花归省?你好可怜啊。梅香气得一挥手,脑子清醒过来。她喝了一口水,脱衣上床歇休。可是躺到床上,人又清醒了。梅香突然觉得,她应该回石牌去,如今石牌烽火再起,她怎能在这华贵王府享安逸,而丢下石牌老弱病残不顾?辗转反侧,大概想了半个时辰,梅香一骨碌爬起来,匆匆收拣细软,带了银子首饰和英王给的那只荷包,穿上豹皮夹袄,披风衣,提了一把剑。她决定连夜出城,搭船回安庆。

深秋四更的蒲江,冷风徐徐,月昏水黄,船舶港口,岗哨牌兵在夜色下窜动不息。梅香问了几处船舶,末了搭上一只往安庆方向的商船。船舶逆江而行,至天亮出江宁境。下午过太平府,夜幕降临到达芜湖。梅香以为船靠港是歇息,可是零散的一些船客都下光了。船夫说,上游清军扎在北岸,凶多吉少,不前行了。

梅香也只得在芜湖下船,连夜找了客栈住下。第二日进城找牌兵,说自己要见忠王。其时李秀成刚晋封为忠王,驻兵在芜湖。

李秀成见到梅香,十分惊讶,说,妹妹何故只影单行?若有闪失,为兄真是担当不起呀。梅香就把石牌的事说了,故园遭劫难,我放心不下父老。必得你助,派兵遣马护我到石牌。李秀成说,妖未袭市井,只是克了我猫山石牌城。妹妹若思乡心切,待我歼了集贤关妖营不急。梅香一听,石牌街未扰,心稍安定。

就这样梅香在芜湖住了半月,又闻叛徒韦志俊率兵自池州东袭芜湖。

李秀成派人护送梅香往江北，至庐州。其时陈玉成部一直辗转淮水及大别山一带。

庐州守将安顿梅香住下。梅香也很快参与到战斗中，每日在女馆做后勤杂活。由于清军已分路进入安庆西线，占据太湖、潜山一带，梅香一直没有机会回到石牌。渐渐地她就放下这事，只是离乡越近，思念越深。

这一年春节，英王带原配夫人在庐州度过。彼时南京同春班伶人们闻梅香出城西上，也请命要去前线。同春班伶人于冬月抵达庐州，大家会聚庐州过年，虽是战火硝烟，但春节几天，戏还是照唱。伶人们粉装登台，连演了两天大戏，又有庐州本地庐剧班伶工参与进来，皮簧、黄梅、庐剧，轮番表演，各拿绝活，精彩纷呈。

且说陈玉成的原配是战力主将，虽然迷黄梅调，但杀妖她更有劲。在庐州住数日，她又率兵东援定远。陈玉成率兵十万助桐城西援太湖。同春班男伶几乎全副武装，持枪随英王上阵。唯有梅香留在庐州绣馆做活，那是因为她缠着一双小脚，在太平军内，这是最遭贬的事。陈的原配，之所以金戈铁马，是她没有缠足。若像梅香这样，踮着三寸金莲早被清妖给砍头了。梅香十分自卑，她似乎意识到，仅有一副甜嗓音唱戏并不是英王所爱，她若能像广西女人那样持枪杀敌，那才是文武双全，太平军要的是文武双全的人才。也正因一双小脚，梅香从不敢在英王面前吃原配的醋。

这一回出征桐城，梅香说，桐城乃吾乡，可否带妾同往？我也会骑马呀。陈看了看梅香瘦弱的身子，说，安庆的女人也能杀妖？梅香感到陈的言语有讥讽，说，妾身视死如归，绝不拖累英王。陈说，视死如归？你死能有用吗？还是留在后帐，做个虞姬最好。梅香觉得这话不吉利，便说，看英王说哪的什么话，好，那我就听英王的话，在庐州等英王胜利归来。

3. 纳妾

且说这个张春香，她九岁跟着做塾师的父亲来到姜府，原是想做姜诗良的童养媳,没想诗良命短,壮烈殉难。诗良遇难最痛心的人,一是他的母亲二婶,一是两小无猜的春香。春香的痛像易谢的花,一晃就过了,唯那二婶刻骨之痛愈久愈深。不出两年,那春香竟然与大少爷诗裕缠上了。二婶一时间心里难以平衡,却又无奈,想那春香当初与诗良只是情投意合的知音,并无媒礼,送过纸文给其父张达开,只叫诗良去参军,对婚姻只字未提,这就说明人家没有许诺,这婚事并未真正产生效力。春香凭什么要为诗良守活寡?天要下雨,娘要嫁人,她和谁好尽在情理之中。那二婶只能干瞪着眼看诗良的生前所爱,被别人夺走。

这姜诗裕要纳春香为妾,暗地里已是水到渠成、瓜熟蒂落的事,可他对外说,就是肥水不流外人田的意思。他说,春香外嫁,怕受人欺凌,一则她如今没有娘家人,父亲和石牌城一起毁于战火,母亲和两个妹妹随太平军惨败西行至今下落不明;二则此女为诗良生前所爱,有遗孀之恨,打发下家,怕人误为"发卖",实有不忍。这诗裕是念及兄弟手足情而收了春香。二婶苦啊痛啊,只舍不得儿子命短,她又怯诗裕是姜家长房,她能说什么?一切只当没看见,夜里躲回房里流泪。

唯独烟翠敢在话里带刺。她说,诗良坟头黄土还未长草,你就这么等不及?诗裕道,想要长草那还不容易,让人挑两担田土就长了。又正经解释道,诗良是堂弟,何必拿给上辈守孝这一道来压我?再说春香和诗良又没什么盟约。她一个黄花闺女,我纳她为妾,名正言顺。烟翠说,话虽这么说,可这石牌街上哪个不知春香何故留在姜家,只怕坊间说闲话,污蔑了姜宗仁的声名。诗裕说,三姨娘真会说话,你要真为父亲声名考虑,你自己检点一些方好。烟翠说,你是拿春香报复我?你就是纳十房妾又与我何干?我只不过为顾全大局而说你几句。诗裕道,我报复你做甚,我和你有什么吗?你只是嫉妒罢了。

诗裕现在与烟翠说话,腔调都不一样了,变得伶牙俐齿。他曾深藏心底的那份爱,真的没有了。

烟翠感到很无趣,道,就算是我嫉妒吧。你父亲最惜声名,你该先禀报他一声再纳春香也不迟啊。她心里一酸,泪珠滚落几颗。诗裕低头僵着没有说话。

这一次话散,两人的争执和别扭不了了之。烟翠以为诗裕会给江南写信,禀报父亲想纳妾的事,毕竟宗仁还不知那春香是何人何貌,更不知来历身份。

两天以后,诗裕又来到烟翠屋里,请三姨娘出面,去太爷奶奶面前说清他想纳春香的事。

那时候是黄昏,春天的雨蒙了天空,滴水落在廊外的檐下,几片残花随风飘在台阶上,屋内有一些凉意。

烟翠愁眉不展,不知道诗裕为何这样着急纳春香,她不是不能出面去说,只是她心里不愿意去说。烟翠问,你很爱她?诗裕答曰,责任,受人之情不可卸责。烟翠听这话觉得莫明其妙,便道,春香父母亲人才死,未满三年,她还在孝期,恐怕我姜家这样做有失人道和礼节。

诗裕坐在月牙桌边,本来很冷静,一听这话气得一拍桌子喊道,你又找理由,你是存心想阻拦,我即使不纳春香,我也要纳别人,你何故这般心胸狭窄,不讲情理?你又不是不晓得,我不可能与你有什么。

烟翠顿感羞辱,恼怒骂道,你真不要脸,我想和你有什么?我何时缠过你,黏过你?自以为是,无耻至极。

姜诗裕没有说话,目光看过来,他似乎想从烟翠的脸上寻找些什么。他很迷惑,突然他站起身,在屋内走动。屏风背后,是那六柱雕花架子床,纱罗帐暧昧地露出半侧,诗裕朝里面瞟了一眼,退步到这边来。突然他自语道,我恨我不是潘传朗,否则,我俩今天都不需要这么撒谎。你知道么?你说这些我心里很凉。

烟翠坐在案几那边,背朝诗裕道,我说的都是实话,我没有撒谎,你不要巧言令色地亵渎我,我虽与你年龄相仿,可我毕竟是你的长辈,你这样信口雌黄,是对长辈不敬。诗裕两手握拳,又松开,很怨很气,却又不知如何开口。突然,他声音沙哑,道,如果,如果有下辈子,我一定在我父亲之前认识

你。说罢,突然一转身迈大步跨门而去。

冷不防的,烟翠似乎还没有回过神来,待她回过神,诗裕的背影已映在暮霭的雨里。

烟翠晕沉沉,靠在床上想了半夜,她倒不是想他纳不纳妾的事,她是想自己,想这些年来,与姜诗裕的点点滴滴。她被他看出来了,说的那些话是"撒谎"。她觉得这一刻很孤独,很无助,像泊在漂摇的江水上,被无边的黑暗笼罩,她很累,很软,很寒凉。

第二天,烟翠果然去了太爷屋里提议诗裕纳妾的事,一大早就去了,有一股赌气似的劲头。两位老人一听诗裕竟要纳春香,两位老人都摇头,不太愿意。烟翠又说了一堆如何合适如何好,两位老人正迷惑,拿不定注意。四婶说,听说那春香已有身孕,可有其事?烟翠一听十分惊骇,心里又气又恨,觉得自己被诗裕玩弄了,他竟不提春香已经怀孕。但烟翠装得平静,像是已知这事。彼时老太爷、乔姨奶也气得不行,骂诗裕不像话,堂堂一个大少爷,竟做这等偷鸡摸狗的事。又怪烟翠何不早来说,烟翠淡然一笑,道,大少爷懂礼守规,只想拖到春香孝期满了再办事,我看这时间也差不多了,女孝一年即尽心,再说春香也未必有孝,她父母妹妹据说是逃到江西去了。府内纳房,又不是与外姓通正婚,不必讲究那么多。烟翠还引了诗裕的一句话,肥水不流外人田,春香聪明伶俐,说不定这一胎是个男孩。两个老人一听这话,突然情绪大变,喜上眉梢,是啊,春香马上要生孩子,若是个男孩,那老太爷就能看到曾孙子了,四世同堂,岂能不乐?令启公知自己已经日薄西山朝不保夕了,若能在归天之前看到曾孙子,那将是人生大喜。当即就发了话,置房备酒,请算命先生掐二人八字,择近期的黄道吉日,立即就办。

咸丰十一年八月,怀宁下石牌的姜家生了一个男孩,这孩子虽是庶出,却是姜家其字辈第一个男孩。母以子贵,春香在某种意义上已经扶了正。孩子出生的第三天,恰逢太平天国陈玉成败退安庆,一路残兵扛着破旗,狼狈不堪,经石牌奔西南方去了。太平军霸占安庆八年,英国的巨轮都开到安庆港来接济太平军了,最后还是失败了。

那一天,姜家上下正忙着给孩子"做三朝",烧艾叶水给孩子洗了澡。然后用红被褥包着小孩到族祖堂烧纸拜谢了祖宗,又抱了沿街给人看看,个个道喜。一路放爆竹,又挨家送红鸡蛋和长寿面。张扬了一番,刚把小孩抱回家,忽闻镇东有逃兵。一溜烟的残兵败将,裹着血迹斑点。那些带伤的兵经过镇上,却没有先前"不扰民宅"那么好的军纪,见货物就抢,商铺的货物、沿街的店面,一路走,一路顺手牵羊,全搜个干净。纯粹一派残根败草,还说什么末路英雄?

大街小巷都愤慨,破骂太平军是土匪、蟊贼。只有靠在床上坐月子的春香,哀怜悲泣,舍不得那些残兵。春香是想到了父亲,父亲一片忠诚,舍身殉国,终没遂愿,如今太平天国失败了。傍晚恰又听说那个部队,在十多里外的腊树窠扎营过夜。春香抹着泪水,要诗裕派仆役给太平军送些钱粮去。诗裕照办,不再多说。

且说姜家生了其字辈头一个男生,诸事特别慎重,取名、出行、穿带、佩饰,命中缺什么补什么,有什么关卡,还需要避讳什么,都得请算命先生,推推孩子的八字、四柱和五行。早打听到,石牌有个神算瞎子,姓王,灵验得不得了。安庆六邑无人不晓。现在上石牌中州码头开店,南来北往的富商都请他算命。生意红火,不是随便就请得到的。但是姜家有钱,肯定请得动。孩子满月这一天,姜家抬轿去把那王瞎子请来了。王瞎子被请到正清堂,好茶招待,妯娌、仆人围了一层。见那瞎子果然模样不俗,中年净面,戴黑绸帽,前额镶白玉,身腰笔挺,神态淡定,不像讨江湖饭吃的人。王瞎子坐定,当即报春香儿子的生辰八字。瞎子左手掐掐,推八字盘,一个时辰分八刻,八刻要生八样人,得结合孩子出生刻和地理、宅基方位推算命理格局,瞎子掐了一会,心里有数,便拉胡琴吟唱起来。说贵庚男,命行上运,月柱干支透正印,聪明有谋,食神胜爵星,一生衣禄丰盈。五行缺火,名要补阳,四柱调协,五岁前有断桥关,不宜北行,且莫渡水乘舟。如此这番,交代如何佩饰避

第六卷

凶扬吉。总之,这孩子长大是官运亨通。一家皆大欢喜。当即遵瞎子意,给孩子取名其灿。王瞎子琴音悦耳,又是神算,当然不能错过。接下来又把各房男孩算了一回,都是好命。妯娌们自己又算了,也是好命。

二婶建议把两位老人的命算算,测测他俩的高寿。乔姨奶推让,说我俩这把年纪还算什么命?命好命歹,都是坐在这宅子里等着归天。乔姨奶就提议,把梅香的命算算,看她是否还在这世上,是否过得安宁。众人觉得在理,于是报了梅香的八个字。瞎子伸手掐掐,拉琴唱起来:此命为女命,日带"食神",月令"伤官",脑头聪慧,八字过硬。一岁行运,操劳操心。年上有"偏财",少年享华贵,衣禄食饱。遗憾四柱坐"羊刃",婚姻有残损。命者虽性情刚烈,却有温润之心,博爱多情,艳遇在坤方。坤方有贵人,阴错阳差能遇王妃命。此命不错,但命带羊刃,磨杵成针,到晚年方可安心。今年流年不顺,刀光伤身,若西行能保安宁。

众人一听,梅香还在世上?没有死?瞎子摸碗,细品一口茶,道,此女命七年前我在华阳河算过。因命庚奇特,印象极深,且当日遇者是此命者。

那边老太爷乔姨奶不禁抽泣起来。妯娌们便不断向瞎子挖掘梅香信息,再推算推算她现在哪?她还有王妃命?她可能回家来?她怎跑到华阳河去了?你确定遇到过她?一阵聒噪。瞎子却神态安静,又喝一口茶,道,八字信息有限,若测运气流年,占卜揣详情。于是仆童摸出卦片,瞎子把一摞卦片撒在桌上,然后依次捡到手上摸摸。说此女还在,方位在西方,流年有血灾,但不伤命。众人欢喜,又追究一些。瞎子说,上一月从石牌过身的败兵,身上有此女命气。妯娌们毛骨悚然。春香问,是否和这伙败兵一起走了?瞎子说,不确定,只说这败兵身上流年附邪气,若授受物品,此女定邪恶随身,荣及此,后生多灾厄也源于此。众人又哭哭啼啼。

春香不高兴了,她心里想这瞎子是胡扯,乱七八糟,梅香还有王妃命?死了能见尸就算祖宗积德了。且今日是春香儿子满月,前堂正备酒席,这里哭哭啼啼,不吉利。春香当年进府就最不喜欢梅香,只喜欢烟翠。这会子,春香就打断妯娌们的追问,罢了,罢了,越说越离谱。一竹竿插到底,先生你说她既活着,那她什么时候能回来?这是我们关心的。王瞎子依旧摸着手里的卦片,道,命根过硬,轻意不丧身,但四柱中有一字,注定远漂行。若想招其回故土,待我字符助助劲。于是仆童又摸出纸笔,瞎子在桌上摊纸东倒西歪画了一幅图符,叮嘱贴在此女住过的阁门的背面。二婶点头遵照,收了画符,一会就去贴。这边还是忍不住有哭泣声。

早觉察春香脸色非常生气,乔姨奶赶紧攉大家结束。请王先生到餐厅一并吃孩子的满月酒。王瞎子笑笑也不推托,知道这家的事蹊跷。酒桌上,也没人再提梅香,只忙与亲戚互相敬酒,个个又欢声笑语。只有两位老人心里忖着,他们思忖梅香差不多还活着,梅香那么精明,不是随便死得了的。一个上门算命的瞎子,带来的即使是虚幻的信息,也让姜令启苍老的心久久不能平静。

令启公越思越放不下,不日,遂请街坊篾匠小余带人去望江华阳镇寻找梅香。小余等即去。小余等人在华阳河一带遛达数日,空手而归。只有一模糊信息,说华阳河有人记得七年前蔡家班有一名女伶。但蔡家班老伶说她不叫姜梅香,叫"宜官",此女后来投了太平军去了。姜家人一听,又是哀叹,又是抱怨,猜来测去,竟不知那宜官是否是梅香,即是又往哪里去找?安庆沦陷,太平军早灭了。梅香也罢,宜官也罢,肯定都没人了。呜呼哀哉,一家人又是空劳一场。

4. 黄州散泪

进入咸丰末期,由于清军势力猛进,太平军在天京内讧后人心分散,主战场失利,江北连遭重创。陈玉成的同春班伶人全部投入战斗,陈玉成西进北防,几乎无时间听戏。梅香和陈玉成的关系也由于战局纷乱而渐生隔阂。咸丰十一年九月安庆保卫战失败,北线重镇舒城失陷,庐州次年失陷。梅香与陈玉成最后分手在咸丰十一年春天。

是时,陈玉成携梅香欲进军武汉。自霍山走英山,突破清军副将余际昌

天堂寨防线。这一仗梅香立了大功劳,也是她为英王戎马一世做出的最大贡献。余际昌重兵把守天堂寨,太平军纵有飞天之力也难跃过。梅香献计,待夜间,率几百号牌兵,脱去军服,扮成伶人,进入余的营部唱戏。

于是那一夜,太平军乔装成舞龙灯、舞狮、唱采茶调、舞花船的队伍。龙灯在镇头盘旋一会之后,健壮牌兵腰藏短刀,扛着内架长矛的长龙直接进入余际昌军营。清兵以为是来闹灯的,都围上来看。梅香自亲带头,与伶友在营中对唱黄梅调《观灯》,活泼生动,让观者如痴如醉。一曲连着一曲,清军放松了警惕。待太平军陆续进入敌人营部,陈玉成一声令下,突然龙灯队一闪,有人大喊杀妖。太平军立即里应外合,与清军杀砍起来。梅香亦举刀砍杀,但梅香沙场拼搏不及戏台表演,她在混战中右腿骨折,身上多处被刺伤。梅香拼死骑马突围出来。余际昌的部队全军覆没。

这一战大获全胜,随军的曲艺伶人起了至关重要的作用,立下汗马功劳。为此陈玉成赞赏梅香灵敏巧慧,有军师的谋略,只怪自己没有早带她上战场。梅香笑说,英王过奖了,谁不知英王智勇双全、所向披靡,既无宜官花灯之计,英王取余部也易如反掌,我只是得了天时而已。二人并马前行,一路欢喜。其时梅香伤口溢血渗透了衣服,虽草草包扎过,但仍疼痛不堪,梅香不想败英王兴致,一路强忍。

四天后,陈玉成部进入鄂东,攻克英山。梅香腿部骨折发炎,但还能骑马,持刀随军行进。英山一战,顺利克城,但牌兵死伤亦多。其时,同春班石牌伶友只剩三五人,有些未跟兵来鄂,而随东征军回了安庆。

举兵蕲州时,查凤仙夫妇请愿要求随部留守,因那乔玉秀家在湖北。至夺下黄州时,身边熟人渐少,梅香身心俱乏,又因伤势过重,春寒料峭,四野冰霜铺地,梅香越发体虚神衰。陈玉成便劝梅香随守将留在黄州养伤。陈要率兵攻广济,并东下援安庆。

彼时黄州、蕲州、随州、德安一带都被太平军占领,战局尚稳。临别时,陈为梅香留下一匹战马,及同春班部分伶工。身落异乡更有离别苦,梅香泪眼婆娑,说,英王若抵安庆,勿忘拾一捧土回来,以慰藉小妾思乡之情。陈看着卧榻上面无血色的女人,知道她的悲戚,便道,陈某谨记,陈又道,待本王夺下江北大营,即接你回安庆,筑歌台舞榭,重唱黄梅。梅香泪光闪烁,说,妾有不忠,望英王恕罪。我本石牌富贾姜姓女子,名梅香,天朝乙荣五年因唱戏而被夫家出族,流落江北至入英王门下,天赐良缘,三生有幸,至死不忘英王恩情。

陈玉成定睛看着梅香,似愣住了神,须臾又道,陈某早就看出姐姐不是凡俗之辈,既是良缘,又何必问来路?陈某少年孤贫,斗字不识,曾几羡慕你等富贵胭脂,今世得遇,陈某幸矣。二人越叙越伤感。木格窗外,雪片飘落,山麓渺渺,暮色四合。

陈玉成亟待启程。此去天高水长,梅香预感佳期难测,拉过陈的手贴在自己脸上,依依不舍。陈玉成说,姐姐贵命娇体,跟我戎马血海,委屈你了。梅香扳着陈玉成的手指,见它细嫩又白长,真不像提刀杀人的手,像提羊毫写小楷的手,便道,待战争平息,你可静心诵经作赋,你看你这双手!陈玉成笑说,这何尝不是我所愿。陈某极爱诗赋,常以"总裁"自恃,有朝一日,我写词曲给姐姐唱,那岂不胜唐明皇的《霓裳羽衣曲》。

二人泪眼对笑,梅香控制不住,抱着这个男人失声大哭起来。陈玉成也拭泪不尽。而后又亲热一回,陈玉成出辕门,横刀跨马,马嘶长鸣,奔夜色而去。

5. 廪生

壬戌年,京城里换了皇帝,年号"同治"。淮军在安庆建立,编十二营。曾国藩、左宗棠、李鸿章三面围剿太平军,胜局初定,安徽省府自庐州又迁回安庆,一切百废待兴。次年,科考恢复了。姜家三少爷诗康,于春上取廪生,到安庆敬敷书院读书去了。诗康一走,老太爷觉得甚是冷清,寂寞使心气郁结,乔姨奶也不能化解。事实上,是老藤逢霜降,到时候了。姜诗康每逢月课休假,亦不回石牌,只和同学在省城里逛,看戏、采风、交游、会友。其时,

安庆初建了洋务兵工厂，城郊矗立一柱柱高烟囱，又是制火药炮弹，又是炼铁造船。诗康见了不少新鲜，便不恋石牌的宅子了。诗裕托人捎信，催了好几回，诗康才于初秋季考之后，回到家中。爹爹已是奄奄一息了。

爹爹听孙子眉飞色舞地叙说安庆洋务的新变化，苍颜露疑色，道，自古都是冷箭长矛，如今新政造火药，打起仗来，岂不更伤人啊？诗康道，这叫西学东渐。中国近百年腐化堕落，烧了鸦片，又起发匪，不正是因为思想和兵器落后吗？如今改良旧政，发展机械技术，就是要重振大汉之威武。令启公谦卑地笑笑，但愿如此。旁边的春香插嘴道，听说洋人的火炮最厉害，一个火炮弹可以从安庆港口飞到石牌来。前几日听街坊说，曾国藩灭了广西长毛，又有南海那边的外国黄发要来，洋人强迫中国开港购鸦片，不购就要挨打。外国的大船占安庆港了，他们是不是先来探路的？若洋人放起火炮来，那我石牌就完了。

令启公喉咙里抽痰，道，且莫信坊间危言。诗裕忙责骂春香，你莫瞎扯。春香低头止了话。老太爷却在喘气，国运难测，遗憾我朝廷皇帝年幼啊。若康乾再世，岂容诸贼作乱！众儿孙知道说到太爷伤心处，便打岔换了话题。可是老太爷仍在唉声叹气，苍声透过窗户，回荡在空寂的廊上。

霜降后，姜老太爷的病情愈加重了些，诗康逢旬必归，众媳妇也不打牌看戏，诸事收敛了些。媳妇、孙子们每天必来探望爹爹，入冬之后，一家都在忙这事。

公公病一发，烟翠心里就忧喜参半，好紧张，切莫以为她是紧张老人，老人的病司空见惯，她紧张的是又要见到那个潘传朗。不知什么原因，乔姨奶看中了潘郎的医术，说，老太爷不服其他郎中开的药，唯潘家小郎中的一剂汤药能缓解一段时间。所以公公一发病，就叫仆役去喊潘郎。

没想到，这一回公公病发了，仆役唤来的却不是潘郎。

这一回是从高河埠请来的医生。这种老年病，凡是走过江湖的郎中都能看，无非又开药草方子，抓药煎汤。那老太爷汤药喝一半吐一半，日夜呻吟。人怎么这样难死,宁愿早去了,免得受罪。老太爷自己居然这样哼哼。媳妇们站在床前,苦巴着脸也是做做样子,久病床前无孝子,何况媳妇。况且那二婶邵氏自诗良去后,她也丢了半条命,如今脸色苍白,人瘦得皮包骨头,基本上不出房门。老太爷病发,她隔天来转一趟就回屋去了。

能常来过问老太爷喝药的便是烟翠。去高河埠请医生,想必是诗裕的主意,这夹生手艺的郎中,虽然开了方子,但自己没带药,药依然要在石牌的药铺才配得齐。高河埠的郎中把开好的药方子交给媳妇烟翠,烟翠拿方子出来找仆役,低声叮嘱去染指河的潘氏药店抓药。

仆役去了,不出一顿饭工夫就回来了,拎了一袋药,回告三姨太,还有一剂药一时配不齐,潘郎中答应下午亲自送来。烟翠暗喜,命仆役煎药去,自己转身回到西厢屋收拾,并打扮自己。

且说这潘传朗与赵烟翠被姜诗裕发现后,曾经断了一两年。那潘郎曾派人暗地捎来煽情诗,烟翠不回,那边自不敢来见,但并未彻底死心。若逢庙会庆典,看戏观灯,二人还能碰到,虽只是眉目含情,那一束温热的目光却有使旧情复发的功效。恰有一次,老太爷在前街一戏楼看戏,中风病又犯了,姜家媳妇一时间乱作一团。本来老太爷就是卧在躺椅里,抬来看戏的。现在这一中风,抬都抬不回了,手、胳膊和腿都僵硬了,脑袋也偏了。在媳妇们又哭又叫的时候,恰逢潘家人在那边包厢,闻这边有人犯病,潘家两个郎中连忙跑来施救,经过一番点穴推拿,老太爷总算有了些缓和。细看两个救命恩人,一个是潘家老大,一个是潘家老三传朗。乔姨奶感激不尽,又发现那潘郎诚实殷勤,把老太爷救过来了,还左叮咛右嘱咐,回家如何推拿、如何喝药,又当即命家丁去潘家药铺取了药丸来。

后来,乔姨奶说,若真要看戏,就叫人折个纸戏台来,让他在家里看。等于是提前享受阴间的生活,这样总比死在外面好,若这把年纪还死在外面,不能上祖堂,不能睡祖坟山,岂不亏一世奔劳?反正这以后,再也不抬老太爷外出看戏了。此后老太爷常离不开潘郎,那潘郎除了医术好,还会说笑话,陪老太爷聊天,能聊上个把时辰。心情理疗,加药汤服用,双管齐下,乔

姨奶也就反复在诗裕面前夸赞潘郎，你那个朋友交得好，纯粹一部百科书。可是朴素的老太太并不知，这又是一次引狼入室，她把媳妇给搭进去了。

潘郎一次两次进姜府，他老实得很，坐在老太爷的躺椅边说话，那媳妇烟翠进进出出，一会添茶，一会焐热毛巾，貌似侍候老太爷，实则与小郎中眼色交替、眉目传情。有时候甚至还有擦身碰手的敏感接触。

这若即若离，持续了几回，潘郎忍不住了，干脆趁晚摸黑躲进西厢来。

烈女怕缠夫，何况烟翠不是烈女，她是经不起这英俊郎中热火温烤的。初次进来，她也粉面生威，柳眉倒竖，咬牙压声，要推他出去。可她那凝喜含怨的眼神，又分明给了对方可乘之机。潘郎却不管她咬牙蹬脚，一把抱住她，嘴巴堵上来，压住她的声音，就往屏风后床上去。

偷欢一番，潘郎再穿衣整帽，出门去。其时天黑，那府门夜里关得严实，厚实的两扇大木门关和开，都会弄出很响的声音，且常被仆役反锁。潘郎便摸出一条老路，从宜园后墙翻出去。

姜诗裕看出个中细节，这一回乔姨奶要唤潘郎，他故意说，潘郎外出不在石牌，请了高河的医生来。但没想到，那人只看病不卖药，最后弄得还是潘郎扫尾。

这一天下午，潘郎果然拎着一包药，送到老太爷的屋里。然后与乔姨奶寒暄几句，便告辞了。这潘郎对姜家熟门熟路，出回廊，四下看看，见院内无人，转圈打个混，便径直往西厢来。

烟翠正在屋内手拿花卉做刺绣状，二人相见会心一笑。潘郎说，晓得你想我了。背后顺手把门反关上。烟翠见关门，心里怦怦跳，脸红道，光天化日，不能关门，怕诗裕来撞见。潘郎说，关了门他才不敢进来。你现在怎不比先前，胆小怕事，我不是说过么，不要怕，等姜宗仁回来，就和他打开天窗，把事说明白。要多少银钱，我自不惜，只要能娶到你。潘郎话至此，双臂已伸过来搂住了烟翠。两人一阵亲昵，浑身充血。烟翠呢喃道，你不后悔？潘郎手早已在女人身上乱摸起来，道，我后悔没有夜夜做你，白白浪费了这几年的时光。

两人在床上互相撕扯,帮对方脱掉衣服,然后男人一个猛浪,女人一声晕颤,进入销魂的佳境,一浪又一浪,翻江倒海,花样翻新,颠鸾倒凤,近一个时辰。潘郎睡去了,烟翠侧卧枕头,一抹清泪从眼眶溢出。

烟翠有一些激奋,又有一些担忧。自己独守这空屋已有九年多了,怎么现在一月没有这男人,她就坐卧不安了?她担心自己陷得太深会无法收场。透过黑夜,她似乎已看到自己的前路了,要么嫁给潘传朗,要么死在这屋里,覆水难收,别无他路。不禁一串泪又顺颊而下,落在绸枕上。

有一天,乔姨奶召集大家一起商议后事,说趁着老太爷这几天回光返照,还能说些话,把要交代的再落实一下。这一天下了冬天第一场雪,雪很大,十二月初落雪,近年没遇过,定是天要挂孝催着老太爷走,省得他留在世上磨人。媳妇们及孙子诗裕、诗康都坐在老太爷床前面。乔姨奶说,老太爷你还有什么话?诗裕都在这记着。令启公伸出手,诗裕连忙上来握住爹爹的手。其实病了这么多年,该说的话在每一次病情加重的时候都说过了,反复念叨的是爱女梅香,叮嘱诗裕、诗康,一定要找到姑姑,算命的说她在西方,有消息一定要去找,否则爹爹上天之灵永不安息。两个孙子答应着,以誓言安慰爹爹千万放心。令启公除此之外别无他念,余者无非是希望孙子出息,孝敬,谋生,成业,显贵,光宗耀祖。又盼宗仁回来,但隔着大江,兵荒马乱,宗仁也是无可奈何,有孙子、曾孙子送终已死而无憾。令启公弹动几下手指,有人急忙将春香的儿子抱来。每次如此,只要发病,太爷就想看曾孙子,因为他是姜家香火的传承者。刚满周岁的小婴儿,笑咯咯的,在令启公斑点密布的苍老脸上,又贴又亲,乐得老太爷嘴唇直颤。

可是这一回老太爷嘴唇颤动,手指又弹,诗裕耳朵忙贴上去,终于听懂了。诗裕转身对诗康说,快,去堂屋把钟端来。令启公要孙子记住他去世的时间。

一会工夫,诗康跑到前面正清堂,把家里一尊铜座钟搬到爹爹房里来

了,放在案几上,钟针嘀嗒嘀嗒,这屋像是亮堂了许多,大家的心被钟的声音调整得很有次序了。这尊钟是令启公任知府时,一个洋商送的。钟上红木嵌铜雕外国人像,据说那人像是意大利旅行家,叫马可·波罗,他游历了中国,后人就以他的像制了精美厚实的铜钟。这钟虽没直接花银子,但老太爷帮了洋商的忙,等于用权利挣得的,权利和银子对于官僚来说,又是联袂的。令启公告老后建豪宅,便把座钟摆在正堂屋"正清堂"。迎客、会友、议事,添增庄重气氛。在这座钟的映衬下,仿佛那沉沉暮年,也是鲜艳夺目的。

这座钟一搬来,令启的神态安详了许多。无论如何,老太爷的去日逼近了,丧葬的事现在就要着手办了。大家退到外屋来说话。寿材于上月刷了最后一遍漆,依然是楠木材料,和当初借给孙子诗良睡的那副棺材一模一样。这事情一家人都知道,包括仆佣,就是两个睡棺材的人不知道。

之前两个月,书信往江南催了好几趟,叫宗仁赶紧回来,老太爷撑不过这个把月了。可是也奇怪,宗仁那边只说快了快了,他不回,老太爷却也未走。最后一次,宗仁在信中说,一定在年内回来。

一家人心里都踏实了,唯有烟翠,心里越发不安。她并不是害怕丈夫这个人,她只是害怕一些事情,预感一些事情必定会有个了结。她盼着宗仁早回来处置她、发落她,让她有个出头之日。但她内心又矛盾,潘郎真的那么可靠么?难道他比姜宗仁更让人可以信服并依托终身?可是,如果不跟潘郎走,她又将到何处去,她还能厚颜无耻继续留在姜家么?这是不可能的。

6. 丧葬

腊月十九,正是石牌过年扫尘日。雪化了,上午太阳丈把高的时候,正街上热闹起来。姜宗仁带着他的财物和女人回到石牌。豪华阵容占了半条街,先是四辆装货物的马车,接着是姜宗仁的坐轿,宽大,高顶,帘子是青底印蓝花。熟悉富家行踪的都能看出,那是双人轿。后面跟着好几个健壮仆役,应是姜宗仁担心路上遇到打劫的强盗,所以带了那么多护阵的壮丁。又有人说,这是明摆着张扬炫富,这要是遇到太平军,肯定被洗劫一空了。可是大家都晓得,时局变了,太平军江南州城要塞都沦陷了,天下又回到了官商一家的清廷时代了。你看,说不清这姜宗仁是商还是官,他的荣归有官的威严又有商的阔气。总之,有钱的富人就是这样让街坊看得兴奋又迷乱。

姜宗仁到家,住在东厢房,占了两间屋子。他带来的数不尽的绸缎、绣品、珠宝、瓷器、字画、古玩,在屋里一一摆放开来,由随身的一个仆人拿着清单分发:那一担箱子给三姨太,那一摞绸缎物品给姨奶奶,那一堆礼物送二婶,那一套货箱是四房的,那两顶奇帽给梅香儿子……姜宗仁早闻添了孙女、孙子,给孙辈的礼品自是珍贵得不得了。邻里、亲戚、故交均备了小礼物打发。离家九年,这一回肯定要挣足面子,坊间人说他在外是逃难,现在看看,衣锦还乡。

姜宗仁到家,在正厅正清堂落座,他第一眼看见三姨太烟翠,心里一惊,九年不见,她还是那么年轻。但这九年他心中留下的不是烟翠青春的美貌,而是随着心境变迁,她过早地在他心里凋谢了。

烟翠上来向丈夫弯腰压手施礼,道,老爷别来无恙,妾身这厢有礼了。宗仁双手扶起她,说,烟翠,这些年苦了你了。烟翠鼻子一酸,眼泪控制不住要流下来了,忙低头闪身躲得很远。烟翠刚坐定,宗仁就指示他旁边椅子上坐着的那小女上前叫姐姐。小女子乖巧地过来,对烟翠鞠躬,道,姐姐好。她的身份已经很明显了,烟翠便不想问她的名字。烟翠强作笑容回了礼。姜宗仁却在老远说了,她叫婴宁,以后凡事互相关照。婴宁呀,只怕你还要多向姐姐学习,先前交代的那些话,你都记住了吧?婴宁细声道,记住了,老爷。

烟翠心里极不舒服,还说"先前说过的话",先前说过的什么话?无非是你俩的私房话了,烟翠恨地无缝,可她的笑还是要在脸上挂着。

且说那婴宁是杭州城里唱昆曲的,因为宗仁常去逛酒楼,一来二往,便做了他他乡寂寞的慰藉。后来干脆就收了房,曾随身带到如皋,杭州战局恢复,又带回杭州。先前这女子有个极土气的名字,还是伶人,连个名都取不好,宗仁便知她是穷苦出身,纳她为妾,宗仁就给她改了名。因她像《聊斋志异》那个狐女婴宁,喜欢咯咯地笑,婴宁的笑溢满人间,二者极似,便得此名。此番回乡,婴宁一脸笑靥果然讨得姜府上下都喜欢。先是厨佣要去打听四姨娘喜欢吃些什么菜。婴宁笑咯咯地说,随便吧,听老爷说麻塘湖的鲫鱼闻名百里,我就吃鲫鱼吧。又闻安庆胡玉美酱园做的酱醇香可口,我也想尝尝。厨佣乐坏了,说四姨娘真会体贴人,一则胡玉美酱和麻塘湖的鱼在石牌是最方便的菜;二则入乡随俗,还表现了对婆家的这种爱意。姨奶奶、二婶喜欢婴宁也胜过烟翠,不只是喜新厌旧那么简单。那婴宁纯洁无邪,整日里笑咯咯的,没心没肺,像孩子一样惹人怜爱。二婶说,就喜欢这孩子不长心眼,爱说爱笑,哭起来也真实。难道有谁看到她哭过么?二婶说,是听宗仁说的,她爱在他面前哭,平时对外人都是笑。

且说这姜宗仁带回来笑的使者四姨太,并未给姜家带来笑的好运,相反,第三日,府上就白皑皑一片,全挂孝了。老太爷姜令启殁了,享年七十九岁。四邻街坊都相信,这是老太爷积德,病了那么多年,一次次的关卡都过了,终于等到长子姜宗仁回来送终。

老太爷虽然去了,却去得极是时候,宗仁陪了他两日两夜,爷俩叙谈了,亲近了,像情人那样耳鬓厮磨。廿一日亥时尾,老太爷像累了一样,闭目养神,突然间喉咙里像一口痰堵着似的,张着嘴啊了好一会,就过去了。宗仁泣诉着,抚合父亲的眼睛,儿媳、子孙齐齐跪了一地,都送了终。

这老太爷的丧葬,府里足足备了好几年。现在真的殁了,似乎又有些猝不及防,因为全府上下正沉浸于婴宁的笑声里。于是,这一夜,全府上下忙开了。

那边有人去镇外河流"起水",房内有人撤下死者床上帐子,起水回来加温,趁热擦洗死者的身体,穿上寿衣,四肢放平。"起水"和穿衣寿的人,都是族下有些年纪的老者,他们早候在府内,一旦太爷落气,立刻行事。若时间拖延,死者身体硬了,便不好穿寿衣,所以做这种事必得是懂行的经验者。

孝子们统统跪在床前,烧纸,放声大哭。仆役们也来狠哭了一顿。

至卯时,东方破晓。仆役们开始在房内搬长凳和门板搭"摊停板",将遗体抬到摊停板。死者脸上盖裱纸。顶头放一碗油炒饭,饭上放两个熟鸡蛋、一双筷子,叫"倒头饭"。哭到天亮了,孝子累了,轮流派人跪在摊停板边烧纸。

俗规是,老人去了,以哭送上路,不哭他的灵魂得不到安宁,哭得越凶越好。还有邻里也来帮忙哭,石牌富户大族,闻讯也派了家中媳妇来哭,当然这样的哭,是出于一种礼节。生人房里一房鬼,死人房里一房人。这一房人都趴在地上哭,而且走了一批,又来了一批,源源不断,这可吓坏了婴宁。她是应该哭还是笑?她自己也不知道,只一个劲地站在门后哆嗦。女佣桃娥上来按下婴宁,示意她跪下哭,可是婴宁却怕痒痒似的笑出了声。乱哄哄的哭声里,唯有烟翠注意这个傻女人的细节。

姜宗仁回到书房写单子,列出应去"把信"报丧的亲戚和朋友名单,然后让仆役分头去送。"把信"的程式都按规矩来,即便天晴亦要掖下倒夹一把竹骨伞。这几个夹伞的仆役出街过桥,于是河边洗衣担水的贱民都知道正街大户有白喜,问是哪厂子(地方),莫会子做七(法事)?仆役一一答了。富人家即便是死人,对于他们亦是一次狂欢的感官盛宴。他们会叫二里外的农村亲戚一道来看规模盛大的超度法事。

这边请来扎匠,来扎纸轿、纸马、莲花屋、莲花灯、天宫诸将诸神等等。又去请锣鼓队,请戏班,请道士关灯、做"长七",请风水先生掐殡殓时辰及去祖坟山拿罗盘测墓向。

"把信"不出半天,附近的亲戚都来了,先是空手来哭,待发丧日子再送花圈、挽联及银两礼品来吊唁。亲戚们每来一家,爆竹响一回,媳妇们便要接哭一回。烟翠自是嗓音沙哑,无泪也要出声,四婶只把孝帽拉得低低的,

这样便无人能看见她的眼睛。第三日江西的两个女儿拖家带口地乘马车赶到，众人蜂拥迎至灵堂，一时又喜又悲，哭声震天。当年姜令启在江西做官，将两个成年的女儿配与江西官宦，如今血脉扩张，外孙、曾外孙，还有外孙媳等已是十几口子了。平时多是书信往来，这回老太爷归天，自要全家倾巢来送别。两个鬓染白丝的女儿如何悲泣老父，乔奶奶及妯娌如何与之悲喜叙旧，热闹的情形自不必说。

本想让这老太爷留在家里，过了年再出殡。可是这老头定是病久了怕儿孙嫌弃，硬是托了掐时辰的，说他廿三日未时三刻要入棺、廿五日辰时要出殡。于是殓前又忙碌一阵，给太爷梳头、洗脸、整衣、口含茶米，把老爷生前喜爱物品及金银首饰，一并装入棺内。腊月廿三恰逢"送灶日"。相传灶神此夜上天报告人间善恶，故送灶场面虔诚而隆重，以冀其言善隐恶。于是，入殓后又做了一场法事送了灶神。这个巧合又在下石牌议论了一番，姜家老太爷是饱尝了人间战祸与世道险恶，故选择和灶神一起上天告恶了。

宜园唱戏，正清堂设灵堂做法事，后院敲锣打鼓，前院爆竹声此起彼落，上下石牌人都来看，连做三天三夜，姜家的白喜好热闹。

姜宗仁富贵归乡，惊动了亲戚朋友，老太爷去世时来吊唁的亲戚友人就比诗裕婚娶那回多了几倍。本邑的一些大族富绅，虽无通婚关系，甚者或还有商业竞争，面和心不和，但乡里有约定俗成的规矩，哪家有红白喜事，必得相互捧场。姜宗仁初回家乡，遇到他先办事，他自然要主动下柬邀请才礼貌，借机请诸位吃酒，好为日后生意发展打下人脉基础。各街富绅、举人、贡生及有头面的族领，像潘姓、丁姓、产姓更要发请柬。外省驻石牌六家会馆，上江、两广、两湖的经营大商，均得发柬。还有庐州、婺源太爷身前任职之地的官吏，安庆城县府省三级宗仁当年的商界、政界朋友，均借机发了邀柬。桐城、太湖及六邑中多少年没往来的朋友，这一回也来了。

酒席拟定五六十桌。

酒席上，人们听说知县也来了，便个个伸头往这边桌上看。怀宁县新任杨知县以前与宗仁有过谋面，那时杨知县还是一个贫穷的庠生。杨知县宗仁并未发请柬，因不知现任是他，他主动登府吊丧，让姜宗仁十分惊喜。杨知县及衙役一行人到灵堂跪拜吊唁完毕，入席吃饭。姜家子孙及族内主要男丁一一上来敬了酒。真正的贵宾，抬了姜家的大面子。

酒毕，姜宗仁请杨知县一行到梅花厅品茶叙话。杨知县打量宗仁道，记得我俩还是道光年在桐城见过一面。宗仁说，可不是，杨兄多年不见，今非昔比呀。杨知县谦虚地笑笑，比姜老弟，我是自惭形秽呀。杨知县端碗擦盖，轻尝了一口热茶，又问姜宗仁回怀宁后有何打算。宗仁说尚未决定，对怀宁局势不甚了解。杨知县叹道，孟贼刚灭，民众还在水深火热之中，一切百废待举，还望老弟多加相助啊。宗仁知道，这是来索捐资的，便笑道，杨兄太客气了，我一商贾小户，只恐怕心有余而力不足。

杨知县并不避讳什么，直接开门见山道，请你出山，一则避免闲居生闷，二则行仕途可助商业发展，有个头衔将来在安庆一带做任何生意都方便。上石牌的王家，已于入秋捐了监生，你若不爱政道，也该为孩子们考虑。宗仁从不拒绝官道，这会子便多问了一句，现在县上有何空职？杨知县说，外官以道员为限，省府县署官职均可纳捐。宗仁老弟，先捐个闲职吧，既可守孝养心，亦可为日后三少爷入仕途做好铺垫。

姜宗仁不想当即决定，便道，容我考虑几日再告杨兄不迟吧？杨知县笑道，那我就等你喜讯了。

且说姜家，这日清晨，众人披麻戴孝，鸡血画圈烧了笼堆，而后在悠扬的哀乐声中，长长的送葬队伍在山雾与弥漫的纸烟中，把老太爷姜令启送上了祖坟山。楠木棺材停放在砖瓦砌建的厝内，待三年后入土下葬，再立石碑。子孙按习俗"应七"、烧纸、守孝，不在话下。

7. 笑婴宁

姜宗仁守孝期间仍把四姨太搂在怀里夜夜睡得香甜连天。对面那西厢，留着年轻孤怜的三姨太，夜夜红颜空枕。

四姨太说是杭州城里唱昆曲的，其实是杭州妓院唱花酒调的。宗仁嫖了她几宿，就决定接回宅里，让她天天唱曲子，算是宗仁养的歌伎。这女子还有一奇，在老太爷死之前，宗仁没有说开，怕伤了老太爷的心。这女子没有缠脚。凭这一点，烟翠便知那小女人身份何等卑贱。她整天迈着一双大脚，在姜家宅院走来走去，大大咧咧。没有缠脚的汉族女子，要么是从小家贫要挑柴卖草下水田干重活，要么是自小死了娘和老子没有人教养。就是她脸上笑成一朵花，也无法弥补那双大脚的粗鄙。几个儿子嫌弃搁在心里不说，烟翠也不说，他们都相信老爷的眼光，老爷喜欢的自然有其可爱之处。婴宁又极讨邵氏二婶的欢心。于是她的短处便变成了长处。要不那太平军为何不给女孩子包裹脚？想必是男女平等，让婴宁身先士卒做了先锋。从这一点看，姜家的姑娘梅香，抵不上婴宁一半。

过年，姜府内外门联统一贴绿纸黑字，对联的内容亦是以"孝"为主题。送走老太爷，这个家反而卸了个包袱似的，现在不必服侍病人了，各玩各的，更热闹。年三十，众人吃了年夜饭就开始纷纷去推牌九、搓麻将。就连宗仁自己也是面带福态，坐在八仙桌边，儿子媳妇陪着，推起牌九来。那婴宁寸步不离，守在宗仁身边。两人手脚在桌下不干不净、摸摸捏捏的。

诗裕、诗康尽量装着没看见，脸上却有掩饰不住的尴尬。那长房媳妇刘孟姣是一壶温水，看不出她的嫌弃。这孟姣原本朴实，自生了女孩，诗裕又纳了春香，春香又生了男孩，她自卑感陡增，越发谦恭。倒是春香底气足，心气傲。这会子见老爷老不正经，她眼睛瞟得厉害。诗裕生怕父亲看到春香的表情，便催春香回自己屋里去。春香一丢牌，转身出屋，来到廊外，长嘘了一口气，那场合让她好压抑。

春香这会子又来找二婶、三姨娘这牌搭子。到了邵氏屋里，却发现邵氏早已休息，只见女佣凤枝坐在外屋暖火桶里吃瓜子。这凤枝是腊月里新雇的。姜宗仁回府后，见家中破落，八九年战争使姜家消尽了繁华，连仆役都只有年伢等两三个人。宗仁自恃挣了一些钱，便要重整旗鼓，首先在雇杂役上就大手大脚,一次雇了婢女仆役八个人。这些婢女各房添一个,春香房里也有一个。这下春香真正找到使唤人做太太的成就感。

凤枝与春香还有一层关系,她俩都姓张。凤枝进府久了,一叙上,她竟是西面茶棚岭的人,与春香老家相近且共家谱。如今的春香,见到老乡尤为亲切,要知道她现在是孤儿,老家那几间土屋早被房下叔伯瓜分了。虽然两人年龄上差不了多少,但春香如今是姜府的太太,在地位上,有信心让她对凤枝给予关爱。这关爱反过来又助长了她的虚荣。春香和凤枝吃了一会茶,谈了一会心。凤枝说,我初进府,闲时有些急,以后只得多往太太房里去玩,你不嫌弃吧?春香说,莫客气,有事尽管去找我,等过了年,春暖花开,我带你去见老爷,老爷喜欢听歌,你唱些家乡的歌给他听,他就会记住你。凤枝说,那要唱什么歌?春香说,随便、秧歌、采茶调、花鼓戏,你会的都献出来。老爷一高兴,说不定把你也收了房,你就翻身了。凤枝脸红了,说,我没婴宁好看,我也没春香太太聪明,我不想做癞蛤蟆。春香也知自己出言不逊,怕凤枝往心里去,便说,开玩笑的,你莫当真,反正你好好服侍二婶,将来定有好前程。

过年的这段日子,烟翠也一直找不到机会和宗仁单独说话。他初回石牌,本邑和邻县的朋友登门叙旧不断,有来洽谈生意业务的,又有官府来谈捐资纳税的。来客闻四姨太会唱昆曲,总要现场听上一段。宗仁的日子像过节一样,天天热闹又疲惫。仲春过后,宗仁婉言谢绝了一些闲客,又在中进屋上首边装修了一间屋做书房,门楣嵌字"梦蝶斋"。宗仁开始于书斋读书、赏画、临摹书法,又与塾师讨论教学问题。是年,曾国藩在安庆设书局,刊印"四书五经",重修文庙,儒学风尚重现官学和家塾。姜家仍希望孩子们读孔孟入仕途。诗康已成年,该在近年应科登仕了。宗仁自己不喜欢仕途,却鼓励儿子做官,认为男人只有经仕途才可磨炼成熟。

梅香的孩子、四房宗明的孩子,陆续被送安庆入县学了。诗裕的女儿及族内几个孩子尚小,仍在家塾。二房人丁不旺,两代早逝。姜府便将那谱上

承诗良子嗣的旁枝也接进府来,读书供养。这都是邵氏一手遮天强权操办的,二婶是不忍姜家财产全落进大房一支人,便硬要搞个外人来承袭诗良名下。翻过年来,塾里开学,宗仁就去窗口探视了几回,小孩子学的是《千家诗》《弟子规》之类,大一些的孩子在读《大学》《中庸》等,书法临的是柳公权的楷体和王羲之的碑帖拓片。一切皆好。唯有一男孩听课心不在焉,脚还跷到桌上。

宗仁进来问塾师,那是哪一房的孩子?塾师低声说,是诗良少爷的过继子嗣,刚进府,不懂规矩,孩子生于农家,原先在田坝放牛,散漫惯了。宗仁看那孩子一脸顽皮,眼睛却机灵聪颖,像诗良童年一样淘气。

宗仁叫塾师,你跟我来。说罢,宗仁气呼呼地拎袍走回梦蝶斋,提笔写下一行字:刺股,修身,成器,治心,承父志,振家门,千里足,始于此。他命塾师把这字挂在塾学墙上,说,让那孩子每天必念,潜移默化。念三旬,带他来见我。

一家人都不敢去打扰宗仁的事务,只在吃饭时能见上面。有一天在餐厅吃饭,烟翠坐在宗仁一侧,趁人多,那一侧的婴宁正笑得乱哄哄的时候,烟翠低声说,老爷回府月余了,烟翠琐事缠身,一直没机会好好侍候你,改天有空,我给你熬百合银花粥,你最喜欢吃的。宗仁笑了,这话被你说在前头了,我一直惦着,还有你做的红枣糯米圆子也不错。这些年在外,餐鱼顿肉,我就馋你的汤水厨艺。说罢,宗仁故意压低声音说,待烧过了老太爷的七七,我去你屋里。宗仁这句貌似讨好的话,并未让烟翠心里高兴。烟翠是想和他摊牌。

这冬春几月,烟翠大部分时间都在陪乔姨奶,怕她冷清。烟翠过来聊天吃茶,说些民间往事,乔姨奶果然抹了孤寂和丧夫之悲伤。乔姨奶和烟翠静静坐在屋内,一人一个暖火桶。乔姨奶坐的是长形靠背式暖桶,身下铺虎皮纹毛做的靠垫,腿上盖的亦是上好毛毯,脚底下是栗炭火。手提小炉里温着瓦钵壶,是枸杞干花泡茶,喝着温胃的。乔姨奶虽已白发染鬓,体质却比二婶还健好。二婶自诗良去后,迅速老了几十岁,烟翠年前给二婶送了些燕窝、灵芝之类,只当安慰,也不敢与她细聊,怕她伤心。

乔姨奶喜欢婴宁单纯,喜欢烟翠安静。她说,女人一生有一样让男人爱,就是福分。烟翠内心的苦,姨奶奶自不知,烟翠是不想表露,不敢吐半句怨言。乔姨奶却是心知肚明的,她说,人在做,天在看。你为姜家恪恭尽守,一个人撑了这么多年,宗仁不会亏待你的。烟翠浅笑一下,谢奶奶夸奖,怕也有让他不满意的地方,只等待老爷发落。乔姨奶说,人无完人,不求十全十美,但求无愧于心。烟翠心里怦怦跳,她连忙拐了话题,说,如今反叛被镇压了,消灭了,京城里小皇帝登基了,复了天下,我们老百姓的日子会是越来越好,奶奶你照顾好自己,好好安享晚年。乔姨奶笑了,说,那助曾国藩歼灭太平军的淮军首领李鸿章朝野上下无人不钦佩,如今正值春风得意之时,据说娶了你太湖赵氏小莲女为续配,岂不锦上添花。

烟翠说,这有什么可喜的?我真不明白,我此等名门之后,为何皆为姜氏、续配之命。乔姨奶责备道,话可不能这么说,想古往今来,凡妾氏、续配者,皆是有才有貌、智慧过人、性格独立特行之女,正是因这等优秀,才有功成名就之士权衡轻重,婚娶增荣。两人又说些做姨娘的幸宠和心酸。乔姨奶叮嘱烟翠,我虽受宠但孤身到老,有何意义?你必得抓住年轻,快快生下一群孩子,那才是女人的成王败寇的秘籍。看春香两年间的变化你就晓得了,快快生吧。烟翠低下眼睑,没说话。她何尝不想生孩子,可如今她就是一尊活牌坊。

乔姨奶意识到自己话有过失,又补充道,苦了你这么多年,都是女人,我晓得你的苦。如今宗仁回来了,你就收了别处的心,趁年轻育下几双儿女,那才是你的福。这话又让烟翠心里打鼓,烟翠浅浅一笑,真不知说什么好。和家人聊天,仿佛处处是刺,让她不得自在。她想,也许是自己做贼心虚,过于敏感,而乔姨奶并无他意。

且说姜宗仁果然在烧完父亲七七之后来到了西厢烟翠的屋里。时令已经过了清明,厚重的棉袄棉裤已经脱去,人们都换上了轻薄的衣衫,但早晚还是有些寒意。那天傍晚,东厢房的仆役突然拎来一包衣物,说老爷晚上过来洗澡休息。烟翠知道宗仁是为了来履行他的承诺。她心里紧张矛盾,她在潘郎面前发了誓,即使丈夫回来,也绝不与他有染,以保持洁身嫁进潘府。她皱着眉头急得在屋内转圈,想不出脱身之法。静了一会,她开始有条不紊地把床上被套都换了,又命婢女烧了热水,用宜兴紫砂壶泡了老爷一贯喜欢的上品毛峰茶叶。至酉时,宗仁酒足饭饱地从饭厅来到西厢。他先双手靠背在烟翠的屋内四壁看看,看那墙上的字与画,都是烟翠的笔墨。宗仁嘴里说,不错,几年不见,字迹长进不少,有李易安的影子。李易安,烟翠笑道,老爷这话说得好,证明你也晓得这些年我在家过的是什么样的日子。宗仁回头看看烟翠,烛光映衬下,女人一身艳装,却把脸上的忧郁映得格外真切。宗仁坐到八仙椅上,长叹一声,笑容可掬,道,我又何尝不想念你?只叹你时运不济,嫁我不久便逢蠡贼作乱。我在江南有钱不能使,有家不能归,否则,怎么舍得你红颜空枕?你看我这不是回来了嘛,从此后,我夫妻连理不分,以我残岁沧心之暖,补你芳龄不虚度。说罢,他过来拉女人的手,烟翠闪开手,说我拿一件衣服来,你不冷吧?她将仆役刚送来的包袱解开,把一件披衣套到他身上,也同丈夫坐在桌前。宗仁眯着醉眼,又来摸烟翠的手,说,坐那么远做么事?过来,我俩叙叙。

　　烟翠推开他,说你回来得太晚了,我已经老了。宗仁以为她撒娇卖巧,答道,老了我也喜欢。这回他猛地过来抱住了女人,烟翠真推他,他又责备道,这叫什么话?我都没老,你就说老了。来,我看看。说罢,要脱烟翠的衣服。烟翠心里发慌,她又是一个不会装的女人,面对宗仁,她如何脱身?

　　宗仁把女人摸着亲着,以为她是时久不近男人而变得羞涩,便安慰道,不必慌,像初夜一样,适应一会就好了。还记得那年初夜吗?你也是这样胆怯怜人,叫我念念不忘。说着话,抱烟翠入屏风内。烟翠又急又慌,挣扎着抽身出来。她慌乱整衣,说我俩喝茶、说说话。走到前面月牙桌,给宗仁倒茶。

宗仁站在她背后，面露惊奇。烟翠嫣然一笑，别了那么多年，先说说话，不好吗？宗仁坐到桌边，说，好吧。烟翠又给他添茶，道，老爷在江南阅尽人间春色，何在乎卑妾黄花一朵？且如今有妹妹服侍你，我便心安，不忍妹妹妙龄空枕。

宗仁静目端详女人，许久无话。在那目光下，烟翠难掩心慌，眼睛躲闪。烟翠又说，老爷夸我字写得不错，不知老爷笔法长进如何？来，写几个让我做帖。烟翠从案上抽下笔，想混时间。宗仁无心写字，接过笔，叹息一声，都是我的错，让你受委屈了。他猛地在纸上画一大勾，说，这九年一笔勾销，好吧？说罢将笔一扔。

烟翠吓得脸露窘迫，宗仁目光似箭，穿进她的心。烟翠眼含流光，说，望老爷恕罪，怎奈我俩情缘浅薄。姜宗仁拉过女人，轻捂红唇，不许再说。他抚着她的额头，细看她的脸，眼露怜爱，说，如此玉颜清眸，一如当年我初遇你时的模样。九年泪眼顾盼，终于盼来这一刻，你既在我宗仁怀中，何又说情缘浅薄？你又何必犯傻要清算我的愧疚？一番话早说得烟翠泪似泉涌，心里悲怆，烟翠苦怨难抑，不禁趴在他怀里，放声号啕起来。

此后的几夜，姜宗仁饭罢就来到烟翠房中。二人脱了衣，进了被褥，男人轻轻地吻了女人，轻轻地上来，做得丝丝入扣，一点不乱，却又温情脉脉，后劲递增。姜宗仁在床上的动作，懂得慢慢滋润的重要。多年前与宗仁同房，细节已被时间淡化，记不得了。他是在外这些年嫖野女人学到的体贴入微，还是他本来就是这样？烟翠不知道。总之，在姜宗仁的温热的身体之下，烟翠也把潘郎忘到了九霄云外。女人的意志有时候比男人更薄弱，怎奈何这温润情境的诱惑，何况这一切的到来又是名正言顺。但是经过这夜夜的肉体欢愉，烟翠又对与潘郎的誓言有强烈的愧疚感、负罪感。

且说那潘传朗预感烟翠情感有变，自姜宗仁归乡后的数月时间，每次自己托心腹送信给烟翠要求私会，她要么不回信，要么几句打发了来人，或说

身子不舒服,或说琐事缠身,或说丈夫回来不敢外出。潘传朗心恨女人薄情寡恩,却又无计可施,只能抑郁寡欢,独饮闷酒,或找些女人聊以自慰。人竟如此作贱,越是得不到的越是放不下。

8. 望鬼火

又是一年三月初三,上巳节。大街小巷又热闹起来,茶馆酒店有唱怀腔小调的、打连厢的、拉二簧的,民间杂艺杂耍纷纷出来,村落耕者,借节日上街表演,以获得一些小钱补贴家用。人们托福礼到寺庙烧纸谢神,还要在镇外交通水陆岔路口,供米粉粑、烧纸给各路无家可归的孤魂野鬼。一整天大王庙门筑高台,各路戏班,好戏连演。初三,姜府出钱包班,在宗族祠堂演戏,一场《过五关》,一场《八阵图》,都是重排场、擅武功徽班演的大戏。姜家人在宗祠二楼观台上,置桌椅,摆糕点、瓜果、茶水,静坐观看。石牌百姓蜂拥而至,把姜氏祠堂填得水泄不通,人们抬头望向二楼姜家的妻妾儿女,个个身着锦绣绫罗,神态怡然,让人十分羡慕。

同治年间,石牌的班社羽翼渐壮,各路班社已达上百家。受前朝三庆班首领高朗亭、程长庚等影响,怀宁人开始把唱戏作为一种正经职业,而且在孩子年幼时便送其入戏班坐科训练,至成年上台表演,个个技艺精湛,音质纯熟。

姜家这天邀的班,乃石牌最出名的、阵容强大的程家班,演员里有著名小武生王鸿寿。

姜宗仁怡然自得地坐在圈椅上观戏,右侧婴宁不时发出欢呼惊讶声,说这石牌的徽班亦有昆腔的调韵,但比昆曲好看,场面气势宏大。宗仁道,那是自然,且看那道具就比昆曲庞杂。仅着装就有蟒袍、开氅、官衣、褶子、靠甲、龙套、女帔、时衣、宫装、女裙、箭衣、斗篷等等,不下百余种。婴宁接道,还有刀、枪、把子、椅披,一看就是大戏,怪不得乾隆帝喜欢。我也喜欢。宗仁道,你这话真有趣,要在宫里说,可是要杀头的。婴宁笑了,一会我想见那个武生。宗仁说,那还不容易,不仅见面,改天还请他到府里吃酒,给你专演一场。

烟翠早有些坐不住了,她不是不喜欢看戏,而是不喜欢看婴宁和宗仁煽情,两个说笑一刻不停。烟翠对他们的谈资嗤之以鼻,她不赔笑,也不搭腔,脸上表情沉静。开场那会子宗仁还偏头与她说说,后来就被婴宁的笑迷住了,忘了身边所有人,包括乔姨奶和二婶。他俩居然讨论起昆曲,她懂得多少?烟花巷里待过几年,就可冒充阅卷万千?

《过五关》演完后,歇场。宗仁便带婴宁到戏后台,来找武生演员王鸿寿。王鸿寿正换装为下一场《八阵图》做准备,听说姜家老爷来见他,他急忙紧张地起身来向姜老爷鞠躬行礼。姜宗仁哈哈笑道,小伢子,你的戏演得不错,有出息,前途无量。少年王鸿寿一脸憨厚诚朴,直道谢姜老爷赏脸。宗仁问,贵府在石牌哪条街?王鸿寿说,禀老爷,家父自幼离家到苏杭谋生,我亦在如东县长大。幼时在江苏习昆曲、皮簧之武丑角色,十岁从太平军童子军,在军队戏班学戏。如今流落故乡,石牌亦上无片瓦,只在诸班搭班唱戏,还望姜老爷日后多加关照。宗仁笑了,能为名角效劳,幸哉。有闯劲,石牌又要出一个程长庚了。然后宗仁让出婴宁,介绍说,贱内婴宁,亦在苏杭习过昆曲,今日看了你的功夫,甚是钦佩。王鸿寿急忙拱手,说失敬失敬,太太好。太太莫非也是江苏人?婴宁唇未启,笑先到,道,半个老乡呢,往后还得请教你。宗仁说,明日姜府设宴,先给婴宁定了拜师礼。王鸿寿笑道,老爷你真会开玩笑,我只能说与太太切磋切磋,哪敢为师。既然姜老爷抬举,恭敬不如从命,我明日准时赴宴。我上戏了,明天见。

这一夜,姜家人看完戏,满意而归,回府已是戌时尾了。烟翠感到头很疼,终于熬到戏散,一下府门,就直奔自己屋里。躺到床上,她心里落空,人虚得像要化掉一样。

可是姜宗仁依然精神抖擞,由于看戏时喝了不少浓茶,毫无倦意,他昐

第六卷

203

咐婴宁回屋歇息，又命诗裕、诗康陪他到宜园去望鬼火。

民间有一种说法，三月初三夜，能望到鬼火。一般是几个健壮男子相邀，携带酒和韭粑登山，坐在高山顶守望。望到有鬼火在野外悠游晃荡，往某村某家或某街某户去，是那家的祖人回家来看子孙了，鬼火是死人的灵火。若望到某街巷某家走出了鬼火，乃不祥之兆，说明年内这家有人要去世，他的灵火已经出走了。迷信的人家会及时采取措施，请道士作法、招灵。或知家中某人体弱，而请人移寿，花钱把别人的阳寿，移到自家人身上。诸多方法，以遏制不祥之事发生。

宗仁说，这十来年离乡，也就没有望过鬼火了，今夜突然想来望望，是想老太爷了。诗康道，爹爹肯定会常回来看看，今夜望不到，并不等于他不回来。我家园子里的亭子太矮了，怕是望不到。说着话诗康自己毛骨悚然起来，十分害怕。诗裕说，别说了，越说越怕。宗仁说，怕什么？鬼也是人，是先去了的人。你们这些孩子真是不懂事，居然怕你爹爹。到了我这个年龄，你们就知道，人是需要正视死亡的，活着与死，不是两个世界，而是一个生命的两种形态。两个儿子跟在他身后，不敢再说"怕"字。

父子三人在宜园亭子里坐了一会。夜色浓重，昏暗中树影婆娑。这景象倒也有一种独特的美。宗仁问诗裕，你怕鬼吗？诗裕回道，未知生，焉知死。世间无鬼，所谓鬼，皆对逝者远去的一种说法，是生者的信念。宗仁说，这种解释不无道理。那你认为人生在世最怕什么？诗裕道，君子有三畏，畏天命，畏大人，畏圣人之言，小人不知天命而不畏也。

诗康插嘴道，这个"小人"当做释义，未至天命年，何知天命？

宗仁道，所谓天命，乃有境界。如我亦是气休之时，休得越多，于心越宽畅。尔等若早早有此悟，免遭世俗愤懑缠身。诗康说，大大所言有理，但老庄哲学不宜年少者效法。姜宗仁道，这话错了，年轻人怎么就不能用老庄哲学？说明没有学其精义，只是个门外汉。老庄颂扬天道，顺其自然，不是叫你坐在家里什么都不做，要去做，但要懂得以变融通，以通为用。

诗裕碰碰诗康。诗康改口道，是的，是的。我们回了吧？这里这么黑，谈庄周最宜去"梦蝶"。又说了一会话,宗仁才慢腾腾地起身,三人下台阶,走出亭子。

这时候,突然听到西墙脚,扑通一声,三人回头看,有一个鬼影从墙上翻进来。那哥俩吓得魂飞魄散,撒腿要往府内跑。宗仁叫,莫急,哥俩停下。此时鬼影见这边有人,竟也吓得藏进树丛中。姜宗仁说,是人。

诗裕忙抓起一根木棍,探身前去。诗康、宗仁也找了棍棒,三人往鬼影去。那鬼影躲避不及,又猫身往旁边石山后去。三人包抄过去。

鬼影突然又闪身往墙脚跑,想爬墙逃走,诗康猛地上前用手中的木棍扫到了鬼影的脚。鬼影摔倒,嗷哟一声叫,啊哦喊痛。

三人上去抓了鬼,拉到中院,借灯光一看,诗裕、诗康都认识他,是潘传朗。

诗裕见事不妙,急忙解释说,潘先生,你是来找我的吧?你今夜哪里来?又喝多了吧?又对父亲说,他是汀字街潘家三少爷,是我的好朋友。姜宗仁并不认识潘郎,但他瞬间已经明白了一些事。这男人并无酒气,他衣衫整洁,神志清醒,却大门不走,翻墙头。宗仁脸气青了。两个儿子在场,他不能失态。宗仁叫把潘郎带到他的梦蝶斋,说是有事问他。

这边西厢烟翠的窗户还亮着,她能听到外面院中几个男人在说话,她并未开门出来,是假装不知?

四个男人来到梦蝶斋。潘郎一直低着头。姜宗仁叫儿子给客人泡茶,问道,潘先生醉酒来府上,想必与诗裕交情莫逆?潘郎头也不抬,一声不吭。诗康却直肠子说,你真不要脸,我大大问你话,你怎么不回答?

宗仁碍于面子,不想当儿子的面揭穿,怕自己难堪,说,诗康没有你的事,是你哥哥的朋友,你先回了。

屋内三个人,许久没有声音。姜宗仁喝了口茶,表情镇定。这潘郎看傻了,不知他葫芦里装的什么药。宗仁干笑着说,潘先生怎么不喝茶呀?潘郎也不会装,只回说,我不喝。或者是他一时找不出表演的技巧,自认没有宗

仁老奸巨猾；或者也是想出些气，把事情抖露开来，也未尝不可，无非是钱，我潘家在石牌街论财论势，都不在你这个精老头之下。今天，我若躲藏隐匿反显得偷鸡摸狗的小人状，传出去会丢潘姓人的脸。我承认了，他又能奈我何？告官、索赔，奉陪到底。潘郎心里突然有一股子硬气。

突然他说，我和烟翠是两厢情愿，直等你回来办妥。你不要霸占她。已拖了两个月了，她不敢说，我来说。你爱怎么处置，随你办吧。

宗仁眉头一皱，说，诗裕，潘先生喝多了，把他送出去。诗裕求之不得，忙说，走吧，快走。潘郎却说，我还有正事没有谈呢，我要和他谈谈。诗裕连连推他，潘传朗大声丢下一句，好吧，那就改天找个亮堂的地方说吧。诗裕总算把他推出了梦蝶斋。到院子喊了仆役送潘先生回家。潘传朗不要人送，气呼呼地走了。

回到父亲的梦蝶斋，诗裕站着，眼睛看着父亲，不知道他会说什么。突然姜宗仁茶碗一搁，上来朝着儿子啪啪扇了两个耳光。这巴掌扇得真狠，把姜诗裕脸上打得火辣辣的。姜诗裕连忙扑通一下，双膝跪在父亲面前。诗裕的眼泪，也无声地滚落了下来。

姜宗仁指着儿子说，我让你回家干什么，是让你回来吃喝玩乐么？让你引狼入室，让你引火烧身么？这些年来，你把这个家管成什么样子了？！气死我了！你真要活活气死我了！姜宗仁喘着粗气，越说越恼火，益者三友，损者三友，如此放辟邪侈之人，你居然称为好朋友，还袒护包庇他，你这个逆子，枉读了十年诗书！牲生不如！

姜诗裕跪在地上说，大大我有罪，可我虽晓内情，但烟翠是长辈，我不敢深涉她私人生活。当初请潘郎，只为给爹爹看病。宗仁指着儿子，莫狡辩，这事你当为罪魁祸首。怀宁郎中无以计数，何要潘家一个三流浪子？

诗裕说，我是不能，而非不为。事已至此，大大就装着没发生吧，我想，潘郎也不会再来了。

宗仁苦笑一声，狭隘之见，怎么可能装着没发生？如此污垢涂脸竟还自欺欺人,有辱姜氏先人。已经发生了,就覆水难收了。诗裕瞪大眼睛,道,大大你说什么,覆水难收?你何必这样赌气,你就不会后悔?

姜宗仁一拍桌子,一副凶神恶煞的面孔骂儿子,你滚,滚出去!

这一夜,姜宗仁静坐在梦蝶斋,没有回房。他的一扇窗斜对西厢,正好望见烟翠的屋。他看到先前一段时间,烟翠房里的灯还亮着。那时候,屋外黑透了,有风轻轻吹动院里的树叶,还有鸣虫轻微断续的叫声。什么虫子,居然在三月的夜里就出来寻食了。宗仁离乡这么多年,这些虫子的声音都久违了、淡忘了。烟翠房里的灯,该是一盏油灯,他知道,她是省油的,她出身好、家教好,生活讲究,不奢侈,也不寒酸。她穿衣着装、举手投足都是那么得体,让人无话可说,无可挑剔。那灯光微亮,似乎又在随着宗仁的心跳一明一暗。那一刻,宗仁很想走过去,推开烟翠的屋门,走进她的屏风,和她坐在床上,坐在红帐内,慢慢地聊聊亲亲。他们是夫妻,却这么多年没有好好聊过,如今近在咫尺,却变得遥如星河。

后来烟翠屋里的灯熄了,是灯芯点到头了,还是她自己吹熄的?宗仁猜不出来。他依然静静地看着那廊下,那窗,一切黑得深沉。宗仁坐在梦蝶斋的藤椅上,僵硬的身体已经不能动弹了。一阵寒气自腹腔抽上,他难以克制地咳出几口痰。他觉得自己真的老了,沉沉暮年,体乏心衰。他在丧父之后,对衰老领会得更加深切。他腿脚麻木不知冷,仿佛已失去知觉,脑子里只想着烟翠,看着那扇窗。他想多看一会,一直看下去,他就这样看到院子里露出晨曦的昏光,他舍不得闭眼睡去,仿佛他一闭眼,那窗子就要飞走。可是后来他还是睡着了,他自己也不知道是什么时候睡着了的。

9. 淫佚出妻

烟翠离开姜家的时候,姜宗仁吩咐儿子诗裕,备了一挂马车的东西,送给烟翠。车子上架了木箱、藤箱、包裹,堆得严严实实的。尽是绸缎、衣袄、棉絮、布匹、饰物,还有书籍、字画、玉石、景德镇官窑上品青花粉彩瓷、浙江

第六卷

207

龙泉窑烧制的香炉摆件。

姜家妯娌仆人都赞颂老爷心善，念他们夫妻一场，当嫁女一样，送了那么多的嫁妆。事实上，只有烟翠知道，又是姜宗仁赢了。他竟然不给烟翠说话的机会，事实上她有满腹心酸，一腔委屈，一往深情，她想向他倾诉。或者她即使不倾诉，她也可以坦言，我有权力选择自己的路，她可以坚强地站在他面前说一些逞强的话，有尊严的话。但任何表现，烟翠都没有机会。姜宗仁先下手为强，烟翠顺理成章沦为堕落自贱被"淫佚而出"。烟翠本可做个"烈女"，自拯自救，像梅香一样，觉醒而冲出藩篱。只怪烟翠没有斩钉截铁的勇气，她太感情用事，犹豫不决。她得承认，她是爱他的。既然他能下手，她又有何不甘心？烟翠没有哭，她想那一夜投在他怀里哭过的，就都送给他吧，她也输得起。一笔勾销。

轿车出街，没有放爆竹，没有披红挂彩，没有像一般婚嫁那样喧嚷。街坊也没有多少人看热闹，不知情的人还以为是姜家人出远门呢，哪晓得是姜家"淫佚出妻"。三姨太要改嫁了，《姜氏家谱》从来没有"妻七出"之任何一出。那一房姨太太去哪了？若不载"殁于某年葬于某地某山向"，总得表个下落。烟翠说，我嫁进姜家，还没赶上修谱，正好就当没娶我这一房吧。谱上不载，就不会羞辱子孙。反正我在姜家雁过无痕，什么也没留下。活都不成样，还留什么谱名？她也不在乎上谱的事。又有人说，古来有"与更三年丧，不去"之说，姜宗仁孝期未满三年，按说是不能"出妻"的。可是姜宗仁坦然说"出妻"也不是什么丑事，如今朝代有西洋风尚进来，提倡自由，婚约并非一定永世。烟翠感觉像腾云驾雾一样，轻飘飘的，这改变来得措手不及。

初夏，阳光明媚，植株浓绿，回廊里萦绕熟香的气息。烟翠在屋里收拣了自己该带走的东西，波澜不惊，从容自然，她也没有哭，她想又不是要死人，哭什么呢？

府门外停了一辆马车和一顶轿子，是潘家来迎接的车轿。按理说，潘家三少爷是初婚娶原配，迎娶该大摆排场。可是潘郎听从烟翠的意思，不闹了，没意义，本来就是不光彩的事。潘郎也认为爱一个人不必让天下人都知道,不讲究那种形式。可是潘郎对她的后一句不赞成,什么"不光彩"?你我两情相悦,比那唐明皇爱杨贵妃,比那唐高宗爱武媚娘,可不一样,我从伦理、依天道、行品德,有何不光彩?

烟翠无言以对,她在乎姜家人的感受。烟翠改嫁,姜家婆媳躲在屋内哭得一塌糊涂,那哭不仅是舍不得朝夕相处的情感,更有气愤。烟翠诸事做表率,唯有这件事让乔姨奶失望得不得了。烟翠为撑起这个家,忍辱负重,而今终于熬出头,何以又节外生枝,落个"出妻"的下场?乔姨奶抹着老泪唠叨,二婶更是又哭又骂。烟翠知道,便也不敢去与她们辞别。众婆媳也没有出来送,知道那场面,大家都尴尬。

姜家只有诗裕在大门外招呼仆役往车上装东西。只见烟翠梳理整齐,挎着蓝布包袱从府内清清爽爽地走出来。她身穿红绸袢、披霞帔,云堆翠髻,秀丽端庄,神态平静。诗裕见她走近,低眼不敢看她。诗裕说,箱子都装好了。烟翠说,让你费心了。诗裕说,应该的。烟翠提裙上了轿。诗裕突然一抬脸,眼含深情,对烟翠说,常回来看看,她们都会想你的。烟翠嫣然一笑,谢谢大少爷,我也会想她们。说罢松手放了帘子,轿子启动。烟翠没有回头望,她也知道,那个时候的姜诗裕还愣在门外,看着这轿子走远。

镇外的油菜花开得正艳。正是那戏里唱的:艳阳天,春光好,百鸟飞来。

从正街到汀字街,实际上不需要坐马车,即便要搬嫁妆,派一干仆役肩挑手提,几趟便可。可是赵烟翠想把路放长些,再长些。马车到镇外去拐了一圈。出下石牌,往东北行,过石桥,穿中洲,避街道,沿柳林、青松坡、油菜畈,转一圈。夏日正是船舶撑帆的季节,眺望皖河,白帆如翼,商号旗帜飘扬,好一派繁荣盛景。再绕回来,从中州东北走,直插麻塘湖。湖上亦是帆船如梭,湖畔耕作繁忙,黄牛水牛遍布在田野上。农人望到这行马车,脸上露出憨憨的笑。押车的人便随手撒些糖果给他们吃,一群放牛的孩子更是疯笑着跑上来抢。

沿麻塘湖岸走一段,那湖为天然内陆湖泊,湖面空旷高远,举棹泛舟,水

光金亮,甚是迷人。离开麻塘湖,再从西南往下石牌,烟翠的马车进入了汀字街。潘府门前,有人接驾,但没有放爆竹。进了府内,有两个牵手婆来牵烟翠,烟翠便把头上的盖头按了按,生怕掉落而被人看见她的脸。进府拜堂,吃了茶,入洞房。一切均按婚娶操办,只是比较简单仓促。烟翠似乎希望越仓促越好,早早地入房,不见客人。早早地吃过婚宴饭,亲戚散了,烟翠的心也放松下来。

洞房花烛夜,潘郎欣慰地说,真没想到那姜宗仁这么简单地就成全了我们,我还以为必上官府对簿公堂,索要几百两银子他才肯罢休。我还提前到安庆去了一趟,省府、县衙均打点了几个人。姜宗仁多年不见是开放了许多,要不他怎么敢把不裹脚的戏子带回家?证明他比石牌街上任何一个富绅都开明达意,胸怀旷达。

烟翠没有说话,沉默着,愣愣地坐在床沿上。潘郎说,你怎么不高兴呀?这不是我们盼了多少年的良辰么?烟翠道,既是良辰,你就不要再说那些废话。潘郎道,好,不说。说罢上来,亲抚烟翠,又搂又亲,声响很大,弄得烟翠浑身不爽。

10. 桐城县

新婚满月,潘家在桐城县购置的药铺门面已装修好了,并且药材货柜亦上全了。药店的牌子是"潘郎药业"。同行的人都知道,潘家三少爷曾在新安江拜高师入道,医术甚好,且相貌俊朗,性格温良,今日跻身药业,他日定成气候,安庆一带行医者当不可低估他。

朗朗夏日,江北大地风生水起。潘郎择吉日整理家当,带妻子烟翠赴桐城县。自己乘一白骑,妻子坐轿车,带仆役两人,一路走得风光无限。这是烟翠与潘郎先前安排好的,原打算去新安江做行医的营生,但烟翠突然念及旧地,不想离石牌太远,后就决定在桐城置分店。潘家人知道这对夫妇不想在石牌待,石牌这么小,抬头不见低头见,见了姜家人还是难免尴尬。家里人体谅这对鸳鸯,不阻拦,反竭力支持。再说一房只管一房的事,潘郎这三房的事,自由他做主,而且生意拓宽区域更是好事。于是长兄特意置了一桌酒菜,请了叔伯及族内年尊辈高者坐陪,为老三夫妇饯行。潘郎吃了一餐告别酒,就带着女人上路了。

梅子黄时日日晴,这时候,有一些谷物熟了,有一些正在下种。江北大地,正是绿肥红瘦,鸟语花香。树上的果实青亮饱满,田野上白鸟翱翔。一路尽是草木的香气拂面而来。田野山坳边忙碌的农妇和少女,唱起黄梅歌,清亮如泉。潘郎一高兴,不禁也唱起歌来。山边姑娘见这白马公子唱歌,便与他对和:

白马哥哥你莫慌,新娘后轿望情郎。
采茶妹子不争宠,只爱黄梅对歌唱。

潘郎仰天大笑,对道:

黄梅好听心不诚,哪叫哥哥敢问名。
生辰若与哥哥合,俏妹岂能逃妾身?

这边赶马的车夫,被逗得哈哈笑,露出一嘴黄包牙。那边女子羞涩脸红,又邀上几个帮腔女子与潘郎对唱,歌词即兴编成,都是讽喻和煽情,都想占对方便宜。对一段,笑一阵,笑声荡漾在山野。

烟翠坐在轿车内,一点也不觉得好笑,那帘外的嬉笑反使她倍觉孤独,好的景色反衬了她内心的伤感,这一回真有远嫁的感觉。烟翠坐在轿车内流泪了。她特别想念姜府的妯娌,想念乔姨奶。她压制的情感只能化作泪水洒在这远去的旅途中。

且说那桐城县亦是当年太平天国军的重镇,陈玉成、李秀成在此与清军势均力敌,锯战八年之久。死伤布衣子弟无数,宗祠庙宇毁尽。如今城外数

里，尽见堡垒残寨、壕沟、炮架、断壁残垣，白骨堆积，见者无不心生惊悸和凄凉。城内亦是处处战痕遍布，房屋和墙体上随处可见炮孔弹眼。桐城县正是百废待兴，虽商铺近两年繁盛起来，有了些生机，但比石牌还是差远了。毕竟没有石牌的水陆便捷，没有皖河码头商帆竞发的繁华。潘家的药铺开在县城北街，上下两层，上层阁楼住宿，下层为店铺，雇了三个伙计。初来几个月生意萧条，渐渐地，人们熟悉了这潘氏药号，加之潘郎常不计报酬给人号脉看病，这生意便慢慢做开了。夫妻二人认真经营计算，烟翠虽不会做生意，可她能帮丈夫出谋划策。家和万事兴，潘郎感到自己如虎添翼，生意壮大，情有所依，娶了烟翠是他前世修德。有一天烟翠说，等挣足了钱，我们再回石牌置一处宅院，带后花园的那种。潘郎说，那还不容易，只要你喜欢，我明年就回石牌建造。突然他又问，你不喜欢住这店铺房？烟翠说，不是，我是想有一个家，现在总感觉在流亡。

潘郎说，创业自如此，哪要你一生跟我流亡，待挣足了钱，我不仅在石牌给你置豪宅，还要在鲶鱼头渡口给你立一个大牌坊。烟翠推他一把，责备道，我才不要立牌坊呢，我不想出风头，我只想静静地坐在宅子里赏花。潘郎说，我们就要出出风头，把在石牌丢掉的面子争回来，就要做给姜宗仁那老东西看看。

这一句又让烟翠不悦了，情绪低落下来。潘郎便说，我们不提那老东西，省得他坏了我家的气氛。不提并非就内心干净了，恰似一团阴霾，藏在烟翠心头，挥之不去。

到了秋分，下了两场雨，空气凉了，潘郎便抓住时机去新安江进了一批货。他知道到冬天伤寒病渐发，病人增多，药铺的生意会更好，他行医挣钱的机会也会多起来。这个时候的潘郎不再沉溺于风花雪月，而且是深感肩负重任。因为他要做父亲了。

烟翠已怀了身孕，翻春就要生产了。她整日挺着大肚子，在阁楼上走来走去，偶尔坐在窗前，品茶吃香果，或探头望望那街上的往来行人，心里倒也安静。

　　潘郎极擅妇人良方,自烟翠怀孕初期就开了各种滋补汤药和膳食。潘郎对烟翠百般体贴宠爱,烟翠的饮食起居、煎药熬汤,皆由自己过问,把烟翠当心肝宝贝一样供着。可是人也奇怪,潘郎越是对烟翠诚惶诚恐地呵护,烟翠越是拿他不当回事。烟翠怀孕之后,机理失调,特别好生气。汤药不合口味,甚至有摔罐摔碗之事发生。潘郎则是低三下四,忍气吞声,生怕她受了气伤胎。平日潘郎把店铺杂事处理好,就回楼上陪妻子,和她甜言蜜语。烟翠却并不快乐,她喜欢一个人待着,想些自己的心事。

　　这期间,石牌潘家人多次专程到桐城看烟翠,带的尽是上好的补品。潘家又要添人丁了,自然个个喜上眉梢。来者必向烟翠嘘寒问暖,千叮咛万嘱咐,叫她保重贵体。可烟翠一脸不耐烦,不吭一声,冷若冰霜。

　　整个十月怀胎,烟翠情绪波动大,喜怒无常。潘郎心里疑惑,烟翠原来不是这样,她通达娴雅,贤良多情,如今她应是因怀孕变坏了脾气。潘郎不生气,反而自责,觉得怀孩子真不易,居然能使温良女人变成泼妇。

　　桐城街上,飘了入冬第一场雪,从黄昏下到次日天明。小城房脊屋顶,白皑皑积了一层。雪后天放晴了几日。潘郎一晴就出诊,有时要踩着冰雪行几十里山路去看病人,夜深才归。为了挣几个银子,潘郎脸上憔悴一层,眼窝陷了一圈,但他依然精神焕发,忙得不亦乐乎。这阵子,上一层雪还未化尽,天一转阴,雪又落了起来。婢女说,我们庄稼人常说,雪上加雪,来年是丰年,万物待生。太太生下来的,也定是个贵人,雪是瑞兆。

烟雨黄梅

第七卷

1. 流亡

且说太平天国十四年,天京陷落,太平天国气焰散尽。鄂皖边境的西征军余部仍在做最后挣扎,但几乎不可能卷土重来。梅香及诸伶,为躲避清军追杀,已逃离黄州城,流落到浠水乡村。

梅香在天堂寨一战中右腿受伤,其时仍未痊愈,只得靠挂拐杖行走。梅香的生存,只能靠伶友卖艺,救济一口粗劣饭,几乎度日如年。

大家内心也茫然无方向,不知道何时能遇到太平军部队,可是现实已让他们洞察,黄州一带不可能再有天朝的军队来了。有一天,那几个伶工对梅香说,夫人,我们都商议过,还是送你去扶王营中,至少扶王能供你吃饭,还能送你回安庆,不必跟我等受苦。此时扶王陈得才正屯兵于英山。梅香思量,天国军战事危急,军心不安,自己如今拖着残腿,去扶王处有何用?我又能帮扶王做些什么?梅香不想给扶王添累赘,就说在乡间安顿几年待局势平定再说。那几个伶工不高兴了,说,现在乡间饿殍遍野,沿镇乞讨卖唱,难填肚子且不说,我们带着你还胆战心惊。梅香知道,她曾是英王妃子,清军正四处搜罗诸王嫡系亲眷,这个身份暴露,她必死无疑,还将连累同行的几位。梅香头绪纷乱,便决定先去见扶王。于是一伙人,打包裹坐船往英山赶。

　　一行人乘船沿水路东下,走了两日,赶到一个叫关口的港口,因为所带的干粮不够吃,需卖唱讨吃。他们就上岸,准备走旱路。大家在山区村落,或集或离,偶尔集中卖艺,或者分头乞讨。这时梅香也得持拐杖跟着伶友在岔路口卖唱。

　　那一天上午,薄云遮日,秋风干冷。梅香和两伶友在一处凉亭卖艺,伶友先唱皮簧戏《武家坡》,梅香又唱黄梅调《秦香莲》。梅香坐在板凳上,边唱边拉胡琴,粗衣素面,却气质冷峻,音韵圆熟,茶客们自投来倾慕的眼光。梅香唱的时候,两伶友亦边敲锣鼓边配唱。三人和声协力,没有戏台上的袖舞姿曳,但声韵润滑脆亮,节奏明快,足以让观者愉心意、悦耳目。几段下来,地上就零星散了一些铜钱。伶友赶忙捡起铜钱往兜里塞,怕多了惹人眼目。

　　歇休的时候,突然有个老茶客说,听这女子腔韵像是安庆人。梅香羞涩地笑笑,师父见识广,小女正是安庆人。这话一出口,梅香有些后悔。果然那边有几个插上话来,有说安庆女子音质如何好,有说安庆女子如何风流多情。伶友怕暴露梅香身份,便使眼色催她撤离。可是梅香却被两个茶客的话吸引住了。那个问这个,你如何这样眼尖识出她是安庆人?这个说少年时跟亲戚往返苏杭做买卖,常屯货在石牌华阳河一带。梅香的心咯噔跳起来,禁不住问,这位师父,你可听说浠水上辈有个叫蔡鸣凤的?这个茶客竟然笑说,果然就是华阳人,你连蔡鸣凤都晓得。梅香笑笑,我也是听家乡人说的,浠水县蔡鸣凤做菜花生意最精明。那茶客说,怕不是做生意精明,是他风流成了名。梅香又问,想必师父是蔡家熟人?那茶客摆摆手,道,同行罢了。见这位岁近暮年,神态稳健,说话不像撒谎,梅香便探道,师父见过他,可真有其人?据说他英年非命在家中。他墓祠在何处?那老茶客说,孤魂野鬼,哪有墓祠?梅香看看那老者,一时找不到措辞。

　　这边伶友早收了锣鼓,借故催梅香走,说饿了,该去找点填肚子的。梅香也起了身,持了拐。四人出了亭子,走到大路边来。这时候,那个老茶客突然追了上来,说,姑娘既要追问,想必有缘由。我可指引你一程,往南二十

多里,是蔡家河镇,那一带全是姓蔡的。你自己去寻访,或许能得个水落石出。梅香很失望,原来师父对蔡氏其人也不知情,刚才你所说"孤魂野鬼,哪有墓祠"有何意?老茶客笑笑,我也是戏文里听来的。梅香心想,原来浠水境内,也有人熟悉这出戏。

夜里一行伶人临时租住在村落人家的柴坊里。大家商议明天走哪条线路赶英山。梅香说,拐经蔡家河镇,然后再往北。那几个晓得梅香的用意,要去打听"蔡鸣凤",心里不高兴,却又不敢抵制,便讥讽道,兵荒马乱,朝不保夕,难得夫人还有这份闲情。梅香道,经蔡家河往英山也拐不了多少路,况且那边山偏路僻,利于我等白日行走。

次日,一行人走田埂,翻山峦往蔡家河去。到了蔡家河集镇,诸伶分头卖唱,想借机在镇上捞些米钱。梅香带着两个伶友卖唱,碰到人就问可知此地有个叫蔡鸣凤的。人多摇头,问到一个,那人说,他在河街茶馆喝茶。梅香心里一声苦笑。又转了几处,到了一个人多的茶社。梅香在这里大胆唱了一段《卖饭女》,想做诱饵。果然有茶客们听得愣了神。唱罢,梅香收了胡琴,停顿饮茶,等人问话。可是等了一碗工夫,仍没有好事的茶客插嘴。梅香失望地收琴离去。

拐巷摸角,走了一截,在一处豆腐坊门前,见几个老人蹲在巷边吸烟。梅香便问,师父,此地皆姓蔡么?个中答曰,我就姓蔡呀。梅香大胆问,师父可知有蔡鸣凤其人?回说,同名同姓者亦多,你要找哪个蔡鸣凤?梅香说,道光年间曾往苏杭做生意,憾于英年非命在家中,说在浠水有墓祠立祭。小女祖辈与蔡氏有故交,今日巧经此地,便想寻他坟茔,叩拜一回,以示礼节。那老者站起身,眯着眼睛似有所思,说,归乡非命的,多是遇到打劫钱财的。蔡姓亦有遭此厄运者。可非命者一般葬于丛林乱石,不祭不扫更无墓祠。只有家谱刻其生卒年。那边卖豆腐的突然插上话来,我家二伯就叫蔡鸣凤,可他活了七十岁,一辈子打豆腐,没有出过浠水。他葬在西北檀树坳上。可是姑娘要找的故交?

旁边有人笑起来，卖豆腐的一脸尴尬，道，我说的是真的。梅香也笑笑，谢了，诸位师父，不打扰了。

梅香彻底死心，本来戏中故事就是伶人口授相传，哪能较真？纵有其人其事，搬上戏台，定要易改姓名。自己是演戏的，竟然这个道理不懂？她又上了张达开的圈套，居然在这茫然无边的野岭荒村，寻找起戏中人来？真是荒谬。

转念想想，心也凄凉，自己当年正是被那戏中鸳鸯弄得心乱情迷，以致离乡背井，泊在乱世。恩怨令她难以释怀。如今梅香带伤颠簸于遥遥荒径，想找那"蔡鸣凤"，似乎也像是赌着一口气。但梅香清楚这口气是赌不赢的。

梅香和二伶友出了小镇，再往北面的岭坳去会其他伶友，却见那几个早候在上岭坳，他们衣衫邋遢，脸上带泥垢，一问才知，他们在镇上被人打了。因梅香在茶社唱《卖饭女》迅速传开，几个在镇边水塘采藕的蔡姓男丁，闻之戏词辱没蔡姓人，便举农具赶到镇上，寻到他们这帮伶人，砸烂了他们的锣鼓家什，对他们又撵又打。所幸他们上过战场，还了几招又奔逃得快，才得以脱身。

梅香十分内疚，道，愧我一时无知，连累诸兄弟了。此地不可久留，快快奔英山归军去吧。于是众人起程，行了二十来里路，天煞黑。众人靠大树歇息。突然有个伶友过来对梅香说，夫人，我不去了，这离我家不远，我想回家。梅香说，罢了，那你就回吧。见梅香默许了，后面又一个上来，夫人，我家妻小成群，甚念，我想随师兄下山做些苦力活，挣上回家路费。

梅香说，还有哪位想回家，你们各自去吧，不必陪我了，我独自能赶到英山。暮色夹着浓雾，看不清梅香的眼神，只听她声音脆亮，形色坦然。果然又有两个磨磨蹭蹭，支支吾吾，过来说想回家，并且说了一堆理由。最后只剩两个伶友，陪梅香起程奔英山。

因梅香腿伤未愈，走到陡峭处，两个伶友换着背她走。这样歇歇走走，日夜兼程。

217

那日又是傍晚,走到一处峰峦边,见一行持刀枪的人,自陡坡那边翻过来,狼狈不堪的样子,他们甩了军服,但一看便知是太平军。伶工前去问英山情况。那几个兵说,他们是从霍英道上逃回来的。扶王因部下将领纷纷投降,于三天前气得自杀殉国了。这些残兵决定西上去随州投归遵王赖文光麾下。

梅香等听此言脸色煞白。屋漏偏逢连夜雨,现在真正走投无路了。伶友说,去投遵王也是路,我们就跟兵去随州吧?梅香泄下气来,说,我不想走了,你们去吧。梅香知道,这伙残兵没有骑乘,自己小脚,腿伤又未愈,随州千里,自己只会给兄弟们添累赘。那两工伶友也知背着梅香赴随州,跋山涉水,很不实际,就连忙说,也好,夫人你先在这乡间,找一户人家,躲避几日,待我们到随州禀报遵王,让遵王派骑乘来接你。大难临头各自飞,就这样,伴行梅香多年的几位伶友都这样或散或走,最后只剩梅香一个人,独在荒野小径。

2. 千里寻梅

且说这石牌的姜家,这一年春上三姨太离府改嫁了,此后家中一切如旧。姜宗仁洒脱,把这事处理得刀切豆腐两面光。家中诸人对此事闭口不提,外人知与不知,都是默然对待。到底是读圣人言的家庭,不像坊间遇到这种事闹得鸡飞蛋打、丑态百出。姜家人从来没有笑话给外人看,即使出了最稀奇的事,因为姜家人自己感觉寻常,外人便无意捕风捉影了。比如姜家四姨太是大脚,石牌街上说,大脚是先锋,上得厅堂,下得厨房,耕织纺纱,行水路下田埂,样样皆宜。当年太平军宣扬的男女平等,在今天竟然慢慢实现了。连清朝皇家都奇怪,那汉人为啥要把女孩子的脚活活折断,偏爱三寸金莲,如今看那大脚的婴宁,也是美得让人怦然心动。

首先,是徽班小武生王鸿寿,常常带婴宁练戏,婴宁练起那刀马旦手脚利索、蹦跳自如,翻跟斗像《封神榜》里出来的仙人,活泼灵动,险象环生。令观者个个击掌叫绝。三月初四,王鸿寿到姜府赴宴,与婴宁就此成了莫逆之交。两人年龄相近,都在幼年习过昆曲,又是江苏同乡,甚有他乡遇故知的喜缘。

王鸿寿闲时来姜府教婴宁,有时婴宁也去王鸿寿的戏班里观摩。一来二往,均有姜老爷拿银子做后盾。姜家仆人前呼后拥,这婴宁学戏自然与平民不同。石牌人羡慕都来不及,哪有说三道四的。

夏天,徽班生意萧条,姜宗仁便在自家府后宜园筑建戏台,邀请王鸿寿的那个班来演出,也包括石牌的一些大班社。街坊百姓都来看。这不是唱堂会,就是一个免收戏钱还管茶水的戏园子。徽班在姜府无偿占场地唱戏,一些角色自然也让四姨太串演,过一把戏瘾。久而久之,婴宁的表演功夫及唱腔都大有进步。

石牌人都说,谁做了姜宗仁的太太,是前生修的好命。当初他为讨三姨太欢心,修建了宜园,现在为讨四姨太欢心,在宜园筑建戏台。他的命里是个不愧对女人的人。其实做姜宗仁的儿子也是幸运的。姜诗裕没怎么打拼,未经受创业艰难困苦,却拥有江南最大的绸布庄股份。如皋店现由弟弟姜诗丰掌管,杭州店是四叔姜宗明掌管,但家族商埠都有姜诗裕的一份。这年五月,姜家安庆的姜氏绸布庄重新开业。安庆商界传开了,都知道店主是石牌姜知府的第三代。数月后,诗裕知道父亲囊中还有些银子,就提议再在安庆城拓一处粮油店,经营粮油米面、干菇山果、民生杂货。因安庆一带受太平天国战争影响,千疮百孔,多少年缓不过气来,百姓饥饱尚未满足,绸缎布匹染坊生意只限于大商富户,若要使业务长久,必拓宽经营,做平民生意,方可广蕴财源。姜宗仁采纳了儿子的建议,拿出银两给诗裕做本钱。这年中秋节,安庆姜氏粮油店又放爆竹开业了。姜诗裕不再贪恋儿女情长,把妻姜孩子留在石牌,自己则带着仆役在安庆打拼事业。

姜诗康因祖父孝期未满,歇了科考打算,在家帮哥哥打点生意。姜诗康生性儒雅又清高,对生意场上的讨价还价极其厌恶,处处皆说"非骚人之事,吾所不取"。诗康其实也喜欢唱戏,常去园子看戏,很想拜师学几段,又恐人

家笑话,因这戏台是专为四姨太婴宁筑建的,婴宁年纪比诗康小,可她却是长辈。诗康顾及面子,即便爱戏,也只在私下里与几位演员交流探讨,且都在姜府之外的茶楼戏园。

还记得吧,诗康因爱戏,小时候崇拜姑姑梅香,也正是诗康协助,梅香才逃出了姜府。梅香一去至今杳无音讯。多年来,诗康常有悔悟和自责,如果不是自己搭梯,姑姑逃不了,也就不至于多年漂泊在外,无影无踪。这些年,姜家一直托人四处打听梅香的下落,石牌镇上的戏班,走南闯北,哪都去过,仍是没有遇到过叫梅香的女子。或许是梅香已经改名换姓了。有一年,太湖徐家桥镇有一家班子唱戏,说里面有个女演员。人们对女人唱戏甚感稀奇,这事经石牌的茶馆传出来,街坊间第一反应就认定是姜家大小姐梅香。于是,姜家乔姨奶顿悟,算命的说在西方,徐家桥正是西面,快快去找。即命诗康带仆役,专程赶赴太湖徐家桥镇。诗康找到了那个戏班,也见到了那个女演员,但不是三姑梅香。这事弄得姜家人特别失落,由此就越发想念三姑了。

姜诗康如今见家中宜园筑了戏台,思念姑姑不免内心隐痛。他曾与父亲商议,正好这一两年不能科考,他就想背起行囊,沿长江西上,寻找姑姑。姜宗仁说,梅香又不是孩子,她自知家在何处,她若不回家,你找了她也是枉然,想必她隐姓埋名,不认娘家了。

找梅香的事在姜家父子间被提及过几回,后来又放下了。

且说姜家园子里的戏台,几乎招揽了石牌较有名气的各路戏班,各班都献出自己的招牌演员和特色技艺。重阳节,姜府设宴款待徽班名角和石牌伶人。那天中午拥到姜府来吃酒的有上百人,姜家来者不拒,甚至一些业余跑龙套,这会子也大模大样坐在酒席上。因为他们自信,唯姜家老爷不视贵贱,平等待人,这酒吃起来就舒服。这是一次梨园大聚会。

酒宴上,演戏的人轮流来敬姜家老爷、四姨太的酒。包括石牌那些名角也欣赏四姨太清纯聪慧,兼皮簧、昆曲双栖才艺。众人纷纷表示望姜老爷好好培养，日后定为我石牌争光，乃出梨园一个花木兰。姜宗仁道，贱内所好，自然全力支持，巾帼独秀，也为我敬仰，只怕坊间多舌，嫌她是个女儿身，人言可畏。一位班主回道，哪里话，自古优伶出玉女。梨园菊部，哪朝不是巾帼胜须眉？女子唱戏乃梨园大势所趋。前些年，那天京城里英王府曾设同春班，男女均唱皮簧戏，其中有一女子就是我石牌人。她色艺绝伦，倾国倾城，令英王十分爱慕。

你说什么？英王府有我石牌女子唱戏，她叫什么名字？班主见姜老爷十分认真，忙道，姓蓝，艺名叫宜官。姜宗仁道，你可知她现在何处？班主为难地摇头，不知。又问姜老爷可想聘女子唱戏，石牌后起之秀甚多，回头给你选几个来。姜宗仁摇摇手，扶着椅子慢慢坐下，脸色突然白了。婴宁正在一旁咯咯笑，见老爷这般模样，便催那班主离开。

姜诗康连忙上来叫住那班主，说你跟我来，我有事问你。二人院外廊下说话，班主弄不清这姜家父子为何要追问那个随口提及的蓝宜官。他与那蓝宜官并未深交，只在南京谋面一两次。这班主便说，少爷若想知宜官女，王鸿寿最熟悉，他们都在同春班演过戏。转到最后，竟然是王鸿寿最了解那个蓝宜官。王鸿寿便说了他曾在南京英王军内同春班学戏时，与蓝宜官相处甚密。

王鸿寿说，宜官姐确为石牌人，我们相处情同手足。她说娘家人都迁到江南了，石牌她已无寸土，唯一所念，有一兄长姓蓝，在猫山新城唱戏，曾托人捎信寻兄长多次，但未果。诗康问，南京沦陷后，英王府戏班下落如何？王鸿寿说，唱戏的人基本上没死，曾国荃攻南京时，戏班早散了。有人随波逐流到了上海，有人逆江而上去了湖北。

王鸿寿这伙有二三十伶人，于咸丰十年秋天跟部队出南京城，先随军到庐州、桐城、寿州等地打仗，战歇也唱戏。咸丰十一年春季，王鸿寿又遇到宜官姐。时值陈玉成部西攻英山，途中遇清军余际昌部扎营拦截，宜官姐以演戏为计，带领伶人巧攻余际昌大营，使太平军大获全胜，进入湖北。是年冬，陈玉成部撤湖北援安庆，许多伶人又随军到安庆，王鸿寿也在其中，宜官没

有来。但安庆一战大败,士兵死伤散尽,伶人也散了不少。后来陈玉成败退安庆后,带残部经石牌西去。王鸿寿跟几个师兄师叔走到石牌口,就不想走了,留在了石牌卖艺谋生。而宜官姐的去向,王鸿寿只听人说过。太平军江北大战全败后,伶人们为躲避清军追杀,他们一行逃到湖北鄂东山区去了。与宜官同行逃往鄂东的石牌伶人还有张述东、李盛荣、查凤仙等等。查凤仙是唱花旦的,逃亡时他已与湖北唱黄梅调的女子乔玉秀结了婚,石牌伶人都是跟乔玉秀去鄂东的。

虽然姜家人没有更确凿的证据证明王鸿寿讲的蓝宜官就是姜家的三姑梅香,但在王鸿寿叙说中,其女子人貌习性,却与梅香唇齿相合。姓"蓝",正好表明她对负心男人的思念,"宜"则切了安庆宜城石牌宜塘的地名。诸事分析,此女十有八九是梅香。

这一夜,姜家人抱头痛哭,念及梅香种种,越说越伤心。梅香儿子昭乾已长成大小伙子了,哭得眼睛红红的。想那十来年不见的母亲,如今还不知沦落成什么样子。乔姨奶和二婶最心痛,觉得当初是她们撵走了梅香,但也不知这孩子如此倔强,硬是赌气不回来,硬是用这种方式报复她们。

王鸿寿不知宜官姐就是姜府的小姐,否则哪会等到今天才说这事。他也是又后悔又兴奋,连夜就找到石牌几个当时熟悉宜官的伶友。这些人均来到姜府,各自叙述了一些与宜官的交往,但除王鸿寿之外,大多与宜官交往不深。最后统一的说法是,宜官一帮伶友的确是去了鄂东山区,是到偏僻村落耕种、采茶,兼卖艺为生。

抓住这一点线索,姜家人便制订了周密的计划。姜宗仁命三儿子姜诗康带足银两、票据和衣物,携三个健壮仆役,骑四匹马,奔赴鄂东一带寻找三姑梅香。姜宗仁说,死要见尸,活要见人,我姜家哪能把骨肉扔在外面不知去向。此番行程,姜宗仁做足准备,又写了多封信函叫诗康带上,为难之时去找这些人,他们均是姜家在湖北商界和官府的朋友,包括太爷的故交,这一回也要用上了。但湖北地域广袤,且梅香又流落在民间,能顺利找到么?

乔姨奶和二婶邵氏商议，去上石牌找卜卦的给诗康此行卜一卦，看看事情是否顺利。上石牌河北街至中州码头，聚集着怀宁一带各路神仙，算命、卜卦、抽牌子、拆字、看手相、看风水，样样精通。那风水学问里，又分生财旺位、科考捐官、按床搭灶、婚娶生子、抓周出行、葬坟选墓、饲养六畜、开门下秧等等。不论贫人富人，都离不开这些。所以，那些"神仙"的生意旱涝保收，渐做渐旺。如今那路两边搭棚子、摆桌子、撑黄伞，摊点一家挨一家，形成了一条"神仙街"。这些人大凡请不动，讲究定位，这样才灵验。于是邵氏二婶、婢女凤枝和媳妇孟姣，一行三人往上石牌去了。

九月的上午，风和日丽，走到镇外，田野里一片金黄。蜻蜓、蝴蝶在熟香的稻穗上飞舞。农夫劳作，放牛的孩童在田埂上嬉耍，人间一片欢乐景象。邵氏突然又想起儿子诗良。极目远眺，皖河的上空，飘来几丝淡云，更显了那方天空的动静。邵氏走着走着，泪水就流下来了。她望到猫山冈上那片石木残骸，望到废弃的城墙，她仿佛望见了诗良的脸，看到诗良在笑，向她微笑。邵氏喃喃一声，良哟，我的乖啊，我的苦命的儿啊。泪水模糊了邵氏的眼睛，风拂过她蜡黄的脸颊，她的嘴唇颤动着，喃喃地叫着儿子的名字。她的脚却没有停下来，带着劲走着，仿佛命运摧不垮她的样子。孟姣和凤枝跟在后面，也是一把鼻涕一把泪。

三人到了上石牌中州码头神仙街的一个店面，正是当初被请进姜府的那个王瞎子的店。二婶说，请先生卜一卦。王瞎子问，寻人寻物还是问病？二婶答寻人。那瞎子不紧不慢，搁下手里的紫砂茶壶，抱歉地笑笑，道，你三人声哑带泣音，定是神色慌乱，眼溢浊水，不宜卜卦。二婶说，不行，急得狠，必得您帮忙占占。瞎子见来者情急便不好再推了，说，既如此，那你就报个活时辰，我起数掐掐。二婶笑说，多谢。二婶信口报了一个时辰，王瞎子伸起左手，月上起日，日上起时，拇指在几个指头上点数，以地支循环绕圈。嘴里叽咕念着，两口茶工夫，拇指止在食指尖上，数位是"留连"。留连诀掌解曰：留连事难成，求谋日未明，官事凡宜缓，去者未回程，失物南方见，急讨方心称，更须防

口舌,人口且平平。这三人有些迷惑了。二婶急道,还请先生讲明白些。王瞎子端起小壶就着壶嘴又细抿一口茶,表情平静,道,流年犯冲,不宜急寻。二婶说,若往西面去寻呢?王瞎子道,可能有波折,丢财劳神,莫急动身啊。

三人不悦,离开瞎子的店,走到这边来,孟姣低声道,凡事都有变通和破解,数辞有时也是反的。二婶说,回家姨奶若问起,你们只说好,事情顺当。二婶皱皱眉头,还是不甘心,我再来给诗康寻个西行的日子,日子好也能化险为夷。说罢三人又来到这头一个摊前,请一风水先生占个出行办事的吉日。那老者理了理疏须,掐手指推算了一番,说,本月十七,吉星当日,宜远行,诸事有贵人相助。

于是这年九月十七,诗康便带仆役起程奔湖北了。不在话下。

3. 子肖前夫

腊月,皑皑白雪铺满江北圆峦丘陵,一匹素马踏过炊烟宁静的田舍,奔往怀宁下石牌。其时,姜宗仁正在炭火慢熏的梦蝶斋,心神不定。天地间,仿佛只有烟翠的容颜随鹅毛大雪,静静飘然。姜宗仁总有些隐约的牵挂,一则是诗康去湖北一直没有消息来;二则是烟翠自去桐城大半年了,也闻不到她半点音信。烟翠过得怎么样?这个凛冽的年关,他突然想起这些事,总觉得日子该有个头了。真是一种感应,须臾,仆人报,门外来了一个骑马的,说要见姜乔姨奶。仆人把他带到梦蝶斋。宗仁以为是湖北诗康来的信,打开绸布,信封上是烟翠的字迹。他的心颤了一下,立即将信亲自送到后进给姨娘。

乔姨奶见是烟翠的字迹,未拆封,泪水就落下了。乔姨奶激奋地读完这信,一屋人便知,烟翠过得极好,产期在明年二月。宗仁心里也暗暗激动。乔姨奶忙又托这送信的人带回一两白银给烟翠。自然有一封语重心长的回函。

雪花纷飞,这个黄昏,姜宗仁在房书坐不住,在院里回廊下踏步。

望望西厢房,烟翠住过的屋子一直空着。姜宗仁脚步不由得往这屋子走来。屋里没人住,少了人气,进来即闻一股扑鼻的怪气味,是香炉沉积和花盆枝叶腐烂了,还有长期不开门,地面有潮气。宗仁觉得这屋子还留着,似乎没意义了,何必要用这间屋子来显现自己深藏的情感?这样做,姜府人怎么看婴宁?对婴宁是不公平的。可他心里又是矛盾的,不就是因为烟翠要生孩子嘛,何必沮丧拿屋子出气?先搁着吧。姜宗仁转身出屋,把门上铜扣插好。

姜宗仁心里莫名地算着烟翠生产的日子,惦着她再给姨奶来信。次年二月,烟翠果然又给姨奶来信,说她在初二日产下一女孩,母女平安。宗仁心里波澜起伏。

乔姨奶说,烟翠在姜家十来年,算半世情缘。如今她改嫁生女,我们这算第二个娘家,也要礼尚往来,即商议送月子礼的事。四婶彼时已送往杭州,也是吸取烟翠独处的教训,乔姨奶提议孩子可留家读书,她必去与宗明团聚,久留若出事,谁也担不起。于是在家的媳妇中,就派诗裕妻刘孟姣和婢女凤枝去桐城。春香却说,我也要去,一年不见烟翠,很是想念……春香说这话时,眼睛不觉就红了。诗裕看出个中缘由,春香是记起她父亲张达开了,又常叨唠当年进学塾烟翠帮忙说了话,心存感激。乔姨奶怕话多出葫芦尾子,不必提往事,忙打断说,就让你去,月子礼本来就是会说话的女人送,话多气氛就好。

春香便着手办了孩子的"毛衤任衣":袄、衫、背夹、绣花鞋,从头到脚,成双添置。还有婴儿饰物、项圈、手镯等。礼箩筐下用扁柏枝垫底,放了肉、面、红糖、芝麻、鸡蛋,又捉了活公鸡,用红绳扎鸡脚,单独放进一只大筐。除了按乡俗备足月子礼该送的东西,另外这富家总要添上一些滋补药品,桂圆、莲子等,给坐月子的烟翠吃。如此丰足的箩担,姜宗仁心里最高兴。既然送礼,就得像个样子,不管潘家人怎么想,领不领情都是另一回事。

春香带了婢女凤枝坐着轿车,带了礼箩,到了桐城。春香见到烟翠怎样

叙旧，怎样欢心，自不必说了。单说那烟翠的心情十分复杂，百般纠结。她又是激动，又是拘谨。拖着鞋，下床陪客。春香说，莫起来，莫累着了，莫惊了风，这月子要是没坐好，落下什么毛病，那就一辈子折磨人了。烟翠蜻蜓点水，应一句或问一句都是极小心的。她隐隐约约地获悉到，办这一堆厚礼，老爷也从中费了不少心。烟翠也不敢直问老爷，只捕捉春香提及的蛛丝马迹，足见老爷现在的生活及对烟翠的好。那西厢还是原先的样子，就连廊下一只鸟笼，谁也不曾动过，还是老爷日日给鸟喂食。烟翠听了这些，心里跳得厉害，脸红红的不敢抬眼看人。

烟翠做了母亲，怀里抱着的女儿会呵呵笑了，她的心被女儿淹没了，她的情感不再空虚。女人的心就这么狭小，永远只容得下一份情感。有了女儿，情有所依，烟翠自不会整日忧郁念叨男人了。有那么两三年，烟翠甚至把姜宗仁搁在了心底，藏得发霉了，像一件衣服压在箱底，久日没穿过，那是因为身体变了形不合适穿了。

女儿很可爱，八个月就会唤妈妈，一岁多便落脚满地跑了。潘家亲戚个个都说这孩子像烟翠，天质聪颖早熟，这若是个男孩子，定会登科中榜成大器。说者无心，烟翠内心听到这种话便是不悦。可是潘郎大方得很，说，女孩也会成大器，做才女、做贵妇，母仪天下。想当朝东西两宫太后慈禧、慈安，亦是女儿家，但掌权治国，则是载垣、端华、肃顺、李鸿章诸臣所不及。潘家亲戚笑了，父亲有鸿鹄之志，千金定有似锦前程。众人便又是恭维又是夸赞，说了一箩筐吉祥话，自给潘郎争了脸面。其实潘郎真喜欢女儿，他是行医的，早看出烟翠是生女孩。他并不介意，倒是烟翠心里觉得有愧似的，毕竟头一胎，若生的是儿子，传出去名声响一些。当然生男生女都是潘家的骨肉，潘家人没一个说多话的，皆大欢喜。

这千金小姐出生自招百般宠爱，满月即取名雪风。一则二月初二她出生那天，窗外满天飞雪；二则接了烟翠的名，典出苏轼的词"眼明小阁浮烟翠，齿冷新诗嚼雪风"。雪风三岁的时候，便会坐在母亲的双腿上背熟母亲教的唐诗宋词,亦会《百家姓》《三字经》等开蒙经书。潘郎甚是兴奋惊奇,作为父亲,没有什么比这更让他开心的。于是他节俭勤劳,整日在外奔波行医兼营药材生意,把挣下的积蓄用在娘俩身上。除了丰衣足食,又在桐城街置了一套宅子,虽不阔气,却别有精致,房前带院子,种植四季花草;屋后蓄水池,养鱼放鸳鸯。烟翠娘俩带着婢女住在宅子里,这样便为女儿读书识字、养花种草,创造了更安静舒适的环境。

这雪风也特别乖巧懂事,不辜负父亲的辛劳、母亲的教导,到五六岁时,不仅能背诗词,还会握羊毫写字,会唱一些民歌民谣、小曲小调,尤其爱母亲教她唱的黄梅调。黄梅调比皮簧戏好学,唱词通俗易懂,比如《观灯》《十更子调》《菩萨调》,像雪风这么聪明,领会意义并不难。还有那《卖饭女》,烟翠教一句,雪风仿一句,娘俩一唱一对,情随事迁,雪风就追问那刘凤英现在在哪。可怜哦,烟翠说,她跑了,跑到天边去了,因为家人剥了她的爱,她和爱人跑到天边过神仙生活去了。雪风说,我长大也要学她,谁剥了我的爱,我就要去天边,过自由生活。烟翠心里一惊,道,不能学她,只能唱她,戏是演给别人看的,日子是要自己过的。妈妈不会剥你的爱,你要听话。雪风点点头,又道,那要唱她的戏,唱给乡人看,安庆也有卓文君"凄凄重凄凄,嫁娶不须啼,愿得一心人,白首不相离"。

烟翠笑笑,心里却不知怎么回答。只知雪风这般通灵,长大必有锋芒,是福是祸,奈何望不见。

那潘郎却对女儿的聪慧备感荣耀。在外奔波回家,先是过问女儿读的书、练的字,雪风一一回了父亲。然后潘郎泡一壶茶,歇下来,静看女儿唱几曲戏文。小雪风,有模有样,清喉润嗓,挑兰花指,编个戏中刘凤英行走的模样,边舞边唱。夫妻俩看得十分高兴,心里乐得开了花。

随着雪风慢慢长大,却有一种阴影在潘郎内心越积越深。恰是雪风对戏曲的灵巧和悟性,更让潘郎揪心。这个女孩潘雪风,一点不像潘家人,也不太像烟翠,她的面相、神态、身材、肤色,却无一处不是姜家人的模样。雪风怎么会像姜家人呢?那眼睛尤其像姜宗仁,像姜诗裕、姜诗康,姜家父子

的眼睛均是一个模子拓出的。

潘郎这事压着一直不敢讲。他自己也犯疑了,按烟翠怀孕的月份,这孩子就是他的,不可能有意外发生。

九岁时,雪风能跟在街上的戏班里唱搭班戏了。烟翠只是出于让女儿过上台瘾,未想过真让她去唱戏。这个时候的雪风出落得像一只精灵鸟,人见人爱。都说这孩子一点不像潘家人,像戏子,怕是她娘怀孕时,天天看戏看的。班里的师傅也爱她,因为教个什么戏,只要两三遍她就会了。有时候,母亲带她去看戏,她居然偷偷跑到台侧的帘幕边,仿着旦角一颦一笑,转身抬袖,样样都学着。回家后,又是反复练习、模仿。

九岁的时候,雪风越发像姜家人了,这是么样一回事呢?有一天,潘郎忍不住,便试着问烟翠,你说雪风像谁?烟翠说像我,人家都这么说。潘郎说,人家都说像戏子,没说像你。我看她既不像我也不像你,像姜家人。

瞎扯,你真不要乱讲了,烟翠心里紧张了。潘郎说,你紧张么事哦?我又没站到大街上去说。我俩是夫妻,当不能隐瞒,你说这到底是么回事?烟翠说,是你疑心重,怀孕十月,我都没见过姜家人,你还要我对天发誓不成?潘郎连忙摇手,罢了,罢了,我只是这样说说,你不要赌咒发誓。

这以后,潘郎不再提雪风像谁了,只是心里有了隔膜,不如以前直来直去。烟翠也是越看女儿越犯迷糊。雪风的确像姜家人,相貌、神态、身材,怎么看怎么像。对了,最像三姑梅香。所幸潘郎并未见过姜家这几个直系血缘的女孩子,否则他更加怀疑了。只听潘郎有一次提及过,说姜家多年前出走一个三姑,她长得什么样,我并没见过,只听石牌潘族人说,雪风与那个叫梅香的长得如出一辙。烟翠连连说,不会的,他们捕风捉影,挑拨是非。还是桐城街上人说得对,雪风像戏子。潘郎说,那是因为桐城人没见过姜梅香。

烟翠不觉暗自叫奇,心里也乱了。一算月份,那会子她离开姜府两个多月了。烟翠反复回忆,脑子都想炸了,弄不清是怎么回事。她想如果这孩子真是姜宗仁的,那她就怀了十一个月。

这一年入了夏之后,潘郎突然决定把桐城的药铺店面盘给族内一个堂兄管理,说自己又要做医生,又要进货物,如今人到中年,身体也吃不消了。烟翠不插手店里的事,自由丈夫说了算。再说,雇堂兄管理,店还是自己的,不影响事业。那个堂兄是端午节前两天来桐城的,带了自己的家眷,一行五个人。他们在药铺边临时租了宅子,安顿好了,便到店铺熟悉业务,与伙计们商议了些杂事。端午节这天,堂兄带妻小到烟翠的宅子吃饭,提了几盒绿豆糕,一小竹箩粽子、糕点什么的,都是过节常见的礼物。

酒桌上,堂兄问了些桐城的风俗人情,又聊起石牌这几年的变化,哪些大户开了铺,哪些人家中了举,貌似信马由缰。可烟翠却听不到堂兄提正街姜府的事。烟翠心想,他说话还是有分寸的,这分寸让人生疑,他是受了潘郎的叮嘱。恰是这天过节,潘郎也不在家吃饭,一早就出门了,说出诊。烟翠说你老弟越来越忙,这过节也没来陪你喝一盅,真过意不去。堂兄说,不客气。老弟如今业务大了,医术名声响了,自有奔忙,且身不由己。丈夫丈夫,一丈之内是夫,一丈之外你就别管了。再说,雪风也这么大了,下面还要添人丁。春种秋收,他当趁年轻多忙碌一些,儿女成群,再享福不迟,弟媳你以后也要多体谅些。烟翠总感觉这堂兄的话越说越乱,乱七八糟。收了菜碗,送走客人。烟翠静下来喝茶,心里想,潘家人都是一个鼻孔出气。潘郎是有事隐瞒她了。

无论如何烟翠并未做对不起潘郎的事,她心里坦然,也就事事表现得镇定。潘郎回家,都在书房睡觉,先是偶尔的,看医书夜深了,就和衣打盹过一夜。再后来就说怕半夜出诊回来影响烟翠休息,干脆在书房添置了一张四柱床。即便早晚能碰面,潘郎只与女儿说些闲话,吃了早饭,便提医箱出门了。不与烟翠黏乎也在情理之中,毕竟老夫老妻了。可烟翠有时候还不死心,非要与丈夫说个究竟。一夜,烟翠守到亥时,屋外终于有声响,潘郎推门进院了。在堂屋磨蹭一会,便进了书房。烟翠急忙披衣,开门,来到这边书房

里。潘郎看一眼,神色惊讶,但语调极缓和,还没睡?等我呀?烟翠说,晓得我等你,为何不去卧房?男人说,猜忌我了?我是太累,且不忍吵醒你。烟翠道,家有贤妻,丈夫不招惹横事。你就是一夜不归,我也不生猜忌。

烟翠双手把灯盏捧到这边茶几上,泡了茶叶。潘郎说,去睡吧,夜深了,还喝什么茶。烟翠说,当年你与我品茶到天亮的劲头哪去了?潘郎犟不过只得坐下喝茶,又说年至不惑,羡慕你还有这等心情。烟翠说,男人当如柳下惠,坐怀不乱。看你言语琐碎,神情恍惚,是有心事?

潘郎说,你不愧是雪风的娘,聪慧过人,察颜能观心。刚才还说"不生猜忌",现在还是猜忌了。烟翠说,是你神色露了馅。潘郎振了振,道,我正想与你说,如今雪风已长大,我又思子心切,念你体弱,且极爱窈窕身姿,不忍让你再孕。欲纳二房进来,继潘家血脉,否则日后香火凋零,岂不是我三房之大不孝?

烟翠腾地一下就站起来了。灯影里,她的脸霎时变得阴冷。我就晓得你在外面瞄上新欢了!想生儿子,为什么必另娶一房?我何至于老到那种地步?你是有意污辱我?报复我?我哪有愧于你?姜宗仁对我情深意厚,我却为了你抛了明媒正娶,而与你淫匿厮混,远走他乡,谋生求业,在阴暗的光景和良心的自责中度过余生。

潘郎叹息一声道,彼一时,此一时呀。真不知我俩缘分如此浅薄,其实我现在亦四面楚歌,在潘家压力很大。若不生几个儿子怎么回去见石牌的宗族。如果你想给我生儿子,除非你在我面前保证,不再与姜宗仁暗地往来,保持潘家血脉的纯净。

烟翠说,自改嫁那天离开姜府,我就再也没有见过姜宗仁,只在头一年与乔姨奶有书信往来,如今七八年了。烟翠说着这些,心里一寒,不禁泪水盈眶,她怕潘郎看到,便偏脸走到窗前,但她哽咽的声音已经很明显了。她的情绪很激动。

潘郎说,即便雪风的确是姜宗仁的血脉,但她今世姓潘,永久不变,她是潘家闺女。

烟翠说，不是。雪风不是姜家人生的。十月怀胎，足月下产。这时间的计算，没有哪个比我更清楚。我听说，民间有子肖前夫一说，或许只因与他做过一场夫妻，就影响了雪风的相貌。

潘郎阴冷一个怪笑，道，子肖前夫？荒诞无稽，雪风偏像姜宗仁，为何不像张达开？

烟翠情急起来，凶道，你真无耻！同时抓起桌上茶碗噼里啪啦摔了一地碎响。潘郎低头不语，知道伤了烟翠的心。烟翠瞬时泪水一滴滴滚落下来，灯光里，那泪特别晶亮。她说，你既那么喜爱雪风，你何必又要苦苦追究？我千百次说过，我没有欺骗你。你为何还不罢休？还要翻这些陈年烂账来冤枉我、污蔑我，你真没良心。

潘郎意识到自己言语过激，便道，罢了，不再讲这事了。雪风终归是我潘家人，我当竭力教养，你也不要悲天悯人，好自为之就是。我又没说要休你，我们还是好夫妻，夫唱妇随。

好一个"夫唱妇随"。烟翠心冷下来，不想再与潘郎对峙，更无趣对外面的女人争风吃醋。恰是这潘郎也摸到了烟翠的软肋，女人只要用些甜言蜜语便可打发，这一夜他又是给烟翠披衣，又是添茶。后来干脆就搂着烟翠躺在书房的小床上，对她耳语，两人捂在薄薄的绸缎盖被里说了半个时辰的贴心话。潘郎说，无论如何我俩情浓于血，那么多年相思苦恋，终于冲破藩篱走到一起。你也晓得我不是那种负心男人，就是娶了一堆女人，我也不会冷落发妻，你我至老恩爱不泯。烟翠说，我只求你以后不再追究雪风像谁，让这个家像个家样子。潘郎亲一下女人额头，道，我早就说过，还要到石牌去给你建一座宅院，让你做荣华富贵的潘太太。说这话时，潘郎手摸索着已扒了烟翠的内衣，翻身上来……烟翠体内一股闷热，鼻子闻到男人身体久违的气味，她的意识和身体一样，都晕晕的，感觉在飘。

烟翠知道女人到了这个年龄，是该权衡轻重与取舍了。她已是黄花一枝，何必自讨没趣？如今她有这么美丽聪慧的女儿，便有了一个天地。她觉得也够了，潘郎爱她半世，宗仁也爱过她半世，他们从来都是护着她。或许

是她自己太贪心,她怎能让自己的丈夫不取妾?潘家三少爷,妙手回春,貌赛潘安,怎能不纳妾?这样想了一通,此后的一段时间,烟翠果然渐渐消了气。

4. 女童入伶

那年入秋后,潘郎纳了一妾,桐城本地女子,小烟翠十岁。也算老姑娘了,不知为何在闺中留到这般年纪,细看那女子确有几分姿色。烟翠想既是妾身,肯定比我年轻美艳,不必黯然神伤。烟翠没有哭闹,只是从此言语少多了,平日尽量回避与那女子共处,如当初在姜府回避婴宁一样,碰面总是难免尴尬。烟翠承认自己胸怀狭隘,没有做大房的气度。烟翠白天接送女儿去社学读书,没事她也不喜欢在宅中,而是到药店二楼阁中做些针线活。逢旬假,又带孩子去凤冠茶社看戏。雪风迷戏,近乎痴狂,她戏也唱得好,在凤冠茶社常演的陈家班,还邀雪风上台扮个小串角。雪风演一回,要兴奋好几天。

又一日,娘俩再去凤冠茶社,闻今日演出《渔网会母》,这戏雪风串过角,烟翠带女儿来,是想让她再过一把上台瘾。不想这班社的陈姓班主却拒绝了雪风,说,女伢演么事戏?招人说嫌话。雪风含着眼泪到前台观众席来找妈妈,说前两回,我演得好好的,他们还夸奖我,今天么事就不让我演了呢?烟翠说,怕是角儿不合适,莫哭,下回再演。可是母女都明白,今日的《渔网会母》,戏中有提灯的丫鬟角儿,上月就让雪儿串过,雪风扮那丫鬟身灵言巧,虽台词就那么几句,却被雪风演神了,观众拍掌,班上伶人都高兴,说雪风这一点缀,增了台上人气。

陈班主今日突然变卦,是蹊跷。烟翠碍于面子,又不好死皮赖脸去求他。这一日,母女息气坐在台下看,《渔网会母》中丫鬟角儿却换了个矮个男伶,像个瑕疵,搅得整台戏都不好看了。戏散后,雪风泪水还在流,非要拉妈妈去问班主,下一回还能否让她串角。烟翠犟不过宝贝女儿,只得硬着头皮带女儿来后台化妆屋找班主,问道,陈师父,雪风恋戏上瘾,可否让她试试小角儿？陈班主很客气,道,令爱聪慧怜人,卑社草台饭碗,不敢误诱千金。后台练练嗓子,尝过新鲜即止,涂脂抹粉上台出风头,恐遭闲话。夫人你当明白,拉女伢上台,行内人都骂我想钱想疯了,是拿媳妇诱公公,缺德。

烟翠气得要死,却又不好发火,只道,谢师父,那就不连累你了。烟翠攥着女儿往外走,雪风却嘴里嘟哝着,泪流也不尽。班主觉得难回情面,跟出来补一句,不是师父无情,只怕再拉你演,我这班就唱不成了。你石牌府上已来交代过。一句未了,烟翠神色骇然,什么？石牌府上,交代师父什么了？

陈班主就说,潘家石牌府上已有人来找过他,说他诱潘家女儿做戏子,败潘家名声,不得好死,后又叮嘱若再拉雪风上台,就要来砸他的班子。

烟翠终于明白,是潘家人插了杠子,阻止雪风学戏。潘家人管得真多,居然管到桐城来了。

这一天烟翠带着女儿回家,后两餐气得吃不下饭。雪风把自己倒闩在阁内,哭哭啼啼。

烟翠手揪香帕,烦躁地在厅内坐站不安,她窝了一肚子气,只等着丈夫潘郎回来向他发泄。熬到黄昏点灯,潘郎手提藤箱进屋,一身酒气。烟翠说,你莫急进屋,我且有话与你讲。潘郎以为烟翠又要挖苦他与小妾哪里的不是。烟翠眼睛盯着他,你莫多心,我是说雪风的事。烟翠就直接把今日戏班的事,说了一遍。潘郎僵坐在那,一言不发。

烟翠问,想必你已晓得石牌来人找陈家班的事了,你为何装着不知？潘郎说,怕雪风伤心。

烟翠气呼呼道,雪风是我的女儿,她爱做什么岂由别人干涉？潘郎道,你错了,雪风即姓潘,潘家人该管,天经地义。突然他站起身来,我看以后就别让她再唱了。我俩虽纵容她,但你晓得潘族家风严厉,是绝对不允许的,只怪我先前疏忽了这些。

潘郎父母已过世,石牌老宅住着兄长及妯娌十几口人。长兄为父,现家诸事都是老大做主,这次追究雪风唱戏亦是长兄遣人来桐城,先找到潘郎,

后又找那家戏班,从两处拦截,却不与烟翠母女晤面。这种做法让烟翠七窍生烟,等于不把她母女当人看。

烟翠气得不行,一抬手又把桌上茶壶杯盏扫了一地。

邑人爱戏虽风靡如降犬,可从来女儿家不可插足,上得厅堂,下得厨房,就是不能上台扮装。当年梅香就是做了这林间的出头鸟,落个拒赶出族的下场。尤其这等柴米不愁的富贵人家,哪许子弟做戏子?是的,戏虽好听,可它注定是讨饭腔,下三等贱命人做的事。

烟翠感到眼前冰封绝路,心里一阵寒彻,渐渐又涌上酸楚,五味陈杂。细想往事,自己半生苟且,从一个男人过渡到另一个男人,就像件衣物被伸手即来,顺手即扔。她倒是佩服梅香,敢爱敢恨,即使割了母爱也不回头。如今她人到中年,无所事亦无所求,只有这个女儿雪风让她后半世有个盼头。她不能委屈了女儿。她烟翠也读了一腹诗书,也见过官堂吏府,她怎么就撑不起一点骨气呢?烟翠很是懊恼。

次日一早,潘传郎到女儿房里,劝雪风起来吃饭。雪风说,饱躯不如猪,夺人所爱,岂非残刀?潘郎说,贵为潘家千金,岂能落入凡尘为伶?淫俗小曲玩过即罢。唱戏毕竟不是闺房正业,伯伯说了,你已初长成,伯伯要送你去安庆读书了,学洋文。雪风在里面甩出话来,我现在就不想听废话,我要饿死,让石牌府上人来收尸。

烟翠也跟着上来,瞎讲,你这样赌气,只落得他们耻笑。

潘郎见烟翠也过来,怕话越说越多,只道,不吃饿死她。说罢甩袖离去。雪风倔强得很,两天不食茶饭,三天不出闺门。烟翠火气又堆到女儿头上了,是谁宠溺了你这等胡闹?雪风苦脸道,大大素来鼓励我学戏,这回见府上限令,就投降,是为两面三刀,让我心寒。烟翠说,你不懂,长大就明白,男子当以宗法为重。

这以后雪风上台梦破了,但还是逢旬必去看戏。看了戏,又是回来躲在房里,搔首弄姿地学着又舞又唱。烟翠看在眼里,惊在心里,她真像梅香。

又过了数月,大概是春二三月间,有一天,烟翠忽听桐城街的伶人说,怀宁县下石牌,有一户姜姓人家办了一个戏园子,专唱黄梅调,招技艺纯熟的演员,也招孩童入"坐科"班学戏。烟翠说,错了吧?只听说那姜家的后花园,搭的是戏台,不曾听说开科纳童伶。那伶人便指引烟翠母女去茶馆门外看那布告。姜家戏园不仅招演员,还广泛采撷民间故事。

烟翠便带女儿,来到街边。那青砖墙壁,果然贴了红纸黑字的布告,告文曰:

汉朝有武帝刘彻设乐府搜天下民歌,今朝有富绅诗康建金鸡社采江北风情。凡有欺凌妇女、禁闭小媳、虐待公婆、好吃懒做、偷情养汉、嫖赌不羁、劳燕分飞、鸳鸯离散、情人不忠、守节持家、游子念旧等等可歌可泣、可怜可颂、可批可责之世说新语事,皆可报来。不擅文墨者,口述即可,不知头尾事,取中即成。一个故事一两银,一段评话一吊铜,余者皆视长短厚薄而定。怀宁县下石牌姜府三公子诗康金鸡社仲秋。

傍晚回家,吃饭,洗漱,入睡。烟翠一夜在床辗转反侧。那姜家的气息像烧不尽的芦苇,她走到哪都看到撩拨的飞絮,又像阴魂不散、无孔不入的一种气焰压在人心头。总之那一贴布告,又掀起了烟翠心中的波澜。她想了许多许多,往日种种又浮在脑海。但女儿学戏,是她目前最大的心事。姜诗康办了黄梅戏园,招坐科,若是收女孩,这便是女儿雪风学戏的千载难逢的好时机。但转念又想,若送雪风去姜家戏班,又怕挑拨了姜家与潘家的关系,弄到最后,潘家人去砸姜家戏园,岂不事大?可是烟翠又想到诗康时入仕途,声威极大,只要姜诗康愿意出面收雪风,那就不怕石牌人闲言碎语了。

烟翠起身披衣来到女儿房里,持烛火撩开床帐。女儿眨眨眼睛,也是没睡。雪风,你是想唱戏了啵?雪风答,当然想,妈妈若能带我去那石牌街,我就会变鸟儿给你看看。烟翠笑了,不是变,是长成一只凤凰鸟,飞呀飞,你就成了金凤凰。雪风说,是呀,我要做一只金凤凰。

烟雨黄梅

烟翠试探着说,去石牌,你就要离开你大大了,你愿意吗?雪风说,大大会去看我呀,石牌还有伯伯、嬷嬷和许多姐妹兄弟呢,石牌有我家的大宅子,妈妈我们去石牌吧。烟翠说,让妈妈想想,想好了,我再告诉你。

心里装着事,烟翠就想探探潘郎的态度。可是如今潘郎回家,只去那女人屋里贪欢,与那小妾搂抱嘀咕,如胶似漆。夜里那屋虽隔几层壁,仍听到响动很大,隐约还传出女子叫床声。烟翠怕女儿听见,总是把门窗关死,还用黄表纸布条之类,把窗缝塞得严严实实。

家里不便找丈夫说话,这天上午,烟翠估摸了时间,到店铺来等潘郎。

果然听堂兄说,他去后街给人看病,一会就回来。烟翠便边等边与堂兄闲聊,她自不关心店铺生意,而是想打探潘郎与贱人的关系。烟翠说,三少爷历来散漫惯了,玩心大,即便如今有二房管着,怕他也难以收敛,这店里事烦你多操劳。堂兄摇头道,那妹妹也是富贵娇憨惯了,不食烟火。三少爷的事,还要烟翠妹妹多盯着,烟翠妹妹读的书多,贤淑通达,最懂料理家政。烟翠笑说,二房富贵娇憨,只是撒娇取宠罢了。堂兄道,她也做过富家太太,却不如你粗茶淡饭都能过,她爱挑三拣四。"做过富家太太"?烟翠心里一阵窃喜,他怎么偏爱"过夫嫂"?我还以为她是什么黄花闺女,纯洁荷花,污泥不染,原来也是过了一堂的。烟翠心里在笑,嘴上却连忙拐了话题,像在桌上推牌九,赢了即藏起来,不便多露。

半个时辰后,潘郎回来了。夫妇到楼上说话,潘郎落座,烟翠底气足,故作温柔又体贴,倒茶,拿毛巾,她那股热劲让人生疑。她说,三少爷思子心切,怎么不见妹妹有动静?潘郎道,不用你管。烟翠道,若想得贵子,建议再纳一房处子身。这一房只作肉体欢愉罢了,倘若又一个"子肖前夫",岂不笑话?

潘郎道,你么会子晓得这些?烟翠道,桐城小城弹丸之地,潘少爷风流倜傥,就连那叫床声也胜似头遍鸡鸣,还有什么事不露风声?潘郎脸红起来。烟翠讥讽道,我倒奇怪,风流潘郎一表人才,多少处女追之不及,你为么事偏爱那有夫之妇?潘郎羞涩难堪,道,男人嗜好,你管这么多做么事?今

236

日来店里有何事？

烟翠说,看看生意。潘郎说,你素来不问油盐柴米,以为银子是从天上掉下来的,今日怎么关心起店里生意来了？烟翠道,我如今不比年轻时,年轻时有男人宠爱,现在老了,人老珠黄,要学会自食其力呀。潘郎说,你想来店里做伙计？烟翠说,我想去石牌开一家药店。要你垫本钱。

潘郎说,是想开店挣钱,还是旧情难了,借机重温春梦？烟翠说,两者兼之,有何不可？

潘郎笑了,想来鱼与熊掌都比我女儿重要。烟翠说,恰恰相反,女儿最重要。听人说下石牌有黄梅调坐科班,招童子入坐科。我此行是想送雪风学戏,圆她梦想,然后陪在石牌长期照顾她。

潘郎听此言,立即明白烟翠的用意,连忙说道,不可,绝对不可,长兄迟早会知道。烟翠说,早闻潘姓商帮豢养窝班,淫戏成风,你还傲气什么？潘郎说,不可相提并论,豢养窝班是附庸风雅,送雪风学戏是伤风败俗,我潘族绝对不同意。

烟翠恼羞成怒,潘族,潘族,难道要把我母女一辈子闷死在这虎榔不成？既然这样,那雪风就不姓潘了,我带她走了。

潘郎急忙上前拦住,吼道,妇道何在？又狞笑道,晓得又是姜家人诱你心神不定。早知今日,何必当初。潘某娶你,这桩婚姻已让长兄和族人蒙羞,现在又玷辱我家风。若不悔改,我这就遣人向长兄送信去,晓喻族人,我已休了你这蛮妇,反正雪风亦非潘家骨肉。

烟翠气道,休吧,休吧,我受够了！说罢挥开丈夫的胳膊,抽身下楼,气呼呼穿过店堂,把凶悍脸色一并摆给堂兄看。

不日,潘传朗果然给石牌潘宅的长兄去了一封语重心长的信,不是休妻,是求长兄在上石牌物色一处店面,让烟翠回去开分店。理由是照顾女儿雪风在石牌读社学。石牌人文荟萃,诸社学师资教育自比桐城好,且雪风岁大当回故土教养,熏陶乡情。长兄见此提议也觉十分在理,却不知潘传朗又

237

隐着心机不说。潘传朗做事,历来瞒一时是一时,当初娶烟翠亦如此,只待生米煮成熟饭,让大家一起来担。

又是夏日梅子黄时,烟翠带女儿乘马轿回到了石牌。先住进汀字街潘府老宅,歇息了几日,潘家长兄便为弟媳在上石牌东街租了店面,打上"潘郎药业"字牌,请了伙计坐店。上下石牌,相距一二里路,是为争生意市口,还是为隔烟翠与姜府的路程?烟翠敏感地认为,潘郎托其兄选址在上石牌,是为了把她与姜府隔得远一些。因他知道那姜诗康的金鸡社在下石牌。

5.《打猪草》

且说姜诗康,那年去鄂东寻三姑梅香,辗转武昌口、黄冈、麻城、随州、襄阳,横竖跨越三四百里,翻山越岭,深入各乡间集镇,遍访戏班戏社,终未找到三姑的下落。腊月回来,钱花光了,主仆四人瘦得眼窝深陷,满脸皮打皱。

一家人接到诗康,心里都落了空。梅香儿子昭乾这回没有哭,却是皱着眉头,说不出话来。乔姨奶眼睛红红的,说,一跟头翻下地,八个字定了规。既是她命上该了这一劫,我们也没办法了。此后家里不再提梅香。姜诗康修养半月,也不再郊游看戏,而是开始温习功课,攻八股文和试帖诗。祖父三年孝期即满,姜诗康要备战本届秋闱了。

那年八月,姜诗康赴南京参加乡试,没有录取。第一次挫败就使诗康如冷水泼头,十分沮丧。看来他还是把科考路想得太简单了。生在姜家,现在责无旁贷,考举人的重担落到他肩上了。诗裕、诗丰经商做生意,诗良英年早逝,梅香的儿子是外姓,能在石牌撑书香门面的非诗康莫属。姜家不缺钱,缺读圣贤书的人,谨庠序之教,方可申之以孝悌之义。姜宗仁不贪仕途,却希望儿子做官,唯此姜家才真正体现财富人贵。但姜家人又是矛盾的,怕诗康再现他二叔宗德落第患病的情况。姜宗仁说,发奋三年,丁卯再取。男儿当自强,绝不能如你二叔那般没出息。

姜诗康只得硬着头皮嗯一声,答应下来。接下来,又是三年。

这期间,姜家为诗康定了一门亲。诗康已至弱冠之年,总不能为科考而耽误韶光。女方是潜山县黄泥港孔姓千金,是乔姨奶托潜山县的娘家人寻到的。门当户对,那边也是商贾大户。女孩年方十八,庆字辈,叫孔庆婵。小时候在塾里念书,至出阁年龄,依旧跟塾师学古琴。弹一手好听的琴音,令族内人夸赞不已。这样的人家出的孩子,品行自不必说,到了婆家当三从四德,相夫教子。

一般富家女也就罢了,可她姓孔,传到石牌的茶楼酒社,就有许多话说,不是说这女孩子,而是说孔姓的来历。据说,先世为曲阜南宗,宋室南渡时,南宗一支人随高宗迁到临安,后在衢州建祠堂,浙赣孔氏后裔由此繁衍开来。元末,有一后裔在江西做幕僚,殁后,运灵柩往故乡曲阜安葬,经安庆山口镇,碰上陈友谅大军扎营,道路不通,灵柩便就地安葬。亦留一子在此安居守孝。后来便有了安庆这一支人。子孙在江北丘陵膏腴之壤,占山、买地、耕种、经商,繁衍到潜山黄泥港、太湖小池驿、怀宁雷埠孔家横塘、太湖新仓孔家石口,至同治年间安庆孔姓子孙逾数千人。据说孔姓人不做官,效祖先孔丘,孩子读到郡学廪生、增生便回家置业。但孔姓人又极慕荣华,代代儒商辈出,这一点又是效仿子贡了。

安庆六邑最富的孔姓人在潜山县黄泥港,因长河港口的便捷,商贸发达。君不见六邑的孔氏祠堂建于黄泥港,这便是富强的标志。富足则安居、修身、养性、读文作诗。姜诗康岳丈一家即如此。幸好姜诗康还是赴过秋闱的人,虽然没有中,但足以证明其经纶腹满。否则与未来岳丈、内兄一起吃茶,谈及"四书五经",哪能招架得住?孔家人也不是刻意要显才,是家族气氛,坐下来就说七十二贤如何处世、经商、交友。看那堂前厅后各处门联便知,孔姓人句句不离文章道德圣人家,修身齐家平天下。黄泥港的孔家气氛,给足了姜诗康奔科的信心。

丁卯年,姜诗康再赴南京秋闱,这一回终于中了举人,取得一名候补官

员名额。按当时朝延的制度规定,举人案卷送到吏部注册登记后,就可以当县官了。可是安徽人才辈出,科举届届出新人,亦有官家的荫监、捐资的例监急待为官,官位十分紧张,没有门路的人家只得等官做,常五年八年不见时运。可是姜家哪甘如此,既然费那么大劲考上举人了,姜宗仁自不忍浪费儿子的光阴,即带了银两到省衙打点。同治年间,安徽相继建立多家民间慈善组织,姜宗仁慷慨解囊,为刚成立的永清局捐了一笔巨资。这事让巡抚诸官甚喜,即批了一个县令职位给姜诗康。是年,姜诗康把孔庆婵娶进门,金榜题名映衬洞房花烛,两种美景消受之后,姜诗康便带了琴、剑、书箱及夫人,到安徽宿松县上任。姜家皆大欢喜,锣鼓相送,自不必详表。

孔夫人庆婵会弹奏,喜乐曲,姜诗康在任上便四下交了不少谱曲演奏之人,又结识了不少伶人。县衙内,常常高朋满座,歌舞升平,多少有点奢华淫溺之风。但这似乎没有影响年轻县太爷清正廉洁的形象。宿松也是戏曲之乡,田野山峦,莺歌燕舞,山调悦耳,黄梅飘香。老百姓爱唱戏,便不罕见官吏的风雅。姜诗康常把夫人带到乡间,与百姓同奏同乐。那乡间常演《苦媳妇自叹》《逃水荒》之类反映民生疾苦的黄梅调,孔夫人每看一回明眸含泪,总要挤出些自己的私房钱,翻几件绸衣,捐到乡间穷苦人家。此举令乡民亲服,赞不绝口。姜诗康任期,宿松境内民风淳厚,良人安居,男耕女织,百业兴旺。城街巷弄,夜不闭户,亦无作乱作怪、偷抢盗劫之事。姜诗康公务只在赋税、工程、兵役这些事上,却极少有司法诉讼犯罪刑罚之事。可是这年四月,却接了一桩新奇的案子。

宿松一个金姓、一个陶姓,两家皆为大族,却联名告一个戏班子里写本子的穷秀才。两家把白纸黑字的厚厚案卷送到县衙,誓言一定要惩罚那个穷秀才。姜诗康花一夜的时间,细看了案卷,方知事情原委。

这个汪姓秀才,把金、陶二家一段丑闻写进了剧本,之后这个黄梅调小戏在宿松城乡唱得遍地开花。金、陶二家由此感觉丢尽颜面,伤风败俗,有失威信,族内首领们捶胸顿足,气急败坏,不仅各自狠狠惩治了自家丢脸的孽障,同时又将戏班写本子的秀才告上公堂。

第二天,姜诗康派衙役去询查,衙役回来报,确有此事。其中陶姓女子还被禁闭在自家柴房里,身上被鞭绳棍棒打得体无完肤。姜诗康又传了金姓的男子来堂上问话。金姓男子虽未挨打,却也面目憔悴,一脸倒霉相。金姓男子见县老爷要审,便如实招供。

前年五月间,他在自家山上扑鸟,偶见一女人上山偷笋,提篮里装满鲜嫩的笋子。他便追上去活捉了那女子。倒了她的笋子,踩碎了她的篮子,并要抓着她送官府治罪。女子自招本邑陶姓,已是有夫之妇。她哭着求饶,求金姓男子莫去告官,吃了官司她婆家人定不饶她。金男见这小媳妇有几分姿色,模样性情都生得令人怜爱,也不忍真去告她,便要占她便宜,以此私了。陶女亦愿意,自己连忙解扣脱了衣服,就在那山上二人有了肉体交欢。不想交欢之后,两人转仇为爱,此后常常到山上野合。陶女假扮提篮打猪草,隐瞒公婆和丈夫,与金男私配乱伦。金男家有妻室,不想婚娶陶女,二人只得偷偷摸摸相好。某一次金男与朋友饮酒微醉时,便说出这段艳事,本是拿来炫耀,听的人也是笑笑,却不想被有心人听到,就写进了戏里,取名《打猪草》。这一段撩人心魄的艳事,观戏者无不想入非非,春心难抑。不出一两年即脍炙人口。那些对金陶艳事略知蛛丝马迹的人,便知那唱的即是金陶的丑事。一时间让两家族内人听了,甚为愤怒。其中金姓人还多次在演戏时上台哄打戏班演员,显露嚣张霸气。

不日,县衙审堂。这日晨,姜诗康未到前堂,就有金家人走后门送来银子。姜老爷,我们花多少钱也要把那穷酸秀才送进监狱,免得在宿松兴风作浪,捕风捉影,编戏文丑化我金家。先送薄礼,熟悉面目,堂后还有大谢。姜诗康使眼色叮嘱衙役把银两处置好,自己提袍入前堂。

金、陶两家及戏班班主、秀才诸位皆到场。对簿公堂,汪秀才贫且益坚,振振有词,否认黄梅调《打猪草》窃了金家的故事,如此男欢女爱,江北遍野皆是,乃生活原貌,与金少爷的私情纯属巧合。再说那《关雎》一诗印了多少男子心境,你能说是剽窃了你的心思么?

金家男子虽一身华贵绸缎,但才疏学浅,嘴巴说不过汪秀才,更不会引经据典,就在堂上骂起来,说些粗话出气。又有陶姓人,陶女婆家人一齐上来对嘴,一时间堂上乱哄哄的。

姜诗康一拍案板,大声道,别吵了。事已至此,老爷我已明白前后经过。现在由我判断,秀才无罪,《打猪草》亦可公演。告状的两家面面相觑,说万万不可,我等不服。如此淫戏,竟纵它演唱,有伤风化,老爷也会遭百姓唾沫。姜诗康道,悲哉,叹矣。何为风化?儿女情长,人之所欲。两情相悦,不能相守,这种真情可歌可泣。你既说是你私情,你都做了,戏里却表不得?再说,故事本是信手拈来,虚词润色,唐传奇、宋元话本,皆是那勾栏瓦舍里说书人杜撰的底本。侠义故事、佛经故事、历史演义、民间情爱,哪一本戏不是吸世态之精华,若人人去对号入座,亦不本本有原型,场场惹官司?

来人!姜诗康大喊一声,将那金姓上台行暴打演戏者绳之以法,重打四十大板。又发话于陶女婆家人,回家放了禁闭的媳妇。余者听好,修文德,行礼仪,尚诗风,乃兴邦安国之策,戏曲歌谣,乃显乡人精神面貌,当敬之。日后尔等必遵纪守法,若有横行霸道,仗势欺人,辱没伶工者,本官当重刑惩戒,概不留情。一堂退下来,金、陶两族人心里愤懑,却也无奈,只得各自尊县老爷的指示去办。这一场官司,让汪秀才转败为胜,转弱为强,是大大地增了民间戏班的底气,日后这《打猪草》不仅在本邑唱,还一传十、十传百,搭上了长江的船,唱到上海、扬州去了。

自《打猪草》事件之后,姜诗康夫妇便有一个新设想,想创办戏社,振兴黄梅曲艺并开坐科班培养唱黄梅调的演员。同时采撷民间故事,编戏谱曲,供给戏班演出。

官闲休暇,诗康携夫人回到石牌,向父亲姜宗仁禀报了办戏园的事。宗仁一听十分赞同,但建议必把戏园设在石牌,一则石牌是诗康的家乡,他日无论升迁调任,戏园不必操心;二则石牌乃伶人之襁褓、戏曲之摇篮,汇天下伶人曲调,地利人和。姜诗康便遵循了父子的提议,着手在石牌动工建戏园,取名"金鸡社"。

本来姜家宜园有戏台,但那地方太小。姜诗康想打造个乐府梨园,采、编、演、训一条龙。于是另辟房屋在西街,建场地宽广的戏社。

在姜诗康创建黄梅戏园金鸡社的时候,时代已进入清同治末年。同治时期,石牌各路戏班,已是争奇吐艳,百花齐放。姜家的黄梅戏园,只是万花丛中一点红。安庆一带的戏班渐趋繁盛,受洋务新政和经济商贸的影响,百姓生活水平及思想观念有了极大改观,条件好了,看戏的人就多了,有人要看戏,演戏的人就更多了。那时候,徽州来的老徽调、北方来的泗州戏、池州的傩戏、江南的昆曲、陕北的秦腔、湖北的西皮调,如那阡陌河流,都汇聚到皖河境内。本地的潜山老弹腔、石牌皮簧戏、青阳腔、二簧、梆子、多多腔、怀腔、陈腔旧韵融入黄梅,直接影响黄梅小戏的发展。安庆六邑,随处可见歌台舞榭,城乡街道,坊间村落,歌笙飘逸,鼓锣作响。一去二三里,村村湾湾都唱戏。孩子出生唱戏,周岁庆贺唱戏,建宅上梁唱戏,升学、科考、晋官、赴任、要唱戏,红喜白喜、逢年过节要唱戏,庙会、庆典、开业、签约,皆要唱戏。而六邑中,数那石牌的戏班子最多。上述的各路戏班,得了下至苏杭上至湖广的水路,汇聚石牌的南腔北调有上百家。且说石牌杨家墩屋,五十年前,出了一个叫杨月楼的男子,极擅猴戏,在台上灵活如猴,演孙悟空出台时翻筋斗一百零八个,尺寸不差半步,人称杨猴子。杨猴子遂拜徽调老生张二奎为师,学唱戏。杨猴子样样入行,嗓音洪亮,文武兼备,很快唱出了名,与班友俞菊笙一起被称为京戏"双璧"。后来创办三庆班,带了儿子杨小楼和众弟子北上京城卖艺,此后又与四喜班、和春班、春台班为乾隆帝八十寿诞唱戏,遂成气候。至咸丰年间,那石牌出去演老生的程长庚已把二簧调唱出了大名。至此石牌优伶技艺声名大震。

石牌人把皮簧唱到了北京城,唱到了上海,唱遍大江南北,成了皇宫里慈禧太后最爱看的戏。皇家爱听皮簧,西洋人也爱听皮簧。那东南一带的洋务港口、租界馆舍,日日有石牌人演奏的琴键声腔,或沉鱼落雁,或闭月羞花,令人流连忘返,如痴如醉。因在那京城里唱得最响,这安徽石牌人带去

的皮簧,后来就叫"京戏"了,自然也融了些其他声腔,徽调京唱,越唱越好听。这是多么荣耀的事,所以南来北往的客商,每至安徽皖河石牌口,都要上岸,想沾点戏乡的好运气。更有甚者扎根在这京戏的故乡,摸爬滚打,练就一身功夫,浸润一喉嗓音,不出几年,便是修炼到家,一亮喉,定是那字正腔圆,带到天南地北,仍是原汁原味的石牌徽调了。后人有诗曰:"乾嘉八十班,班有刘关张,伶人八千八,会唱曲九千。南国艺兴隆,北都弹戏香,梨园佳子弟,无石不成班。"这个"石",即是皖河之滨哺育京戏之石牌镇。

6. 金鸡社

　　金鸡社门檐高大,二柱起顶,两层楼。一楼临街,拱园门,门头上镶大字"金鸡社"。烟翠知道这名字的典出,金鸡为戏神,在怀宁洪铺镇金鸡村有石碑立祀。旧时安庆伶人,每唱大戏,必到洪铺祭神。金鸡社的二楼是一排相连的大窗子,也是拱形窗口。进去后,里面一个大戏台,座位数十席,上层一排相隔的观戏包厢,附茶座。这一日,戏台并未演戏,却有不少人在台上练戏,有师父在一旁大吼大叫,训斥演员。进长巷,后面的一排屋连大院,是练戏的地方。斜眼看屋这间大屋内,三壁挂了各种器具,木桩上挂了一排衣服、帽子、脸谱、刀、枪、棍棒、绳索等等。一面又是吹奏拉弹乐器,二胡、扁鼓、竹笛、竹笙、大小各类铜锣十余种,大小各类红皮鼓十余种。亦有师父在训斥男童,在练腿脚功夫。

　　烟翠带着女儿进来,要找姜家的三少爷。真巧,这天姜诗康在社里。有人便带她去隔壁屋里。烟翠娘俩跟过来,这屋内,几个人正围坐茶桌边说话。烟翠一眼就看见姜诗康。

　　几年不晤面,他略显沉稳,那眉宇间的气度,突然让烟翠心头掠过一丝惊悸,又似一股酸涩,她想到当年初识姜宗仁。光阴荏苒,如今他儿子已是他当年一个模样,烟翠触景生情,也有落红不再的悲怆。

　　诗康见来者竟是烟翠,又惊又喜,忙起身提袍,上前来抱手揖礼,叫三姨娘,不知是三姨娘光临,有失远迎。烟翠暗思他已是坐堂的官爷,自不如年少那般随意,烟翠连忙弓腰回礼,道声少爷好,又问孔夫人安好。诗康说,庆婵在府中,谢三姨娘关爱,她已有七月身孕了。烟翠笑曰,恭喜。夫妇和睦,仕途通达,我之殷切祝福虽晚矣,但温热不减,祝你早得贵子,鹏程万里。诗康谦逊笑笑,道,三姨娘客气了。

二人坐下,品茶。诗康因见是主仆三人,就问姨娘贵脚不畏途劳,是有何事?烟翠命雪风上来,给哥哥施礼。雪风连忙过来深深鞠躬,大哥哥安好。姜诗康刚进门就看见这个女孩子,她很招眼,现在再细看,心里更惊了。诗康怔了怔说,像在哪见过,小妹妹?烟翠心里紧张,预感这一关必费口舌,道,神似母亲,凡与她母亲相处过,便会似曾相识。诗康笑道,青出于蓝,妹妹就长这么大了。诗康又问,姨娘有何事?烟翠一时脸红,羞怯地环顾四下。诗康会意,让旁人退下。烟翠就说,悉知少爷夫妇通五音、爱民律,以曲艺安邦。我便敢贸然来求你。然后把雪风恋戏,潘家人阻碍,现在想送雪风进金鸡社,坐科练戏当演员的事说了一遍。

诗康毫不惊讶,只道,练戏要吃苦,令堂可舍得?烟翠见有希望,连忙说,既爱了这一行,就誓不言苦,雪风,你说呢?雪风忙又站到诗康面前,说那春三月的子规鸟,每日必啼叫至日落,它必把人间稻秧叫长,叫抽穗。每天嘴角要叫出血,回巢方能得食物吃。若嘴角没出血,证明它不勤奋,偷懒了,回巢不仅得不到食物,还要挨打,要遭鸟类头目暴虐体罚。哥哥教我可按子规鸟的方法。

姜诗康眼睛亮了,说,戏园里尚无女童,你与那些男孩练戏,不觉委屈?雪风说,我不怕。诗康笑笑,忽又沉思。他转脸对烟翠道,三姨娘,你变了。当年在府中,你闲雅谨慎,何曾见你如此挑战俗世眼光?烟翠苦笑,那时亦有侠骨,但不见江湖。现在姨娘身陷窘迫,自不觉醒,岂非浑噩一世?诗康点点头,我不畏坊间飞短流长和诸族狭见,只担心雪风,女孩练戏难免吃皮肉之苦,坐科专训,不是心闲散唱,师父严厉得很。雪风将来必有劳累艰辛。

如今班社春寒料峭,各势争利,既入伶班,就按章办事,受师父管教,雪风入行得守规,服从师父。雪风,你可依否?雪风当即给诗康跪地叩拜,我依,师父放心,既入伶班,雪风誓言终生不悔。诗康却不敢当,连忙搀起雪风,师父不是我,我只是创社者,不擅技艺。明日自会有人教你。

雪风誓言终生不悔。这让烟翠和诗康各自同时在心里想到梅香,只是他俩都没言表,看着活泼的雪风,他俩眼睛都有些湿润的水光。竟是诗康控制不住,感慨道,若是三姑现在能回来,必是金鸡社里的一位好师父。烟翠即明白姜诗康创办戏社,一则为振兴戏曲之风;另一原因,是为怀念三姑梅香。

姜诗康能收下雪风入坐科班,也是烟翠意料之中的事,她了解,姜家那么多男人,唯诗康坦率、爽直、不含糊,且诗康如今又做了县官,更是敢于担当。但又有一些事让烟翠心烦,诗康虽能担当,这潘家人若因雪风去找他麻烦,岂不连累诗康,影响他的声名?烟翠虽把雪风送进了金鸡社,并且师父也给她取了艺名,但烟翠仍然觉得自己还有一桩大事未完成,就是如何去阻截潘家人。她知道潘传朗是一个懦夫,做事从来不干净。他并没直说雪风学戏的事。纸包不住火,哪怕有艺名,这事潘家人迟早会知道的。

烟翠回到上石牌的药店,左思右想,甚至她都想到了潘家人野蛮地去骚扰金鸡社的场面,她越想越怕。她觉得潘传朗不出息,但她必须自己扛住这桩事,她不能被动等着潘家人去砸金鸡社。她必须提前担下责任而护守诗康的声名。

烟翠在药店的阁楼上,愣头愣脑想了半日。她终于拿定注意,明天回潘宅去见潘家长兄,把这件事面对面摊牌。要辱要骂,要杀要戮,可对着我赵烟翠来,切莫让他们去金鸡社胡搅蛮缠。烟翠这样一想通,觉得非常在理,非去不可,非她莫属。没有人救她,只有她自己。她觉得以前她做很多事都是被动的,等着别人发落。她败给了姜宗仁,如今她绝不能败给潘传朗,虽然他们用截然不同的方法打败她。她不能再败,是因为她觉得自己没时间了。她已经年老色衰,一辈子只赚来这么一个女儿。雪风若这次被金鸡社退了,此生就别想再追求自己所爱。石牌还有哪家戏班敢收她?到时候只怕适得其反,又禁出一个梅香,终身不欢。烟翠这样前后揣摩、权衡,又做了最坏打算,大不了鱼死网破,潘家还敢吃活人?

第二天,烟翠雇了一顶小轿回到了下石牌潘宅。长兄见弟媳回来,甚喜,吃了饭,喝了茶,叙了话。药店生意,娘俩生活诸事聊尽。烟翠便直说了雪风现在进了姜诗康的金鸡社,边学诗书,边学唱戏。长兄脸上陡然变色。烟翠说,尊兄何故如此顽固自封?如今时风渐转西洋思想,扬州上海皆有女伶展艺。且我石牌是戏曲之乡,世代尚清喉,皇室也悦赏。雪风嗓音纯亮,身姿优美,天生一副艺曲才女。你既爱侄女,又何必夺其所爱?

长兄说,你果然深藏居心,雪风之天赋可用在闺房绣艺、诗墨书文,岂非演戏不可?

烟翠说,只怪我历来束缚,她反倒不爱绣针纸笔,贪戏之心有如石缝杂草,越禁越长。如今她已初长成人,所思所想,无他人能犟得过。

长兄说,是你熏多了姜家遗风,想那姜家三姑亦是你纵容出走,诸族皆知二十年前,你烧了产姓灯笼,助了那个妖孽,如今又助这一个。历来我家姑娘无此执拗性格。

烟翠一笑,又道,我既生了这么个妖孽,何不让她去了罢了?凡事物极必反,不如顺其自然。尊兄即知梅香教训,岂能重蹈覆辙,又要逼死一个雪风?

长兄一时愤然,又找不到话说,只气得一拍桌子,道,我不同意。烟翠平静缄默,须臾,又道,潘传朗既送我俩来石牌,证明他已思虑周全。尊兄这般僵持,只怕会弄得手足不亲,家风不顺,血脉成仇,贻笑族人。又说,呵斥桐城小班,尊兄不在话下,但那姜诗康如今仕途畅达,且身后有姜家绸商巨盾,你若与他纠缠,岂不鸡蛋碰石头?

长兄破口大骂,合谋妖孽,辱我潘门。烟翠说,尊兄此言过矣,是辱是清,得有后世见证。你若认为辱了潘门,那雪风可以不姓潘。

长兄说,原来你要的就是这一句?烟翠说,事已至此,我也是万不得已。

烟翠说罢,包袱拿到手,做出要走的样子,又丢一句,劝尊兄细思量,雪风若不姓潘,那街坊必定唾沫横飞,滋生猜疑,说你潘家血脉不纯。此事岂不越描越黑?

烟翠果然起身要走。长兄知道这弟媳当年烧灯笼的厉害,便道,你莫擅自主张易姓,后事待商量。烟翠笑一下,家丑不可外扬,我且听尊兄告诫。说罢扬长而去。

这件事后来也不了了之。烟翠心悬了个把月,却不见潘家去找金鸡社麻烦。烟翠终于放下心来。但这边放下,那边又来,雪风在戏班果然吃不下苦,时常回来,念叨腿酸胳膊疼。烟翠说,既是你自己选的路子,切莫前功尽弃。雪风也坚强,说我是一只子规,即使嘴角流血,也不怨你,妈妈好自为之即是,不用再担心我了。

第八卷

1. 寂寞

光绪三年丁丑，怀宁知县彭广钟在安庆任家坡创办凤鸣书院。下石牌姜家的孩子，陆续被送到凤鸣书院。梅香的儿子、二婶的女儿、诗良的继子、四房宗明的儿女、诗裕的女儿，还有如皋诗丰早已结婚生子，儿女亦送回乡读书，他们都在安庆。他们中年龄大一些的取了生员，姜家又一代科举开始了。"老凤高飞雏凤继，振翅声声驾云行。"作为祖父的姜宗仁日渐落寞了，也就倍感身心老了一轮。他感到自己老了，不仅因孩子们远飞，而且身边也少了婴宁的笑。

那婴宁果然是留不住的，在姜家戏园唱了几年戏，就羡慕那些去上海、北京唱戏的人。其时，王鸿寿去了上海，怀宁县好多伶人都去了上海。石牌出去的名伶杨月楼同治初年在上海丹桂园唱戏，光绪二年又进了上海鹤鸣园。名园才能唱成名角，既然你皖河边的人都去上海了，我何以去不得？婴宁便整日在家唠叨，说那上海唱戏如何受人捧，如何能见世面，如何能挣银子，因为听戏的多是黄头发、蓝眼睛的洋人。婴宁想去上海为洋人唱戏，姜宗仁内心很不快活，闷着不答应。婴宁只是哭憋憋的，躲在被窝里抹眼泪。婴宁也知趣，晓得自己嫁给姜老爷，不是唱戏，是做四姨太。这样一想，她就死心了,谁叫自己命苦生在穷人家,若是富贵千金,哪能沦落到做妾的境地?

婴宁这么乖,反倒让姜宗仁心里有了怜悯和心疼。他犹豫不决,但嘴上仍是不答应婴宁去上海,不为别的,就为姜家在石牌的面子。早年一个梅香逃出去卖唱,至今死活不知。现在这一房姨太爱唱戏也罢,还想到上海去唱。姜家哪能出个跑码头的媳妇?姜宗仁始终不松口,除此之外,样样对婴宁百依百顺。婴宁恰是除此之外,件件事对老爷百依百顺。就这么僵持着,这事就搁下了一两年。

可是婴宁并未死心,你得承认女人比男人坚韧多了,她要的那东西裹在心里,越久情越深。任凭姜府坚实的墙壁也挡不住外界的诱惑,婴宁偷偷给上海的王鸿寿去信,询问那边唱戏的情况,以及有无有女子落脚的地方。王鸿寿忠厚老实,如实回信来说,有。码头、茶馆、戏园,到哪唱都受人欢迎,尤其是女子唱戏,更惹人喜爱,阔老爷会对女子出大钱。这婴宁便茶饭不思,坐卧不安。后来干脆把自己关在屋里不出来,以绝食的方式抗衡。她是去定上海了。她嫁姜宗仁,就是找戏台,不是找丈夫。如今姜家的戏台小了,她要到大上海去找更大的戏台,要扬名四海。恰这婴宁也奇怪,嫁到姜家好几年,肚子一直无动静,若生个一男半女,或许也能把她留住,既留不住她,也能留下孩子,留一份"笑"的快乐。如今她在姜宗仁的生活里,真像那《聊斋》里的妖狐,来去无踪影,只留虚幻梦一场。姜宗仁一跺脚,一叹气,说道,罢了,让她去吧,命里无时莫强求。

婴宁走了。可没像送烟翠时那样,布匹、古玩等贵重物品送了一车。姜宗仁只是命仆役从账房取了三十两银子,然后抬一顶花轿,把婴宁送到安庆码头的轮船上。三十两银子婴宁收了,她知道姜宗仁的用意,钱花完了再来找他。她想好了,她若是唱红了,发迹了,反倒会来找姜宗仁,唱不红,永不回头。那婴宁走的时候也无泪,依旧是笑嘻嘻的。姜宗仁不忍看她那笑靥,他怕内心受伤,就躲着不出来送她。姜家妇人小孩十几个,一道把婴宁送到安庆码头。随汽轮一声笛鸣,挥手长别,婴宁的笑,渐行渐远,最终隐在茫茫江水上。

接下来两年,姜家宜园的戏台几乎没人唱戏,偌大的府邸也显得空旷冷落。一则婴宁走了,外面戏班不再被姜府聘请;二则姜诗康在外街另建了大戏园,这宜园的戏台就过了它的辉煌时期,现在反显得多余了。那台面上落了一层灰尘,秋天飘几枚树叶,深冬又落了几粒鸟屎。睹物思人,姜宗仁偶尔逛宜园,不免有几分伤感。由戏台的冷落看到宜园的冷落,由此又想到与宜园有关的女人。她们都是他用心爱过的,现在都走了,离他而去,留下满目苍凉和无限思念。姜宗仁不免在黄风里落下一滴浊泪。姜宗仁闲暇时常独步宜园,他内心想到一个地方,但他不敢去,还是怕受伤。但这念头只要产生过,就不灭。有一天,他的脚不听使唤,终于走出了姜府,走往中州的上石牌,绕杨树坝,上石拱桥,一路信马由缰,姜宗仁来到了上石牌东街的潘郎药业店前。

这东街车水马龙,窄长的街道两侧竖长牌,招牌一家挨一家,各种生意商贩,接连串在街间,甚是热闹。姜宗仁在潘家药店门前看了一会,但他并未看出店内究竟,又怕人认出他,他便大方地走进店内。这店两个伙计站在柜台内说话,见来客,便过来问话。姜宗仁说,我找你家太太。伙计应了,进里面朝楼梯口喊太太。

不一会,楼上轻盈盈地走下来一个中年女人。她看到他,眼里是惊讶。他却很平静地笑着。他叫一声,烟翠。几乎在同时,她由衷地喊出,老爷。他的眼睛难以克制地打量着她。她穿紫裙配羊皮小袄,上搭滚镶云肩,梳大髻,插凤头簪,缀玉翠,甚是高贵,却掩不住眼角的鱼尾纹。她老了一些。他走近,笑笑。她显得很平静,老爷,你怎么来了?他说,我来买药。她说,还要你亲自来?捎个信,我叫人送去不就得了。说了这话,她马上明白,他是想来见见自己么?他会在乎潘家的药?

姜宗仁说,我要罗布麻十克、生槐花十五克。烟翠应了,叫伙计把这几样药配齐。二人隔着柜台,貌似随心所欲地说话。这一刻,却又熟悉得像朝

夕相处一样，毫无事先想象的紧张。毕竟都这把年纪了，还有什么可紧张的呢？来了熟客，一般烟翠会请客人到楼上喝茶，可这会子烟翠却不叫这客人上楼。

姜宗仁感慨道，这么多年不见，你还是这么年轻。烟翠笑笑，老爷客气，但我发现你老了许多。他说，我确实老了，否则怎么会来抓药？她说，老爷你是肝火重，得多休息，凡事宽心。他笑笑，我的心够宽的了。她意识到他的话里有愤懑，便换了话题，问乔姨奶和二婶近来可好。他回说，都还好，只是乔姨奶每况愈下。烟翠便知乔姨奶是孤单所至。人老了，多病倒不怕，就怕心寂寞。烟翠记得当初乔姨奶与她说过，女人最伤心莫过膝下无子。烟翠侥幸生了雪风，否则老了没事忙，心也空虚。现在这雪风虽让她受累，却也累得充实。

恰是心有灵犀，这会子，姜宗仁也提及雪风。他说，雪风若不是爱唱戏，这年龄该到省里去读书了。姜家大一些的孩子都送到省城的大书院去了。宗仁这话说了一半，就停下，眼睛看着烟翠。

烟翠低头忙着包药，她怕与他谈及女儿。姜宗仁眼里充满温情，他看着她，好像在等她回答。烟翠说，雪风是潘家的孩子，随潘家做主吧。这话一出口，她就后悔，她为什么要强调"雪风是潘家的孩子"？可她又怎样说呢？她有些语无伦次了。她知道，这两年雪风在姜诗康的戏园学戏，宗仁是见过雪风的。他见过，便知雪风长的什么样子。他心里会怎么想？

姜宗仁突然说，雪风越长越好看，很像你年轻时候的样子。

烟翠再也控制不住了，包药的手在颤抖。烟翠说，老爷你过奖了，小女长得不好看，我也不好看。老爷你还有事啵？烟翠把一包药推到男人面前。

姜宗仁晓得自己话多了，可人也奇怪，越是不让他说，他越想说。姜宗仁果然鼓足勇气说，下石牌的人都说，雪风长得像姜家的三姑梅香，我便与他们解释，她在姜家园子唱戏，与姜家人朝夕相处，同饮同食，日久便有手足情，情深易相。说了这话，他的眼睛仍然看着她的脸。她的脸色毫无变化，这回，她也没有回避他的眼光，她道，老爷你什么时候对坊间碎语有兴趣？

这话若传到潘传朗耳朵里,他一生气,又要纳一房,你嫌我现在不够孤单,还要挑拨离间,挑坏我家夫妇关系?

姜宗仁苦笑一下,烟翠你误会了,我不是这个意思。

烟翠脸一板,道,雪风与姜家人再手足情深,也不会易相的。她突然一抬眼,盯着姜宗仁,老爷,你是老糊涂了,还是痴人说梦话?

姜宗仁深情地对着她的目光,感觉胸腔堵得很压抑,可她却那么无情和干脆,一口气就揭了底,让他瞠目结舌,也无地自容。他说,你一点没变,说话还是那么冲人。她说,所以有些人懂得在关键时候不让我说话。他低下头来,摸摸药包,道,你还可以说,我听着。

她笑笑,消损残年,心如止水。除了雪风,我哪有什么话可说?我只巴望日子清静一些。姜宗仁顿了顿,觉得很无趣,便道,看到你过得这么好,我也放心了,不多打扰,我走了。说罢从腰里摸出药钱,放在柜台上。她看了一眼,没与他说话,转脸高声喊伙计,来收这位老爷的药钱。

他拎着一个小药包,出门的时候,下台阶,越发显得背驼。她远远跟出来,站在门口偷望他的背影,他没有坐轿,也没有骑马,单薄的身子飘在冬季的黄风里,隐在满街的人流里,他是那样普通,一如赶集的老农夫。他老了,他也有老了的时候。

烟翠一阵心酸,清泪盈眶,那一刻她很后悔,他下次会是什么时候再来?他还是来买药吗?那他又有什么理由来见她?她后悔堵了他的话,催他走。她转身上楼,背手关房门,万般怨恨,骤然涌上心头,她禁不住嘤嘤哭出声来。

后来的好几天烟翠心里都不能平静,好几天都在想姜家的事。姜家这些年发生的事,烟翠都知道。上下石牌只隔那么一截路,水塘边,早晨是洗衣的妇人,傍晚是洗菜的妇人和担水的男人。一些消息往往是塘边洗衣的妇人传开来,从塘坝那边传到这边。妇人们津津乐道于富家望族的新奇事,诸如正街姜家大脚四姨太跟王鸿寿跑到上海唱戏去了,姜家老爷一生衣禄丰足,在西子湖畔睡过无数美女,到老来却连个冬天床头焐脚的女人都没

有。这类事情，捕风捉影、举一反三够他们说半个月的笑话。

寒冷而漫长的冬季，烟翠常常希望某一天，店堂里又出现那个头发有些花白的男人。可是他再也没有来过。有时候，烟翠会装扮整齐，逛到店门口，朝街道的两边望望，她知道，她这样做是心里没有干净，是莫名的期盼，事实上那个姜宗仁是不会再来的。

烟翠终于熬不住，腊月的一天，烟翠衣着光鲜、梳妆艳丽，提了一包药，上了一顶花轿，轿夫抬着她，走过那白杨树塘坝，过石拱桥，往下石牌来。轿子进了姜家府门，她才下来，她不想让街坊邻里看到。

烟翠提着补药来看望乔姨奶，事实上她更想看姜宗仁。烟翠进府，仆人禀报老爷。宗仁出了梦蝶斋，往院中走来，刚下台阶，就看到烟翠站在那边。二人四目相对。这形势看上去很明显，烟翠输了，自己上门来找他。她低下头说，我是来看乔姨奶的。宗仁憔悴的脸上露出欣慰的微笑，我晓得，你不会来看别人。走，我带你去。二人便往乔姨奶屋里来。

乔姨奶头发银白，满脸老斑，和当年老太爷一样，躺在躺椅上，一副老态龙钟。人怎么说老就老了？烟翠心里一恸，不禁落下泪珠。乔姨奶却笑盈盈的，摸摸烟翠的手，说，怎么这会子才想到我呢？大概有十来年没见了吧？春香更正道，十三年了。

乔姨奶笑道，我就晓得，我要死了，我的魂去了你梦里，叫你过来。烟翠说，姨奶奶莫这样说，我是想来，就是杂事多。二婶插嘴道，烟翠现做了阔佬，管一个大药店，忙挣钱。众人又有数落，又有欢喜，总之姜家三代媳妇与烟翠深情如海，往昔的点点滴滴、桩桩件件，这会子见面，越说越亲切。于是感叹时光太快，一眨眼就是一代人。烟翠嫁进姜府那会子才十九岁，一转眼，烟翠也到了做祖母的年龄。烟翠听听陡然又有心酸，她瞥一眼那边的姜宗仁，姜宗仁站着不动，貌似不想打扰她们说话。

这天中午，乔姨奶身体不便，没有起来，是姜宗仁和一桌媳妇陪烟翠吃饭的。依然在她熟悉的餐厅，气氛热烈。春秀道，多少年没见了，三姨娘能回来，就是看得起我们。那些年你在桐城县，往来不便有理由，现在都落在石牌这一片，不能疏，一晃就搁了多少年了。那中洲到渡家州，再远也远不过杭州。三姨娘你莫惜贵脚，以后要多来走动，人老了都念旧，就不信三姨娘不思往事。春香话最多，一餐饭，她一张嘴说得没有歇过。

烟翠一直是应着，却也不好多说乱说，因这桌上各人情状不一，她敏感于各种微妙关系。姜宗仁坐在她对面，话也不多，一言一笑，都像染了霜华似的。如今诗裕在安庆顶了江北绸布界的梁柱，江南的生意则有老四宗明顶着，姜宗仁后继有人，自己只在府里泼墨种花，休养生息了，哪能不孤单？

饭后，烟翠跟二婶来她屋里坐一会。沿途她细看这几进院子的景象，凋零了许多，姜家其字辈的孩子们都长大了，都在外面读书或创业。少了孩子，人气也就少了。如今塾里只有诗裕、诗丰、诗康三位少爷的四个幼年子女。春香连生四胎，三男一女。刘孟姣三胎全是女孩，无疑现在春香是府中最有资历的女人了。又听二婶说，春香两个遗失多年的妹妹林花和春红，已于光绪初年回到石牌。母亲死在逃难途中，那姐妹却有幸活了下来，辗转澎泽、东至、望江，又逃到石牌来找姐姐。现在那姐妹住在太湖的松林坊老家。林花本在逃难途中结了男人，男人死了，就拖着孩子回来；春红是老姑娘了，现给她谋了婆家在雷埠。都是春香操办的，春香还常把家里布匹在夜里命婢女偷偷送出府，送到石牌街的裁缝铺，给春红做嫁衣。

春香打发了外面，又忙府里面，头年入秋又把二婶房里的婢女凤枝介绍到老爷房里，说是伺候他，事实上想让老爷收凤枝入房。凤枝也是老姑娘了，就是为了等收房而一直未嫁人。宗仁却不愿意，他说如今再也不娶不纳了，宁愿一个人过。只让凤枝做些端水洗脚的事，不让她上他的床。

这话烟翠不相信。邵氏说，我也不相信。老牛都喜欢吃嫩草，上了年纪的男子，不重女子姿色与气质，只重女人的下身，重野味。宗仁嫌凤枝不识字，没姿色，不配做他的姨太太，说明宗仁心不老，还是挑三拣四，讲究什么"情"和"爱"。

烟翠听了脸红起来，嘴上说，老爷心里依然念着婴宁，或者……烟翠没有说出口，她晓得，他心里也许没有忘记过，她与他那惊鸿一瞥的厮守时光。二婶说，烟翠你错了，是潘郎毁了你与宗仁一段好姻缘，潘郎现又纳房把你扔在石牌。也怪那长毛，若长毛不来，你与宗仁不分开，也不致今日近在咫尺，对面无缘。说到长毛，二婶又哽咽起来，长毛不来，我也不至于落到如此孤家寡人一个，诗良现在该娶了几房了，我也是儿孙满堂的人了。一语未了，邵氏抽咽得更厉害。烟翠连忙劝，二婶想开些。说了许多安慰的话，二人心贴心地聊了一顿饭工夫，再往乔姨奶屋里来。

乔姨奶身体一年不如一年。以前她伺候老太爷，没有感觉自己哪有不适，后来她整日被别人伺候，却越发虚弱，一时犯胃肠，一时犯哮喘。如今说话吃力，气喘吁吁。烟翠看着乔姨奶，就想到自己离这一天也不远了。这人生许多事情还没有来得及做，就过了年龄，还没有来得及赴约，已过了佳期。说不好，她还有什么没有做，可心里常有隐隐的牵挂，总怕来不及。

乔姨奶摸着烟翠的手，气喘吁吁，说一句，停一会，也没有什么大事，就是拉家常。乔姨奶说，老太爷走了，我便念着阴间，我就老得特别快了。烟翠说，如今世道太平了，你好好享福就是。乔姨奶说，我活十年和一天，意义皆一样。奴颜婢膝，能遇到钟爱的丈夫，一生足矣，我巴不得早早去了，见了老太爷一起过。烟翠好感动，笑眼里闪着泪花，说老太爷真有福气。

乔姨奶干瘪的脸上露出笑，你还年轻，和我不一样，你有雪风，红尘有牵挂你就不孤单了。烟翠摸着她干瘪的手，热泪盈眶。既然姨奶奶红尘无牵挂，那就好好活几年，再去找老太爷也不迟。

乔姨奶又说，我牵挂梅香。梅香若还在世上，今年该满四十六岁了。如今太平军早已灭了灰烬，朝廷也不会再追杀了，她也晓得家在哪，家中还有她的儿子，她出走时父亲还在，这都是她该挂念的人，就算她晓得父亲活不久，儿子骨肉相连，她就不想儿子？诸如此，乔姨奶推测，梅香可能已经不在这个世上了。否则，她没有任何理由不回来。既然知道她不在了，又何必让她落个孤魂野鬼游在异乡？做人凄凉，做鬼不能让她孤单。乔姨奶说她多次叮嘱宗仁，待我去时，一并超度，请来道士给梅香招魂作法，让她入土为安。梅香是出嫁的姑娘，亦不能上姜姓祖堂，也不能葬在姜姓的祖坟山上。但乡俗有例，死在外面的人，或出嫁的姑娘、下堂的媳妇，均可在镇外引灵超度，葬于远郊或两姓交界的山界上。无论如何，给她招魂，让魂魄落在这块土地上，我去阴间，向老太爷也有个交代。

说到这里，两个人都流下泪来，二婶和婢女也在旁边流泪。窗外太阳偏西了，婢女给乔姨奶喝了汤药。年伢夫妇年岁大了，身弱病多，早在几年前就回家了。中途换了几个，这婢女又是经春香挑选从乡下雇来的。乔姨奶喝了汤药，扶到床上睡下了。烟翠在乔姨奶屋里坐了一个多时辰，也就离开了。临走时，她盖好乔姨奶的被子，说过几日再来看你。乔姨奶笑着，又一次摸摸烟翠的手，眼里有些水亮的东西。烟翠第一回看到乔姨奶这样的眼睛，她自己是个特别好流泪的人，但乔姨奶却很少有泪。烟翠晓得乔姨奶孤单，就又说一回，奶奶好好对待自己，烟翠过几日再来看你。

烟翠从乔姨奶屋里出来，经过中院，望到西厢房，她住过的那间屋子。烟翠禁不住走到回廊下，伸头望望窗内，桌椅板凳的摆设，都还是老样子，只是没有案几摆件和帐幔。

往事历历在目，仿佛就是昨天。她记得姜宗仁娶她回来的时候，这些桌椅摆设都是她建议的。那时候，她内心有许多向往，想象他们今后在这爱巢里尽享风情。可是她与姜宗仁那一段姻缘，好像还没有开始，就结束了。

唯恐姜家人看见，烟翠只在廊下停顿了一会，正想走，却见春香从那边走来。春香看见烟翠，高兴地搭话道，逛逛吧，姨娘可发现有什么变化？

烟翠笑说，那个鸟笼不见了。春香说，老爷放走了，他说人都留不住，哪能留住一只鸟。

烟翠说，贵府房子真多，这屋怎么还空着？春香说，你晓得，如今姜家再也没有太太了。烟翠笑而不答。烟翠说，我得走了。春香说，我送你。春香叽叽喳喳又说了不少话，把烟翠送至府门外。烟翠上了轿子，看到姜宗仁站

在府门内,目光凝重地望着她。烟翠心里有一丝惊诧,有一股暖意。但她没有做出表情,挥手帕别春香而去。

2. 不期而遇

这一年腊月廿日,乔姨奶去了。她走得很安静,都说这事奇了,人死就是难断气,乔姨奶却不声不响就走了。婢女说,只听奶奶在天麻麻亮的时候哼了几声,她以为奶奶想喝水,倒了水上来,挑挑灯芯,微光下奶奶却是闭目睡着的样子,她便不敢打搅。早晨来叫奶奶喝药,才发现奶奶手脚凉了。都说乔姨奶自知膝下无子,便不想要人送终。

请瞎子掐了入殓和出殡的日子,出殡在腊月廿三。细细一算,她比老太爷提前两天离家,老太爷是廿三入殓,廿五出殡。街坊邻里又说,这老奶奶急着去陪老头子过年,一生慢性子,这会子两天却等不及了。

姜家在正清堂设灵堂,为乔姨奶举行了盛大的葬礼,按乡俗,配齐所有做"长七"和"关灯"的环节,足足热闹了三天三夜。

与此同时在镇外搭建灵棚,为梅香超度亡灵,四面挂了道家画符和八卦图。用竹竿挑上长长的招魂幡,身着青色长袍的道士带着长长的招魂队伍,到皖河水边去,念经作法,求水神;又到西南岔路口,求土神,求各路神仙开路,为亡者招灵引魂。这样转了一圈,灵魂似到了位。再往回走,一路上敲锣打鼓、吹喇叭、放爆竹、撒黄表纸,把亡者的魂引回来,与她的灵牌、棺材,融在一起。棺材里,放了她的衣物,灵牌上写着她的名字。

魂引回来,又做了"关灯"的法事。梅香的儿子,头戴白长孝布,身穿白孝衣,脚穿白头布鞋,手捧灵牌,跟着道士转圈作法。挽联花圈,纸轿纸马,一切按死人的方式,就是棺材里没尸首。梅香的婆家,闻姜府在给媳妇作"关灯",倍感愧疚,也来烧了一个重香。毕竟她是产家的媳妇,虽然当初因唱戏而被逐出族,但那段往事没有几个人再提了,再说她的儿子昭乾如今长大成人,将来必是登科中榜,是姜家养育扶持的。产姓十分敬慕又自卑。她丈夫产伯涛肯定是死在外面了,战乱年间,像这种死不见尸的太多了。产家到现在都没给产伯涛招魂"关灯"呢。产家人烧死人的香,看活人的面子,他们畏惧梅香的儿子,就都按礼节来。扛旗敲锣,抬纸轿纸马,来了一个长队伍。队伍里有一半是女人,哭丧的叫喊声,震耳欲聋。

梅香的婆家,为死去的梅香挣了一回大脸面,办得很热闹。产家人还在这一次来烧香的时候承诺,他们也将为产伯涛招魂做"长七",然后想把梅香和产伯涛的假坟墓做在一起。这件事,姜家人没有答应。

乔姨奶去世,烟翠只身来吊唁,她没有送花圈挽联,只拎了纸和香来敬祭。也就是说,她只表达自己与姨奶的私人感情。但姜家丧事账房却也按俗规扯了烟翠丈夫和女儿的孝帽布。安庆俗规,凡事丧礼来吊唁的,均给直系亲人扯孝帽,即使亲人不到场也要发孝帽,这是回复的礼节,接孝帽的也感到吉祥荣幸,证明逝者家很看得起你。

为此烟翠决定,在乔姨奶去世满头七的这一天,带雪风去她墓地烧香。母女俩乘轿奔赴石牌西南三里外姜家的祖坟山烧香。头七恰逢腊月三十日,也是过年大祭祖的日子。镇外山冈坡凹,随处可见撒白钱、焚烧香纸的。爆竹声此伏彼起,焚烟四起。近两三年离世的,后人来烧香,还要哭一场。所以,这腊月三十日祭祖,和清明节一样热闹。

烟翠母女,在姜姓的祖坟山,找到了乔姨奶的丘基屋,柩厝停三年才能下葬,所以暂未立石碑,烟翠通过新瓦厝前嵌有乔姨奶名字牌位,认出了灵柩的主人。

丘基屋前无新烧香纸的灰迹,这头七,烟翠母女当是第一批来祭扫的。仆役把祭品摆在屋前祭台上,将黄表纸一页页掀开,堆在地面,点火燃烧,烟翠带女儿跪拜。烟翠说,奶奶,小女雪风来看你了。一句出口,泪就下来了。那雪风长这么大,只见过一回这棺中的人。前年,姜家婆媳到金鸡社看戏,雪风见一老妇人,穿得很整齐,坐在桌前,仪态很优雅。班主叫她上前举杯施礼,叫奶奶。她便知,那就是乔姨奶。这会子,雪风见母亲流泪,也忍不住

泪珠滚落。她的悲伤是由一些久远的传说而生，她对乔姨奶并未有什么切实的感情。这雪风如今出落得花容月貌、娇媚丰腴。情窦初开的年龄，谙知人间悲怨、儿女情长，又加之她学戏，唱了古今无数离别凄婉的故事，自是一个水性女子裹着一颗容易受伤的心。

一挂鞭炮响过之后，娘俩郑重其事地磕头跪拜，然后跪在地上，一边挑燃烧一半的纸堆，一边嘤嘤抽咽。

此时见丘陵东面，走来一行人，大人小孩十几个，有的坐轿子，有的行走。一行人到了山边，把轿子停在草坪，是姜家的人来给乔姨奶应头七。姜宗仁带着儿孙们往丘基屋来。过年，姜家在安庆做官、经商的都回家了，诗康夫妇以及诗裕和妻妾，那些在安庆读书的少爷小姐，如今都长成俊男靓女了，走过来，个个英姿飒爽。

烟翠正担心这件事，她以为烧完香纸就走，没想到，这会子就撞上了。七天前她不便带雪风到姜家府上去烧香，她怕姜家那些亲戚朋友看到雪风。他们若看到雪风，就会验证一个流传多年的谣言，雪风果然像姜家人。她不想让姜家人看到雪风，便伸手将雪风的孝帽往下拉了拉，让帽檐尽量遮挡雪风的脸。女儿也明白母亲的意思，便低着头，跪在那边一动不动。她们本想起身离去，但已经来不及了。

姜家的人老远就认出这一对母女。二婶邵氏先上来和烟翠说话，你娘俩抢在前面，争着让姨奶奶保佑你们。烟翠说，只因路远，走得早反倒是先到了。姜家仆役把祭品一一摆开，鱼、肉、粑等等，都放在长形托盘里，配了酒盅碗筷。又是一阵长长的爆竹声响起，烟雾弥漫。子孙们声泪俱下，跪在乔姨奶的丘基屋前，跪了一大片。这头七恰落在岁末，想屋中老人一生孤单无子嗣，这岁末凄凉又重了一层，大家越想越悲伤，孟姣和春香哭得最凶。二婶一边哭姨奶奶，一边又叫唤儿子诗良的名字。每一次送人去黄泉，她都要把对诗良的挂念捎去。丧子之痛，刻骨铭心，苦怨的宣泄也是酣畅淋漓。二婶一哭诗良，春香更悲伤，她倒不喊出诗良的名字，她想着诗良的样子，又想到死不见尸的苦命的父亲，她的悲怆沉沉地压在心上，使她哭得喘不上气来。

　　跪在那边始终不抬头的雪风,听到这二婶哭诉的内容,便知她的不幸,年轻守寡,儿子又在少年时去了,比戏里故事更伤心。女人们放声痛哭,由此及彼,件件桩桩,在这会子一起念叨起来,想来都是命苦的,烟翠娘俩也哭得一塌糊涂。

　　其时,姜诗裕就跪在烟翠身边,烟翠光顾着哭,过了一会才意识到,那个中年男人是诗裕。也是多年不见,七日前在姜府吊孝,因人多哄乱,却不曾见。这会子烟翠近瞅一眼,诗裕面相不老,却身体发福,俨然一副商贾气势,烟翠突然觉得好生疏,她没有与他说话。还是诗裕跪罢,又来牵烟翠起来。他说,三姨娘节哀吧。烟翠起身回说,谢谢,你们先走,我再待一会。诗裕便没有多劝。

　　一堆香纸燃尽,众人陆续收声拭泪,起身拍拍膝盖上的灰土,准备回程。雪风却依然跪在那边不动,其实她被姜家人悄悄盯着,尽管雪风的脸一直有孝帽的遮挡,依旧被大家看得真切,他们的眼神是惊讶和亲切。姜家常去逛戏园的人是熟悉雪风的,但是在外读书、经商的人却是头一回看到雪风。现在雪风与姜家年龄相仿的女孩跪在丘基屋前,这一比较,她们生得如姐妹一般,体形像,神情也似。于是那个神秘的传说,被验证了。大家心照不宣。

　　这一次祭扫大会合,姜家人对烟翠娘俩都表现得很客气,个个上来与三姨娘施礼,又问雪风妹妹好,毕竟人家是客,来祭扫乔姨奶是她念旧情,看得起姜家。

　　可是二婶不这样想。她与孟姣、春香站在那边交头接耳,边拿手帕擦眼泪鼻涕,边叽咕着。后来声音很大,似乎故意让烟翠听到。烟翠装着没听见,怕惹事。二婶却大方地叫她一声,烟翠你起来,我们有话与你讲。烟翠起身,掸掸膝上的泥土。宗仁担心二婶要说雪风的事,可二婶却说,你娘俩不该在今天来烧香。大家脸露惊色。二婶进一步解释,怀宁人很注重烧头七,头七都是家中子孙来烧香,外人不能介入。烟翠虽与姜家情分深,但她

第八卷

下堂改嫁了,不算堂内人,是亲戚。既是亲戚,那天已到灵堂吊唁了便可,不该又到祖坟山来祭扫,尤其是头七,这样对姜家不吉利。二婶好像很忌讳这些事,二婶直言不讳,说雪风无论长得如何像姜家人,她总归姓潘,不该上姜家的祖坟山烧香。

烟翠一时尴尬,满脸愧疚,不知此举是冒犯。孟姣说,那些旧规不守也罢。春香说,三姨娘你别往心里去,下次改了就是,二婶这样提出来,也是不把你当外人。烟翠说,我本来就是外人嘛。二婶说,你看这前后山上都是祭扫的,到处都是人。你带雪风来烧头七,人家真以为雪风是姜家的私生女。这一句让烟翠骑虎难下,她说,二婶你哪能说这样的话?二婶说,我只是说了实话。烟翠说,只怪我不通庶务,不晓得烧香也有这么多规矩,望老爷、少爷、少奶奶们宽恕。说罢烟翠拉着女儿说,我们赶快走吧。母女俩眼睛红红的,这会子烟翠言行都有些赌气似的。孟姣和春香里外不想得罪,忙跟在烟翠身后说安慰的话。男人和孩子们往前走了一批,他们不知道,这后面究竟发生了什么事,他们集聚在草坪轿子边等候,眺望这边,二婶等人仍在这丘基屋前说话。因是背风,现一句隐一句,但能听出她们几个发生了口角,在争吵。

姜宗仁知道烟翠母女受了委屈,一路在抹泪水。他望到她俩离了丘基屋,绕到下坡,拐一个坳,却不来草坪乘轿。而是喊她家轿夫,把空轿抬到路口去等她们。烟翠母女从地埂沟坝再蹚到山下小路上,上了轿子。

一次祭扫不欢而散。烟翠没有来得及与宗仁说一句话,就分道扬镳了,二婶一顿数落,仿佛揭开了烟翠心底的什么东西,她除了委屈还有羞辱。她若不是为讨好姜宗仁,她又何必去墓地烧香?她真是难舍乔姨奶,还是贪图别的什么情分?烟翠也说不好,但她感觉这些迷惘都被二婶给撕破了。她体无完肤,包裹的尊严全被抖搂开来。烟翠坐在轿里,头脑发涨。她想自己受羞辱也罢,她不该把女儿也拉进入自己深藏的感情阴霾中。她对女儿说,妈妈对不起你,不该带你来。现在你看到了,姜家人是多么厉害吧。我真是作贱,为什么还要来缠他们?又说,我是舍不得乔姨奶,十多年前我在姜家空守青春,是她常给我开导和安慰。后来你出生,她也时常问起你,我便想让你给她磕个头,偿还一份情。否则我哪会去别人家的祖坟山烧香?雪风理解母亲的苦衷,从腰里摸出手帕帮母亲拭泪,说,妈你心肠硬一点,不要老是惦着姜家那些旧情旧事,你一辈子挣不脱那个结,你走不出来还不够,还要把我拉进去?烟翠惊讶道,你是这样想的?当初是你自己要进姜诗康的戏园。雪风说,我想好了,过了年就不去了。烟翠更吃惊了,说,你在和娘赌气?

雪风说,我有我的苦衷。这些年,我在姜家戏园学戏,却与大大的感情疏远了。现如今我戏也学成,可独立登台演角了,我便可自己择班唱戏,未必要待在姜家戏园里。烟翠说,你怎能如此薄情?抛开教导你的师傅们,怎么对得起诗康?雪风说,妈,我就晓得你会这样说。不是我无情,只因姜家戏园金鸡社来了个太湖女子唱旦角,她处处与我争风吃醋,让人好生厌烦。且石牌人背后捕风捉影,说我相貌与姜家血脉相似,一个模子拓出来的,我小时不知人言可畏,现在方感觉我固然不怕,却伤了大大的心,让他平白受羞辱,我思来想去,方决意离开金鸡社。

烟翠终于明白女儿长大了,潘传朗的冷漠并未影响孩子对他的爱,她分得清是非和亲情。她长大了,心却变狭隘了,那太湖来的女旦,与她水火不相融。烟翠只得说,既是这样,就过了年再定夺,要不再送你去县学读几年书?多识些诗书仁礼,学些琴棋书画,终归好些。雪风连忙反对,说,我还是要唱戏,离开了戏台,我哪也不去。烟翠一时无了主张。说了一路的话,母女脸上的泪也干了,又拿手帕互相擦拭痕迹,见无异样,便整理发髻下了轿。轿子直接抬进了汀字街的潘府大院。潘家人对雪风唱戏,只在暗地叽咕,也没多干涉,一则畏她娘俩蛮横执着;二则彼时安庆诸县亦有女伶,被众星捧月,时风浸润了。长兄不忌讳,旁人亦不敢斥。加之雪风声名渐亮,色貌越来越迷人,长兄反倒以她为荣,每次回府,远接远送。这过年时节,潘家人也从各处药店赶回来了。潘传朗携两个姨太于腊月廿四自桐城县乘马轿回到石牌。前年潘郎又纳了三姨太,老树添新枝,一家人日子很和谐。以前说

263

过,那二姨太也是个"过夫嫂",但嫁到潘家陆续生下的一双儿女,却不是"子肖前夫",孩子相貌像极了潘传朗。这个事实让烟翠背下了黑锅,她浑身长嘴也辩不清。她与丈夫潘郎的感情越来越淡漠了,婚姻形同虚设。这个状态恰恰是烟翠最喜欢的,她要的是一桩婚姻、一个面具,而她内心爱着另一个人。潘家人面和心不和,三房太太碰到一起,却也是相敬如宾,笑盈盈的,一家人都在一起过年,貌似家和万事兴。

3.《七姐下凡》

次年上元节,潘雪风在石牌福香社搭班唱戏。福香社是专演黄梅小戏的班社。黄梅调市口好,于是黄梅小戏班应运而生。其时,石牌大小戏班一百多家,班子越来越多,实力越比越大,逢年过节,集聚演出,都有些竞相争艳的意思。挖墙脚拉好的演员,自然免不了发生。但这潘雪风从金鸡社到福香社,却是她自己跳的槽,且潘雪风灵活,善于巧言,故而她的出走,没有使两家班主直接引发矛盾冲突。再说金鸡社虽是后起之秀,但是富绅创建的,有雄厚资金做后盾,不怕戏荒危机。彼时姜诗康已取进士,官位升至安庆府同知,正五品。长年携孔夫人在任上,已是儿女成群了。据说,长女在上海读洋校,准备送英国读书。石牌金鸡社的事务皆由所雇的班主操持。这潘雪风离开金鸡社,姜诗康知不知道呢?或许就算他知道这件事,也不会在意。姜诗康刚至不惑之年,就做了五品官,将来必定胜过他祖父姜令启。他会计较一个小戏子么?当初是烟翠出面说情,姜诗康才收了雪风入社坐科。雪风现在又要离开,按礼节,烟翠该去与姜诗康赔个不是。烟翠细思一番却没有去,一则见不到姜诗康;二则人家现在身居高位,达官显贵,她又何必去自取其辱?去给姜家死人烧香都受到了讥讽,烟翠从此更不敢去给姜家活人"烧香"了。这雪风离开姜家戏园的事,便作罢,谁也不追究。

光绪年间的上元节,比烟翠年轻时候看到的场景更热闹。不光在城隍庙、大王庙这样的场地扎戏台唱戏，上下石牌还有十家专业的戏楼，长年供人看戏。黄梅调在戏台上唱，在戏楼、戏园里唱，也在出龙灯的时候流动演唱。正月十五观灯会，黄梅调是一大内容，和龙舞、狮舞、走马灯融为一体。爱看戏的人，便跟着龙灯队，从一个村子跟到另一个村子，一夜看到大天亮。

那一天，烟翠坐在福香社戏楼，看女儿雪风在台上演《牌刀记》，她心潮澎湃，不禁潸然泪下。那《牌刀记》就是经金鸡社改过的《卖饭女》。

刘凤英的故事在伶班口授相传，早在安庆六邑演开了。但金鸡社版本的内容不只是张达开当年编的那一些，又被诗康添加不少，说卖饭女刘凤英偷情养汉，三年后野汉蔡鸣凤回了湖北老家，被岳丈用一把牌刀杀害，刘凤英痴情千里追情郎，却反被那家发妻、岳丈诬告她用牌刀杀了蔡鸣凤。最后卖饭女刘凤英含冤客死他乡。连理恩爱，惊世骇俗。

雪风富贵千金演苦命角，却能深入浅出，情绪控制得极好，唱腔委婉，柔肠百结，令石牌痴男怨女看一回哭一回。如今石牌并不反感这类婚外情，反是人见人爱。烟翠坐在人群里，思绪乱飞。泪眼蒙眬中，她仿佛看到那台上的红罗怨女，不是雪风，而是梅香。她想，梅香没有碰上好时代，若在今日戏台，她何尝不是一绝？刘凤英就是梅香脱胎换骨来的，当年她与蓝丙光演了，蓝丙光又把这戏带出去，自己扮旦，诸县巡演。哪有人说伤风败俗？这一角反倒成就了不少名伶。梅香的苦吃得太冤枉了。烟翠不禁又一串晶莹剔透的泪珠滚下粉颊。

福香社的戏园在下石牌，除了节日唱大戏，平时接到点单，也开演。由于这家班子以盈利为目的，潘雪风精神压力和体力消耗就比在金鸡社大多了。她搭了三个月的班，就受不了天天唱，更受不了串村走户的演出。她便隔三岔五撒谎说身子有病，吃不消，渐渐地就躲在家里彻底不去了。其后，班里有演出，派人来喊她，她总是借故辞了。如此几次，那边班主就知道了，她是嫌累。其时，石牌各大戏班，女伶极少，像潘雪风这样识字读经、富贵出身的女伶根本找不到。况且雪风演的《牌刀记》一出苦戏最卖钱，这雪风简直就是一棵摇钱树。女伶虽然遭受观念保守的老人排斥，但雪风的戏却受

到年轻观众疯狂喜爱。这潘雪风上元节的几场演出，为福香社赢得了气场，也捞了一大笔钱财。这好事刚刚开始就戛然而止了，那边班主自然不放。三番五次派人来请，班主也来，好话说了一箩筐，她就是不去。于是人们终于明白，雪风不把唱戏当饭碗，她和一般伶人不一样。她不愁吃穿，只把《牌刀记》当自己的精神寄托，不拿《牌刀记》为福香社赚钱。

同在石牌，又出了一女伶，她是把唱戏当饭碗的，甚至当活命的途径，她肯吃苦，嗓音也好，人貌身段也长得好，她演的《七姐下凡》轰动了上下石牌，场场观众挤得水泻不通。那《七姐下凡》是她从望江带来的绝活。那女子也是一棵摇钱树，可就这么阴错阳差，她却落在了不靠唱戏挣钱的金鸡社。

这就是那个撵走潘雪风的女伶。潘雪风知她的根底，她出身卑贱，是太湖新仓驮龙山下胡昌畈人，自小送给何姓人家做童养媳。她不甘心在婆家做活，九岁就逃出来唱戏，这种女子没教养，岂能演好千古风流的角色？她只能演好卑贱的《逃水荒》。只要提及那个童养媳，潘雪风便恼羞成怒，喋喋不休，要贬低她半天方可宣泄怒气。

有那么一年多的时间，潘雪风闲在闺房，翻书看画，弹琴绣花，倒也风雅，就是心情不畅，整日愁眉苦脸。她的闺房从汀字街老宅又迁到上石牌东街的药店。在药店楼上建了一重新阁，为了烟翠时常能照顾她，母女有个伴。雪风就那么闲着，既不去福香社，也不去金鸡社，却又对唱戏恋恋不舍，整日念叨，想着登台唱戏。烟翠看着心里急。记得雪风小的时候，很乖很听话，现在长大了，奇怪的心事和性格也随之出来，这一点，真像潘传朗。烟翠劝慰女儿，不唱了，去凤鸣书院读书。雪风不愿意，哪能因为一个胡普伢（1866—1926，太湖县新仓镇胡昌畈人，有文字记载的第一位黄梅戏女伶），她就不唱戏？她要唱，只是未找到时候。当然，石牌再大，也只容得下一个女伶，有她胡普伢，就没有潘雪风，有我潘雪风，就没有胡普伢。

烟翠终于知道，那个从太湖逃来的女孩，叫胡普伢。烟翠道，你就不能与她做好朋友,同台演出?雪风说,除非太阳从西边出来。

这一年重阳节,闻有帮会出资聘请名班在上石牌中洲戏楼演出,其中也有姜家金鸡社。布告提前好几天就张贴出来,烟翠闻讯,便叮嘱婢女韭伢,不要告诉小姐,怕惹她生气。

知道金鸡社要来上石牌演戏,烟翠心里定了,要去看,她想看看久闻的胡普伢。

当日午饭后,烟翠打发了药店里的事,梳妆整洁,带上婢女韭伢,二人摇着手帕,往心中街中洲戏楼来看戏。

金鸡社的戏在下午开演,剧目是《七姐下凡》。戏台旁边挂着的牌子上,明朗写着,演七姐的是胡普伢。烟翠主婢找了合适的位置坐下。锣鼓开场,戏台上搬上了道具,胡琴音调试了几把,一切就绪。幕后,一个细而尖、尖而长的声音,叫一声,七姐——锣鼓响起,开演了。

这戏又叫《槐荫记》,故事妇孺皆知,可人们就喜欢那黄梅声韵,唱出来的味儿,悠美销魂,百看不厌。烟翠终于看到了那个胡普伢,她身子瘦削,尖脸,大眼睛,就是上戏装,抹了粉饰,烟翠也能看那女子的真实容貌。烟翠对粉饰太熟悉了。她觉得这个胡普伢,并没有女儿雪风长得好看,也不及当年梅香的气质和韵味。但是她却把戏唱得很卖力,情境交融,用心在演,用血泪在唱。"七姐"本是仙女,胡普伢却赋予她凡俗烟尘气,把她童养媳的不幸和悲凉都投射到七姐身上,这七姐就活脱脱的,爱得忠贞又卑微,就是大家熟悉的那种倔强痴情的女子。事实证明,胡普伢不但俗女演得好,这风流的仙女也演得绝。潘雪风只是吃酸醋罢了。

烟翠还听到旁边看戏的嘀咕,这胡普伢演什么角,都活灵活现,尤其演悲情角儿,台上流泪,台下伤心,场场都把观众惹得泣不成声,这就是演员的功夫。又说因她自己命苦,做童养媳受尽公婆虐待,为了偷偷学戏,她挨了公婆的不少棍杖。据说她是跟着望江一个流窜戏班逃离家乡的,先在望江的一些集镇唱活了《七姐下凡》《荞麦记》《苦媳妇自叹》中一些苦妇角儿,也唱《牌刀记》,她演的刘凤英一角却与雪风演的韵味大不相同。因她有苦的

经历,有飘零苍凉,雪风是嗓子里的刘凤英,胡普伢是骨子里的刘凤英,出处不一样。自有观众品头论足,也各有观众投其所好。

胡普伢以骨子里的劲唱戏,渐被伶人圈看好,那望江的班主就顶着破收女伶的压力,决定长久收留她。她在望江风头出尽,最终被新仓的婆家人找到了,抓回去,捆绑在家中柴房里打了一顿,饿了几天。据说,她又是在夜里三更撬开门锁,从婆家柴房屋里偷偷逃出来的。连夜往东跑,跑了四十多里,跑到石牌镇来。在石牌街巷,打连厢讨饭,卖唱个把月,才被好心的姜家人收了,进了姜家金鸡社。姜家人只因记得当年出走的三姑梅香,所以凡是爱唱戏的女子,哪怕是流浪乞讨、街头卖唱的,姜家都会收留,或贴银子助女子回家。烟翠想,难道当年送雪风去,姜家人也是这样想的吗?是以此弥补对梅香的思念?

但现在这个胡普伢,虽是姜家善举收留的,可她戏唱得好,反倒成了金鸡社的招牌人物。现在石牌好多戏班,都争着想要她。反过来,只能说姜府运气好,最早发现了她。

胡普伢演活了七姐,这一场戏,烟翠目睹观众掌声如雷,潮汐不平。胡普伢那样受人喜爱和追捧,烟翠又感动又惭愧。她得承认,虽然雪风出自坐科班,受了那么多年的专业训练,但仍不及胡普伢的演技圆熟。雪风当年在诗康面前立誓要做一只子规,孰不知这子规也是一种最懒的鸟,它把蛋下在别的鸟的窝里,让邻居孵卵。雪风没有学到子规唱歌的勤奋,却学到了子规下蛋不孵儿的懒惰。

看了胡普伢的戏之后,烟翠回到家里,突然觉得与女儿没话可说了。雪风再闹情绪,烟翠就不理她,这怪谁?咎由自取。

可毕竟她是她女儿,老是这么搁着,烟翠也急。她希望她再回金鸡社唱戏,可雪风居然说,除非他们抬轿来请,差不多。

明明是自己犯贱,还要别人给台阶下。烟翠感到压力很大,她不想让姜家人看贬,也不能让丈夫的两个姨太看笑话,她定要下功夫调教好女儿。

烟翠左思右想,必得自己亲自出马,去一趟金鸡社。

深秋,阳光明媚,空气凉爽得很,披一件袍子出门,沐浴清风,人也显得很精神抖擞。烟翠乘小轿,出了东街,过了石拱桥上杨树坝,往渡家州的下石牌来。一路上,她挑帘子,看看那沿途的景色,小桥流水,波光粼粼。河下白鸭成群地往上游追逐,看上去心里很舒畅。自从给乔姨奶头七烧香,遭到二婶的指责,烟翠再也没去过金鸡社,再也没有见过姜宗仁,转眼又是一年多了。烟翠想,还有多少年?光阴似箭,哪有时间去为一份不切实际的感情消耗?为姜宗仁,她耗掉了青春,也耗掉了两次婚姻,他还是阴魂不散。烟翠想,只要自己死心了,他的阴魂就散了。

可是这一回,她为了雪风,想去探探金鸡社的情况,希望他们帮忙让女儿回来继续唱戏。金鸡社是姜家办的社,她又败了,注定一辈子逃不掉江宗仁的阴魂。

戏社里很热闹,坐科班的孩子都在练嗓子,二楼有人在排演,敲锣打鼓,胡琴悠扬。烟翠熟悉这里,径直穿过大剧场,来到后面那间大屋里。烟翠进来,里面一些陌生面孔,正在谈事。有一个管事的上来前,向她拱手施礼,潘太太好。

他认出她了,烟翠有些不自在,说,我来找胡普伢。管事的说,太太找普伢,她在后屋排戏,你稍候片刻,我一会叫她下来。

这管事即是班主,当年烟翠送雪风来,他就在,他是诗康在宿松做县令时相中的,知书达理,能写能唱,诗康便重金聘他来管理金鸡社。班主不知有意回避,还是无意疏忽,他没问雪风。烟翠也不说,二人坐着喝茶,聊些杂事。等了一刻时间,胡普伢来了。

没上装的胡普伢,脸面青瘦,眼睛很亮,脸颊上有雀斑,鼻翼较窄,上装最合适演悲情女旦戏。穿一件单薄的极不合身的满襟袄,也许是别人送的衣服,辫子上扎了红绒绳,甩在胸前。胡普伢怎么看都不像仙女,她就是童养媳。端茶壶上来,给富贵太太添茶,那一双手又瘦又黑。她见到烟翠,笑

得好谦逊。她问,太太找普伢不晓得有么事?烟翠浅淡地笑笑,有点事,必得你帮我才行。普伢眼里是惊慌,长这么大,头一回被人器重。

烟翠为了回避屋里的人,就约了普伢到后院。后院人更多,全是习练的孩子们在那舞枪舞剑,尽是男孩。二人挨着墙院,边走边聊。烟翠晓得,既是找普伢这样的人说话,也得有个过渡,她先聊了些闲话,问她是怎样爱上唱戏的,一个人竟能冲破藩篱出来寻自己的梦想,真不容易。这胡普伢并不知她是敬佩,心里悬着不晓得她找自己有什么事。莫不是我婆家派了人来寻我,或告了官?否则怎有这种富太太来寻找?她也大胆,就主动问了,太太你找我何事呀?烟翠说,我是潘雪风的母亲。普伢惊叹道,雪风的妈妈,为么事,你俩长得一点不像?这话被人问了十几年,今天一个陌生童养媳又问,烟翠心里彻底凉了,雪风真不像我?烟翠苦笑笑,莫得法子,不像也是我生的,如今她长大了,许多事很磨人,只有我来管。她辞了金鸡社,现在又想回来,你是否能帮帮她?这一回胡普伢明白了。她的反应很机敏,她说,太太,你既是雪风的娘,必比谁都了解雪风,她不合适唱戏。为什么?烟翠很惊讶。普伢说,她只合适坐科,唱唱兴头戏。上台演角,很苦,她不照。有时候要连演几天几夜,像你这种富家,不缺吃、不缺穿,何必要她来受这份罪?我这几年跑过望江、宿松,跟班子走就过两种日子,一是唱戏,一是挨打。不打不成戏,想唱必挨打。这姜家的班子,不像江湖乞讨班,不为勺米唱,反倒要求唱出大戏来,唱出风头来,雪风受不了。烟翠终于晓得这童养媳,为什么能逃出来,出人头地,她这等锐利,哪是穷人家的柴房关得住的。

烟翠迷惘了,一时心头乱了。她们回到屋内,班主迎上来笑道,事情说得怎么样?胡普伢不说话。烟翠随口道,说好了。班主说,那就好。然后再命普伢提壶烧水,给潘太太添茶。班主与烟翠又闲聊了一会,烟翠心事重重,想回了。班主说,雪风几时来戏社?烟翠一惊,道,还没定。班主道,冬月初一,姜府宗仁老太爷在宜园宴请金鸡社全班成员,还要我们演三出大戏。宗仁老太爷,指定要看雪风演的《牌刀记》。雪风辞休近一年了,这回必须叫她回来,班社伶人若没有如数到场,怕诗康老爷晓得了会追究下来。若没意外,就定在廿八日,叫普伢领轿夫去接她。班主很慎重地问,不知令爱雪风现闺阁在哪?烟翠说,在上石牌东街药店。班主说,好,就这样定了。

烟翠嘘一口气,心想这位班主精明得让人感到可怕。再看那胡普伢,一边倒水,一边笑着应了,笑是生硬的。普伢是风尘女子,与雪风恰是两种来路。

送烟翠出门的时候,胡普伢却说话了,太太你放心,雪风唱戏我管不了,她的梳洗作息我能照顾。烟翠说,唱戏你也能管,毕竟你台上经验足一些。我看过你的戏,演七仙女演活了。普伢眼里亮出水光,多谢太太对我不见外,唱戏要挨打,我不能打她。烟翠说,你不能打,但可以骂她。你们何不做好姐妹?普伢笑了,我命薄不敢高攀,日后我与雪风就是戏台上的好姐妹了。

4. 红尘

"风住尘香花已尽,日晚倦梳头。"光绪年间一个平常的仲夏,树木疯长的馨香,遍野飘荡。烟翠的阁楼却幽静如凝眸,她蜷伏在临窗的卧榻上,低吟"物是人非事事休",伤感的阴霾一层层笼罩。

那个时候,外面的世界发生了很多变化,英吉利的大戛船早已开进安庆港;洋教在安庆城建了高高的教堂;李鸿章又带兵去抵抗南海的法国兵船了。南海离安庆很遥远,很遥远。街坊们都说,估计一代人的光景,是打不到石牌来的,所以石牌依然笙箫歌舞,粉末飘香。金鸡社的两个女伶,已经把黄梅调唱遍了大江南北,一茬茬的坐科班亦有女伶学唱。石牌商贾时常带回扬州的新时代信息,说扬州的戏台均是男伶唱生、女伶唱旦,那才叫男女搭配,有模有样。在石牌女伶唱戏不再被唾为伤风败俗了,就连曾经暴虐梅香的产姓人,也创办了黄梅班社,也收民间女伶搭班。更有那唱红了北京的杨月楼,曾被石牌杨族人削谱,后见杨月楼名扬京城,为族人添光增彩了,杨族又恢复了杨月楼的谱名。如今的戏社,不仅仅是赚钱谋生的行当,更有

显现族威的时风气派,大姓大族都有家班。下石牌姜宗仁的宜园,修葺一新,每逢庆节,锣嚣琴响,唱昆曲,唱皮簧,更有自家的金鸡社,把黄梅调三打七唱的新旧剧目演了又演。

可是姜宗仁独爱看雪风演的《牌刀记》。据雪风说,她跟伶友们每次进宜园演戏,宗仁老太爷都要让雪风独演一段刘凤英,就是那不化装的那种,素面轻唱。雪风觉得稀奇,那宗仁太爷是喜欢"刘凤英",还是喜欢雪风?烟翠摇头,回答女儿,都不是。他是喜欢当年他家出走的妹妹梅香。雪风一脸疑惑,片刻又释然,如此说来,坊间传言,是子虚乌有,宗仁太爷对我并无他心。烟翠正色道,当然无他心。你切莫多疑,姜宗仁喜欢你,只因记得他妹妹。妈妈说过千万遍,你是潘家人。

雪风便神明爽俊,大大方方去了那金鸡社唱戏。雪风一走,烟翠的日子陡然又空了。孤寂茫然之际,烟翠的思绪会情不自禁,飘到宜园,宜园又筑戏台,姜宗仁看雪风的戏,会是什么感受?烟翠莫名其妙,又揣摩又计较,挥之不去的仍是姜家的碎屑。

夜阑风静,烟翠摸出一个红绸布包,放到桌上。她把房门闩插好,把灯芯挑亮。她慢慢打开绸布包,一堆信摊在面前。她一封封理顺,实际上,打开的时候,里面就很顺了。无数次这样整理过,现在又抽出一封来,展开,那都是自己的字迹。比现在写的字要细一些,工整一些,小心一些,像一株羞涩地开在墙角的含羞草,一碰它就羞涩地合拢起来。

尘埃深处三十年,她十九岁嫁给姜宗仁,他给她写了许多诗词。他写的诗,每一首她都精心留着,也在这包里。新婚不久,他去了杭州,九年韶光,他们挺过烽火邮驿,来往慰藉。

她还记得第七年,他给她寄来一诗:

游子吟
七年不还里,踯躅游子霜。
南国锦衾薄,纳妾抚沧桑。

青萍不及柳,宜园瑶草芳。

问君几时重,明年是归乡。

可是那时候,她已经遇上潘传朗,她没有给他回函,他到第九年才归乡。而那首晚来的《游子吟》,她读着心里也无反应,此后他们没有纸墨往来。姜宗仁这辈子都不会看到,他放荡江南烟花巷里的时候,她独守西厢,给他写了许多诗词,此情无处可寄。如今在这野虫鸣叫的、暖风拂面的子夜里,她一个人看。她读着那九年的心情,仿佛就在昨天,甚至记得写下每一字句时的感觉,也是这些虚幻浓腻的句子,慰藉那段寂寞深长的岁月。人生若只如初见,那该多好。回眸一视,风卷残云。烟翠一声叹息。一抹清泪,滴落在宣纸上,遂写下《木兰花》一词:

迢迢一瞥九年春,楼前柳浓又生闷。犹记梅香花月貌,触目残年妆镜中。

布谷声声梅子韵,咫尺天涯律不同。尘缘断了心难死,梦里梦外都是恨。

漫长的夏天,阁楼后的蝉声,像屏风上雕刻的版画,日日以固定时间和音调出演,仿佛让日子也凝滞不前。烟翠偶尔在店堂和阁楼上下闲转转,听听店堂伙计们叙说奇闻,也让这琐碎的生活驱散了心底的寂寞。

那时候,四平街十字口,常来一些耍猴的、卖唱的、拉二胡的,人们经店口过,蜂拥而去看稀奇。烟翠自己不便去,婢女韭伢却去看,看了,回头来告诉她,哪个艺人有什么绝技或新鲜有趣的事。入秋起凉风了,街上玩把戏的渐渐多起来。有一天,来了几个枞阳人在十字口比武,韭伢看去了,一上午也没有回来。店堂里的两个伙计在说笑话,这女伢肯定是被枞阳人带走了,带回家做媳妇了。烟翠有些后悔,毕竟她是个仆人,这么纵容她也罢,若弄丢了,怎么赔偿她的亲人?

说到枞阳，烟翠想到，丈夫潘郎纳的三姨太就是枞阳人，恰在今年三月三姨太生了个男孩。潘郎的日子越发充实了，每添人丁，他就会对前面原配关心一回。差人来给烟翠报喜的时候，潘郎特意在信中谈及女儿雪凤的婚事。说自己正托媒人，在桐城县着手给雪凤谋婆家了，一定要找个门当户对、品学兼优的如意郎君。潘郎安慰发妻，好好休养，店里的事尽量放手给伙计，忙不过来就再雇个掌柜的。女儿的事，也不必你操心，爱戏就让她暂且唱戏，待婆家找定了，嫁出去做富太太，就尽了我俩的心了。潘郎多少年没用过"我俩"这词，烟翠那一刻心里有一点温暖。

这一日韭伢至午时尾方归，自己也感觉有冒失，偷偷到楼上，用开水泡凉饭吃。烟翠质问她，为何看热闹竟赶不上午饭？这女孩支吾说，本来在十字街看比武，后来见人们都往鲶鱼头去，说那里有一个老尼姑在哭坟，她便也去看热闹了。烟翠便多问了一句，哭谁家的坟？本来哭坟不稀奇，哭鲶鱼头的坟，就知是命苦的人。凡埋在鲶鱼头的，都是死在外面的，孤魂野鬼。韭伢见烟翠问了，就滔滔不绝，说那老尼姑好可怜的样子。她不是哭哪一家的坟，她哭了好多坟。哭了姜家诗良少爷的坟，也哭了三姑梅香的坟。因我晓得太太原与姜家有一段缘，便多看了一会，还给了那老奶奶三个铜钱，是我上月的饷钱。

烟翠听了这番话，心里扑通跳起来，觉得蹊跷。哭诗良和梅香的坟，证明这人与姜家有情分。烟翠说那老奶奶必定是姜家的亲戚，还晓得梅香，那会是谁？韭伢边往嘴里扒饭边说，不晓得，许多人都围在那里看，都说不认识。

烟翠便没再说了，但心里一下午都放不下。她一个人坐在阁楼上，心里有些冷也有些怕。此时到了日头偏西的时候了，烟翠突然唤来韭伢，我俩到鲶鱼头看看去。

就这样，烟翠临时叫了轿夫，坐轿往鲶鱼头北面山坡来。离东街路也不远，只因山丘石子路不便走，加之富太太出门，与民女不一样，走到哪，都是乘轿最好。

这里果然围拢许多人。他们站在老远叽叽喳喳,长吁短叹,说命苦啊,可怜啊,不知是说谁的。远处一个瘦削老妇,五十来岁,戴尼姑布帽,一身佛门灰色宽衣,初秋的太阳照着她,枯黄杂草的映衬下,显出几分凄凉。她跪在坟前不动,肩靠石碑,像在昏厥,又似打盹。从皖河下船的人,经鲶鱼头这边过路的人,周边做生意的人,田地里做活的人,都挤到这边北面山坡上来看。有人说这老奶奶从清晨一直跪到现在。

烟翠下了轿,探身往前去看,见老尼姑依靠的坟前石碑写着"姜梅香",烟翠清楚这是乔姨奶去世时,姜家为梅香做的一座空坟,里面埋的是梅香的衣物。

她必定是梅香闺蜜,烟翠便走过来,想劝慰这陌生老妇。近了几步,烟翠愣了,这背影让她如此熟悉,烟翠心跳起来,她又退回来,绕开些,再走近些。

那尼姑却始终闭目,头斜靠在石碑上。脸上的泪,像是风干了。地上扔一只化缘的包袱,洗得发白又磨得很脏,她身上的衣服久日没有洗过的样子,下身裤腿全是泥巴。

人们见烟翠这着装艳丽的富太太,绕着坟边看,就也往前靠近了些看。

烟翠看着看着,心跳到嗓子眼了,浑身控制不住地颤抖,突然她由衷地喊出,梅香。这一声,把后面看热闹的人吓退了几步。

这尼姑听到喊声,却睁开了眼,抬起头来。

尼姑悲怆地叫一声,嫂嫂。烟翠终于心定了,果然是梅香。

烟翠跑上来,抱住梅香。梅香,梅香,我就晓得你还活着。嫂嫂。两人抱头号啕大哭起来。

围观的人吓傻了,梅香不是那石碑上的名字么?死人跑出来了?但大家晓得这事有蹊跷,肯定不是鬼出来"晒青"。

烟翠和梅香,在梅香的假坟前遇见了。这事太动人了,比戏里唱的还要动人。她二人搂抱着,互相擦拭泪水,又哭又叙,悲喜交集。旁人渐渐明白

275

这是下石牌姜家失踪三十年的三姑梅香,那坟是座空坟,仿佛也是等着这一天到来。围观者个个也用袖子擦涕泪。这边,忙坏了婢女韭伢,又是差人去下石牌姜府报喜,又过来帮梅香擦身上的泥土,抱稻草来,让她垫着屁股坐。

烟翠说,你现在不要喊我嫂子了,叫我烟翠最好,我已离开姜家了。梅香苦涩地笑笑,我晓得这世道早变了,但走到天边,走到来世,你我还是姑嫂。烟翠说,姜家找你找得好苦啊!这些年,你到底去哪了?梅香一边抹泪,一边从包袱里摸出一只旧荷包,绣丝脱落,却能模糊地看到上面是只鸟。梅香说,蓝丙光把她带上戏台,她又遇到这个送荷包的人——陈玉成。他被清军斩首后,她随一帮伶人退隐到鄂北,可她走投无路,为躲避清军追杀,不久后又皈依佛门了。烟翠知道那些事,王鸿寿在姜府讲过,也知道她在石牌城唱戏就收了这只荷包,为此她遭受两姓族人驱逐离家,一走就是三十年。

烟翠搂着梅香,两人头挨着头,又是笑又是哭。烟翠说,老天爷有眼让你苦尽甘来,昭乾成龙显贵了。梅香眼睛亮了,说,我乾伢现在哪?烟翠说,昭乾已有妻室子女,于己卯年中了举人,现在在抚巡衙门任职,舅舅正打算送他赴京城春闱。梅香擦尽脸颊上的泪,一抹皱纹展平,即刻又现了皱褶。她的确老了,这会子泪水浸过,更显老态。她说,我就晓得孩子能成器,这也是他的福分。我只为他高兴,我愧对孩子,无脸享他的福。烟翠说,你莫说这些,你也是迫不得已才丢下他的。烟翠抹着泪笑说,如今姜家建了金鸡社,黄梅调不仅唱到大王庙,还唱过了大江。戏社这以后就由你来把持。梅香说,还能让我唱么?烟翠说,你当然要唱,石牌若没你,哪能出那么多"刘凤英"。二人挂着泪的脸,又溢出笑容。

这时候,山坡西边走来了一队轿马,姜家的人来接梅香了。风吹过来,撩起一叶黄草,落在梅香皱额上。斜阳下,一个老者小跑上来,离着两丈远,他又止了步,似不相信的神色,还是人近情怯?梅香老远就认出,那是大哥宗仁,虽是两鬓如霜,却一眼就认出他来。梅香扭着跪僵了的腿,慢慢迎上

276

去，叫一声，哥哥。兄妹二人，也是抱头痛哭。那边二婶跑过来，搂着梅香哭得最凶。人们无论知不知这悲欢离合的底本，都陪着狠狠哭了一场。正哭着，又有爆竹声响起。姜家的仆役放起爆竹，迎三姑上轿。梅香擦着泪，上了轿。他们抬着轿子，浩浩荡荡回下石牌，一路上，人们奔走相告，好不热闹。姜家三姑找到了，是的，就是那个唱戏的梅香，上了年纪的人都还记得，在大王庙看过一回她演的戏。

5. 佛界

且说那年深秋，梅香流落于皖鄂毗邻的空旷山野。太平军残部西上随州。心力交瘁的梅香，其时还没有万念俱灰，她还存留一丝期盼。虽不能东归安庆，尚可以西望随州。梅香期盼随州遵王会来救她。

夜色四合，深秋的凄凉，伴着峰峦间的怪兽的嘶声，阵阵扎在梅香心里，梅香并不惧怕黑暗和野兽，她只是含泪望望东归的山路，知道前方全被清军锁卡，倍感心凉。旷野里，哪有人家？梅香摸着昏光，往下山寻白路行走，走了个把时辰，见一处微灯，该是一处房舍。梅香绕道，穿到这处房舍前，叩门，却不见里面有人来开门。这年头兵荒马乱，即使讨饭的，也没人愿救济。梅香只得在这家屋檐下，找了个背风的角处，找些稻草，垫地卧了一夜。

次日她用一枚铜钱，在这家换了几根烤番薯，继续寻找有集镇的地方。

可是在那个荒凉的小镇渡口，望穿秋水等了几个月，仍不见有太平军来。梅香有些绝望了。

此后将近两年多时间，梅香一直在鄂东罗田往随州方向的沿线集镇，以打连厢唱黄梅调为生。她挨家挨户卖唱，有时也到茶棚、凉亭、岔路口等闲人集中的地方卖唱。人们看这个瘸腿女人，颜面虽萎黄，但明眸如水，手指白净，音韵神态流露不俗的气质。人们猜不出她的身份，童养媳不似，太平军不像，听口音是皖地人。于是有人这样解释，当年湖北洪涝，大批流民，唱

着小调到皖地逃水荒。如今皖地烽烟四起,又有这等闺秀,拄拐杖来到湖北逃战荒。有人又说,朝廷正四处贴布告,捕捉太平军亲眷,我看这女子细皮嫩肉,倒像官衙待过的女人,莫不是贼的亲眷?那一个说,贼哪有小脚亲眷?茶棚里的茶客七嘴八舌,哄笑不断。梅香嘴里在唱,心里却紧张,一曲罢了,她哈腰接了几块铜钱,就挎包提连厢,离开了那个茶棚。在鄂东一带,走到哪都能听到太平军溃败的消息,说大江之西南已是曾国藩兄弟的天下,幼天王在南昌被杀,诸王降的降、捕的捕、自杀的自杀,皖浙等地太平军败得一塌糊涂。说贼之残余被追回到广东老巢,也将斩尽杀绝。梅香不想再往集镇卖唱,可是零散的村落,行走不便,讨吃也难。无奈只得隔三岔五,小心翼翼地在沿近的市集唱唱。

有一天梅香正在一家菜市口卖唱,突然镇东头走来一溜骑马的清军兵勇,他们捉住梅香,问,贱女何故在此唱淫调?梅香心跳起来,用地道的石牌话说,小女本是安庆石牌人,前夫嗜大烟,家徒四壁,小女卖唱乞讨至此,为寻故亲。几个兵下马,围绕梅香反复打量,见她荒衣旧袄,又是一双缠足便摆摆手说,不像广西贼女。于是一溜兵丢下梅香,骑马继续往西路去。

梅香知道再也等不到太平军收复河山的机会了,自己将流亡何处?为避鄂东兵勇追捕,梅香遂往山区行,不敢走大路,只沿偏僻村落边讨边行。

同治初年,湖北亦是战后余疮,田地荒疏,平民朝不保夕,有时行走数里,仍荒无人烟。残冬腊月,梅香行至一片荒冢,风吹草摇,孤鸟盘旋,看沟边残旗断枪,估摸该是天朝将士的坟堆。梅香不禁凄泪潸然,伤心往事,又涌心头。梅香想,就我这样子,即使今生挺过千山万水能走到石牌,也无脸再见孩子。我如今血腥满身,罪名累累,更让宗族唾沫,我还回去做什么?我不如就此死了,与天朝将士同土,不愧英王一世英名。想到这些,梅香坐在草地上捂脸痛哭一场。哭了半个时辰,然后梅香拖着腿,慢慢爬上一处高垄,那垄上有一棵刺槐树,树叶落尽,光秀枝丫映在昏日下,萧瑟凄凉。在树下,梅香流着泪,将讨饭的旧包撕开,系成长长的一条带,又试着拽了拽,感到很结实。梅香将绳带一头甩到碗口粗的树丫上,结头绳系成一个圈。梅香对着苍穹说,英王,小妾这就随你来了,谅小妾灵魂先回石牌一趟,我还要看看儿子。说罢嘴里又喊乾伢,我的心肝,妈妈这就回家来了,妈妈来看你了。然后踮脚,伸脖颈上吊。

也是阎王不接,这荒山野岭,居然有过路的人。此时有个化缘的尼姑,自岭上走来,远远望见刺槐树上有人上吊,尼姑边跑边喊,且慢且慢。梅香喉咙正呛得难受,突然感到自己的身子被尼姑的肩膀猛力顶起。梅香没有死成,被尼姑救了下来。

那尼姑年约三十,黑瘦却身板结实,她救了梅香,还把梅香从荒岭上背下来,背到一条水沟边,二人歇下来。尼姑一边说,何必呀?一边从布包里摸出两块米粑给梅香吃,又拿布块到沟里染水来,给梅香擦了把脸。梅香只是哭,涕泪涟涟。

这一日,尼姑带着梅香,走了两里多路,拐上一片枫树坳,到了一处寺院前,门上有字"紫云庵"。寺院无寺塔,屋檐破损,墙壁新修过,院落很小。往里走,正殿一尊香炉,轻烟细细地缭绕,观世音菩萨静静地坐在殿堂上,一切静得森严。梅香跪在殿前的蒲垫上,不敢抬头看菩萨。她一身血腥气,如今进这佛门,她感到有辱神圣。

大概是小尼姑进里屋,与那老尼僧说过事情原委了。不一会,出来一老一中两个尼僧。见殿前倦怠妇人,破衣烂衫,脸颊手背生满冻疮。老尼僧道,阿弥陀佛,作孽呀!

梅香连忙向二位跪拜,趴在地上久久不起来。梅香说,谢师父救下民女一条贱命,师父能否收留贱女,在此修行以洗罪孽否?

为首的老尼僧双手合十,闭眼说,施主有何罪孽,要皈依佛门?梅香拖膝跪到老尼僧面前,说,师父恕罪,我乃太平天国英王后宫伶女。英王力拔山河,数年夷平清军南北大营,乃擎国天柱,怎奈被叛变的小人诱骗,天国壬戌十二年就义于河南延津。

老尼僧听此言,眉头紧锁,手里不断地数念珠。梅香泣诉道,英雄都是

这样死，天柱一垮，天朝江河日下，至此辉煌战绩和千万兄弟的热血付之东流。梅香哽咽一会，又道，贱女盘桓多年，望断秋水，盼不到天国重整旗鼓。本想随英王西去，恰遇小师父救了我半条命。佛门素以慈悲为怀，即救下我，望师父且容我藏此栖身，可否？现在清军正四处搜罗，我岂能落于妖穴辱天国气节？

三位尼僧听着，神形肃静，那个中年尼僧沉不住气，对那小尼姑气急败坏道，原来你救的是个逆贼。太平军烧我寺殿，辱我佛门，还嫌不够？我看还是把她撵出去吧。梅香又连连磕头，膝盖跪地挨到老尼僧脚下，磕头说，师父开恩，师父救我。我既不死，就想活命，指望他年，风平浪静，再回故乡安庆，那里还有我的红尘骨肉啊。说罢，又嘤嘤哭起来。

那小尼姑也在旁边抹泪，抹到这会子也扑通跪下，求求师父，就收下她吧，她好可怜哪。老尼僧闭目又念一回阿弥陀佛，问梅香，家中还有些什么人？梅香道，十年前出走时，老父卧病在榻，幼子乳臭未干。我是个不孝无德之贱女，望师父容我在此修行，洗心革面，以恕深重罪孽。说罢，趴地大哭。

三个尼僧互相看看，良久，那老尼僧叹息一声，尘缘不断，何以净我佛门？又很无奈的样子说，作孽呀，且容你暂住下吧。小尼姑忙示意梅香，快，去给佛上香吧。梅香对老尼磕头说，谢恩人，忙起身，到炉前点了一炷香，对着殿上菩萨，跪拜磕头，又哭又诉，贱女有罪，求佛祖宽恕，求佛祖宽恕。

就这样，梅香在鄂东木兰山境内的这座佛庵，换衣、削发、具足戒，日日点香，坐圆蒲诵经念佛。这庵里三位尼僧，分别叫念慈、悉心、慧敏，梅香由师父取名慧澈。梅香腿伤渐愈，但一逢天阴，腿上炎症又犯，疼痛难忍。即使这样身带残疼，她也能吃苦耐劳，庵里洗涮打扫、做菜烧饭，她乃是一把好手，琐碎又重复的活都是她干。梅香又识字，庵中买烛打油、收地租、记账，自然也落到梅香来做。

梅香在这所寺院里过了很多年,山外的世界发生多少变化,她也不知道,她似乎不知今夕是何年。这些年,她也不唱戏了,只是逢年过节去山外的村镇化缘时,偶尔碰到有民间搭草台唱戏的,梅香会挤在人堆里伸头望望,望到那些戏装翩舞,梅香感到很亲切。但那一切仿佛是前世的事,她从不贪恋。回山寺的路上,她一个人也会哼些小调,那些曲调仿佛在心里烂得不成块了。她哼起来,有些不自然,她日日念经唱佛曲,习惯了,反是唱黄梅调,唱起来有些生疏。

这期间,念慈年过七旬时圆寂了。悉心也老了,被亲人接回家住去了。紫云庵相续来了几个新弟子,梅香渐渐成了主事的。后来慧敏五十岁不到,却得了病,病缠卧床,又是梅香照顾。慧敏与梅香亲如姐妹,当年是她救了梅香,梅香对救命恩人加倍感激和关爱。

有一天慧敏从枕头底下摸出两块银子,对梅香说,该是时候了,回安庆看看亲人,羡慕你还有亲人在凡世,不比我这等孤寡一个。梅香知道慧敏去时不久了,便想再陪陪她,便说等过几年再说。梅香这些年一直未动身回安庆,也是犹豫不决,真到有条件回家了,又挨着不敢动身,怕回到安庆,姜府人不认她这个血腥尼姑,怕儿子嫌弃她这个娘。父亲想必早已去了,儿子在姜府过日子肯定衣禄不愁。如今我再回去,可会搅乱他们的生活?最重要的是,姜府人爱面子,族规尤禁伶工和僧人,她前半生做优伶,后半生做尼姑,简直把姜、产二族的脸丢尽了。梅香顾虑重重。就这么又过了几年,直到慧敏去世。梅香才决定冒险回石牌看看,她似乎想好了退路,若姜府人和儿子嫌弃她,她再回到这紫云庵,至终时,和慧敏葬在一起。

6. 归途

三十年来日夜思念的老宅,果然老了。梅香在这个残阳如血的黄昏,回到了石牌的姜府。深深庭院,青砖墙、紫廊柱、梅花厅的格子窗,都添了几层岁月的斑驳。

件件桩桩，往事历历，悲和喜都是难以抑制的。女人们陪着梅香，在府内到处走走看看，一会擦泪一会笑。彼此相看，都是两鬓麻白，满脸苍容。众人又欣慰，我们互相都能看到青春变老的样子，人生之幸莫过于这等深情。于是爬满老斑纹的手，拉在一起更显格外温暖亲切。

来到宜园，已是树木参天，斜阳倒影，把细琐的光印在满塘荷叶上。透过碎光，梅香仿佛看到自己当年在园内练戏的模样。伤心桥下曾是惊鸿影。如今物是人非，唯有那新建的戏台，为旧园添了些生机。

在宜园走了一圈，一行人又回到中进。父亲的屋子现在是大哥宗仁在住。二婶说，也是想保留那屋里的人气。常春藤把游廊厚厚实实地铺了一层，然后爬上了中进的屋顶。梅香看到父亲住过的房子，门前依然摆着那把宽大的躺椅。旁边摆放的书和茶壶也和当年一样。她突然有时空错觉，仿佛父亲还在屋中等着她。梅香走进屋里，环视四周，床桌案几等家具摆设，依然是父亲当年的习惯。睹物思人，梅香一阵心酸，泪水溢满眼眶。

二婶说，莫伤心，你能活着回来，也是老太爷在世积了功德，在天显了灵。过几日去他坟上烧香多磕几个头。梅香说，嫂嫂，我有何脸面去给大大磕头？我对亲人不孝，对朝廷不义，如今这身僧尼装束，只怕大大不愿认我了。二婶说，你能回来，就是你大大保佑的，他怎不会认你这个宝贝女儿。你住过的那房内还有当年华阳河算命的画的招符呢。

梅香一听华阳河，摇头，又似苦笑。梅香说，我半世漂泊历尽人间苦难，为的就是有生之年，还能回这老宅，嗅嗅亲人的气味。只遗憾今日的梅香，已是满身污垢，愧对高堂亡灵和膝下儿孙。

二婶安慰道，你不要这样想，僧尼也好，唱戏也罢，如今世道变了，哪个还计较这些。自家的骨肉，只要回来了，再孬都不嫌弃。可怜我良伢，只等我来世投胎，我娘俩才能见到。一句未了，二婶悲怆地哭了。垂暮之年依然裹着刻骨之痛，令人心寒。提及诗良，梅香泪泼得更凶。舍不得侄儿诗良，那么年轻就去了。旁边春香和孟姣也哭了。又把当年家中种种事一并忆起，长吁短叹，难抚斑斑心痕。姜家几个女人坐在这房里的春凳上，越哭越伤心。

梅香哽咽道,这个家的灾难多是我惹的,一切皆因我而起。我今世不能尝还,来世定要报恩,所以我要净化血腥,修道,求来世重新做人。待我见了乾伢,我要带一把石牌的黄土,还是回到我的木兰山去。

众人听罢,愕然。二婶擦着泪说,如今能骨肉团聚,就是你罪过洗清了。你莫总是自责。

梅香说,自从当年在华阳河唆使兵马杀一员外开始,我就知道,此身上了不归路,定遭报应。此后南征北战,血雨腥风,重重罪孽,岂是一世洗得清。春香说,打战是想做皇帝的人的事,不是你一个人的罪。况且那刘邦杀了多少人,他还不是龙子龙孙传了几百年。梅香又是摇头苦笑,她心里清楚,昭乾和诗康如今都是清朝的官,她却是反贼的余孽,纵使孩子们不憎恶她,她自己也不堪承受。正是这种顾虑和矛盾让她拖了许多年才回来。

春香说,回木兰山肯定不行。即便我们拦不住你,三姨娘也不会让你走,她肯定要拦着你。如今黄梅调都建了专门的戏班,把那三打七唱的戏唱遍了大江南北,你得留下来,教戏社的孩子们唱戏。梅香听到说烟翠会不让她走,心有一股暖意,却又神志茫然。她泪痕上添了笑,说,石牌黄梅班社兴盛,我甚是高兴,但我不希望石牌人还记得姜梅香的名字。我不会再唱戏了。

此时,仆人来喊太太姑奶奶到餐厅吃饭。

这天夜里,姜府为梅香置了一桌丰盛的洗尘宴。仆人们忙到一半,才想起梅香现在不沾荤腥,连忙撤下厨房里杀的鸡,又派人去街上重购素菜,只把荤类做给其他人吃。忙到戌时,一桌饭菜方备齐。

这过程中,梅香的房间也收拾了出来。梅香换上了春香送来的衣服,梳洗后,一身洁净去吃晚饭。还是那个西餐厅,亲切而陌生。大哥宗仁早带着孩子们在厅中等候。儿童相见不相识。那群孩子挨个上来,给三姑奶奶磕头行礼。梅香备感苍老,却又体会到多少年孤身漂泊之后,这红尘的天伦之乐,别有一番滋味在心头。

梅香归乡的捷报当晚遣人快马加鞭送到省里，那姜家子弟如何悲喜交加、如何百感交集，自不必言说。

第三日，省里的姜家子孙，以五品官姜诗康为首，携表弟昭乾及房内诸位兄妹、下属官吏，在十里铺设帐宴迎接三姑进安庆城。都门帐饮，十里逢迎。姜诗康要以这种特别的形式迎接，是表达他三十年来的切切思念。

姜家大人小孩、仆役婢女，全府出动，隆重的轿车队排了百丈远，送梅香去安庆。梅香提出要邀上烟翠，姜府便派轿去接了烟翠。

就这么浩浩荡荡，往安庆十里铺去。烟翠坐在轿里，心绪万千，她为梅香感慨兴奋，又觉得自己此行很不合适。她曾发誓不再与姜家纠缠，连给乔姨奶烧香都成了错误，现在又凑欢聚的热闹，不更下贱么？烟翠想象着，马上就是盛宴，姜家的老爷、少爷，还有官吏，那将是怎样的隆重场面？她一个改嫁的半老徐娘，来做什么？烟翠越想越别扭，她担心二婶、春香等人，又在心里嫌弃她，她当即想掉轿回头。她想好了，改日再慢慢与梅香解释。

就这样去安庆的路走到一半的时候，烟翠突然叫轿夫回头。因轿子是姜家配的轿，凑足轿马整数，讲究吉利，烟翠一掉头，就破了数了。烟翠就干脆让韭伢坐轿去，说自己头疼，不胜酒力，想独自留在路边客栈，等他们回来。

这轿夫听了话，再抬起韭伢往前走。没想到，后面还有一轿，是姜宗仁的，他也停下来，让轿夫先走。

姜宗仁早注意到烟翠的轿子，走走又停停，晓得烟翠半途会变卦。

这会子，两人站在路边。烟翠说，我是害怕见到那悲喜场景，老爷何故也要留下？宗仁说，我是感到自己去也多余。烟翠说，这话该我说。宗仁笑道，我两个都是多余的，既然梅香与儿子能见到面了，我们自是高兴，去与不去皆一样，让孩子们跑龙套凑热闹去吧。

此时，太阳升到两丈多高，路边走过牵牛耕作的农人、挑粪桶的妇人，乡村到处是忙碌景象。岔路口有一家茶棚，后面也有客栈。烟翠说，老爷，我俩就在这里歇歇脚吧,他们未时定能返程。宗仁说,他们定了明日返程,今夜在安庆还要闹一夜。呵,老爷,那我俩岂不露宿了?我该叫你老太爷了。宗仁上来拉过烟翠的手,烟翠把手缩了一下,没有躲过,还是被他拉住了。他说,为何提到露宿就叫我老太爷,我有那么老吗?烟翠笑道,你多心了,我是客气,跟着孩子们叫。他牵着她往后面的一个客栈走,她难为情地跟在他后面。

这一排简陋屋子,原来也只卖茶卖饭。二人入坐,喝了一会茶。姜宗仁问,客家可有宿处?卖茶人说,上有石牌,下有安庆,车往下滚,船往上游,除非野鸡在我这山丫上做巢,否则不必住店。

二人无奈,只得喝了茶,各人吃了一碗面。出来站在路边,犹豫不决,找不到客栈,也雇不到轿马。那边扛农具的人看他俩穿着富贵,却晾在路边,很是新奇。

宗仁说,我俩今夜只能在这山坳睡一夜。烟翠认真了,道,那哪行,我衣着太少,怕会生病。宗仁哈哈大笑起来,他细看烟翠穿袍衫,披褂襕,果然很是单薄。烟翠被他这一笑也明白了,羞涩道,你还是老不正经。宗仁说,难得不正经一回。走,坐船回石牌去,哪能让你睡山坳?然后拉着烟翠往山路下坡走去。

下了山岭,绕了一截路,走过一片棉花地,就是河,往来船只甚多。等了一会,一只小篷船划到岸边来,载上二人逆流而上。两人在舱前看风景,一路说了许多话,说梅香,说他们自己,感慨万千。

秋天的河面,波光粼粼,白鸟盘旋。岸上田野有耕作的农人、放牛的孩子,还有断断续续的歌谣。烟翠说,好久没有听到这样的山歌了。

船夫在那头接腔了,太太想必是阁中待久了,当常出来走走。烟翠笑了,是啊,来这河上接些水气地气,人也精神多了。船夫三十来岁,朴实憨厚的样子,他说,太太喜欢听什么歌?烟翠说,山里畈里的都喜欢。船夫笑说,我唱一曲《小放牛》给你听听。他又说这歌要对唱,他告诉了烟翠歌词,烟翠就笑着与他对起来。唱着唱着,宗仁也跟着接腔对上了。船夫说,

老爷唱得真好。宗仁说,这曲子是我爹爹教的,唱了几代人,依旧在唱,只是词改了一些。三人的唱声亮亮的,和着深秋谷物的馨香,一起漂在河流之上。

船桨在船夫熟练地摇摆下,一路顺风,船游得很快。宗仁和烟翠坐在前面,手挽手地对着歌、说话,不知不觉船就进了石牌境内。

一路看风景,一路聊了许多话,他们交结一世,还做过夫妻,可从来没像今天这样,搂着腰,贴膝谈心。船在宽阔的皖河波涛上转了一圈,进了内境宜塘河,再划一程,进入渡家州河。烟翠说,下石牌到了。她心中好像有些失落,一会就要下船了。烟翠突然又拉起话题,这石牌古镇,怎么叫"石牌"呢?

是啊,这甚至连姜宗仁也没有很好考证过,怎么叫"石牌"?这位年轻的船夫知道,他一边划桨一边津津有味地说起"石牌"这名字的由来——

很久以前,渡家州后街灯红酒绿,有许多妓院。其中一家妓院里,有一个女子,先后生了十个儿子。孩子们都不知道自己的父亲是谁。唯有她清楚,他们的父亲,有西南经此去临安赶考的书生,有苏杭溯水而上的富商,可是她却始终不愿告诉孩子们。她忍受世俗偏见,千辛万苦,把十个孩子抚养成人,他们后来沿着皖河,乘船去了远方。读书,或者经商,他们达官显贵了。他们回到石牌,为他们的母亲建立一座巨石牌坊。牌坊建在中州皖河之西滨,往来商船,翘首眺望,无不唏嘘惊叹,那座石牌坊太霸气了。此后,人们便叫这古镇"石牌"。

姜宗仁说,原来是个很俗艳的故事。烟翠说,快闻闻,我好像闻到了河岸飘来的胭脂粉香。姜宗仁也嗅嗅鼻子,说,是牌坊女的粉沫香吗?烟翠笑了,是一千个牌坊女的粉沫香。二人互相看着笑起来,船夫也笑了。笑声很清朗,映在波光里和桨声交织在一起。烟翠笑歇了,把头靠在宗仁的肩膀上,顺手捏起他绸裬上粘着的一根白头发,不知道是他的,还是自己的。船慢慢地游,桨声哗哗,向西的水面越来越长,斜阳映在水面上,野鸟长鸣,激起一丝凉风。河上船桅穿梭,远些看,再远些看,他们的船隐在浩渺的帆影之间,只是一个白闪闪的小点。

全书完
2013 年 7 月至 9 月创作
2014 年 7 月修改
2015 年 7 月定稿于合肥